Clarisse Thorn

FIESE KERLE?

Unterwegs mit Aufreißern.
Ein hautnahes Experiment.

Eden
BOOKS

Clarisse Thorn

Fiese Kerle?

Unterwegs mit Aufreißern.
Ein hautnahes Experiment.

Stimmen zu Fiese Kerle?

»Ich kenne die Welt der PUAs in- und auswendig. Ich dachte, ich hätte alles gesehen. Aber Clarisse ist es gelungen, einen frischen und interessanten Blick auf diese Subkultur zu werfen.«
Mark Manson, ehemaliger PUA-Coach

»Clarisses Analyse besticht durch einfache, klare und verständliche Präsentation. Aber das Faszinierendste an diesem Buch war für mich ihre Art, persönliche Erfahrung mit ihrer Analyse zu verbinden. Clarisse ist eine brillante Sexautorin, die die Fähigkeit besitzt, persönliche Informationen unerschrocken preiszugeben.«
Rachel Swirsky, Nebula-Preisträgerin und feministische Autorin

»Empathie ist Clarisses große Stärke. Viele Menschen nehmen nur ihre eigene Geschlechteridentität wahr. Clarisse hingegen versteht, warum Männer sich für Pick-up interessieren, wie es ihnen helfen kann und wie es sie zerstören kann. [...] Clarisse Thorn versteht, dass der ganze Mist wirklich verdammt kompliziert ist.«
Ozy Frantz, feministische Autorin

Kapitel 1

Come Jump In, Bimbo Friend

In diesem Kapitel lernen wir die geheimnisvolle Clarisse Thorn kennen. Wir erleben ihre Metamorphose vom Strebermädchen zur Sexaktivistin, die sich Feminismus auf die Fahne geschrieben hat. Wir erfahren von ihrer pragmatische Liebe zu SM und von ihren irrationalen Beweggründen für die Fixierung auf Pick-up-Artists. Außerdem gibt es eine Einführung in die Geschichte des Feminismus und eine große Kategorisierung der Pick-up-Artists.

Der Titel dieses Kapitels stammt aus dem Lied *Barbie Girl* von Aqua.

Als »Pick-up-Artists« (PUAs) gelten Verführungskünstler und solche, die es werden wollen. Die »Pick-up-Community« ist eine riesige Subkultur, die sich der Aufgabe verschrieben hat, Männern beizubringen, wie man Frauen verführt. Seit der Veröffentlichung von Neil Strauss' Bestseller *Die perfekte Masche* im Jahr 2005 ist diese Szene verstärkt ins Bewusstsein der Öffentlichkeit gedrungen. Die Mitglieder nutzen unzählige Onlineforen, um sich in ihrem umfangreichen Spezialjargon auszutauschen. (Laut der Webseite PUALingo.com gibt es inzwischen »mehr als 750 Begriffe, Tendenz steigend«.)

Überall auf der Welt gibt es PUA-Clubs, -Treffen und sogar Stars dieser Subkultur. Berühmte PUA-»Gurus« verdienen jährlich Beträge in Millionenhöhe. Sie verkaufen Bücher, geben Coachingsitzungen oder organisieren Seminare und Kongresse mit teuren Eintrittspreisen. Manche leiten auch Firmen, in denen sie in ihren Methoden ausgebildete Trainer beschäftigen. Die Szene generiert sogar eine Flut an gut durchdachten internen Kritiken.

Ich war ungefähr zwölf Jahre alt, als ich anfing, mich für die Kunst der Verführung zu interessieren. Ich hatte damals einen Ruf als Außenseiterin und Bücherwurm und war hauptsächlich für meine ungewöhnlichen Haustiere und meinen unverständlichen Humor bekannt.

Eines Tages saß ich mit meinen zwölfjährigen Freundinnen an einem Tisch in der Schulkantine, als sich ein gleichaltriger Junge zu uns gesellte. Ich guckte unter meinen dicken Brillengläsern hervor und kicherte ihn an. Wir unterhielten uns für einen Moment und er ging weiter.

Sofort bezichtigte mich eine meiner Freundinnen des »Flirtens«.

»Hab ich gar *nicht*«, protestierte ich. »Was meinst du damit? Was habe ich getan?«

»Gib's zu!«, sagte sie. »Du hast ge*flirtet*.«

Was sie mit Flirten genau meinte, konnte sie mir allerdings nicht erklären. Die Unterhaltung ließ mich nicht los und ich beschloss, die Definition des »Flirtens« durch eine Umfrage mit all meinen Freunden zu ermitteln. Die Antworten waren sehr unterschiedlich. Eine Person bestand auf »Kichern«. Für andere waren »intensive Blicke« oder »Herumalbern« essenzielle Bestandteile. Nachdem ich alle Definitionen zusammengetragen hatte, stellte ich zu meiner Belustigung fest, dass ich weder Muster noch Überschneidungen entdecken konnte. Keiner wusste wirklich, was »Flirten« bedeutete. Zumindest war keiner in der Lage, es als einheitliche Verhaltensweise zu beschreiben. Ich kam zu dem Schluss, dass sich Flirten nur anhand unsichtbarer zwischenmenschlicher Dynamik erklären ließ.

Ich frage mich manchmal, was passiert wäre, wenn es die PUA-Onlineforen damals schon gegeben und ich sie gefunden hätte. Ein wesentlicher Bestandteil der PUA-Subkultur besteht nämlich darin, die unterschiedliche Arten, sexuelles Interesse auszudrücken, so präzise wie möglich zu analysieren. Genau diese Analysen zogen mich in ihren Bann, als ich sie schließlich entdeckte. Endlich gab es Leute, die meine Verwirrung als Zwölfjährige verstehen konnten!

Eine weitere Lieblingsbeschäftigung von mir war damals ein Spiel, das ich selbst erfunden hatte: Ich ließ mir kurze, witzige Einzeiler einfallen, die ich an irgendwelchen Leuten auf der Straße ausprobierte, um zu sehen, wie sie reagieren würden. Meine beste Geschichte zu diesem Spiel passierte, als ich ungefähr 15 war. Ich befand mich in einem überfüllten U-Bahnhof und sprach einen älteren Mann an, der neben mir auf dem Bahnsteig stand:

»Marmoset.«

Er war irritiert. »Was?«

»Marmoset«, wiederholte ich.

»Was soll das heißen?«

Ich klärte ihn auf: »Das ist ein kleines südamerikanisches Säugetier.«

»Oh«, sagte er.

Pause.

»Du hast echt schöne Brüste«, sagte er. »Ich habe dich beobachtet, als du die Treppen runtergekommen bist.«

»Äh«, antwortete ich. Eine Welle von Unbehagen überflutete mich und ich ging so schnell wie möglich weg. Das war wahrscheinlich das letzte Mal, dass ich dieses Spiel gespielt habe.

Damit wäre auch geklärt, warum Frauen normalerweise keine beiläufigen Gespräche mit wildfremden Männern anfangen.

15 war auch das Alter, in dem Männer anfingen, mir auf offener Straße anstößige Bemerkungen hinterherzurufen. Ein paar Jahre später begann ich, auf Partys und in Clubs zu gehen. Dort begegnete ich Typen, die mich anbaggerten und mich einfach

nicht in Ruhe ließen, egal wie deutlich ich mein Desinteresse zeigte. Durch diese Erfahrungen entwickelte ich etwas, das von PUAs als »Bitch Shield« bezeichnet wird: meine instinktive Tendenz, mich bei unerwarteten Begegnungen mit fremden Männern abweisend und unfreundlich zu verhalten. Die meisten Frauen haben solche Schutzschilder, in unterschiedlichen Ausprägungen. Hätten wir sie nicht, müssten wir uns noch viel häufiger Kommentare wie »Ich habe dich und deine schönen Brüste beobachtet« anhören.

PUAs verwenden unfassbar viel geistige Energie darauf, herauszufinden, wie sie Frauen schnell davon überzeugen können, dass sie ungefährlich, freundlich und/oder unterhaltsam genug sind, um nicht am Bitch Shield abzuprallen.

PUAs haben auch eine Bezeichnung für mein Einzeilerexperiment. Die Einzeiler wären in ihrer Sprache »Opener« und meine Art, fremde Leute auf der Straße anzusprechen, würden sie als »Sarging« bezeichnen.

Viele PUAs ziehen am Anfang ihrer Karriere mit der Absicht los, Frauen einfach nur anzusprechen. Ihnen ist klar, dass sie besonders zu Beginn einige Abfuhren in Kauf nehmen müssen, um ihre Angst vor Ablehnung zu überwinden. Einige PUAs behaupten sogar, dass sie ausdrücklich *hoffen*, einige Male abzublitzen, um sich selbst gegen den Schmerz abzuhärten.

Ich kann das absolut nachvollziehen. Ablehnung tut weh. Manchmal sogar sehr. Es wäre schön, wenn Zurückweisung irgendwann einfach von mir abprallen würde und ich keine weichen Knie mehr bekomme, wenn ich fremde Leute anspreche.

Eine weitere Geschichte aus den Zeiten, in denen ich ein dürres Mädchen mit komischen Haustieren war, verlief folgendermaßen: Ich fragte einen Jungen, ob er mit mir tanzen gehen wollte. Er entgegnete, dass ich mir »eins dieser Haustiere nehmen und in den Arsch schieben« könnte. Ich weinte sehr und schwor mir, nie wieder einen Mann um ein Rendezvous zu bitten. Diesem Vorsatz blieb ich bis in meine Zwanziger treu, was nicht etwa daran lag, dass ich ein Mauerblümchen wäre. Ich konnte die Vorstellung, noch einmal einer solchen Reaktion ausgesetzt zu sein, einfach nicht verkraften.

Sozial ungeübte PUAs wissen genau, dass sie sich »ins Feld« stürzen müssen, um zu lernen, wie sie mit Leuten ins Gespräch kommen. Dazu ziehen sie häufig Nachtclubs und Bars vor. Schließlich ist ein Großteil der Frauen dort offen, neue Leute kennenzulernen. Aber einige PUAs gehen zum Sarging auch in Buchläden, Cafés oder Waschsalons.

Es ist gruselig, mich selbst als »Target« (»Zielscheibe«) bezeichnet zu wissen (und sehr viele PUAs beschreiben Frauen, die sie vögeln wollen, als Targets). Andererseits zeigt die Marmosetgeschichte, dass ich selbst auch bereits »gesargt« habe. Und wenn man die PUAs beim Flirten beobachtet, wird die Vorstellung davon viel weniger unheimlich. In Bars habe ich PUA-Anfänger dabei beobachtet, wie sie all ihren Mut zusammennahmen und versuchten, eine Frau anzusprechen. Ich habe mit angesehen, wie diese Jungs abgeblitzt sind oder ignoriert wurden. Das hat mich nicht dazu gebracht, sie zu hassen oder zu fürchten.

Genauso habe ich beobachtet, wie geübte PUAs Frauen ansprachen, freundlich mit ihnen plauderten und am Ende ihre Telefonnummern einsteckten. Auch das hat mich nicht dazu gebracht, sie zu hassen oder zu fürchten.

Einige PUAs benutzen nicht einfach nur Opener; sie haben komplette, auswendig gelernte »Routinen« in petto. Sie können eine komplette Unterhaltung führen, ohne ein Wort zu sagen, das sie sich nicht vorher schon zurechtgelegt haben. Als ich das erste Mal davon hörte, stieß es mir bitter auf, wie diese schüchternen

Jungs es als PUAs faken. Viele Ratschläge dieser Subkultur schienen sich darauf zu konzentrieren, Text auswendig zu lernen und sich hinter einer falschen Fassade zu verstecken.

Als ich von den PUAs hörte, war ich Mitte zwanzig und hatte mir bereits einen Ruf als feministische Aufklärerin erarbeitet. Ich bin immer noch ein Nerd – und daran wird sich nie etwas ändern –, aber inzwischen bin ich begehrt. Ich bin mir selbst treu geblieben und irgendwann wurde mir schließlich auch romantische Aufmerksamkeit zuteil. Warum konnten PUAs das nicht auch tun? Ich kenne viele Nerds, die einen ähnlichen Werdegang hingelegt haben wie ich: In der Pubertät ungewollt, aber kaum dass sie der Highschool entflohen waren, heiß begehrt.

Ich vermutete, dass ein großer Teil des Problems darin lag, dass diese schüchternen Jungs der Annahme waren, dass sie ein Recht auf ein umwerfendes blondes Supermodel hätten, und Strebermädchen (wie mich!) ignorierten, weil sie ihr männliches Ego dadurch aufpolieren wollten, dass sie das schärfste Mädchen im ganzen Club nagelten.

Es gibt viele vernünftige PUAs in der Community, die in der Lage sind, die Entscheidung der Frau zu respektieren. Trotzdem gibt es unfassbar viele typische arschlochmäßige Kommentare in der Community darüber, dass Frauen »immer die Macht haben« oder dass »Frauen Männer immer nur kontrollieren wollen«. In den allerseltensten Fällen wird bemerkt, wie ironisch solche Aussagen in einer Community sind, *die Männern beibringt, wie man Frauen manipuliert.*

Trotzdem ... manche von diesen Typen wirklich einfach so schüchtern und ungeschickt, dass sie auf normalem Wege keine einzige Verabredung zustande bringen. Es gibt unterschiedliche Arten von PUAs. Ein PUA-Ausbilder stellte mir gegenüber die Rechnung auf, dass der Prozentsatz der unbeholfenen Typen mindestens sechzig bis achtzig Prozent beträgt ... aber die restlichen zwanzig bis vierzig Prozent sind widerliche, aggressive Frauenfeinde. Er sagte auch: »Mindestens fünfzig Prozent der Typen sind nur in der Community, um sich etwas zu beweisen. Sobald sie ihren Schwanz reinstecken können, fühlen sie sich gut, weil sie eine weitere Kerbe im Bettpfosten haben.« Woraufhin sie natürlich zur nächsten Kerbe übergehen. Und zur nächsten ...

Die schlimmsten PUAs sind fiese Arschlöcher, die darauf aus sind, Frauen zu hundert Prozent zu kontrollieren. Aber die anständigen sind meistens schüchterne Jungs, die einfach nur versuchen, zwischenmenschliches Verhalten zu verstehen. In ihren Versuchen, weniger schüchtern und ängstlich zu werden, ist es schwierig, diese Kerle dafür zu hassen, dass sie durch Schein zum Sein kommen wollen. »Sei einfach du selbst« ist ein schrecklicher Ratschlag für jemanden, der von Natur aus einfach vollkommen unbeholfen ist.

Ich verurteile PUAs viel weniger, seit ich mir meine eigenen besessenen Analysen von Dating- und Beziehungsregeln eingestanden habe. Wie ich bereits zugegeben habe, brauchte auch ich experimentelle Herangehensweisen, um Leute anzusprechen. Offensichtlich unterscheide ich mich sehr von den meisten PUAs, nicht zuletzt dadurch, dass ich eine Frau bin. Trotzdem habe ich festgestellt, dass ich mit einigen PUAs sehr viel gemeinsam hatte.

• • •

Ich bin 2009 auf die PUA-Community gestoßen. Ich war 24 Jahre alt und mein damaliger Freund fragte mich: »Hast du von dem Pick-up-Artist gehört?«

Mein Freund und ich waren zu diesem Zeitpunkt noch nicht lange zusammen. Ich hatte ihn in der SM-Community in Chicago kennengelernt.

»Pick-up-Artist?«, fragte ich.

»Er war bei einem der SM-Treffen«, sagte mein Freund. »Alle reden darüber. Ich war nicht da, aber scheinbar ist dieser Typ so charismatisch, dass alle anderen Männer sofort den Arm um ihre Freundinnen legten, als er das Café betrat. Dieser Typ ist professioneller Pick-up-Artist. Es gibt wohl eine ganze geheime Szene, in der man lernen kann, wie man Frauen manipuliert. Und dieser Typ ist ein *Experte.* Männer zahlen ihm Unsummen, damit er ihnen beibringt, Frauen zu verführen.«

Es wurde viel über den Pick-up-Artist getratscht, aber ich traf ihn erst bei einem feministischen Aufklärungsworkshop, den ich organisiert hatte. Er stellte sich mir vor – James Amoureux – und ich rief: »*Du* bist der Pick-up-Artist!«

Ich begutachtete ihn interessiert. James sah gut aus und machte einen sehr charmanten Eindruck. Er hatte lange Haare – ich *liebe* lange Haare. Trotzdem war die Anziehung, die ich ihm gegenüber verspürte, unangemessen. *Er verdient Geld damit, dass er Frauen verführt*, dachte ich. *Vielleicht kann er jede Frau kriegen, die er will …* Ich musste erst mal tief durchatmen.

»Um ehrlich zu sein, ist mir die Pick-up-Community ziemlich suspekt«, sagte ich.

»Das ist verständlich«, sagte James. »Stichwort Heteronormativität.« Mein Puls fing an zu rasen. »Heteronormativität« ist ein Begriff, der von Gendertheoretikern benutzt wird, um die kulturellen Erwartungen bezüglich »normaler« heterosexueller Geschlechterbeziehungen zu beschreiben. Wenn ein Mann dieses Wort intelligent in einen Satz einbauen kann, werde ich sofort schwach.

Höchstwahrscheinlich machte ich es James viel zu leicht, meine Nummer zu bekommen, aber ich konnte nicht anders! Er sprach meine Sprache. Und anschließend versicherte er mir, dass er sich bald wieder auf einer meiner Veranstaltungen blicken lassen würde.

Einer meiner Mitbewohner zu dieser Zeit war zufälligerweise mein Exfreund (ein Arrangement, von dem ich nur abraten kann). Als ich an diesem Abend nach Hause kam, befand er sich gerade in der Küche und kochte. Ich setzte mich zu einer meiner Freundinnen ins Wohnzimmer und erzählte ihr von James. »Wenn ich mit einem Pick-up-Artist schlafe«, fragte ich sie, »habe ich dann gewonnen oder verloren?«

»*Verloren!*«, rief mein Ex aus Richtung Küche. Er klang aufgebracht.

• • •

James, der Pick-up-Artist, kam einige Wochen später wieder zu einem meiner Workshops und lud mich danach zu einem Kaffee ein. Er war Ende dreißig, hatte einen Master in Psychologie und war frisch geschieden. Er war intelligent, unaufdringlich und ging elegant auf meine verwirrten Fragen ein.

»Die meisten Typen in der PUA-Community wollen im Grunde eigentlich nur das Gleiche wie alle anderen Menschen: eine lang anhaltende, verbindliche Liebesbeziehung.«

Ich hatte da meine Bedenken. »Ist denn das Manipulieren von Frauen *wirklich* der beste Weg, um eine Langzeitbeziehung anzufangen?«

»Na ja, für jeden bedeutet Manipulation etwas anderes. Die meisten dieser Typen wollen einfach nur lernen, wie man mit anderen umgeht«, sagte James mit einem Seufzer. »Trotzdem muss ich leider zugeben, dass die Community keine guten Beziehungstipps gibt. Ein Großteil meines Einkommens kommt von Klienten, die lernen wollen, wie sie ihre Pick-up-Verhaltensweisen wieder rückgängig machen können. Sie verführen eine Frau, mit der sie gern zusammen sein möchten, aber dann merken sie, dass sie sich gar nicht auf sie einlassen können.«

Missverstandene Nerds auf der Suche nach Liebe oder gnadenlose Casanovas, die Frauen ausbeuten wollen? Mir fehlten ausreichende Informationen, um mir wirklich ein Urteil machen zu können. Also verschob ich es auf später. James wirkte freundlich, aber zurückhaltend. Er schlug vor, gemeinsam ein Projekt zu entwickeln. Vielleicht eine Sexratgeberkolumne? Leider musste ich passen, weil ich in wenigen Monaten ins Ausland gehen würde.

Ich fragte ihn nach seiner Erfahrung mit SM und war tief enttäuscht, festzustellen, dass James' Hauptinteresse in Bondage lag – Fesselspiele. Meine eigenen SM-Interessen liegen woanders und aufwendige Fesselprozeduren langweilen mich meistens. Die Beziehung, die ich mit meinem Freund ausgehandelt hatte, war nur semi-monogam. SM außerhalb der Beziehung war okay, aber den »Blümchensex« hatten wir füreinander reserviert. Wenn James also meine SM-Interessen nicht teilte, war er für mich tabu.

Aber James schien sowieso weder sexuelles noch sadomasochistisches Interesse an mir zu haben. Ich spürte nicht mal die leisesten Flirtsignale von seiner Seite und versuchte sehr, nicht beleidigt zu reagieren. Ich tröstete mein Ego, indem ich mir einredete, dass James vielleicht mehr Interesse zeigen würde, wenn ich nicht mit jemand anderem zusammen und kurz davor wäre, das Land zu verlassen.

»Rate mal, wer auf meinem Workshop war«, sagte ich später zu meinem Freund.

»Wer denn?«

»Der Pick-up-Artist!« Ich versuchte, so fröhlich wie möglich zu klingen.

»*Wirklich?*«, fragte mein Freund. Er klang genau wie mein Exfreund, als er »*Verloren!*« gerufen hatte. Ich musste lachen.

»Er hat keinerlei Anstalten gemacht, mich zu verführen«, versicherte ich ihm. »Wir haben nicht mal kompatible Interessen in Bezug auf SM. Ehrlich.«

»Hmm.«

»Er ist ein interessanter Typ«, fuhr ich fort. »Er benutzt Wörter wie ›heteronormativ‹ und macht auch keinen wirklich ruchlosen Eindruck.«

»Das ist genau das, was du glauben *sollst.*«

Ich lachte wieder. »Natürlich. Ich frage mich auch, was er im Schilde führt. Er scheint ehrliches Interesse an meiner Arbeit zu haben; ich frage mich, wozu er mich benutzen will. Aber gleichzeitig stereotypisiere ich ihn durch diese Frage. Du übrigens auch.«

»Hmm«, gab mein Freund zögernd zu. »Damit könntest du recht haben.«

• • •

Gerüchten zufolge hatte eine Frau aus der SM-Community mit James geschlafen. Als ich sie das nächste Mal sah, quetschte ich sie sofort aus.

»Er wird dich so lange belügen, bis er dich rumgekriegt hat«, sagte sie düster. »Und dann ruft er dich nie wieder an.«

»Wie gut ist er denn im Bett?«, hakte ich nach. »Auf einer Skala von eins bis zehn?«

Sie überlegte kurz, seufzte und machte eine dramatische Geste. »Zehn!«

Ich beschloss, diese Information im Hinterkopf zu behalten, und schickte James später eine E-Mail. Seine Antwort war zurückhaltend. Ich fixierte den Bildschirm meines Computers und überlegte, was ich jetzt tun sollte. Ich hatte das Gefühl, dass ich *irgendetwas* von diesem polierten Verführungsprofessor wollte ... aber was? Es war mehr als ein spannendes Gespräch, mehr als ein gemeinsames Aufklärungsprojekt, mehr als eine Kerbe im Bettpfosten. Ich wollte wissen, was in seinem Kopf vor sich ging. Ich wollte, dass er auf mich reagierte ... aber offenbar hatte er kein Interesse. Ich seufzte und versuchte, meine Enttäuschung zu ignorieren. Ich war sowieso mit anderen Dingen beschäftigt. Dazu gehörte auch eine absehbare, aber trotzdem sehr schmerzhafte Trennung von meinem Freund. Ein paar Monate später zog ich in ein anderes Land.

• • •

Ich fing mit 24 an, im Internet über BDSM zu schreiben. BDSM ist eine Abkürzung, die mit vier Buchstaben sechs Begriffe beschreibt: Bondage, Disziplin, Dominanz, Submission (Unterwerfung), Sadismus und Masochismus; ich benutze meistens den gebräuchlicheren Ausdruck »SM«. Ich bin das, was wir einen »Switch« nennen: Ich kann zwischen der dominanten und der unterwürfigen Rolle hin- und herwechseln (obwohl ich mehr Interesse an der letzteren habe).

Ich entdeckte meine sadomasochistischen Neigungen, als ich zwanzig war. Damit klarzukommen, war wirklich nicht einfach. Es fing an, als ein Typ mich auf einer Party abschleppte. Er tat mir sehr weh; er brachte mich dazu, um Gnade zu flehen. Es fühlte sich wunderbar an, aber verwirrte mich vollkommen.

Oberflächlich betrachtet, stehen meine masochistischen Sehnsüchte völlig im Gegensatz zu meiner Identität als unabhängige, rationale und feministische Frau. Aber instinktiv spürte ich, dass ich SM in meinem Leben brauchte. Was blieb mir also anderes übrig, als mich damit anzufreunden?

Ich bin Schriftstellerin; wenn mich etwas beschäftigt, verarbeite ich es durch Schreiben. Ich brauchte ein paar Jahre, um mich langsam wieder zu sammeln. Ich verfasste lange Tagebucheinträge über meine verwirrende sexuelle Identität, suchte im Internet nach Texten über SM und wurde davon förmlich überflutet. Es gab sogar Feministinnen, die über ihre Erfahrung mit SM schrieben und die Schnittstellen zwischen Feminismus und SM aufzeigten.[1] Ich wollte Teil dieses Diskurses werden und startete meinen eigenen Blog.

In meinem eigenen Selbstverständnis war ich schon immer Feministin gewesen, ohne es genauer zu durchdenken. In diese Blogsphäre hineinzugeraten, war wie ein Crashkurs in Feminismus, in dessen Geschichte einige großartige Triumphe der Menschenrechte zu finden sind, wie zum Beispiel das Wahlrecht für Frauen oder die Legalisierung von Abtreibung. Aber leider hat die Feminismusbewegung in der Vergangenheit auch unglaubliche Engstirnigkeit bewiesen, zum Beispiel in Bezug auf Rassismus, Homosexualität, Sexarbeiter ... und SMer.

Viele FeministInnen behaupten, dass eine Frau, die auf SM steht, tiefgreifende Probleme mit ihrem Selbstwert hat, missbraucht wird oder sogar Verrat begeht und sich dem Feind ausliefert (das sind die FeministInnen, die Männer als Feinde bezeichnen). Wie Alice Schwarzer sagt: »Weiblicher Masochismus ist Kollaboration!«[2]

Aus dieser festgefahrenen Argumentation entstand eine Art interne Gegenbewegung, die man als »sexpositiven Feminismus« bezeichnet. Dazu zähle ich auch mich selbst.

Im Lauf der Jahre wurde auch der Platz der Männer im Feminismus immer wieder kontrovers diskutiert. Was bedeutet es, ein Mann zu sein, der Frauen unterstützt und sich für Geschlechtergleichheit starkmachen möchte? Sind Männer, die Frauenrechte unterstützen, nicht immer Feministen? Und wenn nicht, warum nicht?

Sexpositive FeministInnen nehmen meist wohlwollende Perspektiven in den Diskussionen über Männlichkeit ein. Nicht alle sexpositiven FeministInnen stehen auf SM, aber viele. Manchmal frage ich mich, ob wir den Problemen der Männer gegenüber offener sind, weil wir ein nuanciertes Verständnis von Macht haben. Wenn es eins gibt, das ich durch SM gelernt habe, ist es, dass Macht niemals nur in eine Richtung geht.

Im Jahr 1963 schrieb Betty Friedan in ihrem Klassiker *The Feminine Mystique*: »Männer waren nicht wirklich der Feind – sie waren ebenfalls Opfer eines überholten maskulinen, geheimen Nimbus, der dafür sorgte, dass sie sich überflüssig fühlten, wenn es keine Bären zu erlegen gab.« Die nächsten 49 Jahre lang haben FeministInnen immer wieder versucht zu erklären, dass keineswegs alle von uns Männer hassen. Hört jemand zu? Natürlich nicht.

Oder vielleicht doch. Im Jahr 2005 wurde Betty Friedans Zitat über Männlichkeit und Bären in einem *New-York-Times*-Bestseller zitiert, dessen Autor ein Mann war. Der Mann war Neil Strauss, das Buch *Die perfekte Masche: Bekenntnisse eines Aufreißers* (auf Neil Strauss' Standpunkt zum Thema Feminismus werde ich später noch ausführlich eingehen). Während meiner PUA-Recherche war ich unglaublich fasziniert von den Bereichen, in denen sich beide Theorien – Pick-up-Philosophie und Feminismus – überschnitten.

Die Autorin bell hooks definierte Feminismus im Jahr 2000 in ihrem Buch *Feminism is for everybody* als eine »Bewegung, um Sexismus, sexistische Ausbeutung und Unterdrückung zu beenden«.[3] Nach dieser Definition können Männer natürlich auf jeden Fall Feministen sein. Und auch so eine böse, abartige Perverse wie ich. Ich bin mir nicht sicher, ob Neil Strauss Feminismus für sich beanspruchen würde. Im Interview ist er dieser Frage geschickt ausgewichen.

•••

Weibliche Sexualität war während der »Feministischen Sexkriege« immer wieder ein zentrales Streitthema; die Diskussion der männlichen Sexualität fiel eher unter den Tisch. Ein Großteil des Feminismus liegt im Widerstand gegen die gewaltsame gesellschaftliche Dominanz von Männern begründet. So wurde zum Beispiel das Vergewaltigungstrauma-Syndrom (eine Form des posttraumatischen Stresses, den Opfer von Vergewaltigungen erleben) zum ersten Mal in den Siebzigern von FeministInnen identifiziert. Es mag für uns heute unvorstellbar klingen, aber früher gingen viele Leute nicht davon aus, dass Vergewaltigung ein Trauma zur Folge haben könnte.

Eine 65-jährige Frau erzählte mir, dass sie 1970 von einem Mann, der in ihr Haus eingebrochen war, überfallen und vergewaltigt worden war. 1974 suchte sie endlich Hilfe bei einem Therapeuten, weil sie unter Schlafstörungen, Panikattacken und anderen schlimmen Symptomen litt. Als sie dem Therapeuten die Vergewaltigungsgeschichte erzählte, guckte er sie nur an und fragte: »Meinen Sie wirklich, dass das wichtig ist?«

Das ist mein voller Ernst. Vor diesem geschichtlichen Hintergrund ist es verständlich, dass die meisten FeministInnen andere

Prioritäten hatten, als die Probleme der männlichen Sexualität zu diskutieren – besonders in Anbetracht der Tatsache, dass viele FeministInnen selbst gewaltsame Angriffe von Männern überlebt haben.

Im Laufe der Jahre hat sich jedoch gezeigt, dass die Auseinandersetzung mit männlicher Sexualität im Kampf gegen Vergewaltigung unumgänglich ist (schließlich werden auch Männer Opfer von Vergewaltigungen). Alle Themen, die Geschlechteridentität berühren, sind miteinander verwoben. Dank dieser Erkenntnis nehmen tiefgreifende Debatten bezüglich männlicher Sexualität auch unter FeministInnen immer mehr zu.

Ein Thema, das in diesen Diskussionen immer wieder aufkommt, ist die Beschränktheit unserer gesellschaftlichen Standards hinsichtlich männlicher Sexualität. Von Männern wird erwartet, dass sich Sex für sie um Leistung, Unersättlichkeit und Gewalt dreht: *Wie groß ist dein Schwanz, wie viele heiße Weiber kannst du vögeln* ... Diese Vorstellung liefert einen oberflächlichen und unvollständigen Eindruck davon, was die meisten Männer wirklich wollen.

Dieses mangelhafte, substanzlose Bild ist ein Kernstück der Pick-up-Artist-Kultur und wird gründlich vermarktet. Obwohl PUAs natürlich unterschiedliche Präferenzen in Bezug auf Frauen haben, orientieren sich die meisten von ihnen an den typischen Schönheitsidealen. Einige PUA-Arschlöcher (und auch viele Arschlöcher, die keine PUAs sind) werden sagen, dass alle Männer dasselbe wollen. Sie behaupten, dass Männer null Interesse an Frauen mit Persönlichkeit oder Verstand haben, sondern nur junge, schlanke, weiße Frauen begehren, und dass alle Männer, die sagen, dass sie zum Beispiel ältere Frauen attraktiv finden, lügen, »weil sie nichts Besseres klarmachen können«.

Obwohl das vielleicht auf ein paar Männer zutrifft, gilt es mit Sicherheit nicht für alle. (Ironischerweise drückt das auch eine ziemlich verachtende Haltung Männern gegenüber aus. Das ist das schmutzige kleine Geheimnis des Frauenhasses – er geht Hand in Hand mit *Männerhass.*)

Das beste Beispiel hierfür ist John Devores Geschichte, der jahrelang für ein Männermagazin arbeitete. Er jagte den Models hinterher, weil er glaubte, dass genau das von ihm erwartet wurde:

Schönheit liegt im Auge des Betrachters und das Gleiche gilt für Erektionen ... Wenn ich Megan Fox sehe, quellen mir dann die Augen aus den Höhlen wie in einem Cartoon? Sicher. Aber das ist beinahe eine Pawlowsche Reaktion. Konditioniert. Es gibt eine tiefe Diskrepanz zwischen dem, was wir sexy finden sollen, und dem, was wir tatsächlich für sexy halten, zwischen dem glamourösen Gruppendenken und der Unantastbarkeit der individuellen Perversion. Nicht alle Typen wollen mit aufreizenden Schönheitsköniginnen nach Hause gehen. Der Unterschied zwischen einem Jungen und einem Mann ist einfach: Ein Mann weiß, was er will, und entschuldigt sich nicht dafür. Die richtige Frau ist genau die, von der er sagt, dass sie es ist.

[...] Es gab mal eine Zeit, in der es mir viel zu wichtig war, was andere von mir dachten, und so jagte ich Frauen hinterher, als ob mein Penis jemand anderem gehörte. Diese Frauen hatten einen Mann verdient, der selbstsicher war und es nicht nötig hatte, der Welt zu sagen: »Seht mal, wen ich flachlegen kann!« [...] Einmal war ich mit einer Frau zusammen, die so umwerfend schön war, dass meine Freunde mir High Fives gaben, wann immer sie uns den Rücken zudrehte. Sie war eine bemerkenswerte und tiefgründige Frau. Und aus irgendeinem Grund stand sie auf mich. Aber als wir herummachten, war von meiner Seite einfach nicht viel Verlangen da. Sie dagegen fuhr so

sehr darauf ab, dass es sie selbst überraschte. Wie sich herausstellte, war sie vorher immer nur mit athletischen Männern mit gegelten Haaren und Bauchmuskeln zusammen gewesen. Also so ziemlich das genaue Gegenteil von mir – mehr oder weniger ein plumper, pummeliger, sarkastischer Trottel. Kein Wunder, dass sie mich nicht voller Stolz ihren oberflächlicheren Freunden präsentiert hatte – für die hatte ich keinerlei Wert. Aber für diese Frau hatte ich welchen und sie gelangte durch diese Tatsache zu Erkenntnissen, die ich wenig später mit ihr teilen sollte.

Es bedurfte einer Frau, die mutig liebte, um mir eine befreiende Lektion zu erteilen. Das Leben ist zu kurz, um es mit falschen Romanzen zu vergeuden.[4]

Soweit ich das beurteilen kann, sind die Frauen in PUA-Berichten *immer* jung, schlank, weiß (hin und wieder asiatisch), »cisgender« (»nicht transgender«)[5], gesund und so weiter.

Im Vokabular der PUAs ist HB die Abkürzung für »hot bitch« (»heiße Schlampe«) oder »hot babe« (»heiße Maus«), je nach Grad der Frauenfeindlichkeit. Häufig wird der Bezeichnung HB eine Wertung von 1 bis 10 hinzugefügt: Eine HB5 ist Durchschnitt, eine HB8 ist sehr attraktiv, während eine HB10 absolut umwerfend ist. »Hot bitch« mag zwar negativ klingen, ist aber sehr mild im Vergleich zu den Begriffen, mit denen viele PUAs Frauen beschreiben, die sie unattraktiv finden (»Warzenschwein« ist ein Beispiel).

PUALingo.com, ein beliebter Index von PUA-Definitionen, enthält folgenden Eintrag unter dem Wort »Fatty« (»Fettkloß«):

PUAs, die schon Fattys flachgelegt haben (viele von uns haben das zu Übungszwecken getan), werden während dem Sex ein plötzliches Gefühl von Ekel empfinden, wenn sie auf ihre perfekt definierten Bauchmuskeln herunterblicken und das Schwabbelfett des Fattys sehen. Aber ein positiver Aspekt ist, dass Fattys extrem dankbar sind und normalerweise super blasen können.

Anders ausgedrückt, dicke Frauen sind nur für einen schnellen Fick gut zu gebrauchen. Ihre Gefühle sind irrelevant, außer sie tragen dazu bei, dass sie besser im Bett sind. Diese Webseite ist übrigens noch relativ gemäßigt. Es gibt viele PUA-Autoren, die viel schlimmere Dinge vom Stapel lassen. Das ist es, worüber Feministinnen sich beschweren, wenn wir von »Objektivierung« sprechen.

Ganz nebenbei bemerkt, haben die meisten PUAs übrigens keine »perfekt definierten Bauchmuskeln«.

Dieser Fokus auf stereotype Attraktivität lässt einen Teufelskreis entstehen. Während viele Männer sich zur PUA-Community hingezogen fühlen, weil sie schüchtern sind und sich sonst an niemanden wenden können, gibt es viele andere Männer, die einfach nur so viele konventionell »heiße« Mädels wie möglich flachlegen wollen. Und da die Normen dieser Community genau darauf ausgerichtet sind, halten die Männer, die etwas anderes wollen, meistens den Mund. Sie stellen den notorischen PUA-Leitsatz, dass »alle Typen dasselbe wollen«, sehr selten infrage. Dadurch bleiben die Normen der Community intakt und schrecken Männer ab, die nicht dazu passen.

Interessanterweise lehnen einige PUAs das Nummernsystem ab, weil sie keine Richtlinien für Attraktivität festlegen wollen. Sie benutzen stattdessen ein beschreibendes System, zum Beispiel: »HBTollerArsch« oder »HBYoga«. Andere Männer zeigen mit Aussagen wie »*für mich* war sie eine HB8« ihre individuellen Vorlieben.

Aber es gibt viele PUAs, die sich böswillig über die Männer mit anderen Attraktivitätsvorstellungen lustig machen. Als SMerin war ich insbesondere erschrocken über einen fiesen PUA, der ein Foto ins Internet stellte, auf dem ein Mann in einer unterwürfigen Pose abgebildet war. Sein Kommentar: »Wenn das hier ein Fetisch ist, wäre hiermit bewiesen, dass einige Fetische nur etwas für Loser sind.«[6]

Vielleicht ist es ein Schritt in die richtige Richtung, wenn jemand sagt: »*Für mich* war sie eine HB8.« Aber auch wenn es den PUAs vielleicht dabei hilft, ihre individuellen Vorlieben voneinander zu unterscheiden, ist es für ihre Targets trotzdem nach wie vor entmenschlichend.

Außerdem habe ich selten Gespräche zwischen PUAs gehört, in denen freundlich über Frauen geredet wurde, die nicht ihrem Schönheitsideal entsprachen. Sie gelten meist lediglich als Hilfsmittel (oder Hindernisse) auf dem Weg zu den Hottys.

Viele PUAs haben eine unglaubliche Freude daran, sich über Fattys und Warzenschweine lustig zu machen.[7] Die Ironie ist unglaublich, wenn man bedenkt, dass diese Community aus Männern besteht, die sich bemühen, ihre eigene Attraktivität aufzuwerten. Ich bin nicht die einzige Person, der das auffällt. Ein männlicher Kommentator auf einem PUA-Blog schrieb:

Obwohl der Teil mir zusagt, bei dem es darum geht, »herkömmlich unattraktiven Männern zu helfen, ihr sexuelles Selbstbewusstsein zu finden«, finde ich es schockierend, dass Sympathie gegenüber Frauen, die nicht im gängigen Sinne attraktiv sind, völlig fehlt. Man sollte meinen, dass man eine andere Perspektive entwickelt, wenn man da selbst durch musste ... Für mich klingt das ziemlich verlogen.

Als Mensch mit unkonventionellen sexuellen Vorlieben kritisiere ich andere nicht für ihr individuelles sexuelles Verlangen. Aber ich habe ein riesiges Problem damit, wenn Leute ihre Sexualpartner als minderwertig behandeln. Ganz zu schweigen davon, dass die engstirnigen Standards für Schönheit Frauen schaden, nicht nur bei der Partnersuche, sondern überall, von der Uni bis zum Arbeitsplatz. (Eine Studie aus dem Jahr 2010 belegt, dass blonde Frauen sieben Prozent mehr verdienen als Frauen mit anderen Haarfarben.[8] Eine andere Studie aus dem Jahr 2011 zeigte, dass dünne Frauen auch mehr Geld verdienen. Frauen, die sehr schlank sind, verdienen beinahe 22.000 Dollar mehr als Frauen mit durchschnittlichem Gewicht.[9])

Mich betreffen diese Standards genauso. Je älter ich werde, desto konventioneller wird mein Modegeschmack. Als ich jünger war, fühlte ich mich mit Make-up total unwohl (es sei denn, es war aufwendige Goth-Schminke). Ich wollte schön sein. Es gab kaum etwas, dass ich mehr wollte. Aber nach meinen eigenen Maßstäben. Als ich älter wurde und bereitwilliger den gängigen Modetrends folgte, fühlte ich mich manchmal, als hätte ich einen entscheidenden Kampf gegen mich selbst verloren.

Ich war mit Männern zusammen, denen es mehr oder weniger egal war, wie ich aussah. Einige von ihnen respektierten mich sogar mehr, weil ich nicht »oberflächlich« war. Aber gleichzeitig kritisierte mich der Freund, den ich am meisten liebte, dafür, dass ich »zu sehr mit meinem Äußeren beschäftigt sei«.

Es ist ein Balanceakt. Ich hasse es zu wissen, dass mein Aussehen eine Rolle spielt, und diese Tatsache zu hassen. Klug zu sein und zu wissen, dass meine Intelligenz meistens nicht einmal annähernd so wichtig ist wie meine äußere Erscheinung. Das Ganze tut besonders weh, wenn ich mit Männern zu tun habe, die in der Lage sind, sich zu mir hingezogen zu fühlen und mich *genau dafür* zu hassen.

Ich hasse es, Angst davor zu haben, an Gewicht zuzunehmen oder älter zu werden. Ich kann diesen Terror nie ganz unterdrücken, egal wie oft ich mir meine Intelligenz, meine Fähigkeiten oder anderen positiven Eigenschaften in Erinnerung rufe.

Ich hasse mich selbst, *weil* ich diese Angst verspüre. Ein Teil von mir glaubt, dass *allein die Angst vor dem Verlust meiner Schönheit* mich »falsch« oder »oberflächlich« macht.

Diese Gefühle haben sich durch meinen intensiven Kontakt mit PUAs keinesfalls gebessert. Ich habe mich nie getraut, die PUAs darum zu bitten, mich auf der Skala zu beurteilen. Mir wurde bei dem Gedanken daran schon schlecht. Ich habe ein bis zwei Mal gescherzt, dass ich wohl ein HBX bin, aber es ist ein seltsamer Witz. Es war mehr ein Versuch, meine innere Anspannung zu diesem Thema zu zerstreuen.

Das direkteste Feedback, das ich je bekommen habe, kam von einem PUA-Coach, der sagte: »Ich mag es, wenn du mit uns sargen gehst. Du bist heiß. Irgendwie hast du Ähnlichkeit mit Anne Hathaway.«

Wenn ich mit Männern zu tun habe, die behaupten, dass sie meine Meinung oder meine Intelligenz respektieren, kann ich mich selbst davon überzeugen, dass meine äußere Erscheinung keine große Rolle spielt. Mit PUAs war mir dieser Luxus nie vergönnt. Obwohl es mir Spaß machte, mit ihnen zu flirten, und ich einige von ihnen mochte, konnte ich mir nicht helfen: Ein bisschen Hass mischte sich immer mit rein. Ich kann einfach Begriffe wie »Fettkloß«, »Warzenschwein« und »HB10« nur so oft hören, bis ich deprimiert und wütend werde.

Natürlich mag ich es, wenn mir ein Kerl ehrlich sagt, dass er mich attraktiv findet. Aber es ist schlimm, ausschließlich auf meine äußere Erscheinung reduziert zu werden.

Es gab natürlich auch solche PUAs, die mir das Gefühl gaben, dass sie meine Meinung respektierten. Ich versuchte, mir einzureden, dass sie mir immer noch zuhören würden, wenn ich nicht dünn, weiß, cisgender, gesund und so weiter wäre. Ich konnte mich davon nie wirklich überzeugen.

Es gab ein paar Kerle in der PUA-Subkultur, die ich mochte – denen ich sogar *vertraute* –, die niemals die schlimmsten PUA-Ausdrücke in den Mund nahmen oder die geringsten Anzeichen von Frauenhass zeigten. Diese Kerle hatten allerdings Seltenheitswert.

Natürlich kann ich nicht abstreiten, dass ich selbst auch attraktiven Männern mehr Aufmerksamkeit schenke. Frauen ist physische Erscheinung vielleicht im Gegensatz zu Männern weniger wichtig, aber ganz ehrlich, jeder Mensch, egal welchen Geschlechts, beurteilt andere zu einem gewissen Grad nach ihrer körperlichen Anziehungskraft.

Es dreht sich weniger darum, was wir persönlich attraktiv finden, sondern vielmehr darum, wie wir darüber reden und damit umgehen. Es ist völlig in Ordnung, sich nicht zu dicken Leuten hingezogen zu fühlen. Aber das ist kein Grund, sie schlecht zu behandeln oder zu behaupten, dass niemand auf der ganzen Welt sie attraktiv finden könnte.

Ich muss zugeben, dass ich die Zustimmung der PUAs suchte. Ich war immer das hässliche Entlein gewesen, das ein Schwan sein wollte. Ich sehnte mich nach der Anerkennung von Männern, die ihre ganze Zeit damit verbrachten, Frauen nach ihrer Fickwürdigkeit zu bewerten. Dementsprechend erreichte meine innere Unsicherheit in Bezug auf mein Äußeres während meiner PUA-Recherche Rekordwerte.

Diese Typen suchten verzweifelnd nach einer bestimmten Form von Bestätigung von Frauen und ich war ihnen darin auf deprimierende Art sehr ähnlich. Es ist ziemlich krank, dass mein Interesse an PUAs zum Teil darauf beruhte, dass ich selbst auf der Suche nach Wertschätzung war. Sobald es mir klar wurde, ekelte es mich an. Aber vielleicht ist es einfach das unvermeidliche Resultat einer Gesellschaft, die uns sagt, dass der Wert einer Frau durch ihr Erscheinungsbild festgelegt wird.

•••

Pick-up-Artistry beruht unter anderem auf Manipulationstechniken wie Neurolinguistischem Programmieren (NLP). NLPler behaupten, dass sie andere Personen mit präziser Wortwahl und Gesten kontrollieren können.

Viele Ideen in der Pick-up-Community stammen aus dem NLP, zum Beispiel die »Frame-Theorie«. Ein »Frame« (»Rahmen«) ist ein gedankliches Muster oder eine Art Weltanschauung. Ein Beispiel für unterschiedliche Frames ist die Art, wie ein Boulevardmagazin im Gegensatz zu einer intellektuellen Zeitung das gleiche Ereignis beschreibt.

Diese Theorie bietet auch Einblicke ins Flirten. Viele Flirttechniken bestehen darin, zu »reframen« oder den Frame zu »stehlen«. Wenn ich einen Mann frage: »Bist du ein Pick-up-Artist?« und der Typ antwortet: »Oh, denkst du, ich will was von dir? Das geht mir aber ein bisschen zu schnell«, dann stiehlt er mit seiner Antwort den Frame. Und ist dabei noch witzig.

Aber diese Theorie kann sehr schnell aggressive Züge bekommen, wenn es darum geht, Kontrolle über die Frames zu gewinnen. Die Theorie dahinter ist, dass jedes Individuum seinen eigenen Frame hat und diesen um keinen Preis aufgeben möchte. Jeder will, dass *sein* Frame alle Situationen dominiert. Eine sozial starke Person zeichnet sich dadurch aus, dass sie die Frames der Personen um sie herum kontrollieren kann.

Obwohl diese Theorie einen wahren Kern hat, ist sie problematisch. Natürlich versuchen die meisten Menschen (ich selbst eingeschlossen), anderen ihre Denkweise zu vermitteln. Dennoch stellt sich die Frage: Wie konfrontierend wollen wir unsere Beziehungen gestalten? Sollten Macht und Kontrolle immer im Mittelpunkt stehen? Wäre es nicht besser, das Konzept anhand von »ineinandergreifenden Frames« oder »verstehenden Frames« anstatt »kontrollierenden Frames« zu betrachten?

Einige NLP-Texte sind auf positive zwischenmenschliche Verbindungen ausgerichtet und geben sogar Tipps, wie man seine eigenen Gedanken, Gefühle und Sehnsüchte besser ausdrücken kann. Aber trotzdem spiegelt es eine ziemlich aggressive Auffassung wider, Kommunikation als ein *Werkzeug* zu sehen, das dazu dient, ganz bestimmte Reaktionen hervorzurufen.

Es gibt einfache NLP-Taktiken, die erstaunlich gut funktionieren. Wenn man beispielsweise während einer Unterhaltung immer wieder mit dem Kopf nickt, wird der Gesprächspartner fast immer auch irgendwann anfangen, mit dem Kopf zu nicken.

Die Effektivität und Auswirkung von NLP ist in PUA-Kreisen umstritten. Wie ein PUA-Guru einmal zu mir sagte: »Klar gibt es Probleme mit der Pick-up-Artistry. Was erwartest du denn von einer Gemeinschaft, die ihre Wurzeln im NLP hat?«

Die Einstellung unserer Gesellschaft bezüglich Sex, Liebe und Partnersuche hat sich in den letzten Jahrzehnten enorm verändert. Erwartungen und Anstandsregeln haben sich deutlich gelockert. Monogamie ist nach wie vor die Norm in der westlichen Welt, aber trotzdem sind Scheidungen (und sogar offene Beziehungen) zunehmend verbreitet und akzeptiert. Fast alle Normen und Gebräuche werden hinterfragt. Möglicherweise sind PUAs ein Produkt dieser veränderten Situation.

Wenn es keine festen Benimmregeln oder Rituale gibt, die vorschreiben, wie Partnersuche zu verlaufen hat, scheint es logisch, dass sich eine Gruppe von Männern zusammenschließt, um herauszufinden, wie es am besten funktioniert. Es gibt tatsächlich Anti-Feministen, die finden, dass PUAs *sich viel zu sehr für die Gefühle der Frauen interessieren.* Hier ein Zitat aus einem antifeministischen Blog:

Die PUA-Community spricht nie oder nur selten die Dinge an, die Frauen falsch machen. Es ist wie bei einem Kind, das einen Wutanfall bekommt. Anstatt es zu disziplinieren, versucht man herauszufinden, was genau das Kind will, um es ihm dann geben zu können. Es herrscht eine riesige Angst davor, Frauen auf ihr Fehlverhalten hinzuweisen. […] Das Game ist im Grunde nur eine Strategie, mit dem miesen Verhalten von Frauen umzugehen. Wenn eine Frau überheblich ist und sich verweigert, sollst du herausfinden, welche Knöpfe du bei ihr drücken musst, anstatt ihr klar zu sagen, dass sie sich öffnen soll.[10]

Dieser Blogeintrag verursacht mir aus einer ganzen Reihe von Gründen ernsthafte Kopfschmerzen. An erster Stelle steht der Vergleich von Frauen mit Kindern, dicht gefolgt von der Behauptung, Frauen müssten zur Vernunft gebracht und »erzogen werden«. Hinzu kommt die Weigerung, darüber nachzudenken, was die Frauen zu dem beschriebenen »miesen« Verhalten veranlasst haben könnte. (Ich wette, dass dieser Typ das »Fehlverhalten« von Frauen katalogisiert hat und der erste Punkt auf dieser Liste ist, »sich zu weigern, Sex mit mir zu haben«.) Aber der Gedanke, dass PUAs sich zu viele Gedanken über Frauen machen oder Frauen belohnen, die überheblich und gemein sind, ist interessant.

Von all den Leuten, die ich in der PUA-Subkultur kennengelernt habe, waren mir die Typen am liebsten, die (genau wie ich) Pick-up-Artistry als ein Werkzeug nutzen wollten, um Geschlechteridentität und Sexualität zu verstehen. Meistens bezeichneten sich diese reflektierten Typen ungern als Pick-up-Artists, weil sie sich nicht darüber identifizieren wollten.

Am Anfang meiner Recherche traf ich einen Blogger mit dem Alias Hugh Ristik. Er hatte als schüchterner, ungeschickter Typ angefangen, der sich für Pick-up interessierte, weil er einfach keinen Erfolg bei Frauen hatte. Er ist auch ein unglaublich intelligenter Mann mit ernsthaftem Interesse an Ethik und Moral. Er hat wahrscheinlich doppelt so viele Seminare in Gender Studies an der Uni belegt wie ich. Sein Alias ist ein Wortspiel mit dem semipsychologischen Begriff »Heuristik« (»Entscheidungsregel«; eine erfahrungsbezogene Methode, schnelle Entscheidungen zu treffen). Ich brauchte peinlich lange, um diesen Witz zu kapieren.

Hugh Ristik war für mich unter anderem deswegen interessant, weil er die westlichen Vorstellungen von Männlichkeit so fundamental anzweifelte. Trotzdem fürchtete er, sich der Heteronormativität anpassen zu müssen, *um überhaupt eine Freundin zu kriegen.* Er wollte kein mannhafter Mann sein. Er wollte die Zwänge und Normen der Geschlechteridentitäten sprengen und *trotzdem* begehrenswert sein. Also fragte er sich: »Was ist das Minimum an Männlichkeit, das ich zur Schau stellen muss, um auf Frauen attraktiv zu wirken?«

Hier ist ein Beispiel von Hugh Ristiks Arbeit:

In meinen Augen müssen wir die PUA-Community in vielen Punkten hinterfragen:

- *Was ist die Community überhaupt? Was sind ihre Praktiken und Denkansätze?*
- *Was zieht Männer hinein? Was sind die Erfahrungen dieser Männer?*
- *Wie gut funktionieren die Taktiken, die diese Community vorschlägt? Was bedeutet »funktionieren« in diesem Fall?*
- *Ist die Community schädlich oder sexistisch gegenüber Frauen? Hat sie positive Auswirkungen auf Frauen?*
- *Ist die Community schädlich oder sexistisch gegenüber Männern? Hat sie positive Auswirkungen auf Männer?*
- *Sind die Verhaltensweisen dieser Community ethisch korrekt?*

Ich habe die letzte Frage aus gutem Grund ans Ende gestellt: All die anderen Fragen müssen zuerst beantwortet oder zumindest bedacht werden, bevor man sich der letzten intelligent nähern kann.[11]

Irgendwann versuchte ich, eine große Typologie der Pick-up-Artists zu entwickeln. Das hier ist dabei herausgekommen. Natürlich gibt es viele PUAs, die in mehr als nur eine Kategorie gehören.

Typ eins: Die Analytiker. *Hinterfragen Geschlechteridentität.* Typen wie Hugh Ristik, die Denkansätze und Handlungsmuster der PUAs analytisch dekonstruieren. Sie sehen die PUA-Community als ein Mittel dazu, Sex und Gender zu verstehen.

Typ zwei: Die Außenseiter. *»Average Frustrated Chumps«* (AFC; »Frustrierte Durchschnittstrottel«) sind Kerle, die selten Sex haben und (noch) keine PUAs sind. Es gibt auch »below-Average Frustrated Chumps« (bAFCs); Männer, die so schüchtern und unbeholfen sind, dass sie noch nie auch nur eine einzige Verabredung hatten. Solche Typen lernen in der PUA-Community eine Reihe sozialer Umgangsformen, die andere Kerle in ihrem Umfeld früher gelernt haben.

Typ drei: Die Hedonisten. *Wollen Spaß haben.* Einige Leute fangen an, sich mit Pick-up-Artistry zu beschäftigen, weil es ihnen ganz einfach Vergnügen bereitet. Meistens sind die hedonistischen PUAs so harmlos wie Leute, die gelegentlich eine Flasche guten Wein genießen. Aber sie werden gefährlich, wenn ihnen ihr eigener Genuss wichtiger ist als die Gefühle anderer Menschen.

Typ 4: Die Anführer. *Organisieren die Community.* Nach AFC und bAFC gibt es noch den Begriff der rAFC: »reformed Average Frustrated Chump« (»bekehrter Durchschnittstrottel«). Hin und wieder verwandelt sich ein Typ, der von der Pick-up-Artistry »gerettet« wurde, in eine Art Prediger der PUA. Andere

Anführer genießen einfach den hohen Status in der Community oder sehen es als Ehrensache. Ein Gentleman dieser Kategorie informierte mich zum Beispiel, er wolle »mithilfe von Pick-up-Artistry bessere Menschen aus den Männern machen«.

Typ fünf: Die Abzocker. *Hinter der Kohle her.* Die meisten Organisatoren in der PUA-Community werden für die Arbeit, die sie machen, nicht bezahlt. Aber einige Typen (und ein paar Frauen) nutzen das Wachstum der Community und die damit einhergehende Kommerzialisierung relativ schamlos aus und vermarkten sich als Dating Coaches oder Eventveranstalter.

Typ sechs: Die Darth Vaders. *Auf Macht und Rache aus.* Die schlimmsten PUAs machen keinen Hehl daraus, dass sie Frauen verachten, misstrauen oder hassen (obwohl sie uns natürlich immer noch vögeln wollen). Aber nicht nur das - sie ziehen auch oft aufs Übelste über andere Männer her.

Es ist seltsam, dass all diese verschiedenen Typen sich in der gleichen Community über die gleichen Themen und Verführungstaktiken austauschen. Sie benutzen auch alle das gleiche Vokabular, was zu merkwürdigen Situationen führen kann.

Ein Beispiel dafür ist die viel diskutierte PUA-Taktik des »Negs«. »Neg« ist eine Abkürzung für »negative hit« (»negative Bemerkung«). Eine PUA-Webseite definiert einen Neg als »eine (mitunter humorvolle) Bemerkung, die auf die Fehler einer Frau aufmerksam macht«.[12] Andere PUAs sehen Negs als freundliches Necken. Sie zeigen damit, dass sie dem Target aufmerksam zuhören, ohne zu übereifrig oder bedürftig zu wirken. Hier ist ein nettes Beispiel aus meinem eigenen Leben:

Ich saß mit einem ehemaligen PUA in einem Café und er blickte mir tief in die Augen.

»Warte mal«, sagte er. »Hast du deine Brille mit Sekundenkleber repariert?«

»Ja, hab ich«, gab ich zu.

Er grinste. »Alles an dir schreit geradezu ›arme Künstlerin‹, oder?«

Ich lachte mich darüber kaputt. Seine Rechnung ging voll auf, weil er verstand, dass ich mich bewusst entschieden hatte, (vorübergehend) eine mittellose Schriftstellerin zu sein, aber auch, was für eine innere Anspannung ich bezüglich dieser Entscheidung empfand. Außerdem tat er das in einem Moment, in dem ich mit einem abgedroschenen Kompliment über meine Augen rechnete. Erfolgreiches Flirten bedarf oft einfach nur der richtigen Mischung aus Selbstvertrauen, unerwartetem Verhalten und aufmerksamem Zuhören.

Diesen Typen würde ich in die dritte Kategorie stecken: ein Hedonist auf der Suche nach Spaß.

Einige PUAs haben ein eher strategisches Verständnis von Negs und nutzen sie als Methode, die »Tests« ihrer Targets zu bestehen oder ihr Bitch Shield zu durchdringen. Sie sind der Meinung, dass Negs besonders wirksam bei sehr schönen Frauen mit hohem Status sind (HB7s oder höher). Neil Strauss, Autor von *Die perfekte Masche*, schreibt:

Wenn du einer Frau, die häufig angemacht wird, ein abgedroschenes Kompliment machst, wird sie die Bemerkung entweder ignorieren oder davon ausgehen, dass du das nur gesagt hast, um sie rumzukriegen.

Wenn du dich ein bisschen über sie lustig machst und ihr zeigst, dass dich ihre Schönheit kalt lässt, bewirkst du, dass sie stattdessen versucht, dich *zu erobern. Wenn du sie letztendlich mit deiner Zuneigung* belohnst, *wird sie sich gut fühlen. Kurzum, ein Neg wird dir die Glaubhaftigkeit verschaffen, die du brauchst, um ihr später ein ehrliches Kompliment machen zu können. Trotzdem bin ich nicht unbedingt ein Befürworter von Negs; sie sind wie ein kurzfristiges Pflaster, das du auf deine Persönlichkeit klebst, während du lernst, wirkliches Selbstverstrauen und Charakterstärke zu entwickeln.*[13]

Manipulativ? Definitiv. Aber wie schädlich ist es? Für viele Leute gehört ein gewisses Maß an Doppeldeutigkeit und Ungewissheit einfach zum Flirten. Für diese Art Game sind Negs sehr nützlich.

Für mich gehört Neil Strauss in die erste Kategorie meiner Typologie. Er ist ein Analytiker, passt aber auch in viele andere Kategorien.

Für andere PUAs dagegen sind Negs eine Taktik, um ein Target zu verunsichern und dafür zu sorgen, dass es ihr *schlecht* geht. Hierzu ein Zitat eines berühmten PUA, der sich Tyler Durden nennt: »Negs eignen sich hervorragend, um das Selbstwertgefühl eines Targets zu senken und sie dazu zu bringen, nach deiner Aufmerksamkeit zu suchen.«[14] Ein anderer, besonders gnadenloser PUA schreibt:

Die besten Negs wirken im ersten Moment wie Komplimente, schwirren aber noch Stunden später in ihrer Psyche herum. Sie nagen an ihrer Selbstwahrnehmung und bringen sie dazu, sich dir gegenüber zu qualifizieren. [Ein Neg] dringt in das Unterbewusstsein einer Frau ein, sodass sie mehr geistige Energie darauf verwendet, ihren eigenen Wert zu analysieren als deinen.[15]

Ein Kommentator fügte den obigen Worten noch hinzu: »Solange eine Frau sich bemüht, dir zu gefallen, ist die Macht genau da, wo sie hingehört: sicher in deiner Tasche.«

Wenn du es also schaffst, dass sich die Frau unsicher und minderwertig fühlt, wird es für dich leichter, sie zu kontrollieren. Glückwunsch, Jungs! Damit seid ihr bei dem gleichen Schluss angekommen wie Missbrauchstäter.

Dieser Blogger steht auf der Liste der Darth-Vader-PUAs in meiner PUA-Kategorisierung ganz weit oben.

Ich muss leider zugeben, dass meine Kategorisierung weder vollständig noch richtungsweisend ist. Andere, wie beispielsweise der PUA-Coach Mark Manson, den ich mag und bewundere, haben ihre eigene, weitaus komplexere Klassifizierung entwickelt.[16] Aber ich finde es einfacher, »uneingeweihten« Leuten die PUA-Community anhand meines eigenen Systems zu erklären.

Kapitel 2

You're a Good Soldier, Choosing Your Battles

In diesem Kapitel stürzt sich Clarisse ins Feld und beobachtet PUAs in ihrer natürlichen Umgebung. Einer von ihnen entwickelt ein besonderes Interesse an ihr, woraus ein extrem unterhaltsamer Machtkampf entsteht. Außerdem werden die Theorien des feindlichen Flirtens und der strategischen Doppeldeutigkeit beleuchtet.

Der Titel dieses Kapitels stammt aus dem Lied *Waka Waka (Time for Africa)* von Shakira und Freshlyground.

Auch im Ausland ließen mich die PUAs nicht los und ich verbrachte viel Zeit damit, sie im Internet zu recherchieren. Obwohl ich sie nach wie vor ziemlich mies fand, war ich trotzdem fasziniert.

Nach meiner Rückkehr beschloss ich, die Pick-up-Artistry selbst zu erforschen. Schließlich wollte ich kein »Keyboard Jockey« sein (der PUA-Begriff für jemanden, der die Theorien kennt, aber nie in die Tat umsetzt). Meine Feldforschung dauerte mehrere Monate und fand in meiner Heimatstadt Chicago und in meiner Lieblingsstadt San Francisco statt. Mit »Feldforschung« meine ich eine Mischung aus Spaß und Wahnsinn. Viele Kontakte stellte ich über Hugh Ristik und James Amoureux her, andere fand ich online oder durch puren Zufall.

Mein erstes Treffen mit einer PUA-Gruppe sollte in einem Goth Club stattfinden. Ich war hocherfreut; Goth Partys sind meine Stärke. Ich zitterte fast vor Aufregung, als ich mich in ein Korsett und schwarze Stiefel schnürte. Ich war berauscht von dem Gedanken, das Game auf dem Spielfeld eines Nachtclubs zu beobachten. Mir war noch nicht bewusst, dass ich genau das tat, was PUAs so oft mit Frauen machen: Ich betrachtete diese Kerle in erster Linie als Objekte.

• • •

»Gegensätze ziehen sich an« - an diesem Sprichwort ist viel dran. Wenn mein Partner mich beim SM beispielsweise so sehr kratzt, dass es Spuren auf meiner Haut hinterlässt, fühlt es sich unfassbar intensiv an, wenn er direkt danach die Kratzer ganz sanft berührt.

Menschen sind ständig auf der Suche nach Abwechslung und Unvorhersehbarkeit. Das zeigt auch ein Versuch von Dr. Arthur Aron, über den die *New York Times* 2008 berichtete:

In einigen Experimenten wurden Paare vor eine monotone Aufgabe gestellt. Sie sollten einfach nur in einem Raum hin- und herlaufen. Andere Paare bekamen eine anspruchsvollere Aufgabe - ihre Hand- und Fußgelenke wurden zusammengebunden und sie mussten auf allen vieren einen Ball vor sich herschieben. Vor und nach den Übungen wurden den Paaren Fragen gestellt, wie zum Beispiel: »Wie gelangweilt sind Sie in Ihrer jetzigen Beziehung?« Die Paare mit der anspruchsvolleren Aufgabe verzeichneten verbesserte Werte in den Bereichen von Liebe und Zufriedenheit, während sich bei den Paaren mit der stumpfsinnigen Aufgabe keine bemerkenswerten Veränderungen zeigten.[1]

PUAs betonen häufig die Wichtigkeit der »glaubwürdigen Bestreitbarkeit« beim Flirten. Das bedeutet, dass man immer so tun kann, als ob man eigentlich gar nichts von der anderen Person will. Viele PUAs (und viele andere Leute) ziehen es vor, während des Flirtens nie offen auszusprechen, dass irgendjemand an Sex interessiert ist ... obwohl es am Ende natürlich offensichtlich ist.

Aber Sicherheit ist den meisten Menschen ebenfalls wichtig. Zu viel Kontrast, Unvorhergesehenes oder Neues hält keine Beziehung aus. Es ist spannend, jemanden kennenzulernen, der neue Perspektiven eröffnet, aber wenn er eine komplett andere Sprache spricht, ist Kommunikation unmöglich. Ich mag zwar auf SM stehen, aber selbst ich möchte nicht zu sehr verletzt werden.

PUAs unterscheiden zwischen zwei Arten des Games: »direktes« und »indirektes«. Das indirekte Game ist quasi glaubwürdige Bestreitbarkeit hoch zehn. Es ist wie in einer romantischen Komödie: Keiner gibt zu, was passiert, bis das Paar sich endlich küsst und ins Bett fällt. Im Gegensatz dazu werden beim »direkten Game« von Anfang an deutliche und offene Signale gegeben, wie zum Beispiel die Aussage: »Übrigens, ich finde dich total sexy.«

Ich wünschte, ich könnte sagen, dass direktes Game mein Spezialgebiet ist, weil Ehrlichkeit mir unglaublich wichtig ist. Ich bemühe mich, in meinen Beziehungen so direkt und offen wie möglich zu kommunizieren. Aber auch indirektes Flirten hat etwas sehr Reizvolles für mich.

Für diese Art des Flirtens habe ich mir den Ausdruck »strategische Mehrdeutigkeit« einfallen lassen. Für mich beschreibt es das Wechselspiel aus Kontrast, Herausforderung, Unvorhersehbarkeit und Neuem. Für viele Leute ist genau diese pikante Mischung der Reiz beim Flirten.

Ein Weg, diese strategische Mehrdeutigkeit zu erschaffen, ist durch herausforderndes, sogar feindseliges Flirten. Pick-up-Artistry hat zu diesem Thema die besten Theorien. Die bereits erwähnten Negs sind ein milde Version davon. Ein weiteres Beispiel ist das Konzept der »Shit Tests«. Das sind nicht ernst gemeinte Tests (meist in Form von Fragen), die das Verhalten des Gegenübers auf die Probe stellen sollen.

Die meisten PUAs erklären dieses Konzept anhand der Behauptung, dass »alle Frauen« es Männern absichtlich schwer machen, um zu sehen, wie dominant sie reagieren. Wenn der Mann den Test nicht besteht, dann hat er das Spiel im Grunde schon verloren.

Hier ein paar Beispiele dafür, was in den Augen mancher PUAs ein Shit Test ist:

- »Du bist nicht gerade schlau.«
- »Bist du ein Aufreißer?«
- »Was studierst du?« oder »Womit verdienst du dein Geld?«
- »Sorry, ich habe deinen Anruf verpasst, ich war unter der Dusche.«
- »Woran denkst du gerade?«
- »Ich will nicht mit dir schlafen.«

Normalerweise raten die PUAs sich gegenseitig, diese Shit Tests zu ignorieren, die Frau verbal niederzumachen oder das, was sie gesagt hat, in einen lustigen, unerwarteten oder frechen Zusammenhang zu bringen. Wenn sie zum Beispiel sagt: »Du bist zu jung«, dann erwidert er vielleicht: »Keine Sorge, ich bin absolut volljährig.« Wenn sie sagt: »Ich will nicht mit dir schlafen«, dann soll er das ignorieren und mit dem Verführungsprozess weitermachen.

Trotz der offensichtlichen Problematik ist in dieser Theorie auch ein Fünkchen Wahrheit enthalten. Das »Reframing« (die Übertragung einer Äußerung in einen neuen gedanklichen Rahmen) ist oft extrem komisch und macht beiden Seiten Spaß. Viele Leute mögen es, ein wenig spöttisch zu sein und auf Trab gehalten zu werden, solange die Situation nicht zu ernst wird.

Ich kenne allerdings viele Frauen (und Leute anderer Geschlechter), die ganz anders flirten. Auch ich selbst flirte nur dann so, wenn ich merke, dass der Typ darauf steht. Und ich würde nicht sagen, dass ich dabei »seine Dominanz teste«. Aber ich habe gemerkt, dass ich in jüngeren Jahren wesentlich aggressiver geflirtet habe – bevor ich mit SM anfing. Es ist fast so, als ob ich feindseliges Flirten durch SM ersetzt hätte. Dank SM bevorzuge ich nun Männer, die *sicher* kommunizieren anstatt *aufregend*. Diese Fähigkeit ist für guten SM (und auch guten Sex) einfach notwendig. Das führt mich zu der Vermutung, dass feindseliges Flirten und SM teilweise dieselben tief liegenden menschlichen Triebe berühren. Beides ist im Sinne der strategischen Mehrdeutigkeit aufregend.

Ein weiterer wichtiger Aspekt der strategischen Mehrdeutigkeit ist die nonverbale Kommunikation. Nehmen wir an, ich sage zu einem Mann: »Bist du ein Aufreißer?«, und er erkennt die Herausforderung in meiner Frage und liefert mir eine Antwort wie: »Ja, und du würdest super in meinen Harem passen«, dann demonstriert er damit, dass er meine nonverbalen Kommunikationssignale verstehen kann.

Das Problem ist, dass manche PUAs jede Zurückweisung und jede Frage als Shit Test betrachten. Wenn ein PUA auf keine Fragen eingeht und keine Aussage der Frau ernst nimmt, ist das überhaupt nicht in Ordnung. Es ist möglich, dass eine Frau die Frage »Bist du ein Aufreißer?« nicht deswegen stellt, weil sie flirten will. Möglicherweise ist sie unsicher, verwirrt oder fühlt sich ausgeliefert.

Ein noch besserer sogenannter Shit Test ist: »Woran denkst du gerade?« Die meisten Menschen würden diese Frage als Versuch sehen, jemand anderen zu verstehen und eine Verbindung herzustellen. Aber ein PUA der Darth-Vader-Kategorie suggeriert:

Antworte »Gedanken sind heilig« und ändere schnell das Thema, damit es nicht so aussieht, als würdest du versuchen, tiefgründig zu wirken. Ich habe das aus einem Fellini-Film geklaut.

Ich habe es an verschiedenen Frauen ausprobiert und es funktioniert ganz ausgezeichnet.[2]

(Dieser Artikel wurde von einer Leserin kommentiert, die fragte: »Was ist, wenn *er* fragt, woran ich gerade denke?« Ein männlicher Kommentator antwortete: »Wenn er dich das fragt, ist er schwul. Ergo ... dein Freund ist schwul!«)

Es ist sehr wichtig, an dieser Stelle eines klarzustellen: Wenn jemand *jede* Grenze, die ein Partner setzt, ignoriert oder jede Unstimmigkeit verneint, ist das ganz klar eine missbräuchliche Beziehung. Eine solche Person ist respektlos und *niemals* vertrauenswürdig. Studien zum Thema Missbrauch[3] ergaben, dass die Täter oft versuchen, die Reaktionen und Gefühle des Opfers zu minimieren und abzustreiten oder dem Opfer *selbst* die Schuld zu geben. Mit anderen Worten: Missbrauchstäter behandeln alles, was ihre Opfer sagen, als Shit Tests.

Der Blogger Hugh Ristik schrieb einmal: »Jede Kritik an der PUA-Community wurde zuerst von einem PUA gemacht.« So beschreibt PUA-Coach Mark Manson in seinem Blog das Phänomen der »Shit-Test-Paranoia«:

Achtzig Prozent aller sogenannten »Shit Tests« sind überhaupt keine. [...] Das Konzept schadet meiner Meinung nach mehr, als es nutzt, und kann in Männern eine defensive Denkweise erzeugen: die Vorstellung, dass ein Hindernis überwunden und besiegt werden muss, anstatt es zu akzeptieren und zu verstehen.[4]

In »Fünf Arten, mit den Tests der Frauen umzugehen«, einem weiteren Blogeintrag von Mark Manson, steht unter Punkt fünf: »Hab keine Angst, einen Fehler zuzugeben oder dich zu entschuldigen. Wenn du es wirklich komplett verkackt hast, kannst du es ruhig zugeben.« Mit anderen Worten, Mark findet, dass eine Frau, die ihre Frustration über das schlechte Verhalten eines

Mannes ausdrückt, es verdient hat, eine Entschuldigung zu erhalten, anstatt ignoriert zu werden. Es ist ganz schön deprimierend, dass meine Standards so weit gesunken sind, dass ich mich so darüber freue.

Um ernst gemeinte Fragen von Shit Tests unterscheiden zu lernen, ist praktische Erfahrung notwendig. Die besten PUAs wissen, dass man nonverbale Kommunikation, wie zum Beispiel »kino Eskalation« (der Begriff kommt von »Kinästhetik« und bezeichnet den Einsatz von Körpersprache beim Flirten), am besten durch Beobachtung lernt.

Obwohl ich eine fanatische Feministin bin, bin ich dennoch bereit zu glauben, dass es eine *Minderheit* von Leuten gibt, die »nein« zu Sex sagen und dabei »ja« meinen. Es gibt sogar eine Studie, die besagt, dass in den USA 15 Prozent der Leute das häufig tun.[5] Das bedeutet allerdings, dass *85 Prozent der Leute »nein« meinen, wenn sie »nein« sagen.* Vielleicht ist in einem bestimmten Umfeld (zum Beispiel in Clubs) die Prozentzahl höher und PUAs sind deswegen so überzeugt davon, dass es andauernd vorkommt. Aber es ist offensichtlich, wie gefährlich es ist, Männern beizubringen, das »Nein« einer Frau durchweg zu ignorieren.

• • •

Mein Kleid war leuchtend rot, meine Korsage schwarz. Ich trug Netzstrumpfhosen, lange Opernhandschuhe und eine absurde Menge an Eyeliner. Ich befand mich in einem Goth Club, umringt von PUAs.

Es war ein sehr gemischter Haufen. Ein maskuliner Typ mit markantem Kinn hatte sich Goth-Klamotten leihen müssen, um in den Club zu passen. Ein umwerfend aussehender, offensichtlich devoter Typ in Frauenklamotten hatte sich kunstvoll herausgeputzt und seine Plateauschuhe mit einem knappen Minirock kombiniert. Ich war unglaublich neugierig darauf, was diese unterschiedlichen Typen motivierte – aber wie bei James Amoureux war da noch etwas mehr, das mich anzog. Mein Herz raste vor Aufregung, als ich mich ihnen vorstellte.

Ich spürte schnell, dass sich mit meiner Aufregung auch meine Gehässigkeit steigerte. Und diese Typen fuhren darauf ab. Sie *wollten* dramatische Frauen – kein Wunder, dass solche Männer Konzepte wie Shit Tests lieben.

Als ein PUA nach einer kurzen Unterhaltung zu mir sagte: »Ich gehe tanzen«, zuckte ich mit den Schultern und antwortete: »Gut, ich werde dich nicht vermissen.«

»Du bist gemein«, sagte er, lachte und blieb. Wer testete hier wen?

Viele PUAs behaupten, sie würden das Game nur lernen, weil ihnen die Frauen keine andere Wahl ließen. Aber ich habe den Verdacht, dass die meisten PUAs Frauen wollen, die das Spiel mitspielen. Ich frage mich, wie viele Frauen lernen, Shit Tests durchzuführen, weil *Männer* darauf stehen.

Irgendwann schickte ich den Typen auf die Tanzfläche und bahnte mir den Weg zur Bar. Dort gesellte sich ein PUA-Trainer namens David zu mir, der sich offensichtlich gegen den Goth-Look entschieden hatte und stattdessen einen strassbesetzten lavendelfarbenen Anzug zur Schau trug. (PUAs bezeichnen das Tragen auffälliger Kleidung als »Peacocking«, was in erster Linie von der berühmten Mystery Method empfohlen wird.)

David war nicht mein Typ, aber sein Status als PUA weckte meine Neugier. Als er mich von der Bar wegführen wollte, damit wir uns oben hinsetzen konnten, erwiderte ich: »Ein Freund von mir schuldet mir einen Drink, aber er ist noch nicht rübergekommen.« Das stimmte sogar tatsächlich. »Ich würde dich ja bitten, mir einen auszugeben, aber ich weiß, dass PUAs so etwas nicht machen sollen.«

»Das stimmt so nicht ...«, sagte David. »Also, wir sollen nicht ... Ach, vergiss es, es ist zu kompliziert. Was hättest du denn gern?«

Glücklicherweise sind die meisten Regeln der PUAs flexibel. Die Vorschrift »Gib keine Getränke aus« bedeutet nicht, dass man niemals irgendjemandem einen ausgeben darf. Es geht vielmehr darum, sich zu versichern, dass die Frau tatsächlich interessiert ist, bevor man sie einlädt. So schützt man sich davor, ausgenutzt zu werden.

Später saß ich mit vier PUAs zusammen, nippte an meiner Rum-Cola und stellte dabei endlose Fragen über Workshops, Taktiken und persönliche Erfahrungen. Plötzlich tauchte ein Bekannter von mir auf, der kein PUA ist. Er sah mich, zog mich beiseite und fragte, was zum Teufel ich machte.

»Ich interviewe Pick-up-Artists!«, antwortete ich fröhlich.

Er lachte lauthals. »Das Zeug funktioniert doch gar nicht. Dir ist klar, dass das totaler Mist ist, oder?«

»Ist das so?«, fragte ich.

»Sie versuchen nur, dich zu manipulieren. Aber vielleicht ist es ja genau das, was du willst. Willst du manipuliert werden?«

Ich lächelte. »Was denkst du denn?«

»Es hängt davon ab, wer dich manipuliert, nicht wahr?«, fragte er.

Ich nickte.

»Du bist so leicht zu durchschauen«, sagte er mit einem verächtlichen Grinsen.

Wenn Pick-up nicht funktioniert, warum hast du mich gerade »genegt«? Ich erwog kurz, ihm diese Frage zu stellen, entschied mich aber dagegen. Ich lachte und sagte: »Ich sollte wieder zurückgehen.«

Der etwas deplatzierte PUA mit dem markanten Kinn saß ein wenig abseits von allen anderen. Ich setzte mich neben ihn. »Nicht so deine Szene hier, was?«

»Nicht wirklich«, gestand er.

»Könntest du hier trotzdem Telefonnummern kriegen?«, fragte ich spitzbübisch.

»Klar«, antwortete er gereizt.

»Könntest du die Nummer von jeder Frau hier im Club kriegen?«

»Ja.«

»Was ist mit der da?« Ich zeigte auf eine Frau, die in einer Ecke mit jemandem rumknutschte.

»Das ist unfair«, protestierte er.

»Du hast gesagt, von *jeder.*« Ich versuchte, Enttäuschung vorzuspielen, musste aber lachen. Dieser Abend lief *fantastisch.* »Okay, wie sieht es mit der da aus?« Diesmal zeigte ich auf eine Blondine, die in einer Gruppe von Leuten stand.

»Definitiv«, sagte er.

»Tja, das musst du jetzt beweisen«, sagte ich. Er stand auf. Ich setzte mich wieder neben David. »Dein Kumpel sagt, dass er die Nummer von jeder Frau hier bekommen kann.«

»Keine gute Idee«, sagte David. »Das würde ich nicht behaupten.«

»Warum nicht?«

»Es ist unmöglich, dass jede Frau auf dich abfährt. Einige Frauen sind vielleicht einem anderen Mann treu oder du bist einfach nicht ihr Typ. Es ist wichtig, nach Frauen Ausschau zu halten, die positiv auf dich reagieren, und *die* dann anzumachen. Alles andere ist reine Zeitverschwendung.«

Ein anderer PUA kam zu uns, um sich seine Jacke zu holen. »Was?«, rief ich und hielt seine Hand fest. »Du willst mich schon verlassen? Geh nicht! Ich habe doch noch gar nicht mit dir geredet!«

Er lachte. »Was möchtest du denn wissen?«

Ich versuchte, mir schnell eine gute Frage einfallen zu lassen. »Was gefällt dir an der Pick-up-Artistry?«

»Pick-up lässt mich ausdrücken, wer ich bin«, sagte er ernsthaft. *Verdammt,* dachte ich. *Über diese Antwort werde ich bestimmt eine Weile nachdenken.* Ich ließ seine Hand los. David und ich schauten ihm hinterher.

»Er ist wirklich ein netter Kerl«, sagte David sanft. »Einer meiner ehemaligen Schüler. Ich glaube allerdings, dass ich an ihm gescheitert bin. Wenn man einen neuen PUA kreiert, möchte man, dass am Ende eine Mischung aus nettem Typen und Arschloch dabei herauskommt. Er ist einfach zu nett geworden.«

»Ich mag ihn«, sagte ich. »Ich hätte mich gern mehr mit ihm unterhalten.«

David sagte dazu nichts. Kurz darauf stand ich auf, um zu tanzen, und er kam mit.

• • •

Der PUA mit dem markanten Kinn hatte keinen Erfolg bei der Blondine. Er gestand es mir mit niedergeschlagenem Gesichtsausdruck; ich gab ihm meine Nummer. Er hat nie angerufen.

Die meisten der PUAs gingen gegen ein Uhr, bis auf David und mich. Irgendwann fragte er mich: »Hast du Lust, etwas essen zu gehen?«

»Klar«, sagte ich und wir verließen den Club gemeinsam. Auf dem Weg nach draußen trafen wir einen Freund von mir, der David streng musterte. »Bring sie sicher nach Hause«, sagte er.

»Natürlich«, antwortete David freundlich.

Wir stiegen in Davids Auto. Innerhalb von zehn Minuten waren wir in einer Gegend, in der es definitiv *keine* 24-Stunden-Restaurants gab. »Wo wollen wir denn essen?«, fragte ich. Dann fiel mir wieder ein, mit wem ich hier im Auto saß. »Fahren wir etwa gerade zu dir nach Hause?«, fragte ich.

»Ja«, sagte er und lachte.

Ich konnte nicht anders, ich musste auch lachen. »Ich habe *gelesen*, dass ihr so was abzieht«, sagte ich, »aber ich kann es nicht fassen, dass du mich nach Hause mitnimmst, ohne mich überhaupt zu fragen. Dir ist klar, dass ich PUA-Texte gelesen habe, oder? Hör mal, ich werde nicht mit dir schlafen, verstehst du?«

David winkte ab. »Es gibt so viele verschiedene Definitionen von Sex«, sagte er.

Er denkt, das ist ein Shit Test, dachte ich.

»Ernsthaft«, sagte ich. »Ich werde nicht mit dir schlafen.«

Er wechselte das Thema. Ich konnte nicht wirklich sagen, ob er das Ganze immer noch für einen Shit Test hielt. Ich machte schnell eine Art geistige Bestandsaufnahme: Ich war wach und stand nicht unter Drogeneinfluss. Einer meiner Freunde hatte gesehen, wie ich mit David den Club verlassen hatte. David war aufdringlich, aber ich fühlte mich nicht bedroht. Trotzdem ... »Ich weiß nicht, ob ich dir vertrauen sollte«, sagte ich laut.

»Wir haben uns über einen guten Freund von mir kennengelernt«, sagte er. »Ich würde keinen Mist mit dir abziehen.«

Social Proof, dachte ich. »Social Proof« (»Sozialer Beweis«) ist eigentlich ein ziemlich weit gefasster Begriff aus der Soziologie. Bei den PUAs bezeichnet er das Konzept, »durch andere Leute zu zeigen, dass man ungefährlich, lustig und/oder sexy ist«. Als ich das erste Mal von James hörte, gab mein Freund ihm unabsichtlich einen Social Proof, indem er mir davon erzählte, was für einen charismatischen Eindruck James auf ihn gemacht hatte.

James bekam einen weiteren Social Proof, als meine Bekannte aus SM-Kreisen ihn mit der Höchstnote im Bett bewertete.

Aus diesem Grund versuchen viele PUAs, die Freunde ihres Targets zu beeindrucken, bevor sie die Frau selbst in Angriff nehmen. Manchmal bedeutet das, dass ein meisterhafter PUA mit einem »hässlichen Warzenschwein« flirtet, um eine wunderschöne HB8 zu erbeuten. Aber manchmal bedeutet es auch, dass er einfach alle um sich herum begeistert und unterhält.

David weist mich darauf hin, dass er das Vertrauen von jemandem hat, den ich bereits kenne ... und das entspricht zufälligerweise der Wahrheit. Ich beschloss, mit ihm nach Hause zu gehen und abzuwarten, wie er sich verhalten würde. Ich fühlte mich wie eine Anthropologin auf Entdeckungsreise im Dschungel.

Davids Wohnung war ein Meisterstück der Pick-up-Artistry. »Wir können nicht im Wohnzimmer sitzen«, sagte er, sobald wir eingetreten waren. »Mein Mitbewohner schläft und wird aufwachen, wenn wir hier reden.« Selbstverständlich war sein Schlafzimmer die einzige andere Option. Und selbstverständlich gab es dort außer dem großen Bett keine Sitzgelegenheit.

»Ich dachte, wir wollten etwas essen«, sagte ich.

»Ach ja«, antwortete David und kramte einen angenagten Schokoriegel hervor.

Ernsthaft?, dachte ich. Es war eine unglaublich billige Tour. Trotzdem fand ich die ganze Situation eher unterhaltsam als abschreckend. David streckte sich auf der einen Seite des Bettes aus. Ich setzte mich auf die andere Kante, so weit weg von ihm wie möglich.

»Erzählst du mir ein paar PUA-Geschichten?«, fragte ich ihn und er legte los.

Die meisten PUAs unterteilen den Prozess der Verführung in verschiedene Abschnitte. Die Rahmenbedingungen variieren, aber die folgenden Schritte sind meistens darin enthalten:

Phase 1: Attraktion – Der PUA sorgt dafür, dass die Frau ihn attraktiv findet oder wenigstens respektiert.

Phase 2: Qualifikation – Er vermittelt ihr das Gefühl, dass sie sich seine Aufmerksamkeit verdienen muss und dass er an mehr interessiert ist als nur an ihrem Äußeren.

Phase 3: Vertrauen – Der PUA sorgt dafür, dass sie sich wohlfühlt und sich bei ihm entspannt.

Die Attraktionsphase übersprang David bei mir komplett. Er brachte mich auch nicht dazu, mich qualifizieren zu wollen – wenn, dann war es andersrum. Aber immerhin war er im Bereich des Vertrauens erfolgreich – zumindest so weit, dass ich auf seinem Bett saß und seinen PUA-Geschichten lauschte.

David erzählte mir in dieser Nacht viele Geschichten. Mir gefiel eine Anekdote mit seinem Mitbewohner am besten, der einmal eine Frau mit nach Hause nahm und mit ihr schlief. Danach wollte er eine Zigarette rauchen. Im Wohnzimmer trafen die beiden auf David und fingen ein Gespräch an. Nach ein paar Minuten sagte der Mitbewohner zu David auf Deutsch (eine Sprache, die die Frau definitiv nicht beherrschte): »Alter, ich glaube, sie steht auf dich.«

»Hast du was dagegen?«, fragte David ebenfalls auf Deutsch.

»Nicht im Geringsten«, sagte der Mitbewohner, ging raus, um seine Zigarette zu rauchen, und ließ David zurück, um die Frau zu verführen.

»Es war nicht besonders schwer«, sagte David fröhlich. »Sie fuhr total drauf ab.«

Ich machte David ein Kompliment für ein paar schöne Kerzen in seinem Zimmer.

»Oh, gefallen sie dir?«, fragte er. »Ich habe eine ganze Kiste davon. Du kannst gern welche haben! Dieses eine Mädel ist mir mal nach Hause gefolgt. Sie hatte einen Riesenkarton Kerzen dabei, den sie am nächsten Morgen aus Versehen hier vergessen hat.«

»Warum hast du sie nicht angerufen, um ihn zurückzugeben?«

»Ich hatte ihre Nummer nicht.« In einem etwas ernsteren Ton fügte er hinzu: »Ich lasse mir nie die Nummer einer Frau geben, wenn ich nicht vorhabe, sie anzurufen.«

Ich hatte den Eindruck, dass das für ihn eine moralische Grenze war. Einerseits ergibt das Sinn: Sich von einer Frau die Nummer geben zu lassen, ohne sie anrufen zu wollen, ist heuchlerisch. Andererseits ist es auch ganz schön kaltherzig, mit jemandem zu schlafen und dann nie wieder miteinander zu reden. Ich fragte mich, ob dieses Mädchen die Kerzen vielleicht mit Absicht dort gelassen hatte. (Ja, ich habe ein paar Kerzen mitgenommen. Meine Mutter war *begeistert* von ihnen.)

Dann gab es noch die Geschichte von der Frau, die an einem PUA-Vortrag teilnahm und in der gleichen Nacht mit drei PUAs schlief ... Ich musste zugeben, dass es Spaß machte, mit David zu reden. Nach einer Stunde war ich es leid, auf der Matratzenkante auszuharren, und wagte es, mich hinzulegen. Ich ließ immer noch einen Meter Sicherheitsabstand zwischen uns, aber trotzdem dauerte es nicht mal eine Sekunde, bis er an mir dran klebte.

»Lass das«, sagte ich und er zog sich zurück. »Pass auf«, sagte ich. »Ich werde wirklich nicht mit dir schlafen. Ich möchte einfach nur mit dir reden. Außerdem sollte ich bald gehen, es ist schon spät.«

»Quatsch! Du übernachtest hier«, sagte David bestimmt. »Ich fahr dich morgen früh nach Hause.«

»Nein, ich gehe heute Nacht nach Hause«, sagte ich.

Und wieder wechselte er das Thema. Ich fragte mich, ob es gut war, ihm das durchgehen zu lassen, aber scheinbar nahm er meine Einwände sowieso nicht ernst.

Wir redeten bis fünf oder sechs Uhr morgens. Er lag weiterhin neben mir. Ich wies weiterhin jeden seiner Annäherungsversuche zurück. Wann immer ich sagte, dass ich gehen wollte, versuchte er, mich zu überreden, bei ihm zu übernachten. Schließlich sagte ich: »Dann laufe ich einfach.«

»Dafür brauchst du Stunden!«

»Na, dann pass mal auf. Ich weiß ziemlich sicher, wie ich von hier nach Hause komme. Außerdem können die öffentlichen Verkehrsmittel nicht weit sein.«

»Na gut, okay, ich fahre dich nach Hause.«

Die Sonne ging gerade auf, als wir durch die Stadt fuhren. Das Gespräch drehte sich jetzt um meine Arbeit als Autorin und meine Ansichten über Sex und Sexualität. Ich rede oft über Sex in einer intellektuellen, wenig erotischen Sprache. In der SM-Community ist das so üblich. Aber David ließ keinen Zweifel daran, dass ihn die Unterhaltung total anmachte. Ich hatte nicht vorgehabt, ihn zu necken – ehrlich nicht –, aber als wir fast bei meiner Wohnung angekommen waren, sah ich David an. Seine Stimme war heiser geworden und sein Blick vielsagend.

Ich fühlte mich nicht zu ihm hingezogen. Ich hatte nicht die geringste Intention, mit ihm zu schlafen. Wäre er kein PUA gewesen, hätte ich ihn weiterhin auf Abstand gehalten. Aber irgendetwas an der Pick-up-Artistry war so unglaublich anziehend ... Ich beugte mich rüber und küsste ihn. Er stöhnte.

Ich wusste, dass der Nervenkitzel, den ich spürte, ein Machttrip war. Ich bin mir absolut bewusst, dass Macht für mich ein Fetisch ist, und in diesem Moment wurde mir klar, dass meine Gefühle gegenüber den PUAs wirklich sehr viel mit meinen sadomasochistischen Gelüsten gemeinsam hatten. Aber es gab einen Unterschied: Wäre das hier ein SM-Psychospiel gewesen, hätten wir es im Vorfeld ausdrücklich besprochen. Ich hätte versucht, die Gefühle aller Beteiligten zu respektieren.

Im Gegensatz dazu stieg ich nun wortlos aus Davids Auto. In diesem Moment hatte ich nicht die geringsten Gewissensbisse. Er war schließlich ein PUA, oder? Er hatte die ganze Nacht lang versucht, mich zu manipulieren. Ich wollte mir nicht vorstellen, wie seine Methoden auf eine jüngere, unsichere Version von mir selbst gewirkt hätten.

Das hier war *Krieg*. Außerdem ist es ja nicht so, als ob PUAs *Gefühle* hätten.

Das war möglicherweise das erste Anzeichen dafür, dass mich die Beschäftigung mit PUAs zynischer und manipulativer machte und eine negative Einstellung gegenüber Männern produzierte. Aber darüber dachte ich nicht nach.

Kapitel 3

Underground Communication

In diesem Kapitel untersucht Clarisse, wie man eine respektvolles, druckfreies sexuelles Umfeld aufbaut, und beschreibt, wie in der SM-Community und der polyamorösen Gemeinschaft über Sex kommuniziert wird. Außerdem stellt sie die sehr problematische »Last-Minute-Resistance-Technik« vor, die PUAs für Targets entwickelt haben, die nicht mit ihnen schlafen wollen.

Der Titel des Kapitels stammt aus dem gleichnamigen Lied von Bassnectar featuring Seasunz.

Neben SM ist der wichtigste Einfluss in meinem ungewöhnlichen Sexleben die Polyamorie. Das ist eine Beziehungsform, in der Menschen einvernehmlich mehrere Liebhaber haben und sehr ehrlich damit umgehen. Dabei unterscheiden sie oft zwischen »primären« und »sekundären Beziehungen«. Eine primäre Beziehung ist normalerweise mit mehr Verbindlichkeit und größeren Erwartungen verbunden. Oft leben die Partner zusammen oder sind verheiratet. Sekundäre Beziehungen können zwar auch sehr liebevoll und sexuell sein, aber sie sind den primären klar untergeordnet.

Obwohl ich mich bereits als Teenager für Polyamorie interessierte, war ich in meinen eigenen Beziehungen jahrelang monogam. Meine längste Beziehung hielt sechs Jahre. Ich mag all meine Exfreunde und bereue meine monogame Zeit nicht. Aber ich fühlte mich schon immer zur Polyamorie hingezogen. Doch wann immer ich sie meinem jeweiligen Partner vorschlug, war die Reaktion überwältigend negativ.

Als ich dann aus dem Ausland zurückkehrte, entschied ich mich dafür, von jetzt an Polyamorie zur Priorität zu erklären. Ich wollte mich nicht mehr auf jemanden einlassen und mich dann – Hoppla! – in einer monogamen Beziehung wiederfinden. Das habe ich auch umgesetzt. Ich hoffe, eines Tages eine polyamore Ehe zu führen und mit meinem primären Partner Kinder zu haben.

In einer polyamoren Beziehung ist ausdrückliche, offene Kommunikation unverzichtbar. Obwohl der Begriff »Polyamorie« inzwischen relativ bekannt (und bei PUAs und Hipstern sogar angesagt) ist, lernen die meisten Leute leider nur das Wort. Sie haben keine Ahnung von der Gemeinschaft oder der radikalen Kommunikation und Ehrlichkeit, die dort praktiziert wird.

Die polyamore Trainerin Raven Kaldera drückt es folgendermaßen aus:

Wenn du es nicht schaffst, offen mit deinem Partner über Probleme zu reden [...], oder du ihm oft subtil Schuldgefühle vermittelst, dann ist Polyamorie nichts für dich. Bleib einfach monogam. Polyamorie ist nicht dazu da, deine Neurosen abzuarbeiten. Das ist, als wolltest du einen Marathon mit einem gebrochenen Knöchel laufen.[1]

Der bekannte Polyamorie-Seminarleiter Tristan Taormino bezeichnet Kommunikation, Verantwortung, Ehrlichkeit, Verhandlungswillen und Geduld als die »fünf Säulen der Polyamorie«.[2] Wenn eine Person das Wort »Polyamorie« also nur benutzt, um damit zu sagen: »Ich mache einfach, was ich will. Die Grenzen oder Gefühle meines Partners interessieren mich nicht«, dann liegt der Fehler nicht im Konzept der Polyamorie, sondern bei der Person selbst.

Allerdings habe ich weitaus mehr Erfahrung mit SM als mit Polyamorie. Wie bereits erwähnt, wurde ich damit zum ersten Mal im Alter von zwanzig Jahren konfrontiert. Es passierte, als ich einen Typen auf einer Party traf. Er tat mir so weh, dass ich anfing zu weinen.

»Ist alles okay?«, fragte er.

Ich antwortete, dass es mir gut ging und dass ich weitermachen wollte. Aber nach kurzer Zeit begann ich, instinktiv gegen ihn anzukämpfen, und sagte: »Nein!«

Also hörte mein Partner auf und fragte sanft: »Können wir eines klären? Möchtest du wirklich, dass ich aufhöre, wenn du ›nein‹ sagst?«

In diesem Moment wurde mir klar, dass ich wollte, dass er weitermacht. Diese Erkenntnis erschütterte mich und ich musste so sehr heulen, dass ich nicht einmal antworten konnte. »Wir sollten eine Pause machen«, sagte er und holte mir ein Glas Wasser. Nachdem ich mich beruhigt hatte, einigten wir uns auf ein Safeword – ein Wort, das ich sagen konnte, wenn ich *wirklich* wollte, dass er aufhört.

Erfahrene SMer klären normalerweise vorher genau ab, was sie gern tun möchten. Sie stellen ihren Partnern Fragen wie:

- »Womit hast du Erfahrungen?«
- »Was magst du?«
- »Gibt es etwas Neues, das du ausprobieren möchtest?«
- »Gibt es etwas, das ich auf keinen Fall tun soll?«

Erst wenn sie eine wirklich gute Vorstellung von den Grenzen und Wünschen ihres Partners haben, kann der SM losgehen.

Es dauerte eine ganze Weile, bis ich gelernt hatte, offen über meine Bedürfnisse zu sprechen. Obwohl ich schon immer sehr direkt war, fiel es mir nicht leicht, meine sadomasochistischen Wünsche auszusprechen. Die meisten Leute fühlen sich verletzbar und unsicher, wenn sie über ihr eigenes sexuelles Verlangen sprechen – besonders wenn dieses Verlangen ungewöhnlich ist. Aber ich *musste* lernen, darüber zu reden.

Normalerweise verlaufen meine SM-Begegnungen so:

Erster Schritt: Anfängliches Flirten, beidseitiges Interesse an SM wird bestätigt und ein weiteres Treffen vereinbart.

Zweiter Schritt: Wir besprechen unsere Vorlieben. Der unterwürfige Partner sagt beispielsweise: »Du möchtest mich auspeitschen? Super! Aber bitte nicht auf die rechte Schulter, da habe ich eine alte Verletzung. Mein Safeword ist ›rot‹. Los geht's!«

Manchmal ist das Gespräch länger und differenzierter: »Ich möchte ausgepeitscht werden, bis ich weine. Ich mag es, wenn du mich ›Schlampe‹ oder ›Miststück‹ nennst, aber bitte nicht ›Hure‹. Mein Safeword ist ›rot‹. Wenn du etwas langsamer machen sollst, sage ich ›gelb‹, und wenn ich möchte, dass du härter zuschlägst, ›grün‹. Meine rechte Schulter ist empfindlich, aber leichte Berührungen sind okay.«

Dritter Schritt: Der tatsächliche SM.

Vierter Schritt: Es ist üblich, dass die Partner sich hinterher »Aftercare« (»Nachsorge«) geben. Das bedeutet je nach Bedürfnis Kuscheln, sanfte Worte und ausführliche Gespräche über das, was passiert ist. Vielen Menschen ist das sehr wichtig. Gute Nachsorge ist unglaublich intim und es kann sich schnell eine intensive Beziehung daraus entwickeln.

Ich kenne keine kommunikativere oder feministischere Rahmenbedingung für Sex. Nirgendwo wird mehr Wert auf das uneingeschränkte Einverständnis des Partners gelegt. Auch wenn es echt aussieht, ist die Umsetzung einer Vergewaltigungsfantasie das *Gegenteil* von Vergewaltigung (man sollte meinen, dass FeministInnen das verstehen könnten).

Natürlich gibt es Einschränkungen. Viele Leute machen SM, aber nicht alle legen Wert auf sorgsame Kommunikation und natürlich fließt auch immer Nonverbales mit ein. Genau wie überall sonst auf der Welt gibt es auch innerhalb der SM-

Communitys Missbrauch. Das Gleiche gilt für Sexismus. Manche Leute behaupten sogar, dass SM an sich sexistisch ist und »alle Frauen von Natur aus unterwürfig sind«. Solcher Mist macht mich rasend. Das sind allerdings glücklicherweise *Ausnahmen.*

Im Gegensatz zu polyamoren und SM-Theorien wird in den PUA-Texten selten darüber gesprochen, was beim Sex selbst passiert. Oder wie man eine ehrliche Beziehung führt und gleichberechtigte Dynamiken fördert, anstatt gegeneinander zu kämpfen. Das berühmte PUA-Handbuch *The Mystery Method* erörtert zweihundert Seiten lang, wie man ein Target ins Bett bekommt. Auf Seite 205 erscheint dann unter der Überschrift »Sex« lediglich ein Bild, auf dem zwei Leute beim Sex zu sehen sind.

Auf der anderen Seite wird in SM- und Polyamorie-Ratgebern selten beschrieben, wie man flirtet oder sexuelle Spannung aufbaut. In meiner obigen Auflistung der Schritte habe ich die ganze »anfängliche Unterhaltung, Flirten« in den ersten Schritt gepackt – aber das ist ein *enormer* Schritt.

Theoretisch könnten also die Ratschläge der PUAs die Lücken in den SM- und Polyamorie-Ratgebern füllen. Aber die meisten PUA-Handbücher konzentrieren sich leider auf Manipulation und Objektivierung, während SM- und Polyamorie-Ratgeber normalerweise Offenheit und direkte verbale Kommunikation betonen. Obwohl die unterschiedlichen Bewegungen viel voneinander lernen könnten, ist es aus diesem Grund sehr schwierig (oder gar unmöglich), sie miteinander zu verbinden.

• • •

Einige PUA-Theorien sind erstaunlich kompatibel mit Feminismus. Manche thematisieren beispielsweise die Angst vor männlicher Gewalt, mit der Frauen leben müssen. Sie fordern die

Männer auf, sich in die Frauen hineinzuversetzen. Ein weiteres Beispiel ist die »Anti-Slut-Defense« (ASD; »Anti-Schlampen-Abwehr«), eine Theorie, die erkennt, dass Frauen oft für das freie Ausleben ihrer Sexualität angeprangert werden und unter großem gesellschaftlichem Druck stehen, nicht als »Schlampen« zu gelten. Allerdings geht die ASD-Theorie so weit zu behaupten, dass die Angst der Frauen vor sozialer Ächtung so groß ist, dass *alle von ihnen* darauf programmiert sind, sich gegen Sex zu wehren – selbst, wenn sie es eigentlich wollen.

Meine eigene, feministische Analyse der Situation ist, dass normalerweise angenommen wird, dass Frauen etwas »verlieren«, wenn sie Sex haben, während Männer etwas »gewinnen«. Deswegen sind Frauen angeblich weniger auf Sex, sondern auf feste Beziehungen aus. Dafür setzen sie Sex als Tauschmittel ein. Warum sollte eine Frau also Interesse an einem One-Night-Stand haben, wenn sie bei dieser »Transaktion« nicht das bekommt, was laut Gesellschaft ihre Motivation ist? Dass ich dieses Konzept extrem problematisch finde, muss ich nicht weiter betonen.

Aber zurück zum Thema: Für viele PUAs dient die Anti-Slut-Defense als Allerweltserklärung. Wenn eine Frau am Ende des Verführungsprozesses keinen Sex haben will, bezeichnen PUAs ihr Verhalten als »Last Minute Resistance« (LMR; »Widerstand in letzter Minute«). Es gibt eine ganze Reihe von LMR-Techniken, die dazu da sind, diesen Widerstand zu brechen. PUAs rechtfertigen das anhand der Anti-Slut-Defense-Theorie.

Von all den Dubiositäten der Community gehen mir diese LMR-Taktiken am allermeisten gegen den Strich. Viele PUAs veröffentlichen ihre Erfahrungen im Feld (je nach Erfolg) als »Field Report« (FR; »Erlebnisbericht«) oder »Lay Report« (LR; »Sexbericht«). Manche Lay Reports, in denen LMR-Techniken beschrieben werden, klingen harmlos und unterhaltsam, aber bei einigen kriege ich als Feministin das Kotzen. Es gibt auch eine Grauzone: Lay Reports, die sich aufdringlich oder unangenehm anhören, aber wahrscheinlich trotzdem eine einvernehmliche Situation beschreiben.

Hier ist ein Auszug aus einem Lay Report, in dem eine Frau nicht mit dem PUA nach Hause gehen will, weil sie eigentlich bei ihrem Vater übernachten soll:

Ich küsse sie weiter und frage noch einmal: »Kannst du deinem Vater nicht sagen, dass du heute Nacht bei einer Freundin schläfst?«

»Könnte ich.«

»Mach mal!«

»Aber ...«

»Schnell, sonst erwischen wir die letzte Bahn nicht mehr, die zu mir fährt. Ruf ihn jetzt an!«

Sie nimmt ihr Handy raus und wählt die Nummer. Ich greife ihre Hand und ziehe sie in Richtung Haltestelle.[3]

Die Art, wie er sie beschreibt, ist extrem herablassend: »Während sie redet, setze ich diesen einstudierten ›gefesselten‹ Gesichtsausdruck auf.« Außerdem zieht er ausgiebig über ihr geringes Selbstwertgefühl her. Trotzdem klingt es nicht so, als hätte er sie angelogen oder zu irgendetwas gezwungen.

Aber es gibt einige LMR Lay Reports, die wie Vergewaltigung klingen. Ein solcher Lay Report liest sich folgendermaßen:

Ich schlage vor, dass sie mit zu mir kommt, aber sie will nicht. [...] Also biete ich ihr an, sie nach Hause zu fahren, und sie ist einverstanden. [Sie fahren mit dem Bus zu ihm, weil sein Auto dort steht.] Wir kommen an und gehen in mein Zimmer hoch. Sie bleibt plötzlich stehen und sagt, dass sie Angst hat, ich könnte die Tür zumachen. Ich versichere ihr, dass ich das nicht tun werde, und sie kommt mit rein.

Also, dieses Mädel hat sich verbal wirklich nicht auf mich eingelassen. Ich versuche, ihr die Hose auszuziehen. »Ich will nach Hause.« Ich versuche, sie zu küssen. »Ich will nach Hause.« Ich reibe ihre Titten. »Ich will nach Hause.« [...]

Als ich nach dem Sex versuche, mit ihr zu sprechen, sagt sie einfach keinen Ton. Irgendwas an ihr ist so weich, unerreichbar und ... leer. Es ist, als ob sie sich in Luft aufgelöst hätte.[4]

Diese Reaktion entspricht *extrem* dem Verhalten von Vergewaltigungsopfern. Viele Leute sind wie versteinert, wenn sie vergewaltigt werden, und versuchen währenddessen, sich von ihrem Körper zu trennen. Deswegen kann eine solche Person anschließend völlig weggetreten wirken. Oder »unerreichbar« und »leer«.

Der PUA zieht allerdings den Rückschluss, dass sie so reagierte, weil sie eine »wahre Buddhistin« ist. Wow. Offensichtlich kam dieser PUA noch nicht mal auf den Gedanken, dass er sie vergewaltigt haben könnte. Und solche Selbsttäuschung wird durch PUA-Begriffe wie »Anti-Slut-Defense« und »Last Minute Resistance« unterstützt und gefördert.

Trotzdem muss man erwähnen, dass ein anderer PUA diesen Lay Report mit folgenden Worten kommentierte:

Alter, du solltest wirklich ausführen, wie sie dir aktiv zu verstehen gegeben hat, *dass sie gefickt werden wollte, denn dein Field Report klingt im Moment so, als hättest du sie vergewaltigt. Es klingt überhaupt nicht wie ein Pick-up.*

Der Verfasser des Berichts antwortete nur, dass er sich nach besseren Formulierungen umsehen würde.

Hugh Ristik hat mir diesen Lay Report geschickt. Es fiel ihm schwer, weil er mir nicht den Eindruck vermitteln wollte, dass PUAs darauf aus sind, Frauen zu vergewaltigen. Er fügte folgende Worte hinzu:

Es ist schwer, diesen Lay Report zu lesen. Aber ich möchte sagen: Im Zweifel für den Angeklagten, schließlich war er dabei und ich nicht. Vielleicht hat sie ihm deutlich signalisiert, dass sie einverstanden ist, und er hat es einfach nicht aufgeschrieben.

»Ignorier ihre Einwände« ist kein ständiger Vorschlag in den PUA-Foren und -Handbüchern. Aber er kommt trotzdem viel zu häufig vor. Manche Trainer machen es noch schlimmer. »Die ersten zwei ›Neins‹ bedeuten nicht viel und sind zu erwarten«, sagt ein PUA.[5] Andere raten, den Einwänden des Targets zuzustimmen, aber trotzdem weiterzumachen.

Eine andere beliebte Methode ist es, die Einwände der Frau zwar nicht komplett zu ignorieren, sie jedoch durch eiskalte Manipulation zum Sex zu überreden. Der PUA Love Systems empfiehlt in seinem Handbuch die LMR-Technik des »Freeze-Outs« (»Kaltstellens«):

Wenn du einen Punkt erreichst, an dem sie nicht weiter möchte und Beharrlichkeit nicht hilft, dann hör auf. Sag »Ich verstehe«, ohne auch nur das kleinste bisschen Enttäuschung oder Ärger mitschwingen zu lassen. Entferne den romantischen Frame (Kerzen, Räucherstäbchen und so weiter). Du bestrafst sie nicht, du beschäftigst dich nur mit etwas anderem. Schließlich magst du sie und bist gern mit ihr zusammen. Lass sie das wissen. Dann mach etwas anderes - am besten etwas Langweiliges. Check deine E-Mails. Nimm dir ein Kartenspiel. Es ist wahrscheinlich, dass sie den körperlichen/sexuellen Kontakt wieder aufnimmt (falls sie das nicht tut, mach es nach ein paar Minuten selbst). Dann solltest du die romantische Stimmung vom Anfang wiederherstellen. Arbeite dich langsam wieder zu dem Moment des Widerstandes vor, aber lass dir dabei Zeit. Wenn es erneut passiert, sagst du wieder »Ich verstehe« und wiederholst das Ganze.[6]

Was mich an dieser Passage besonders aufregt, ist die Vorgabe, dass an dieser Vorgehensweise nichts Schlimmes sei. Wenn er sich romantisch und freundlich verhält, bis sie ihm widersteht, und dann sofort kalt und abweisend wird, ist es dann glaubwürdig, dass er sie wirklich nicht bestrafen will? Und wenn er »sie wirklich mag und gern mit ihr zusammen ist«, warum checkt er dann seine E-Mails, anstatt mit ihr zu reden?

Solche Freeze-Outs sind sozial schwer zu ertragen und werden von einigen Kulturen und religiösen Gruppen sogar als Form der Bestrafung angewandt. (Viele PUAs empfehlen Freeze-Outs auch als Reaktion auf umfangreiche Shit Tests.)

Frauen wird von der Gesellschaft suggeriert, dass Männer sie nur mögen, wenn sie mit ihnen schlafen. Die LMR-Technik des Freeze-Outs mag vielleicht funktionieren, aber nicht weil die Frau dadurch etwa plötzlich Lust auf Sex bekäme, sondern weil ihre Komplexe verstärkt werden.

Vor Jahren nahm ich an einer SM-Diskussionsgruppe teil. Es ging darum, wie man damit umgeht, wenn bei einer SM-Begegnung etwas schrecklich schiefläuft. Die Antwort ist natürlich, dass man in solchen Momenten sofort abbricht und mit seinem Partner redet. Aber man will dabei verhindern, dass der Partner sich im Stich gelassen fühlt. Man will den Sex unterbrechen, aber nicht die Intimität.

Dafür gibt es verschiedene Möglichkeiten:

- Man vermittelt seinem Partner, dass man ihn respektiert und völlig im Reinen mit der Situation ist, egal wie es weitergeht.
- Man behält nicht-sexuellen Körperkontakt bei (wie Händchenhalten).
- Man spricht in einem freundlichen und ruhigen Tonfall.

So kann man eine positive und gemeinsame Grenze setzen, ohne dass jemand bestraft wird oder die Intimität dabei verloren geht.

Einige PUAs legen den Begriff »Freeze-Outs« mehr in einem solchen Kontext aus. Wenn ein Mädchen keine Lust auf Sex hat, tun sie Folgendes:

- Sie bieten ihr ein Glas Wasser an.
- Sie schlagen vor, dass sie zusammen eine Kleinigkeit essen.
- Oder sie hören einfach auf.

Warum wird solches Verhalten ebenfalls als Freeze-Out bezeichnet? Ich kann es mir nur so erklären, dass diesen Kerlen offenbar das Vokabular fehlt zu beschreiben, dass sie die Grenzen ihres Targets *respektieren*.

Das Problem ist allerdings größer. Die PUAs haben ihre eigenen Taktiken nicht erfunden (auch wenn sie sich coole Namen dafür einfallen lassen). Sie haben sie entwickelt, indem sie Männer beobachtet haben, die von Natur aus besonders großen Erfolg bei Frauen haben. Wie Hugh Ristik mich einmal fragte: »Glaubst du wirklich, dass nur PUAs LMR-Techniken verwenden? Oder dass es nicht genügend Frauen gibt, die versuchen, *Männer* zum Sex zu überreden? Die meisten PUAs haben ihre Techniken gelernt, indem sie einfach kopieren, was sozial und sexuell erfolgreichere Leute tun. Pick-up verdeutlicht nur, was an der gesamten Gesellschaft abgefuckt ist.«

In diesem Sinne können die Beschreibungen der schlimmsten LMR-Techniken sogar hilfreich sein, weil sie aufzeigen, wie beschissen die gesamte gesellschaftliche Haltung gegenüber Sex ist.

• • •

Als sexpositive Feministin will ich mit meiner Arbeit auf solche gesellschaftlichen Probleme aufmerksam machen. Ich versuche in meinen Texten und Workshops, Menschen geistige, soziale und emotionale Werkzeuge zu geben, um mit ihnen umzugehen.

Der großzügigste Gefallen, den wir einem Partnern tun können, ist, den Druck beim Sex zu vermindern. Ich hatte zum Beispiel in jüngeren Jahren große Schwierigkeiten, Grenzen zu setzen, wenn der Sex bereits in Gang war. (Wenn man dann aufhören will, ist man doch eine fiese Schlampe, die Männer heiß macht und dann kalt stehen lässt, oder?)

Ich kann mich deutlich daran erinnern, wie es war, als mich zum ersten Mal ein Mann *fragte*, wie weit ich gehen wollte, nachdem er mich geküsst hatte.

»Ich möchte heute lieber keinen Sex haben ...«, antwortete ich zögernd.

»Das ist okay«, sagte er freundlich. »Du musst das nicht erklären. Ich will nichts tun, was du nicht willst.« Er distanzierte sich nicht von mir, sonder respektierte meine Grenzen und die Nähe zwischen uns blieb bestehen. Ich war völlig überrascht, wie erleichtert ich war, bloß weil er nicht *sauer* reagiert hatte. Es ist so eine einfache, *logische* Reaktion. Diese Art von Verhalten sollte eigentlich selbstverständlich sein. Aber hätte er frustriert oder kalt reagiert, wäre ich wahrscheinlich trotzdem von Schuldgefühlen überwältigt worden und hätte Dinge getan, die ich gar nicht tun wollte.

Dank solcher Erfahrungen kann ich heute meinen Partnern vertrauen, wenn ich Grenzen setze. Ich habe gelernt, mir Männer auszusuchen, die keinen Druck auf mich ausüben, und die anderen stehen zu lassen. So kann ich mich *sicher* fühlen und meine Sexualität mit meinen Partnern gemeinsam erforschen.

Aggressive LMR-Taktiken sind das Gegenteil davon. Sie machen sich große zwischenmenschliche und kulturelle Probleme zunutze und können für Frauen mitunter verheerende psychische Auswirkungen haben. Es liegt in der Verantwortung aller Menschen, sexuelle Umgebungen frei von Druck zu schaffen. Das gilt auch für mich selbst und ich nehme diese Verantwortung sehr ernst.

Ein Beispiel dafür ist eine besonders heftige SM-Begegnung, bei der ich die dominante Rolle hatte. Es war unser erstes Mal zusammen. Ich hatte meinen Partner mit Metallklauen völlig zerkratzt. Seine Augen waren geschlossen – ich hatte ihm befohlen, sie geschlossen zu halten – und ich saß auf seinem Schoß. Unsere Oberkörper waren nackt. Sein Rücken war übersät mit den Wunden, die ich ihm zugefügt hatte. Wir atmeten schnell und waren völlig vom Rausch des SM übermannt.

Als wir langsam wieder zu uns kamen, war ich mir nicht sicher, was ich als Nächstes tun wollte. Ich dachte darüber nach, mit ihm zu schlafen. Also fragte ich: »Willst du mich?«

Jeder Muskel in seinem Körper verspannte sich. Er wandte sein Gesicht ab, obwohl seine Augen geschlossen waren. »Ja, ich will dich, aber ich will keinen Geschlechtsverkehr ... das ist meine Grenze ...« Ich konnte genau die gleiche Anspannung in ihm sehen, die ich nur zu gut aus meiner Jugend kannte.

Trotzdem war es eine andere Art von Angst als meine. Während Frauen das Gefühl vermittelt wird, sie müssten sich wie sexgeile Nymphen verhalten, um die Aufmerksamkeit eines Mannes zu behalten, wird Männern suggeriert, dass sie immer und jederzeit Sex wollen müssen, um »angemessen männlich« zu sein.

Aber obwohl ich die genauen Gründe für die Anspannung meines Partners nicht kannte, wusste ich genau, wie ich ihn beruhigen konnte. Ich legte meine Hand auf seinen Mund und unterbrach seine stotternden Versuche, sich zu erklären. »Schhh, es ist total in Ordnung«, sagte ich, »du musst das nicht erklären.« Und dann umarmte ich ihn. Seine Erleichterung war deutlich spürbar. Wir knutschten bis fünf Uhr morgens rum, ohne Sex zu haben, und es war *wunderbar*. (Später in der Beziehung hatten wir auch Sex miteinander, als er sich wirklich dazu bereit fühlte.)

Es ist extrem schwer, den Druck explizit und achtsam von seinem Partner fernzuhalten. Die Wahrnehmung von Grenzen kann durch Verliebtheit oder Verlustängste verzerrt werden. Ein Ehemann, der fürchtet, dass seine Frau ihn verlassen könnte, wird alle möglichen Strapazen auf sich nehmen, damit sie bei ihm bleibt. Ein Mädchen, das völlig in seinen Freund verknallt ist, wird möglicherweise früher Sex mit ihm haben, als es eigentlich dazu bereit ist. Dabei ist nicht nur eine Seite verantwortlich. Es ist genauso schwer, Grenzen zu setzen, wie sie zu respektieren. Man muss lernen, Verantwortung für die eigenen Gefühle und Gedanken zu übernehmen und klar zu sagen, wenn man etwas nicht will. Genauso muss man dafür sorgen, dass der Partner den Raum hat, das ebenfalls zu tun.

Die beiden Dinge sind sich sehr ähnlich. Gute Methoden, klare Grenzen zu setzen, sind:

- Durch Berührungen oder sanfte Worte Intimität aufrechterhalten.
- Alternativen vorschlagen, die beiden Spaß machen: »Ich möchte lieber keinen Oralsex. Können wir stattdessen ein Sexspielzeug benutzen?«
- Einen konkreten anderen Zeitpunkt vorschlagen: »Heute Abend ist mir nicht danach, aber lass uns das am Wochenende machen!«

Natürlich bedeutet »Druck« für jeden Menschen etwas anderes, je nach Alter, Art der Beziehung und Persönlichkeit. Es kann schnell passieren, dass man unabsichtlich Druck auf seinen Partner ausübt, ohne es zu merken. Deswegen muss man sehr behutsam bei der Formulierung der eigenen Wünsche vorgehen. Es ist wichtig, von Anfang an zu betonen: »Das hier ist etwas, was ich mag, aber es ist keine Voraussetzung. Ich möchte nicht, dass du es tust, wenn du nicht darauf stehst.«

Die beste Übung dazu habe ich von der SM-Autorin Laura Antoniou. Sie schlägt vor, dass man besonders seltsame, kontroverse oder intensive sexuelle Fantasien am besten beim Eisessen bespricht. Man beschreibt seine Fantasie dem Partner und gibt ihm Zeit, darüber nachzudenken, während er das Eis isst. Dabei redet man über etwas ganz anderes. Diese Übung ist nicht nur deswegen großartig, weil man Eis bekommt, sondern auch, weil sie den Druck von allen Beteiligten nimmt. Sie gibt genug Raum zum Nachdenken und lässt die Möglichkeit offen, auch später weiter darüber zu sprechen.

Wenn eine Partei allerdings überhaupt nicht mit den sexuellen Bedürfnissen der anderen zurechtkommt, kann das leider oft zu einem Ultimatum führen, wie zum Beispiel: »Wenn ich mit dir mein sexuelles Verlangen nicht ausleben kann, brauchen wir eine offene Beziehung, damit ich es bei anderen Menschen kann. Andernfalls müssen wir uns trennen.« Falls kein Weg daran vorbeiführt, ist es das Beste, dieses Ultimatum sanft und respektvoll zu formulieren. Und man muss *wirklich* bereit sein, daraus die Konsequenzen zu ziehen.

• • •

Da ich selbst gern an aggressiven, gewaltvollen SM-Szenarien teilnehme, kann ich mir vorstellen, dass einige Leute möglicherweise auch aggressive LMR-Techniken genießen. Ich würde solche Leute als unterdrückte oder unbewusste SMer bezeichnen. Aber es wäre besser für alle Beteiligten, wenn sie lernen würden, deutlich über ihre sexuellen Sehnsüchte zu sprechen und Safewords zu verwenden.

Das illustriert ein Stand-up-Comedy-Sketch von Louis C.K.:

Ich erinnere mich an einen Abend mit einem Mädchen, als

ich ungefähr zwanzig war. [...] Wir machen rum und sie ist begeistert dabei. Also versuche ich, unter ihr T-Shirt zu fassen, aber sie blockt ab. Und ich denke: »Okay, dann nicht.« Aber wir machen weiter wild rum. Ich lege meine Hand auf ihren Po, aber das will sie auch nicht. Schließlich geht sie nach Hause, ohne dass etwas gelaufen ist.

Am nächsten Abend sehe ich sie in einem Club wieder und sie fragt mich: »Hey, warum hatten wir gestern Nacht eigentlich keinen Sex?« Und ich antworte: »Weil du es nicht wolltest.« Sie sagt: »Doch, doch, ich wollte, ich fand es total toll.« Ich frage: »Warum hast du mich dann andauernd abgehalten?« Sie sagt: »Weil ich wollte, dass du es trotzdem machst. Es ist etwas seltsam, aber mich macht es total an, wenn ein Typ mich einfach festhält und vögelt.« Ich antworte: »Wenn du mir das gesagt hättest, hätte ich das liebend gern für dich getan.« Und sie sagt: »Nein, es muss sich echt und gefährlich anfühlen.« Und ich sage: »Was? Hast du sie noch alle? Denkst du, ich vergewaltige dich einfach, weil die entfernte Möglichkeit besteht, dass du drauf stehst?«[7]

Ich habe ähnliche Geschichten von vielen Männern gehört – nicht nur von PUAs. Die bereits erwähnte Studie, in der es um Leute ging, die »nein« sagen, obwohl sie »ja« meinen, besagt übrigens, dass 15 Prozent *beider* Geschlechter das regelmäßig tun. Eine andere Studie[8] hat herausgefunden, dass Frauen, die das tun, »mit höherer Wahrscheinlichkeit die Meinung vertreten, [...] dass Männer ein Recht haben, Gewalt anzuwenden, um zu bekommen, was sie wollen, [...] und dass diese Art des Scheinwiderstandes weitverbreitet ist.« Anders formuliert: Frauen, die »nein« sagen, obwohl sie »ja« meinen, tendieren dazu zu behaupten, dass *andere* Frauen sich genauso verhalten. Und es so den Männern beibringen.

Das tun nicht nur Frauen. Ein leuchtendes Beispiel ist mein Exfreund »Mr. Chastity« (»Herr Keusch«).

Ich nenne ihn so, weil er bis zur Ehe keusch bleiben wollte. Ich war lange mit ihm zusammen und die Keuschheit war für mich kein Problem, weil er mich gern durch »andere Mittel« zum Orgasmus brachte. Ich fand es mit der Zeit sogar extrem sexy, dass er nicht mit mir schlafen wollte. Die Tatsache, dass er gar kein Bedürfnis spürte, mich zu ficken, bediente alle möglichen meiner masochistischen Fantasien. Natürlich hätte ich auch gern mit ihm geschlafen, aber diese Fantasien füllten die Lücke ganz gut.

Anfangs war Mr. Chastity froh, dass ich seine Grenzen respektierte. Ich war die erste Freundin, die ihn nicht zum Sex drängte oder seine Keuschheit als persönliche Beleidigung empfand. Aber nach einer Weile vermittelte er mir, dass er es sexy fände, wenn ich ihn ein bisschen mehr bedrängen würde. Gleichzeitig drückte er seine Sorge aus, dass das, was wir taten, bereits als Sex gelten könnte und wir vielleicht besser jeglichen sexuellen Kontakt (inklusive Küssen) abbrechen sollten.

Er gab mir jede Menge widersprüchlicher Signale und das mochte ich *überhaupt* nicht. Ich flippte aus und sagte ihm, dass sein Einverständnis für mich unverzichtbar sei. Ich sagte ihm, dass ich *niemals* Sex mit ihm initiieren würde, außer ich wäre mir *sicher*, dass es für ihn am nächsten Tag auch noch okay sein würde.

Er war offensichtlich *sehr* enttäuscht.

Leute, die so widersprüchlich über Sex kommunizieren, belasten ihre Partner damit sehr. Wenn ich »nein« sage, dann meine ich das so und möchte *wirklich* nicht unter Druck gesetzt werden (es sei denn, ich habe ein Safeword). Und damit bin ich nicht allein, sondern das ist die Norm. Am besten bringt man solche Leute dazu, klar zu kommunizieren, indem man ihr »Nein« grundsätzlich wie ein »Nein« behandelt. Wenn sie etwas anderes wollen, werden sie lernen, direkt danach zu fragen.

Ich befürworte keine Freeze-Outs oder andere LMR-Techniken, im Gegenteil. Wenn man einen Partner hat, der »nein« zum Sex sagt, aber trotzdem gern rummacht, ist die effektivste Strategie, ihn einfach weiter anzutörnen. Wenn er dann immer noch »nein« sagt, muss er eben hungrig ins Bett gehen und wird beim nächsten Mal hoffentlich klarer sagen, was er will.

• • •

Wenn PUAs generell die Erfahrung ihrer Partner mehr am Herzen läge als ihre Eroberungen, dann gäbe es auf PUA-Foren sicherlich mehr Diskussionen über die Problematik der LMR-Techniken. Neil Strauss beschreibt am Ende von *Die perfekte Masche,* dass seine feste Freundin nicht auf LMR-Techniken hereinfiel, sondern auf die meisten seiner PUA-Taktiken wütend reagierte und er sie deswegen um ein Haar verloren hätte.

Viele Menschen empfinden aggressive LMR-Techniken als sehr verstörend. Dazu gehören auch Männer, die ein paar PUA-Strategien ansprechend finden und der Meinung sind, dass Pick-up und hohe ethische Standards sich nicht ausschließen. Wie Hugh Ristik mir in einer E-Mail schrieb:

Ich habe in der Tat Probleme mit vielen LMR-Taktiken. In meinem Verständnis widersprechen sie dem Konzept des Pick-ups. Schließlich ist der Sinn davon, jemanden dazu zu bewegen, sich aus freiem Willen auf dich einzulassen.

Eine Handvoll PUAs spricht sich aktiv gegen LMR-Techniken aus, darunter Mark Manson:

In [einer LMR-Situation] kann man sich entscheiden, entweder den typischen Freeze-Out zu verwenden oder einfach ehrlich zu akzeptieren, dass man an diesem Abend vielleicht keinen Sex haben wird. Jungs, hört mir zu. Entscheidet euch immer,

immer, immer für die zweite Option. Nicht nur, weil es das »Richtige« ist, sondern weil ihr damit demonstriert, dass ihr vertrauenswürdig seid und die Situation für euch in Ordnung ist. Dann wird die Frau sich zehnmal so wohl mit euch fühlen und viel wahrscheinlicher auch mit euch Sex haben wollen. *Es geht an dieser Stelle nicht um Lust, sondern um Vertrauen und Wohlbefinden.*

Außerdem ist Sex mit Frauen, die gar keine Lust haben, einfach schrecklich. Da ist es besser, sich einen runterzuholen.[9]

Eine weitere Perspektive bietet der PUA-Guru David Shade. Er bezeichnet sich selbst als jemand, der weniger auf Pick-up spezialisiert ist, sondern auf »das, was danach kommt«:

Kämpfe nicht gegen LMR. Damit bist du wie jeder andere Typ, der Frauen als Objekte betrachtet und nicht ernst nimmt. Und das stinkt nach Verzweiflung. Stell stattdessen deine eigene Befriedigung einfach mal hinten an, um ein größeres Ziel zu erreichen. Dieses Ziel ist, ihre verruchte, perverse Seite zum Vorschein zu bringen. Es wird allerdings eine Weile dauern, bis sie deine versaute, geile kleine Fickmaus ist. Am besten machst du alles etwas langsamer, als sie es gern hätte. Lass sie schmoren. Dadurch steigert sich die sexuelle Spannung bei ihr enorm.[10]

Obwohl seine Wortwahl wesentlich kontrollierender wirkt, vertritt David Shade die gleiche Meinung wie ich: Ein sexuelles Umfeld ohne Druck verstärkt die Lust und Bereitschaft aller Parteien, ihre Sexualität zu erforschen.

Es gibt auch freundlichere LMR-Techniken, so wie »Mach sie mit ewig langem Vorspiel richtig heiß« oder »Zeig ihr, dass du sie als Person magst und respektierst«. In simplen Schritten ausgedrückt heißt das:

Schritt eins: Finde zuerst heraus, ob das Target Sex mit dir haben will.

Schritt zwei: Verhindere, dass das Target dich für ein Arschloch hält.

Schritt drei: Sind Punkt eins und Punkt zwei erfüllt, wird das Target wahrscheinlich keine Einwände haben, mit dir in die Kiste zu springen. Und wenn doch, hat sie dafür bestimmt einen guten Grund (zum Beispiel: »Ich bin verheiratet und wir sind monogam!«).

Dave Riker, ein Verführungsguru aus den Neunzigern, rät PUAs, von Anfang an drei Dinge klarzustellen:

a) *Ich benutze immer ein Kondom.*
b) *Ich möchte, dass wir etwas machen, das du (die Frau) auch machen willst.*
c) *Ich möchte, dass du (die Frau) irgendwann darauf zurückblicken kannst und glücklich damit bist.*[11]

Riker behauptet, dass es normalerweise immer funktioniert. Das überrascht mich überhaupt nicht. Solange sie das Gefühl hat, dass der Mann ehrlich ist, würden diese Aussagen so ziemlich jede Frau beruhigen.

Andere PUAs schlagen vor, herauszufinden, *warum* die Zielperson keine Lust auf Sex hat. Das ist der Grund, warum ich nicht alle LMR-Techniken verurteile. In einigen Lay Reports steht, dass eine Frau LMR anwendet und auf die Frage des PUAs hin zugibt, dass sie ihre Tage hat und deswegen unsicher ist. In diesen Fällen raten die PUAs sich oft gegenseitig, ihr zu sagen, dass das keineswegs eklig ist, und zu erörtern, wie man am besten mit der eventuell daraus resultierenden Sauerei umgeht.

Ernsthaft, Männer: Wenn ich in der Vergangenheit bezüglich meiner Periode sexuell unsicher war, basiert das auf Erfahrungen mit Kerlen, die deswegen ausgeflippt sind. Oder vorgeschlagen haben, ich könnte ihnen ja auch einfach einen blasen. Aus diesem Grund habe ich während meiner Periode schon oft

LMR geleistet ... aber Männer, die cool damit umgehen, schaffen es manchmal, meinen Widerstand wegzublasen.

Es gibt also zwei Arten von LMR-Techniken: »gemeinsame« und »aggressive«. Bei gemeinsamen LMR-Techniken liegt das Hauptinteresse des PUAs darin, eine tolle Erfahrung für beide zu schaffen oder herauszufinden, warum sie keine Lust auf Sex hat. Bei aggressiven LMR-Techniken ignoriert der PUA ihre Einwände komplett und versucht, ihren Widerstand plattzuwalzen.

Die Gründe, warum sich eine Frau in letzter Minute gegen Sex entscheidet, sind vielfältig: Vielleicht fühlt sie sich mit ihrem Körper nicht wohl. Vielleicht denkt sie an ihren Exfreund. Oder sie betrügt gerade jemanden und hat ein schlechtes Gewissen ...

Außerdem birgt Sex für Frauen mehr potenzielle Schwierigkeiten – schließlich sind wir es, die sich mit ungewollten Schwangerschaften auseinandersetzen müssen (Männer müssen dagegen schlimmstenfalls mal Alimente bezahlen). Natürlich können auch Männer sexuell übertragbare Krankheiten bekommen. Aber aufgrund unserer Physiologie haben wir Frauen ein höheres Risiko, infiziert zu werden. Die Wahrscheinlichkeit, dass ein HIV-positiver Mann seine Krankheit auf die Frau überträgt, ist achtmal so hoch wie umgekehrt.[12] Dazu kommt, dass Frauen viel mehr körperliche Gefahr von Männern zu fürchten haben, besonders von fremden.

Ein weiterer wichtiger Faktor ist, dass Frauen den Sex mit einem neuen Partner meistens weniger genießen. Eine Studie aus dem Jahr 2011 fand heraus, dass Frauen vom Sex mit einem neuen Partner viel weniger erwarten als Männer (die immerhin mittelmäßige Erwartungen haben).[13] Umfragen ergaben, dass für Frauen eine emotionale Bindung für sexuelles Vergnügen viel wichtiger ist als für Männer (was bei einem neuen Partner offensichtlich unwahrscheinlicher ist).[14]

Das ist nicht überraschend, da historisch gesehen Sex immer anhand von zwei Faktoren betrachtet wurde: (a) Reproduktion und (b) das sexuelle Vergnügen stereotyper Männer. Sämtliche kulturelle und sexuelle Standards beruhen auf diesen beiden Dingen.

Ein Beispiel dafür ist das »Base System« (eine Baseball-Metapher, die in den USA besonders von Schülern verwendet wird, um sexuelle Handlungen zu beschreiben). Es bezeichnet Küssen als »First Base«, Fummeln als »Second Base«, Oralsex als »Third Base« und Penis-in-Vagina-Sex als »Home Base«. Warum diese Steigerung? Sie macht nur Sinn, wenn man Sex im Kontext von Reproduktion betrachtet. Wenn man ihn stattdessen als Konzept sieht, bei dem es um Spaß und Entdeckung geht, dann macht es überhaupt keinen Sinn, ein standardisiertes Ziel wie eine »Home Base« zu haben.

Penis-in-Vagina-Sex wird häufig als »echter« Sex bezeichnet und jede andere sexuelle Handlung als weniger real. Es gibt wesentlich mehr Diskussionen darüber, ob Oralsex »zählt«, als dieses Thema verdient hätte (Stichwort »Bill Clinton«). Im Jahr 2011 veranstaltete die SM-Pornoseite Kink.com eine Live-Veranstaltung[15], auf der eine Pornodarstellerin in aller Öffentlichkeit »ihre Jungfräulichkeit verlor«. Sie hatte zwar schon jede Menge Oral- und Analsex vor laufender Kamera gehabt, aber noch nie vaginalen Geschlechtsverkehr. Somit galt sie immer noch als »Jungfrau«.

Die allgemeine Annahme (bestätigt von mir selbst, anderen Leuten und der großen Mehrzahl aller Pornos) scheint zu sein, dass der Sex dann endet, wenn der Mann einen Orgasmus hatte – während von Frauen normalerweise erwartet wird, dass sie weitermachen, nachdem sie gekommen sind. Dabei sind viele Frauen nach ihrem Orgasmus genauso müde und desinteressiert an Sex wie Männer. Diese Ansicht ist ebenfalls nur dann logisch, wenn man Sex als Reproduktionsmittel betrachtet.

In unserer Kultur wird männliche Sexualität als wichtiger, triebgesteuerter und notwendiger gesehen als die der Frauen. Ist es nicht auffallend, dass Frauen vom »reproduktiven« Penis-in-Vagina-Sex selten zum Orgasmus kommen? Und viele Frauen fühlen sich deswegen schlecht. Als ob der Fehler bei der Frau *an sich* läge und nicht bei den gängigen sozialen Standards. Das ist vor allem für Teenager schwer. Heather Corinna, die Leiterin der Aufklärungsseite »Scarleteen«, schrieb als Antwort auf den verzweifelten Brief einer 17-jährigen Leserin:

[Du musst dir nicht die geringsten Sorgen machen, wenn du nur durch klitorale Stimulierung zum Orgasmus kommst!] Die meisten Frauen im Laufe der Geschichte waren niemals *in der Lage, durch bloßen Geschlechtsverkehr zu kommen. [...] Es hat keinen Sinn, anzunehmen, dass etwas mit unseren Körpern nicht stimmt.*[16]

Nicht nur für Frauen sind diese Geschlechternormen verheerend. Schwule Männer werden als »Schwuchteln« oder als »keine richtigen Männer« betrachtet, weil sie keinen Penis-in-Vagina-Sex haben. Und auch viele heterosexuelle Männer leidet unter der Angst, als Versager zu gelten, wenn sie sich nicht dominant verhalten, sexuell unersättlich sind oder keinen großen Schwanz haben. Viele von ihnen wünschen sich auch, dass sie nicht unter so starkem Druck stehen würden, zum Orgasmus zu kommen. Ich habe mal einen Blog über dieses Thema geschrieben. Fast alle Kommentare dazu kamen von Männern, denen es genauso ging. Hier ist ein Beispiel:

Ich finde auch, dass Orgasmen nicht absolut notwendig für »Sex« sind. Als Mann habe ich häufig das Gefühl, dass von mir erwartet wird, dass ich an irgendeinem Punkt komme. Aber in meinen heißesten sexuellen Erfahrungen passierte das gar nicht. Orgasmen können toll sein, sind aber nicht notwendig.[17]

Ich dachte immer, dass die Risiken, die One-Night-Stands für Frauen bergen, offensichtlich wären. Dann traf ich Männer, die Frauen übelnehmen, dass sie »Sex kriegen können, wann immer sie wollen«. Solche Männer gibt es überall, aber in der PUA-Subkultur nimmt es krankhafte Ausmaße an. In ihrem Neid scheinen diese Typen völlig zu übersehen, wie gefährlich und unangenehm Gelegenheitssex für Frauen sein kann.

Wenn Frauen sich darauf verlassen könnten, dass Sex – sogar Gelegenheitssex – ungefährlich ist und Spaß macht, dann würden sie sich mit Sicherheit viel öfter darauf einlassen. Und tatsächlich hat die Situation sich bereits weitaus gebessert. In der westlichen Kultur wird die weibliche Sexualität immer mehr verstanden und akzeptiert. Frauen haben mehr Spaß beim Sex und weniger Gewalt zu befürchten als in den schlechten alten Zeiten. Wir haben freien Zugriff auf bessere und einfachere Verhütungsmethoden, als es sie je zuvor in der Geschichte gab. Infolgedessen lassen sich Frauen heute viel öfter auf One-Night-Stands ein als früher. Aber das bedeutet nicht, dass es risikofrei wäre.

Man sollte meinen, dass diese Faktoren Männer dazu anregen würden, sich beispielsweise in Anti-Vergewaltigungs-Kampagnen zu engagieren. Aber anstatt sich diesem Thema produktiv zu nähern, ziehen viele Typen es vor, Frauen zu hassen, weil sie angeblich leichter das bekommen, was sie wollen.

Kapitel 4

If You Knew How Much I Loved You, You Would Run Away

In diesem Kapitel trifft Clarisse einen Mann, den sie wirklich mag. Er ist kein Pick-up-Artist, sondern Feminist. Trotzdem analysiert Clarisse die Beziehung von Anfang an unter PUA-Gesichtspunkten. Außerdem beschäftigt sie sich mit dem Buch The Rules, *das so etwas wie* Die perfekte Masche *für Frauen ist. Sie erklärt die Theorie der »emotionalen Eskalation« und die PUA-Taktik des »Compliance Tests«.*

Der Titel dieses Kapitels stammt aus dem Lied *Pretty When You Cry* von Vast.

Ich beschäftigte mich nicht ausschließlich mit PUAs. Nach meiner Rückkehr aus dem Ausland machten sich starke *Bedürfnisse* bei mir bemerkbar. Ich hielt besonders nach androgynen, schwarz gekleideten Männern in der SM-Community Ausschau und probierte neue Dinge mit Freunden aus, die ich schon seit Jahren kannte. Ich war sowohl an kurzlebigen Abenteuern als auch an längeren Beziehungen interessiert und hatte viele interessante Begegnungen.

Ich hatte ein kurzes Techtelmechtel mit einem anderen Sexautor (meiner Theorie nach wollen alle Sexautoren insgeheim mit anderen Sexautoren schlafen). Wir hatten Spaß und ich mochte seine Art zu kommunizieren. Leider war die Chemie zwischen uns nicht besonders umwerfend. Danach hatte ich eine kurze, schöne Affäre mit einem alten Freund. Leider haderte er mit dem Konzept der Polyamorie und kam schließlich zu dem

Schluss, dass er eine monogame, verbindliche Beziehung wollte. Das war für uns beide schmerzhaft. Aber dank unserer langen Freundschaft konnten wir das Ganze ohne großes Drama beenden. Diese Freundschaft hält bis heute und ich wünsche ihm von Herzen, dass er eine monogame Frau findet, die ihn verdient hat.

Meine lustigste romantische Begegnung verlief so:

1) Ich sah einen langhaarigen, schlanken Brillenträger in einem SM-Club. Er hatte einen wunderschönen, schiefen Mund. Ich wollte ihn sofort.

2) Ich ging rüber und stellte mich vor.

3) Er gab mir seine Kontaktdaten.

4) Ich schrieb ihm eine Nachricht über Facebook und schlug ihm vor, zusammen essen zu gehen.

5) Nach dem Essen bot ich an, mit ihm nach Hause zu kommen, aber er ließ mich abblitzen. Er sagte mir nicht den Grund dafür und schlug auch kein weiteres Treffen vor.

6) Ich schloss daraus, dass er weder romantisches noch sexuelles Interesse an mir hatte.

7) Kurz darauf traf ich ihn in einem anderen Club wieder. Er signalisierte mir eindeutiges Interesse. Wir machten wild in seinem Auto rum, aber ich ging nicht mit ihm nach Hause, weil ich am nächsten Tag viel zu tun hatte.

8) Und als ich ihm sagte, dass ich dachte, er hätte kein Interesse an mir, weil er mich nach Hause geschickt hatte, antwortete der Gentleman: »Ich bin echt beleidigt, dass du denkst, ich würde schon beim ersten Date mit dir schlafen.«

Die Ironie ging nicht an mir vorbei.

• • •

In den USA wird von Männern erwartet, dass sie Sex initiieren und antreiben. Viele Männer beschweren sich darüber und würden es angeblich begrüßen, wenn die Frauen öfter mal den Anfang machen. Aber in der Praxis reagieren Männer oft irritiert und abgeschreckt, wenn Frauen das versuchen. Durchsetzungsfähige Frauen werden häufig als Schlampen bezeichnet – oft gerade von den Männern, die behaupten, sie würden sich durchsetzungsfähigere Frauen wünschen.

Wenn man Männer fragt, warum sie eine Frau als Schlampe bezeichnen, nennen sie viele unterschiedliche Gründe, wie »Ihre Kleidung war billig« oder »Sie schläft mit vielen verschiedenen Männern«. Aber am Faszinierendsten ist es, dass für manche Männer eine Schlampe eine Frau ist, die beim ersten Date mit ihnen schläft. Wie ein männlicher Autor in einem Artikel zu dem Thema bemerkt: »Jungs, wenn ihr mit ihr schlafen würdet, könnt ihr sie nicht als Schlampe bezeichnen.«[1]

PUAs sprechen das Problem immerhin mit der Anti-Slut-Defense an. Dabei ist allerdings »sexuelle Eskalation« ihr erklärtes Ziel. Ich habe den Gegenbegriff »emotionale Eskalation« erfunden – das »Game des Verliebens«. Das ist das Game, das von Frauen erwartet wird. So wie Männer angeblich versuchen sollen, so viele Frauen wie möglich flachzulegen, sollen Frauen Männer mühelos dazu bringen, sich reihenweise in sie zu verlieben.

Natürlich gibt es Ausnahmen. Ich bin mir sicher, dass es genauso viele Männer gibt, die sich verlieben wollen, wie Frauen, die einfach nur vögeln wollen. Beide Geschlechter suchen nach Intimität und Nähe. Aber Männer stehen unter dem enormen gesellschaftlichen Druck, ihr Bedürfnis danach zu verleugnen. Ein Typ, der sich eine monogame Beziehung wünscht, anstatt so viele Frauen wie möglich zu bumsen, ist doch ein totales Weichei und wahrscheinlich in Wirklichkeit schwul ... oder, Jungs?

In dem Sinne ist es einleuchtend, dass Männer im Gegensatz zu der weiblichen Anti-Slut-Defense eine Anti-Relationship-Defense (»Anti-Beziehungs-Abwehr«) haben.

• • •

Neil Strauss' *Die perfekte Masche* wird häufig mit dem 1995 erschienenen Buch *The Rules: Die Kunst, den Mann fürs Lebens zu finden* von Ellen Fein und Sherrie Schneider verglichen. Es ist ein Ratgeber, der Frauen zeigen will, wie sie eine Beziehung und letztendlich einen Heiratsantrag von einem Mann bekommen. Es sind einige gute Ratschläge darunter, zum Beispiel: »Fang nichts mit einem verheirateten Mann an!« Aber sie raten auch zu Strategien wie »Ruf ihn nie an und selten zurück« oder »Komm ihm nicht entgegen und teil dir nie die Rechnung mit ihm«, denn offensichtlich geht es nicht darum, Kompromisse zu finden oder gemeinsam eine Beziehung aufzubauen. Es geht darum, ihm eine Herausforderung zu bieten, die er meistern muss, und die Beziehung zu kontrollieren. Es geht darum, seine Anti-Relationship-Defense auszutricksen, bis er den großen Diamantring herausrückt.

Die wunderbar sarkastische feministische Autorin Kate Harding schreibt über *The Rules*:

[Das Konzept von The Rules *ist, dass] alle Menschen bereits glücklich verheiratet wären, wenn die leicht dämlichen hochzeitsbesessenen Hyänen (Frauen) einfach geschickter darin wären, die leicht dämlichen geilen Böcke (Männer) zu manipulieren. Dank dieses furchtbaren Buches haben sich die Autorinnen ein verdammtes Medienimperium aus Nachfolgetiteln aufgebaut, obwohl ihre einzige Qualifikation als Autorinnen darin bestand, dass sie Ehemänner hatten. Ihr Erfolg wurde auch*

nicht beeinträchtigt, als sich Fein von ihrem Mann trennte. [...] Aber was man The Rules *zugutehalten muss, ist, dass die Ratschläge grundsätzlich auf Selbstachtung basieren und dass Frauen ermutigt werden, sich für ihre Bedürfnisse einzusetzen, opportunistische Versager links liegen zu lassen und auf Männer zu warten, die sie wirklich gut behandeln. [...] Das Problem sind die anderen Ratschläge, die Frauen auffordern zu manipulieren, zu lügen, sich dumm zu stellen und unfassbare Verallgemeinerungen über Männer zu treffen. Denn das vermittelt nicht nur die Vorstellung, dass du etwas falsch machst, wenn du den Ring noch nicht hast, sondern auch, dass mit dir etwas nicht stimmt, wenn du ihn nicht* mehr als alles andere *willst.*[2]

Manipulation und unfassbare Verallgemeinerungen – *The Rules* hat in der Tat viel Ähnlichkeit mit der Pick-up-Artistry. Der Online-Comic XKCD hat das in dem Streifen »Ein schöner Traum« wunderbar kommentiert.[3] Darin sagt eine Figur zur anderen: »Ich hatte gerade den schönsten Traum ... Alle Frauen, die *The Rules* gelesen haben, und alle Männer, die *Die perfekte Masche* gelesen haben, sind zusammengekommen und haben den Rest von uns für immer in Ruhe gelassen.«

Obwohl die Ratschläge in *The Rules* häufig extrem problematisch sind, funktionieren viele davon. Zumindest wenn man vorhat, seinen Partner dazu zu bringen, alles zu tun, was man will – ohne Rücksicht auf Ehrlichkeit, echte Gemeinsamkeit oder die Wünsche des Partners. Genau wie eine gewisse andere Bewegung ...

Es gibt einen anderen bekannten Frauenratgeber namens *»Er steht einfach nicht auf Dich!«* von Greg Behrendt und Liz Tuccillo, der *The Rules* sehr ähnlich ist. Dieses Buch enthält Sätze, die von einem Mann geschrieben wurden, wie: »Bitte ihn nie um eine Verabredung. Wenn ein Mann dich will, erledigt er die

Arbeit selbst.« Oder: »Die meisten Männer wollen Frauen jagen. Wir mögen es, nicht zu wissen, ob wir dich kriegen können, und fühlen uns belohnt, wenn wir es schaffen.«[4]

PUAs suchen beim Flirten nach »Indicators of Interest« (IOIs; »Anzeichen für Interesse«) bei ihren Targets. Das kann alles Mögliche sein, vom subtilen Spiel mit den Haaren bis hin zu einem offenen Kompliment. Wenn man die PUA-Denkweise annimmt, dass Frauen Männern sexuelle IOIs geben, um zu signalisieren, dass sie mit ihnen schlafen wollen – kann man dann sagen, dass Männer Frauen umgekehrt *emotionale* IOIs geben?

Man könnte *»Er steht einfach nicht auf Dich!«* als Gebrauchsanweisung sehen, um solche emotionalen IOIs erkennen zu lernen. »Ich weiß, dass es ein ziemlich frustrierendes Konzept ist«, schreibt der Autor, »dass Männer gern jagen und du sie jagen lassen musst. Ich weiß. Es ist beleidigend und frustrierend. Es ist aber leider die Wahrheit. Wenn du die treibende Kraft bist und ihm hinterherjagst, dann ist es in neun von zehn Fällen so, dass er nicht wirklich auf dich steht.«

Die Ansichten in *»Er steht einfach nicht auf Dich!«* sind unfassbar heteronormativ und ich widerspreche ihnen in vielen Punkten. Aber ich glaube an die guten Absichten der Autoren. Sie wollen Frauen davon abhalten, ihre Energie an Männer zu verschwenden, die nicht bereit sind, emotional zu eskalieren (also sich zu verlieben). Viele PUA-Ratschläge wollen genauso Männer davor bewahren, ihre Energie an Frauen zu verschwenden, die kein sexuelles Interesse an ihnen haben.

Hugh Ristik hat einmal geschrieben, dass er »die PUA-Community entweder reformieren oder das Positive mitnehmen und den Rest liegen lassen will«. Könnte man das auch mit den »mädchenhaften« emotionalen Eskalationstaktiken von *The Rules* machen? Es dauerte nicht lange, bis ich von dieser Frage besessen war.

• • •

In den vergangenen Kapiteln habe ich die Frame-Theorie und Shit Tests beschrieben. Aber es gibt auch »Compliance Tests« (»Folgsamkeitstests»), die eng mit den Shit Tests verwandt sind. Sie gehören zu den wenigen nützlichen Ideen, die mir in der PUA-Community begegnet sind. Es dauerte allerdings eine Weile, bis ich das erkannte, denn sie werden normalerweise auf eine Art beschrieben, die mich rasend macht. Wie so oft interpretieren die meisten PUAs die Idee der Compliance Tests auf frauenfeindliche Weise.

Laut vieler PUAs versuchen Frauen andauernd, Männer dazu zu bringen, so viel wie möglich für sie zu tun – aber verlieren den Respekt vor ihnen, wenn sie ihren Aufforderungen nachkommen. (Ein Beispiel für einen Compliance Test ist: »Könntest du bitte meinen Drink halten, während ich etwas in meiner Handtasche suche?«) Viele PUAs schlagen für Compliance Tests die gleiche Reaktion wie für einen Shit Test vor: ignorieren, verbal niedermachen oder in einen neuen Frame einbetten (ihren Drink nicht halten oder ihn nehmen und austrinken). Die Idee dahinter ist, dass man der Frau erlaubt, den Rahmen zu kontrollieren, wenn man ihr einen Gefallen tut, und damit soziale Macht verliert.

Aber PUAs führen selbst auch oft Compliance Tests durch, um das Interesse einer Frau zu prüfen. (»Gib mir deine Hand, ich zeig dir einen Zaubertrick.« Wenn sie der Aufforderung ohne Zögern nachkommt, dann ist sie wahrscheinlich sehr an ihm interessiert.) So würde ich persönlich auch den »Kannst-du-mal-mein Getränk-halten-Test« anwenden: als eine Möglichkeit, mein Interesse zu zeigen und zu sehen, wie kooperativ er ist. Vorausgesetzt, es wäre überhaupt ein Test und ich *hole nicht tatsächlich etwas aus meiner Handtasche.*

Wenn also eine Frau Compliance Tests durchführt, ist sie arrogant und anmaßend. Wenn ein PUA sie durchführt, ist er intelligent und charmant. Einige PUAs sehen Compliance Tests auch als Teil der »Hoop Theory« (»Pfeifentheorie«). Der Name kommt von der beliebten Annahme, dass Frauen Männer dazu zwingen, nach ihrer Pfeife zu tanzen.

Wie die meisten anderen PUA-Spiele kann das unterhaltsam sein, solange es nicht allzu ernst wird. Aber die Sache ist, dass es oft extrem wichtig ist zu wissen, ob man sich auf jemanden verlassen kann. Ich habe einmal eine Geschichte von der Band Van Halen gehört. Sie waren bekannt dafür, unglaublich kleinlich und penibel zu sein. Zum Beispiel forderte die Band, dass backstage immer eine Schüssel mit M&M's stehen müsste, aus denen alle braunen aussortiert waren. Wenn sie zu einer Veranstaltung kamen und auch nur ein einziges braunes M&M fanden, weigerten sie sich, auf die Bühne zu gehen. Sie waren als anstrengende Prima Donnas verschrien. Aber die andere Seite der Geschichte sieht so aus: Die Band benutzte in ihren Shows unglaublich aufwendige Spezialeffekte mit Pyrotechnik und Explosionen. In seiner Autobiografie erklärt der Sänger:

Van Halen war die erste Band, die riesige Produktionen an relativ kleine Veranstaltungsorte brachte. Viele waren darauf nicht vorbereitet und es gab extrem viele technische Fehler. Die Verträge mit den Sicherheitsregeln waren so umfangreich wie das chinesische Telefonbuch, da es so viel Equipment gab und so viele Menschen daran beteiligt waren. Also testeten wir die Veranstalter […], indem wir zum Beispiel unter Artikel 126 aufführten: »Im Backstagebereich darf es keine braunen M&M's geben, sonst droht die Absage der Show bei voller Aufwandsentschädigung.« Wenn wir also braune M&M's fanden, war klar, dass die Veranstalter den Vertrag nicht gelesen hatten, und alles musste neu überprüft werden. Fehler bei einer solchen Show sind schließlich potenziell lebensbedrohlich.[5]

Compliance Tests können also benutzt werden, um herauszufinden, ob wir uns auf jemanden verlassen können, ob er an uns interessiert ist oder ob wir Macht über ihn haben. Und manchmal ist das völlig in Ordnung.

Andererseits ...

Während meiner PUA-Recherche nahm ich wieder Kontakt zu einem Exfreund auf, den ich eine Weile aus den Augen verloren hatte. Die Beziehung hatte geendet, weil einer von uns beiden weggezogen war. Wir hatten die Geschichte nie wirklich zu einem guten Abschluss bringen können. Ich mochte ihn immer noch und fühlte mich sehr zu ihm hingezogen. Er war gut aussehend, intelligent, polyamor, stand auf SM und kannte sich mit feministischen Theorien aus. Was wollte ich mehr?

Wir waren beide sehr daran interessiert, die Beziehung fortzusetzen. Eine Sache komplizierte das Ganze allerdings: Seine Gefühle für mich waren stärker als meine für ihn. Ich hatte ihn in der Vergangenheit sehr verletzt und er wollte sicher sein, dass ich es diesmal ehrlich meinte und an der Beziehung arbeiten wollte. Anfangs war das für mich okay. Ich mochte ihn und wollte mich wirklich auf ihn einlassen. Aber nach einer Weile ging es mir gegen den Strich, wie viele Beweise ich erbringen musste. Oder: wie viele Compliance Tests ich über mich ergehen lassen musste.

Ein Beispiel: Da wir an entgegengesetzten Enden der Stadt lebten, brauchte ich mit öffentlichen Verkehrsmitteln zwei Stunden, um zu ihm zu kommen. Mit dem Auto dauerte es eine halbe Stunde. Er hatte ein Auto, ich nicht. Trotzdem bat er mich einmal, ihn in seiner Nachbarschaft auf einen Kaffee zu treffen. »Ich weiß, dass das für dich ein weiter Weg ist«, sagte er, »aber es würde mir sehr viel bedeuten. Bitte.« *Na gut,* dachte ich, *wenn du das brauchst, um mir wieder zu vertrauen.* Also trat ich die Reise an. Wir redeten lange und er fuhr mich anschließend nach Hause, was die zweistündige Odyssee quasi wiedergutmachte.

Er war schon immer ein dramatischer Typ gewesen, aber er machte insgesamt einen stabilen Eindruck. Wir hatten uns noch nicht einmal geküsst, aber das sexuelle Knistern zwischen uns wuchs und wuchs. Ich beschloss, den nächsten Schritt ihm zu überlassen und nicht zu drängen. Aber es war schwer ...

Eines Tages schickte ich ihm eine lockere E-Mail. Er antwortete, dass er zu aufgewühlt sei, um darauf einzugehen. »Ich werde auch nie wieder deinen Blog lesen«, sagte er. »Du schreibst andauernd Dinge, die mich verletzen.« Nachdem er meinen letzten Blogeintrag gelesen hatte, hätte er die ganze Nacht nicht schlafen können. Aber er wolle mir auf gar keinen Fall sagen, *was* ihn so sehr getroffen hatte. Dafür sei er zu verletzt.

Verwirrt durchforstete ich meinen Blog. Mein letzter Eintrag handelte überhaupt nicht von ihm. Ich hatte ihn nicht einmal *selbst geschrieben.* Es war ein ausführliches Zitat aus dem genialen Buch *Speaking Sex to Power* von Patrick Califia. Ich konnte mir nicht erklären, was meinen Ex so aufregte. Also fragte ich ihn vorsichtig, welchen Eintrag er meinte. Er sagte, dass es das Zitat aus dem Buch sei. Weiter wollte er allerdings nichts erklären.

Wow, dachte ich, *was soll das*? Ich hatte das Gefühl, dass er mit diesem Drama einfach nur Bestätigung oder eine emotionale Reaktion bewirken wollte. Vielleicht wollte er, dass ich ihm »beweise«, wie wichtig er mir ist, indem ich ihn um Verzeihung bitte, obwohl ich meiner Meinung nach nichts falsch gemacht hatte. Aber ich war nicht bereit, ihn dafür zu belohnen, dass er scheinbar grundlos ausflippte und nicht darüber reden wollte. Sein Verhalten ließ mich stark an unserer Beziehung zweifeln, bevor sie überhaupt begonnen hatte.

Ich ärgerte mich über mich selbst. Ich hatte gewusst, dass mein Ex einen Hang zum Dramatischen hatte, und war trotzdem auf all seine Wünsche eingegangen. Hatte ich ihm dadurch erlaubt, den Frame für unsere Beziehung so zu setzen, dass Drama unvermeidbar war?

Ich war frustriert und traurig. Also fragte ich meine beste Freundin in einer E-Mail um Rat, wie ich die Geschichte so sanft und schonend wie möglich beenden könnte. Ihre Antwort war:

Ich glaube, du solltest die Sache nicht sanft und schonend beenden, sondern entschieden, aber respektvoll. Es ist wichtig, dass du (a) die Möglichkeit offen lässt, dass ihr in Zukunft freundlich miteinander umgehen könnt, und (b) ihm gegenüber absolut ehrlich bist.

Sie hatte recht. Ich beschloss, mich komplett von ihm zu distanzieren, mit der Option, dass wir in ferner Zukunft Freunde sein könnten. Es war sehr schmerzhaft. Ich vermisste ihn und ich musste seinen wiederholten Versuchen, mit mir zu reden, widerstehen. Das war besonders schwer, als ich ihn auf einer Veranstaltung sah. Ich beobachtete ihn aus dem Augenwinkel und dachte voller Wehmut: *Verdammt, er sieht gut aus! Vielleicht hätte ich das Ganze besser abwickeln können, aber wie*?

Später fand ich sein Verhalten in einem PUA-Blogeintrag wieder. Es ging um Shit Tests, die in langjährigen Beziehungen stattfinden. Der Eintrag war von Athol Kay, einem der intelligenteren und weniger schlimmen PUA-Blogger. Er warnt seine Leser oft vor der »dunklen Seite des Games«. Auch seine Frau steuert ihre Perspektive in vielen seiner Blogeinträge bei. Kays Hauptthema ist, wie man seine Ehe mithilfe des Games verbessern kann.

Für Athol Kay sind Shit Tests und Compliance Tests im Prinzip das Gleiche. Er weist aber darauf hin, dass sie manchmal mehr als »nur« Tests sind:

Der Sie-bereitet-dir-große-Umstände-Test: *Sie bittet dich um etwas, das für sie eine Kleinigkeit wäre, dich aber unglaublich viel Zeit kosten würde. So was wie »Kannst du heute die Mädchen von der Schule abholen?«, wenn die Schule auf ihrem Heimweg liegt, du aber früher von der Arbeit wegmüsstest, um das zu tun. Das ist ein großer Test. Sag einfach nein.*

Der Sie-bereitet-dir-große-Umstände-Test, der kein Test ist: *In dieser Situation wäre es zwar für dich sehr umständlich, ihr zu helfen, aber sie säße wirklich in der Scheiße, wenn du es nicht tust. Das Kind ist krank und einer von euch muss zu Hause bleiben, aber sie hat diese Präsentation und das Meeting mit ihrem Chef. Also rettest du sie mit einem strahlenden Lächeln.*

Der Sie-reagiert-emotional-Test: *Wenn eine Frau merkt, dass sie dich mit Tränen dazu bringen kann, nachzugeben, hast du ein großes Problem. Lass dich auf keine unnötigen Dramen ein. Manchmal liegt es an ihrer Menstruation, aber viele Frauen setzen diese Waffe einfach automatisch ein. Nach einer Weile richtet sich dann die gesamte Beziehung nach ihren Stimmungsschwankungen. Je mehr du versuchst, darauf einzugehen, desto schlimmer wird es, bis sie schließlich die unglücklichste Frau der Welt ist und du vor Erschöpfung fast umkommst.*

Der Sie-reagiert-emotional-Test, der keiner ist: *In diesem Fall ist etwas Ernstes passiert, das sie wirklich erschüttert. Solange das kein Dauerzustand ist, solltest du in solchen Momenten für sie da sein. Das Entscheidende dabei ist, nicht zu versuchen, ihre Probleme für sie zu lösen, sondern ihr dabei zu helfen, sie selbst in die Hand zu nehmen. Manchmal muss sie sich nur eine Weile lang ausheulen.*[6]

Menstruation, hm? Faszinierend. Also können wir davon ausgehen, dass die emotionale Reaktion meines Exfreundes mit seinen Hormonen zusammenhing? Ich habe ja viel von diesem

Testosteron gehört und dass Männer davon *total irrational* und weinerlich werden. Wirklich, Ladys, wie kann es sein, dass wir diesen hysterischen Geschöpfen das Wahlrecht gegeben haben?

Aber Sarkasmus beiseite. Was wäre eine praktische Lösung für das Problem mit meinem Ex gewesen? Der Weg der PUAs wäre gewesen, das Drama als Compliance Test abzutun und seine emotionale Reaktion zu ignorieren oder zu reframen. Ich kann mir vorstellen, dass diese Strategie auch funktioniert hätte. Mit »funktionieren« meine ich, dass ich die Beziehung am Laufen gehalten und ihn wahrscheinlich ins Bett gekriegt hätte. Aber dieses Verhalten hätte vorausgesetzt, dass mir seine Gefühle egal sind. Und warum sollte ich eine Beziehung mit jemandem führen wollen, dessen Gefühle mir egal sind?

Ich denke, es ist ziemlich zutreffend, das Verhalten meines Ex als Compliance Tests zu sehen. Aber es ist notwendig, dass beide Partner gelegentlich auf die Compliance Tests des anderen eingehen, wenn sie ihre Beziehung gemeinschaftlich und respektvoll halten wollen. Darin liegt der Unterschied zwischen »geteilten Frames« und »kontrollierenden Frames«. Außerdem glaube ich nicht, dass mein Ex mich mit seinem Verhalten einfach nur »testen« wollte.

Die meisten PUAs behaupten, dass Shit Tests und Compliance Tests den Frauen dazu dienen, die Dominanz ihres Gegenübers auszutesten. Ich kann nicht für alle Frauen sprechen, aber ich denke, dass die meisten der sogenannten Shit Tests einfach auf Verwirrung, Unsicherheit oder Frustration beruhen. Einige Frauen behaupten in den PUA-Foren, dass sie tatsächlich Dominanz testen würden. Vielleicht trifft das auch auf sie zu. Aber vielleicht ist es auch einfacher, sich zu sagen, dass man einen Mann testet, anstatt sich einzugestehen, dass man unsicher oder ängstlich ist.

Wie bei vielen anderen sozialen Taktiken werden auch Compliance Tests auf positive und negative Weise eingesetzt. Wenn eine Frau sich zum Beispiel in einer Bar andauernd von Männern einladen lässt und diese dann ignoriert, wendet sie negative Compliance Tests an. Sie respektiert die Männer nicht, sondern will einfach nur umsonst trinken. Ein negativer Compliance Test ist nur dazu da, Macht zu gewinnen und andere auszunutzen.

Positive Compliance Tests werden von Leuten durchgeführt, denen die andere Person wirklich wichtig ist oder die einfach Hilfe benötigen. Wenn eine Frau tatsächlich etwas aus ihrer Handtasche holen will und um Hilfe bittet, weil sie das mit einem Drink in der Hand nicht schafft, ist das ein positiver Compliance Test. In diesem Fall ist es vielleicht lustig, wenn ein PUA ihren Drink nimmt und austrinkt, aber völlig unnötig. Wenn sie ihn später um etwas Wichtigeres bittet und er »nein« sagt, dann ist er einfach ein Arschloch. Aber PUAs wissen, dass eine Person, die hundertprozentig verlässlich ist, auch häufig langweilig und vorhersehbar ist. Jemand, der Compliance Tests oft ignoriert oder auf überraschende Weise neu auslegt, kommt unterhaltsam, selbstbewusst und attraktiv rüber.

Demnach ist es gut, Compliance Tests zu ignorieren, wenn man *attraktiv* wirken will. Wenn man allerdings das *Vertrauen* von jemandem gewinnen möchte, ist es besser, ihnen nachzugeben. Wenn man beides will, muss man irgendwie einen Mittelweg finden. Beim Finden dieses Mittelwegs ist es vielleicht ratsamer, auf Seiten des Ignorierens zu irren. Wenn man zu viele Compliance Tests ignoriert oder reframt, kommt man als Arschloch rüber – aber wenigstens als selbstbewusstes und unabhängiges Arschloch im Gegensatz zu dem Weichei, das immer nachgibt. Aber es ist ziemlich traurig, wenn man all seine Interaktionen nur anhand von Macht bewertet und Gemeinsamkeit außen vor lässt.

• • •

Inmitten all dieses Trubels lernte ich bei einem Event in San Francisco Adam kennen. Ein gemeinsamer Freund stellte uns vor (und gab ihm dadurch gleichzeitig Social Proof). Wir unterhielten uns kurz, aber für ein längeres Gespräch blieb keine Zeit, weil ich gerade auf dem Sprung war. Ich fand Adam sehr interessant und war beeindruckt von den vielen Projekten, an denen er gearbeitet hatte. Außerdem hatte er lange Haare ...

PUAs würden Adams offensichtliche Attraktivität als seine »Demonstration of Higher Value« (DHV; »Demonstration höheren Werts«) bezeichnen. Da ich eine Aktivistin bin, demonstrierte Adam seinen »höheren Wert« für mich, indem er zeigte, dass er sich für tolle Projekte engagierte. Eine typische DHV beinhaltet normalerweise eher, dass man mit seinem coolen Job oder Auto angibt. Die Tatsache, dass wir uns über gemeinsame Freunde kennenlernten, würden PUAs als »Social Circle Game« (»Soziales-Umfeld-Game«) bezeichnen. Auf diese Weise habe ich die meisten meiner Partner kennengelernt.

Ich hatte es wirklich eilig und wollte mich nicht damit aufhalten, Adam meine E-Mail-Adresse aufzuschreiben. Also sagte ich ihm, er solle sie sich von unserem gemeinsamen Freund geben lassen. Zugegeben, damit erteilte ich Adam einen kleinen Compliance Test. Er hätte meinen Test auch reframen und seine Dominanz zeigen können, indem er mir zum Beispiel einfach sein Telefon gereicht und mir gesagt hätte, ich solle meine Nummer eingeben.

Oder man kann es so sehen, dass Adam meinen Compliance Test *bestanden* hat, indem darauf einging. Dadurch, dass er sich die Info später von einem Freund besorgte, zeigte er, dass er entspannt und kooperativ war und mich genug mochte, um eine kleine Unannehmlichkeit in Kauf zu nehmen.

Oder es war gar kein Test, sondern ich musste einfach nur so schnell wie möglich los.

PUAs unterscheiden nicht nur zwischen direktem und indirektem Game, sondern auch zwischen »Natural Game« (»Natürliches Game«) und »Synthetic Game« (»Künstliches Game«). Der Unterschied zwischen den beiden bezieht sich vor allem auf die Vorgehensweise. Man kann es mit dem Unterschied zwischen Improvisationstheater und einem inszenierten Theaterstück vergleichen. Wenn ein PUA künstliches Game einsetzt, lernt er Opener und Routines auswendig, studiert Shit-Test-Listen und prägt sich die dazu passenden Antworten ein. Will er sich auf natürliches Game spezialisieren, wird er versuchen, die Prinzipien sozialer Interaktion zu verstehen, indem er zum Beispiel die Frame-Theorie studiert oder herausfindet, wie er Shit Tests selbst erkennen kann. Natürlich benutzt praktisch wieder jeder etwas von beidem, selbst »normale Leute«. Die meisten von uns haben zum Beispiel Routinen, die wir »Anekdoten« nennen – Geschichten aus unserem eigenen Leben, die wir immer wieder erzählen.

Ein großer Teil der PUA-Theorie besteht darin, Dinge zu benennen, die wir sowieso andauernd tun. Im Namen meiner Recherche begann ich, auch mein eigenes Verhalten nach PUA-Begriffen zu kategorisieren. Wie oft beging ich kleine unbewusste Manipulationen im Namen meines »Natural Games«? Ich hatte immer schon einen starken Hang dazu, meine Beziehungen zu analysieren, aber nahm es jetzt berechnende Züge an? Es gibt ein Sprichwort, das immer wieder in PUA-Texten auftaucht: »Wenn man nur einen Hammer hat, sieht alles wie ein Nagel aus.«

• • •

Ich geb's zu: Ich freute mich über die Tatsache, dass ich so beschäftigt war, dass Adam und ich Schwierigkeiten hatten, einen gemeinsamen Termin zu finden. Er meldete sich mehrmals bei mir und scherzte irgendwann: »Das habe ich davon, dass ich nicht früher bei dir reserviert habe.« Unabsichtlich tat ich genau das, was *The Rules* ihren Leserinnen rät: »Wenn er dich am Samstag sehen will, sollte er sich besser vor Mittwoch bei dir melden, sonst sagst du ihm, dass du keine Zeit hast.« Allerdings folge ich *The Rules* nicht. Ihm zu zeigen, wie beschäftigt ich war, empfand ich höchstens als eine Demonstration meines höheren Werts.

Als wir es endlich schafften, uns zu treffen, gingen wir erst essen, danach in einen Park und zuletzt in eine Bar. (PUAs nennen zahlreiche Ortswechsel innerhalb kurzer Zeit »Time Dilation« (»Zeitausdehnung«). Damit kann man den Anschein erwecken, mehr Zeit miteinander verbracht zu haben, als eigentlich der Fall ist.

Ich mochte Adam. Er war intelligent und unaufdringlich; ein ausgezeichneter Gesprächspartner mit trockenem Sinn für Humor, der sich für interessante Projekte engagierte, viel Science Fiction las und dessen feministische Ansichten absolut wasserdicht waren. Was könnte noch heißer sein als ein Typ, der das Wort »heteronormativ« intelligent in einen Satz einbauen kann? Einer, der »heteronormativ« *und* »cisgender« benutzt.

Ich gab Adam ziemlich eindeutige IOIs und er erwiderte sie. Er ließ ein paar Bemerkungen über SM fallen. Ich wusste, dass er einige meiner Blogeinträge zu dem Thema gelesen hatte. Er schien auch mit dem Konzept der Polyamorie vertraut zu sein. Vielleicht nicht so sehr wie ich, aber es klang so, als hätte er immerhin schon damit herumexperimentiert.

Die Zeit verstrich und ich rang innerlich mit mir, ob ich in meinen Lieblingsclub gehen oder die Sache mit Adam vorantreiben sollte. Ich kam zu dem Schluss, dass ich mehr Informationen brauchte.

»Ich überlege, später noch in einen Club zu gehen«, sagte ich, um mich erst einmal abzusichern.

Einige PUAs würden das eine »vorgetäuschte zeitliche Beschränkung« nennen. Ich nutze diese Taktik oft, weil sie mir ein elegantes Hintertürchen öffnet, durch das ich im Notfall verschwinden kann. Und sie spornt meinen Partner an, den ersten Schritt zu machen. PUAs verwenden diese vorgetäuschten zeitlichen Beschränkungen jedoch oft, um ihre Verführungsabsichten zu verbergen und »heiß begehrt« zu wirken. In manchen Fällen ist das nicht weiter schlimm. Wenn mich ein Mann in einer Bar anquatscht und so tut, als hätte er nur fünf Minuten Zeit ... na ja, was soll's. Aber manche PUAs benutzen sie als LMR-Strategie. Er sagt zum Beispiel: »Wir werden heute keinen Sex haben, weil ich in 15 Minuten schon wieder wegmuss.« Dann denkt sie, es sei ungefährlich, mit ihm mitzugehen, weil er sie nicht angraben würde. Woraufhin er natürlich genau das macht. In dem Filmklassiker *Und täglich grüßt das Murmeltier* kann man sehen, wie diese Taktik scheitert und das weibliche Opfer Bill Murray mit voller Wucht eine Ohrfeige verpasst.

Nachdem ich also den Weg für eine eventuelle Flucht geebnet hatte, sagte ich: »Du hast SM erwähnt. Was hast du damit für Erfahrungen?«

»Hauptsächlich spielerische«, sagte Adam. »Nichts wirklich Intensives.« Ich wartete darauf, dass er das weiter ausführte, aber es kam nichts.

Das war seine ganze Antwort? Er hatte mir nicht einmal gesagt, ob er dominant oder unterwürfig war ... Ich seufzte innerlich. Es ist immer riskant, etwas mit jemandem außerhalb der SM-Community anzufangen. Für mich klang Adams Antwort nach etwas Leichtem wie: »Meine Partnerinnen und ich haben uns mit Seidenschals gefesselt und uns gegenseitig mit Federn gekitzelt.«

Nicht, dass daran irgendwas falsch war, es war nur nicht das, was ich wollte. *Blümchensex kann auch Spaß machen*, tröstete ich mich.

Ich sah ihn an. Adam war aufmerksam und gleichzeitig entspannt. Er wirkte so, als ob er immer einen klaren Kopf behielt, und das war sehr attraktiv. Ich wusste, dass er in der Nähe wohnte.

»Zeig mir doch noch deine Wohnung«, schlug ich vor, »bevor ich ausgehe.« Im schlimmsten Fall hatte ich immer noch die Fluchtmöglichkeit in den Club.

Wie sich herausstellte, sollte ich sie nicht brauchen.

Als wir in Adams Wohnung ankamen, redeten wir kurz, dann küsste er mich und biss mir in die Schulter. Für meine Verhältnisse war der Biss noch relativ sanft, aber für Blümchensex ganz schön heftig. *Das ist interessant,* dachte ich, *er scheint gut kommunizieren zu können, versuchen wir's einfach mal,* und fing an, auf SM-Art mit ihm zu kommunizieren. Wir redeten etwa fünf Minuten lang über meine Beiß-Vorlieben und dann legte Adam los.

Er war unglaublich. Wir waren innerhalb von Minuten völlig in einem sadomasochistischen Psychospiel. Das ist für mich ein großer Teil des SM. Geschmäcker sind unterschiedlich. Manche Leute stehen drauf, beschimpft zu werden. Andere mögen Rollenspiele, die Vergewaltigung, Sklaverei oder Vernehmungen darstellen. Einer meiner Lieblingsbegriffe beim SM ist die »Zwickmühlenbondage«. In diesem Szenario geht es darum, eine Situation zu erschaffen, in der es dem unterwürfigen Partner unmöglich ist, zu »gewinnen«. Zum Beispiel gibt es ein Spiel, in dem der unterwürfige Partner (in SM-Kreisen als »Sub« bezeichnet) einen Gegenstand festhalten muss. Der dominante Partner (»Dom«) tut dem Sub dann so weh, dass er den Gegenstand nicht mehr festhalten kann. Wenn er ihn fallen lässt, wird er sowohl durch das Gefühl des Scheiterns als auch eventuell körperlich bestraft.

Aber lange kann er den Gegenstand unter keinen Umständen festhalten.

Ich nehme nicht immer gern Befehle von meinen SM-Partnern an, es hängt von der Person und der Dynamik zwischen uns ab. Aber manche Typen können mich einfach schnell in diesen geistigen Zustand versetzen. Dann kommt es vor, dass ich manche Befehle einfach nicht ausführen kann, egal wie sehr ich es versuche. Das ist besonders furchteinflößend, wenn ich in meinen Partner verliebt bin, weil dadurch all meine Gefühle verstärkt werden. Aber selbst wenn das nicht der Fall ist – wenn ich im richtigen geistigen Zustand bin und seine Befehle nicht befolgen kann, werde ich mich tausendmal entschuldigen. Ich werde höllische Angst vor seiner Wut haben und wirklich glauben, dass ich die Bestrafung verdient habe. Und wenn er mir nicht weiter wehtut, werde ich mich im Stich gelassen fühlen. Je öfter ich scheitere, desto stärker wird der Schmerz – mental tausendmal schlimmer als körperlich. Es ist intensiv und anziehend, aber auch gefährlich. Nach solchen Begegnungen brauche ich es oft, dass mein Partner mir hinterher sagt: »Ich mag dich immer noch und ich glaube, dass du ein guter Mensch bist.« Oft brauche ich auch genau die gleichen Worte, wenn ich mich mit meinem Safeword aus der Situation rette. Manchmal – nicht immer, aber manchmal – fühle ich mich, als würde ich am schlimmsten versagen, wenn ich mein Safeword benutze.

Adam hatte ein unglaubliches Talent für diese Art der strategischen Ambiguität. Sein Fingerspitzengefühl war bemerkenswert. »Du hast gesagt, du hättest noch nie was *Intensives* gemacht!«, sagte ich, nachdem ich mich wieder gefangen hatte. »Du bist *kein* Amateur.«

Er war ebenfalls ziemlich benebelt. Er antwortete: »So etwas habe ich noch nie zuvor gemacht. Vielleicht ähnliche Sachen und ich hab ein paar SM-Pornos gesehen, aber nichts wie *das* hier.«

Adam brauchte viele Unterbrechungen, um mit dem, was vor sich ging, fertig zu werden, und ich musste ihm sorgsames Feedback geben. Ich erklärte ihm viele SM-Begriffe und versuchte zu beschreiben, wie sich das Ganze für mich anfühlte. Ich versicherte ihm, dass seine Gespaltenheit bezüglich der Erfahrung völlig normal war und dass er wahrscheinlich erst mal alles verarbeiten musste. Es war eine Art grundlegende Schritt-für-Schritt-Einführung.

The Rules sagt, dass man beim ersten Date nicht übers Küssen hinausgehen soll. Zum Glück glaube ich nicht an *The Rules*.

Während der Begegnung hatte ich meinen eigenen Verarbeitungsprozess hinten angestellt, aber später hatte ich Zeit zum Nachdenken. Ich war völlig durcheinander. Ich konnte kaum fassen, wie schnell Adam sich von einem »interessanten Typen« zu einem »Typen, den ich mag« zu »einem Typen, den ich so sehr mag, dass es mir Angst macht« entwickelt hatte.

• • •

Aber zuerst suchte ich unseren gemeinsamen Freund auf.

»Erzähl mir *alles*, was du über Adam weißt«, sagte ich.

Er lachte. »Was ist denn passiert?«

»Nichts«, antwortete ich. »Also, wir hatten ein Date. Erzähl mir einfach alles, was du weißt, okay?«

Ich löcherte ihn eine halbe Stunde lang mit Fragen. Es war insgesamt ein positiver Bericht, mit einer Ausnahme: Eine von Adams Exfreundinnen sagte, dass er oft widersprüchliche Signale aussendete. Ich beschloss, die Information im Hinterkopf zu behalten, nahm sie aber zu diesem Zeitpunkt noch nicht besonders ernst.

Als Nächstes versuchte ich, meine Gefühle zu analysieren. Ich hatte seit über einem Jahr keine so intensive SM-Begegnung erlebt. Kein Wunder, dass es mich extrem mitnahm. Und wenn es etwas gab, das ich aus meinen vergangenen Beziehungen gelernt hatte, dann war es, mir die Zeit zu geben, um mich zu beruhigen.

Ich versuchte, die »New Relationship Energy« (»Energie einer neuen Beziehung«) auszugleichen. Diese Bezeichnung stammt aus der Polyamorie, aber auch PUAs benutzen sie. New Relationship Energy ist das innere Hochgefühl, das man empfindet, wenn man mit jemandem zusammenkommt, den man wirklich mag. Oft ist man von dieser Person geradezu besessen. Ich war euphorisch und irrational. Dessen war ich mir bewusst.

Der dritte Schritt, den ich unternahm, war, mich noch mal bei Adam zu melden. Ich sagte mir, dass ich das im Namen der SM-üblichen Aftercare tat. So etwas ist für viele Leute kein notwendiger Bestandteil, aber ich sah es als meine Verpflichtung, da Adam noch so unerfahren war. Ich war gespalten: Ein Teil von mir wollte mit Adam sprechen und ein anderer Teil wollte von ihm fernbleiben, bis ich mich wieder im Griff hatte. Schließlich kannte ich ihn kaum und wusste nicht, ob ich ihm vertrauen konnte.

Mittlerweile habe ich gelernt, dass ich SM lieber vermeiden sollte, bis ich meinen Partner wirklich kenne und vertraue. Dabei geht es weniger um körperliche Unversehrtheit als um emotionale: SM kann eine ziemlich heftige Wirkung auf mich haben. Das macht es manchmal sehr schwer, vernünftig mit der anderen Person umzugehen, besonders wenn ich sie nicht gut kenne. Aber damals war ich nicht so vorsichtig.

Am Tag nach unserem Date schickte ich also eine kurze E-Mail an Adam, in der ich mich bei ihm bedankte und ihm anbot, mich mit ihm zu treffen, sollte er über die Erfahrung reden wollen. Adam bedankte sich ebenfalls bei mir und antwortete, dass es ihm super ging und wir uns bei unserem verabredeten Treffen nächste Woche sehen würden.

Ich empfand eine Mischung aus Erleichterung und Enttäuschung. Wie viel von meinem Angebot war wirklich Aftercare gewesen und wie viel ein Test seiner Bereitschaft für emotionale Eskalation? Wenn Adam mich sofort hätte sehen wollen, dann hätte ich gewusst, dass er total auf mich stand. Aber Antworten wie seine hatte ich selbst oft genug gegeben: »Es hat Spaß gemacht, bis bald.« Ein PUA würde das als »Managing Expectations« (»Erwartungseinschränkung«) bezeichnen. Er wollte mir keine falschen Hoffnungen machen und blieb auf Abstand. Ich war mir nicht sicher, ob ich das umgekehrt auch getan hätte. Und das bedeutete, dass bereits die Gefahr bestand, dass ich viel mehr Interesse an ihm hatte als er an mir. Das war sowohl angsteinflößend als auch strategisch ungünstig.

Ich hatte bereits einen Flug gebucht, der mich in ein paar Wochen wieder nach Hause bringen würde. Adam lebte nicht in Chicago, die Beziehung hatte also sowieso kein supergroßes Potenzial.

Trotzdem ...

Sei vorsichtig, sagte ich mir selbst. *Sei vorsichtig, vorsichtig, vorsichtig.*

Irgendwo im Hinterkopf hoffte ich, dass Adam wenigstens umsichtig genug war, um mit jemand anderem über die SM-Erfahrung zu sprechen. Es war vielleicht gut, mich nicht zu treffen, um emotionale Eskalation zu vermeiden – aber konnte er mit der Erfahrung wirklich umgehen?

• • •

Adams Verarbeitungsbedarf wurde offensichtlich, als er unser drittes Date absagte. Wir hatten uns ein zweites Mal getroffen.

Die Begegnung war schön gewesen, wenn auch nicht ganz so intensiv wie die erste. Aber als ich unser drittes Treffen per SMS bestätigen wollte, schlug er vor, uns stattdessen nur auf einen Drink zu treffen, um zu reden. Das traf mich, aber ich beschloss letztendlich, es mir nicht zu sehr zu Herzen zu nehmen. Trotzdem tappte ich noch immer im Dunkeln, was seine Absichten anging. Also antwortete ich, dass ich zwar für einen Drink offen wäre, aber dass er mir vorher sagen sollte, was er eigentlich von mir wollte.

Ich hatte meine Antwort nicht als PUA-Strategie gemeint, aber sie ist ein perfektes Beispiel für Framekontrolle. Die meisten Menschen haben ein instinktives Gespür für die Muster und Strategien, auf denen die PUA-Strategien beruhen. Ohne explizite Strategie manifestieren sich diese Instinkte meist in Form von Verwirrung und Drama. Ich befürchtete, dass Adam den Frame für unsere Beziehung so setzen könnte, dass wir zwar miteinander schliefen, es aber nicht offen zugaben (umgangssprachlich würde man das als »Fuckbuddys« bezeichnen). Also signalisierte ich ihm, dass ich ihn nicht treffen wollte, bis geklärt war, ob wir nun »offiziell« miteinander schliefen oder nicht.

Ich bat Adam, auf meine Nachricht per E-Mail oder SMS zu antworten und mich nicht anzurufen. Seine Antwort kam noch am selben Nachmittag:

Meine SMS war nicht gut durchdacht ... Ich fühle mich einfach sehr unsicher in Bezug auf unsere perversen Spielchen. Ein Teil von mir denkt: »Ah, das ist komisch, renn weg!« Aber gleichzeitig macht es mir Spaß und ist neu und faszinierend. Ich sollte über meinen Schatten springen und es noch mal versuchen. Also, falls du mir meine Impulsivität und Wankelmütigkeit verzeihen kannst ... Ich bin diese Woche verfügbar, wann immer du frei hast. Wenn du nicht mehr willst oder keine Zeit hast, wäre ich zwar enttäuscht, aber könnte es verstehen. Sorry wegen des Dramas. Normalerweise bin ich dramafrei, glaub mir.

»Normalerweise bin ich dramafrei.« *Wirklich*?, dachte ich.

Leute, die auf intensiven SM stehen, müssen normalerweise viel darüber nachdenken, eventuell ein bisschen auszuflippen. Es war nicht Adams Schuld, sondern lag an der gesellschaftlichen Stigmatisierung. Er hatte mein volles Mitgefühl. SM kann einen durch alle möglichen abgefuckten Vorstellungen von Sex und Macht führen, die Menschen unbewusst verinnerlicht haben.

Oder nutzte Adam seine Verwirrung aus, um mich doch zu einem Fuckbuddy-Arrangement zu bringen? War das Ganze ein Test? Vielleicht tat er das auch nicht mit Absicht, sondern war einfach ein Naturtalent. Hatte ich es mit Adams Anti-Relationship-Defense zu tun? Kämpften wir beide gerade um die Macht in der Beziehung?

Lass die Paranoia sein und nimm ihn beim Wort, ermahnte ich mich selbst. Meine Bereitwilligkeit, bei jemandem vorsichtig zu sein, den ich so sehr mochte, war begrenzt.

• • •

Das dritte Date lief super. Wir machten viele Witze und hatten eine interessante Unterhaltung über die Worte, die typischerweise beim SM verwendet werden. »Ich kann mir vorstellen, dass viele Hetero-Doms das Wort ›Schlampe‹ benutzen, um sich dominant zu fühlen«, sagte Adam nachdenklich, »aber ich fühle mich dadurch eher unterwürfig. Ich denke, das liegt daran, dass Männer in der echten Welt das Wort ›Schlampe‹ benutzen, wenn sie sich machtlos fühlen.«

SM kombiniert mit feministischem Feingespür? Ich war Feuer und Flamme.

Wir versuchten beide, die Erwartungen des jeweils anderen einzuschränken. Uns war klar, dass ich sehr bald in Chicago sein würde und wir keinen engen Kontakt pflegen würden. Beim Abschied am nächsten Morgen versprachen wir uns, dass wir uns irgendwann wiedersehen würden, und beließen es dabei.

Ich war zufrieden und erleichtert und auch Adam wirkte viel entspannter. Ich dachte, alles wäre in Ordnung – bis ich ihn am Tag vor meinem Abflug zufällig auf der Straße traf. Es war Halloween und ganz San Francisco hatte sich in absurde Kostüme gesteckt. Ich war sehr betrunken und zog mit meinen ebenso betrunkenen Freunden durch die Stadt. Adam lief an uns vorbei, als wir uns gerade eine Straßenperformance ansahen. Wir begrüßten uns und plauderten ein paar Minuten, bis er weiterging.

Meine Freunde sagten mir, dass sie ihn sympathisch fanden. Ich wurde von völlig unbegründeter Panik erfasst und fing an, die Begegnung zu überanalysieren.

»Meint ihr, das ist gut gelaufen?«, fragte ich meine Freunde.

»Wieso? Es sah doch gut aus.«

»Ich werde ihn lange nicht wiedersehen. Ich muss sichergehen, dass er ein positives letztes Bild von mir hat«, sagte ich.

Sie taten ihr Bestes, mich zu beruhigen.

»Oh Gott, ich flippe aus, bloß weil ich ihn auf der Straße treffe«, sagte ich. »Ich glaube, ich würde sogar nüchtern ausflippen. Oh Gott, was *bedeutet* das?«

Eine meiner Freundinnen nahm meine Hand. »Das ist okay, Süße«, sagte sie. »Manchmal flippt man wegen mancher Leute einfach aus. Das heißt nicht, dass du in ihn verliebt bist.«

Kapitel 5

He's a Ghost, He's a God, He's a Man, He's a Guru

In diesem Kapitel beschreibt Clarisse ihr Treffen mit dem superberühmten PUA-Guru Neil Strauss, Autor von Die perfekte Masche. *Er ist dem Feminismus unerwartet freundlich gestimmt und wird deshalb nach dem Interview mit Clarisse im Internet von antifeministischen PUAs attackiert. Außerdem werden jede Menge feministischer Konzepte erklärt, wie »enthusiastische« Zustimmung und »Rape Culture« (»Vergewaltigungskultur«).*

Der Titel des Kapitels kommt aus dem Lied *Red Right Hand* von Nick Cave.

Während meiner PUA-Recherche veranstaltete Neil Strauss, der Autor von *Die perfekte Masche,* eine Lesung seines neuen Buches in Chicago. Ich schaffte es, im Auftrag der *Time Out Chicago,* für die ich als freiberufliche Bloggerin arbeitete, einen Interviewtermin mit ihm zu ergattern. Die Lesung sollte am Samstag um sieben Uhr abends in einem Buchladen stattfinden. Mein Interview war 15 Minuten vor Beginn angesetzt. Glücklicherweise schlug Neil selbst mir per SMS vor, den Termin bis nach der Lesung zu verschieben. Ich sagte natürlich sofort zu, denn dadurch stand uns viel mehr Zeit zur Verfügung. Ich war allerdings um elf Uhr dreißig mit einem Partner auf einer SM-Party verabredet. Ich überlegte kurz, das Treffen abzusagen, aber ich fand es nicht okay, ihn in letzter Minute hängen zu lassen. Außerdem dachte ich, es wäre anmaßend, anzunehmen, dass Neil Strauss sich so viel Zeit für mich nehmen würde.

Ich hatte noch nie jemanden interviewt, der so berühmt war, und hatte nicht mit Neils riesiger, enthusiastischer Fangemeinde gerechnet. Ich konnte mich buchstäblich nicht durch die Tür in den Buchladen quetschen, so voll war es. Also hörte ich Neil von der Türschwelle aus zu. Das Publikum war zu 95 Prozent männlich. Der Geruch von exzessiv benutztem Haargel machte es schwer zu atmen. Obwohl Neil da war, um sein neues Buch vorzustellen, drehten sich die meisten Fragen des Publikums um *Die perfekte Masche.*

Ich hatte das Buch gelesen, nachdem es mir von einem männlichen feministischen Freund empfohlen worden war, der behauptete, dass es urkomisch und »im Grunde gleichermaßen Kritik und Chronik der PUA-Kultur sei«. Er hatte recht. Das Buch erzählt von Neil Strauss' kometenhaftem Aufstieg zu Ruhm und Reichtum an der Seite des berühmten PUA-Coaches Mystery. (Mystery hatte eine Realityshow namens *The Pickup Artist* auf VH1.) Neil, dessen PUA-Name »Style« ist, war ein Rock'n'Roll-Schriftsteller, der eine Besessenheit für Pick-up-Artistry entwickelte. Er wurde schließlich zum besten PUA der Welt gewählt. Zu seinen Eroberungen gehören Courtney Love und Britney Spears. Und sein Buch landete auf der *New-York-Times*-Bestsellerliste.

Schon über das Layout von *Die perfekte Masche* könnte man eine kulturwissenschaftliche Abhandlung verfassen. Das Buch ist in Kunstleder gebunden, der Titel in Gold auf das Cover geprägt, umgeben von goldenen Frauensilhouetten. Jedes Kapitel beginnt mit einer Comiczeichnung von Neil und einer oder mehreren heißen Frauen. Ein Highlight ist ein Bild von Comic-Neil, sexy Lady im Arm, eine auf den Leser gerichtete Pistole in der Hand, unter der Überschrift: »Last Minute Defense durchbrechen«.

Die perfekte Masche wird oft von erfahrenen PUAs in der Luft zerrissen, die behaupten, es sei frei erfunden. Neil besteht darauf, dass alles der Wahrheit entspricht, auch wenn er einige Namen und Beschreibungen verändert hat, um verschiedene Personen zu schützen. (Das trifft übrigens auch auf dieses Buch zu.) Andere finden Neils Darstellung mancher PUAs unfair. Und wieder andere nennen ihn »Neil $trau$$« und bezeichnen ihn als Geldhai. Als ich ihn persönlich in Chicago traf, wirkte er zurückhaltend und authentisch – aber ich nehme an, das war es, was ich denken *sollte*, oder?

Im Buch benutzt Neil einige Freeze-Outs und andere Taktiken, bei denen sich mir die Nackenhaare aufstellen. Trotzdem wirkt er insgesamt wie ein netter, schüchterner Typ, der einfach die absurde Welt um ihn herum verstehen möchte. Er steht vielen Aspekten der Pick-up-Artistry mit gemischten Gefühlen gegenüber. Gegen Ende des Buches geht es wirklich dramatisch zu, mit Betrug, Nervenzusammenbrüchen und ... okay, ich möchte nicht zu viel vorwegnehmen.

Während Neils Lesung in Chicago war er zu allen wirklich sehr freundlich. Und seine violette, glitzernde Krawatte war klasse. Als er mit dem Signieren seiner Bücher fertig war, war es bereits zehn Uhr dreißig. Also schrieb ich meinem SM-Partner, dass ich mich verspäten würde. Er antwortete, dass ich mir Zeit lassen sollte. Das Interview fand schließlich in einem mexikanischen Restaurant statt, umgeben von zwanzig Fans. Neil war trotz des Trubels so freundlich und bescheiden, dass ich nicht anders konnte, als ihn zu mögen.

Es wäre leicht gewesen, alles zu kritisieren, was Neil sagte ... und als ich das Interview veröffentlichte, taten viele FeministInnen genau das.[1] Aber mich interessierten vor allem seine positiven Bemerkungen über den Feminismus. Viele intelligente PUAs sind in der Lage, die gemeinsamen Interessen der Pick-up-Artistry und des Feminismus zu erkennen. Beispielsweise die Tatsache, dass die feministische Bewegung es den Frauen ermöglicht hat, ihre Sexualität viel mehr auszuleben. Frauenfeindliche, Darth-Vader-artige PUAs erkennen das an und ziehen dort den Schlussstrich. Sie beschweren sich nach wie vor über Frauen, die zu viele eigenständige Ideen haben, Jobs haben oder es wagen, von ihrem Wahlrecht Gebrauch zu machen (was für Schlampen!).

Neil Strauss sagte in unserem Interview: »Wir sind immer noch eine patriarchalische Gesellschaft, in der Männer dominieren.« Das ist ein Zugeständnis, mit dem die meisten PUAs nicht umgehen können. Er sagte sogar, dass Männer, die Feminismus verabscheuen, »Angst vor starken Frauen haben«. Wenn man *Die perfekte Masche* sorgfältig liest, werden Neils feministische Sympathien von Anfang an deutlich. Er schreibt einige Dinge wie: »Dadurch, dass ich Frauen entmenschlichte, entmenschlichte ich auch mich selbst.« Noch auffälliger ist, dass jedes Kapitel von *Die perfekte Masche* mit einem Zitat einer berühmten Feministin beginnt, wie zum Beispiel das bereits erwähnte Zitat von Betty Friedan. Beim Lesen des ersten Zitats dachte ich, es wäre ironisch gemeint. Aber beim Weiterlesen fiel mir auf, dass die Zitate sehr sorgfältig von jemandem ausgewählt worden waren, der sich offensichtlich mit feministischen Theorien auseinandergesetzt hatte. Als ich Neil persönlich interviewte, fragte ich ihn danach. Seine Erklärung:

Mein Hauptproblem bei der Zusammensetzung des Buches war, dass es zu wenige weibliche Charaktere gab. Es gab in der Community keine Frauen, die Ratschläge gaben. Also dachte ich mir: Warum lasse ich nicht eine weibliche Stimme durch diese Zitate sprechen?

So einleuchtend das klingt, es fiel mir schwer, mich zu kontrollieren, als Neil daraufhin *Die perfekte Masche* mit Simone de Beauvoirs *Das andere Geschlecht* verglich, einem sehr wichtigen vor-feministischen Buch aus den Fünfzigern. Es beschäftigt sich hauptsächlich mit dem Problem, dass sich die Geschichte der westlichen Kultur immer um den Mann gedreht hat. Männner und ihre Begehren wurden als »normal« und »ideal« beurteilt. Dadurch wurden Frauen zwangsläufig als »abnormal« bewertet und als minderwertige Mitglieder der Gesellschaft gesehen.

Neils Gedankengang sah so aus:

Auf bestimmten Ebenen ist männliche Sexualität in dieser Gesellschaft allgegenwärtig, aber gleichzeitig wird sie vollständig unterdrückt: Männer haben Angst, ihre Sexualität wirklich zu zeigen. Ich wollte ein ehrliches Bild von männlicher Sexualität schaffen, nicht das der Männerzeitschriften und Werbeplakate. Das andere Geschlecht *ist natürlich völlig anders und viel philosophischer als* Die perfekte Masche, *aber mein Ziel war wirklich, etwas Ähnliches zu schaffen.*

Ich brauchte eine Weile, um diese Analyse zu verdauen. Das ist ein sehr ungewöhnlicher Vergleich. Aber für mich war entscheidend, dass Neil Strauss *absichtlich* auf dem Feminismus aufbaute.

Nach der Veröffentlichung des Interviews regten sich viele FeministInnen über seine Äußerungen auf. Die Tatsache, dass er als PUA auf *unserer* Seite stand, ging komplett an ihnen vorbei. Allerdings nicht an den Antifeministen. Viele antifeministische Webseiten und PUA-Autoren attackierten Neil Strauss mit Beleidigungen wie »Mangina« (eine Wortkombination aus »Mann« und »Vagina«). Das wirklich beste Zitat war:

Ob Strauss ein ignoranter Idiot oder ein opportunistischer Lügner ist, der Feministinnen gefallen möchte, kann jeder für sich selbst entscheiden. Aber es geht eindeutig hervor, dass die bekanntesten Verfechter des Games sich nicht zu schade sind, feministische Dogmen nachzuplappern.[2]

Trotz der Absurdität dieser Kritik weist sie auf einige interessante Dinge hin. Einmal auf die traurige Wahrheit, dass einige Leute lieber annehmen, dass ein PUA, der FeministInnen zustimmt, ein »opportunistischer Lügner« ist, als dass FeministInnen möglicherweise tatsächlich wichtige Dinge zu sagen haben. Der zweite wichtige Punkt ist die Tatsache, dass selbst ein so berühmter PUA wie Neil Strauss übel beschimpft wird, wenn er nur den Hauch einer feministischen Äußerung macht. Was wäre also, wenn ein weniger angesehener PUA etwas Vergleichbares wagen würde? Ich schätze, vor diesem Hintergrund ist es verständlich, dass viele PUAs sich so ungern über Feminismus äußern.

FeministInnen dagegen fragten mich, warum ich Neil Strauss nicht kritischer gegenüberstehe. Der Grund dafür ist folgender: Neil machte einen riesengroßen Schritt, indem er Feminismus in einem öffentlichen Interview *überhaupt* unterstützte.

Aber wie passen PUA-Taktiken und feministische Ansichten wirklich zusammen? Kann es jemals so etwas wie einen feministischen PUA geben? Um das besprechen zu können, muss ich einige wichtige feministische Konzepte erklären. Ich bin mir sicher, dass sie selbst für PUAs verständlich sind. (Quizfrage: War dieser Satz ein Shit Test oder ein Neg?)

Trotz aller Fortschritte sind unsere gesellschaftlich geprägten Ansichten bezüglich Sexualität nach wie vor problematisch. Der männliche Feminist Thomas MacAulay Millar schreibt in seinem brillanten Text »Toward a Performance Model of Sex«:

Wir leben in einer Kultur, die Sex nicht als Akt, sondern als Sache versteht: etwas, das gegeben, gekauft, verkauft oder gestohlen werden kann, das einen Wert hat und von Angebot und

Nachfrage bestimmt wird. In diesem Modell ist Sex wie eine Handelsware; Frauen haben sie und Männer versuchen, sie zu bekommen. [...] Dadurch geraten Frauen nicht nur in die Rolle der Verkäuferin, sondern auch in die der Beschützerin und Wächterin [...].[3]

Hier ein Auszug aus meinem Grundkurs des sexpositiven Feminismus:

Von Frauen wird erwartet, dass sie Sex mit Männern gegen finanzielle Unterstützung oder eine verbindliche Beziehung eintauschen. Frauen, die »keinen guten Tausch machen«, werden als Schlampen bezeichnet. Männer, die »keinen guten Tausch machen« (also Männer, die kein bestimmtes Maß an Sex »als Gegenleistung« für eine Beziehung bekommen), werden Weicheier genannt.

Die Auswirkungen des »Modells von Sex als Handelsware« sind grauenhaft. Zum Beispiel denken manche Leute, dass Frauen, die vergewaltigt worden sind, »an Wert verloren haben«. Es macht es Männern und Frauen schwer, ein gegenseitig befriedigendes sexuelles Erlebnis »auszuhandeln«. Es ist auch ein bestimmender Faktor in der sogenannten »Rape Culture« (»Vergewaltigungskultur«). Ein anderer männlicher Feminist mit dem Internetnamen Ampersand hat Rape Culture folgendermaßen definiert:

Eine Kultur, in der Vergewaltigung verbreitet und in grundlegenden Einstellungen bezüglich Geschlechteridentität, Sexualität und Gewalt verankert ist.[4]

Ich zitiere viele männliche, heterosexuelle Feministen, um zu zeigen, dass sie existieren. In einem Buch über PUAs erscheint mir das nur angemessen.

Eine Vergewaltigungskultur wird dadurch gekennzeichnet, dass sie Vergewaltigungen häufig *entschuldigt* oder *verbirgt*.

So werden die meisten sexuellen Übergriffe nie bei der Polizei angezeigt[5], meistens aus Scham oder Angst vor sozialer Ächtung. Ungefähr zehn Prozent aller Vergewaltigungsopfer sind übrigens Männer (obwohl es bei diesem Verbrechen schwierig ist, genaue Statistiken zu ermitteln). Viele Leute glauben, dass Männer solche Angriffe aufgrund der unrealistischen kulturellen Erwartungen bezüglich Männlichkeit[6] noch viel seltener melden als Frauen.

Rape Culture wird von vielen FeministInnen unterschiedlich definiert und diskutiert. Es gibt einige, deren Auffassung nach SM eine Facette der Vergewaltigungskultur ist, weil ein Hauptkennzeichen von sadomasochistischer Sexualität die Fetischisierung sexueller Machtdynamiken ist (und darin manchmal auch Vergewaltigungsfantasien vorkommen). Andere FeministInnen sagen, dass SM die Vergewaltigungskultur durch den Versuch, sexuelle Machtdynamiken offenzulegen, *untergräbt*. Es ist nicht schwer zu erraten, in welche Kategorie ich gehöre.

Es gibt einige Aspekte, die eine Vergewaltigungskultur kennzeichnen:

Rape-Culture-Kennzeichen eins: *Vergewaltigungsmythen.* Das sind allgemein akzeptierte Fehlinformationen, die es erschweren, Vergewaltigung zu erkennen und strafrechtlich zu verfolgen. Viele Leute glauben zum Beispiel, dass Vergewaltigungen hauptsächlich von Fremden verübt werden. Tatsächlich passieren sechzig bis neunzig Prozent aller sexuellen Übergriffe zwischen Menschen, die sich kennen. Auch glauben die meisten Leute, dass vor allem junge, attraktive Frauen gefährdet sind. In Befragungen von Vergewaltigern hat sich jedoch herausgestellt, dass sie sich ihre Opfer vor allem nach ihrer Verletzbarkeit aussuchen, nicht nach ihrer Attraktivität.

Rape-Culture-Kennzeichen zwei: *Das Modell von Sex als Handelsware.* Wenn Sex als ein Geschäft verstanden wird, liegt die Auffassung nahe, dass man anderen Menschen Sex »schulden« könnte. Viele Männer fühlen sich berechtigt, im Gegenzug für emotionale oder finanzielle Unterstützung von einer Frau Sex zu verlangen und sich im Notfall mit Gewalt das zu nehmen, »was sie ihnen schuldig ist«.

Rape-Culture-Kennzeichen drei: *Dem Opfer die Schuld geben.* Viele Leute gehen davon aus, dass ein Vergewaltigungsopfer sich selbst in die Situation gebracht hat, indem sie zum Beispiel einen kurzen Rock anhatte, allein nachts unterwegs war oder betrunken war. Und während sie wie besessen das Verhalten des Opfers analysieren, ignorieren sie das tatsächliche Problem: die Entscheidung des Vergewaltigers, *zu vergewaltigen.*

Rape-Culture-Kennzeichen vier: *Feindselige Geschlechterrollen.* Männer und Frauen werden als absolut gegensätzlich betrachtet (»Männer kommen vom Mars und Frauen von der Venus«). Es gibt unglaublich viele stereotype Geschlechterklischees, wie zum Beispiel die Geschichte von den bindungsunfähigen, immergeilen Männern und den hochzeitsbesessenen, frigiden Frauen. Tatsächlich haben die meisten Männer und Frauen mehr *miteinander* gemeinsam als mit ihren jeweiligen Geschlechterstereotypen. Wenn Leute Beziehungen mehr als ein Miteinander als ein Gegeneinander betrachten würden, würden sie auch Sex als gemeinschaftliches Erlebnis sehen und nicht annehmen, dass Aggression und Manipulation einfach dazugehören. Und leider ist es nur ein kleiner Schritt von Aggression und Manipulation zu Nötigung und Vergewaltigung.

PUAs benutzen so gut wie nie feministische Ausdrücke. Ich habe noch keinen einzigen PUA getroffen, der das übergreifende feministische Konzept von Rape Culture akzeptiert hätte. Doch sie befassen sich mit den oben benannten Kennzeichen auf viele verschiedene Arten. Sie haben zum Beispiel ihre eigenen Probleme mit dem Modell von Sex als Handelsware. Ihnen widerstrebt, dass von Männern erwartet wird, irgendwas im Tausch für Sex anzubieten. Viele ihrer Taktiken untergraben dieses System, indem sie zum Beispiel davon abraten, Frauen Getränke zu spendieren. Ich habe sogar mit einem relativ wohlhabenden PUA gesprochen, der freiwillig eine Schrottkarre fährt und in einer billigen Wohnung lebt, weil er sich dagegen absichern will, dass Frauen ihn aufgrund seines Geldes beurteilen.

Allerdings sehen die meisten PUAs die andere Seite nicht. Hier ist ein weiteres Zitat aus Millars »Toward a Performance Model of Sex«:

Wer dem Modell von Sex als Handelsware glaubt, glaubt auch daran, dass Wert durch Seltenheit entsteht und eine Frau, die mehrere Sexualpartner hat, automatisch an Wert verliert. Ein [PUA aus einem PUA-Forum] schrieb:

»Seit einiger Zeit verachte ich Frauen in dem Moment, in dem ich sie rumkriege, weil es so *einfach war. Direkt danach fühle ich mich einfach nicht mehr zu ihnen hingezogen. Ich denke dann, dass sie unmöglich eine erstklassige Frau sein kann, wenn es* so *leicht war, sie ins Bett zu kriegen.«*

Männer wie er stellen das Modell von Sex als Handelsware nicht infrage ... denn sie nehmen nicht wahr, dass eine bessere Welt in ihrem eigenen Interesse läge.

Ein Darth-Vader-mäßiger PUA schreibt in einem Blog:

Ich denke grundsätzlich von jeder Frau, die ich treffe: »Sie ist eine wertlose, dreckige Hure, bis etwas anderes bewiesen ist.« Nachdem so viele Frauen ihre Beine so schnell und bereitwillig für mich breitgemacht haben, ist es schwer, sie (und ihre Meinungen und Ideen) zu respektieren.[7]

Man kann eine Frau nur dann »wertlos« nennen, weil man Sex mit ihr hatte, wenn man tatsächlich glaubt, dass Sex den »*Wert* einer Frau verringert«. (Und warum ist »Hure« eigentlich so eine schreckliche Beleidigung? Was ist an einvernehmlicher Sexarbeit so verwerflich? Aber das ist ein ganz anderes Thema ...)

Ein anderes Kennzeichen von Rape Culture ist es, dem Opfer die Schuld zu geben. Die meisten PUAs behaupten gern, sie hätten jede sexuelle Interaktion im Griff. Wenn etwas schiefläuft, wird es normalerweise als die Schuld des PUAs gesehen, weil er »das Game nicht richtig gespielt hat«. Also könnte man meinen, dass PUAs nicht dazu tendieren, das Opfer zu beschuldigen.

Aber leider ist unter PUAs die Annahme weitverbreitet, dass Frauen grundsätzlich unlogisch sind und nicht wissen, was sie wollen. Es gibt PUA-Leitsätze wie »Du kannst die Meinung einer Frau nicht ändern, nur ihre Laune« oder »Die erste Regel bei Frauen ist: Höre nie auf das, was sie sagen«. Die meisten Menschen – aller Geschlechter – wissen nicht immer ganz genau, was sie wollen. Aber das bedeutet nicht, dass man die ausdrücklichen Wünsche seines Gegenübers einfach ignorieren kann. Wenn die Äußerungen einer Person grundsätzlich ignoriert oder übergangen werden, wie soll sie dann lernen, offen zu kommunizieren?

Auch die Last-Minute-Resistance-Taktiken sind im Zusammenhang mit der Vergewaltigungskultur extrem problematisch. »Sie hat zwar nein gesagt, aber insgeheim wollte sie es« ist eine beliebte Methode, das Opfer zu beschuldigen. FeministInnen kämpfen seit dem Beginn der Anti-Vergewaltigungsbewegung dagegen an. Es gibt einen Grund, warum »Nein heißt Nein« ein feministischer Slogan ist.

Es gibt ein weiteres verstörendes PUA-Konzept namens »Buyer's Remorse« (»Käuferreue«). Dieser Begriff bezeichnet Situationen, in denen eine Frau den Sex mit einem PUA hinterher bereut. Er spiegelt bereits im Wort das Modell von Sex als Handelsware wider, aber es steckt noch viel mehr dahinter. Hier ist ein Zitat aus einem Field Report, in dem der Autor sich über Buyer's Remorse beschwert:

Ich gehe langsam vor, weil ich weiß, dass sie das braucht. Um drei Uhr morgens nehme ich sie mit nach oben ins Bett. Wir kuscheln und machen rum ... haben allerdings keinen Sex (ich hatte das Gefühl, dass es ihr zu schnell ging). Irgendwann schlafen wir ein. Am nächsten Morgen ist sie abweisend und still und ich denke »Scheiße!« und frage mich, was ich gemacht habe ... Später in der Schule ist sie total nervös, zurückgezogen und schweigsam. Ich weiß, dass da noch Anziehung ist, weil sie mich immer ansieht, wenn ich den Raum betrete. Ich weiß nicht, was ich machen soll, aber ich gebe die Herausforderung nicht auf. Irgendwelche Vorschläge?[8]

Es gibt zahllose Interpretationsmöglichkeiten dieser Situation und es wäre gefährlich, sie alle unter dem Ausdruck »Buyer's Remorse« zu sammeln.

- Vielleicht hat es dem Mädchen keinen Spaß gemacht, mit dem PUA rumzumachen.
- Oder in ihrem Leben ist etwas anderes los, wie zum Beispiel ein Freund, den sie gerade betrügt.
- Vielleicht mag sie den PUA auch total, aber befürchtet, dass er ihre Gefühle nicht teilt.
- Oder sie fühlt sich von ihm bedrängt oder missachtet. Vielleicht sieht sie ihn jedes Mal an, wenn er den Raum betritt, weil sie sich in seiner Gegenwart unwohl fühlt, und nicht, weil sie sich zu ihm hingezogen fühlt.

Es wäre eine gute Idee, sie einfach zu *fragen*, wie sie sich fühlt, besonders weil es diesem Typen offenbar wichtig ist. Aber keiner der PUAs in dem Forum gab ihm diesen Ratschlag. (Der Einzige, der darauf überhaupt antwortete, riet ihm, beim nächsten Mal mehr Routinen in der Vertrauensphase anzuwenden.) Viele PUAs ziehen bei dem Konzept der Buyer's Remorse *keinen einzigen* der oben genannten Gründe in Betracht. Ich nahm einmal an einem Vortrag teil, in dem ein PUA erklärte, dass Buyer's Remorse biologische Ursachen hätte. Frauen, so erklärte er, hätten sich im Laufe der Evolution so entwickelt, dass sie eine »negative biologische Reaktion« hätten, wenn sie zu früh mit jemandem schliefen. Er erklärte, dass man diese »biologische Reaktion« umgehen könnte, indem man in der Vertrauensphase (vor dem Sex) alles richtig macht.

Nichts gegen eine vertrauensvolle Umgebung vor dem Sex – aber ich konnte es nicht fassen, dass der Redner tatsächlich alle möglichen Gründe für Buyer's Remorse in dem schwammigen Begriff »Biologie« zusammenfasste. Damit propagiert er nicht nur (wieder mal) die Botschaft, dass alle Frauen gleich sind, sondern bestärkt auch die furchtbare Tendenz der PUAs, Frauen als eine Art biologische Maschinen zu behandeln, die das gewünschte Ergebnis liefern, wenn die richtige Routine angewandt wird.

In manchen Fällen beruht die »biologische« Erklärung für Buyer's Remorse wahrscheinlich auf dem wackligen Ego des PUA. *Mach dir keine Sorgen, Mann, du warst nicht schlecht im Bett. Das ist nur ihre Biologie. Deswegen ruft sie nicht zurück!* Aber es kann auch eine tolle neue Art sein, dem Opfer die Schuld zu geben. *Mach dir keine Sorgen, Mann, du hast sie nicht mit deiner Aggressivität verletzt. Wenn Frauen nicht so eine verrückte Biologie hätten, wäre alles super!*

Es ist wichtig, anzuerkennen, dass PUAs Buyer's Remorse als Zeichen für schlechtes Game betrachten. PUALingo.com macht bei der Beschreibung einen weiten Bogen um gefährliche Worte wie »Vergewaltigung« und »Einverständnis«:

Buyer's Remorse passiert, wenn das Game nicht adäquat gespielt wurde. Dazu gehört das Überspringen der Vertrauensphase, das Anmachen eines betrunkenen Mädchens oder sonstige Aktionen, die eine langfristige sexuelle Beziehung, die über einen One-Night-Stand hinausgeht, gefährden würden.

Obwohl PUAs normalerweise nicht auf Monogamie aus sind, haben die meisten Interesse daran, »Langzeit-Fuckbuddys« oder sogar eine »richtige Beziehung« mit einem wirklich »hochwertigen« Mädchen zu finden. Aber das bedeutet auch, dass die Buyer's Remorse bei »minderwertigen« Mädchen als weniger schlimm angesehen wird. So riet der bereits erwähnte Redner in seinem Vortrag, Buyer's Remorse vor allem bei Frauen zu vermeiden, die man wirklich mag. Also ist es okay, wenn Frauen, die einem relativ egal sind, sich am Morgen danach furchtbar fühlen? Bei solchen Sprüchen bekommt man leicht den Eindruck, dass PUAs sich nicht darum scheren, wie die Frau sich *fühlt*, sondern nur darum, wie sie sich *verhält.*

Doch der gleiche Referent benutzte auch die Redewendung: »Sorg dafür, dass es der Frau nach eurer Begegnung besser geht als vorher.« Er sagte, dass die Begegnung immer von gemeinsamem Spaß geprägt sein und nicht als »Weg zu ihrer Vagina« gesehen werden sollte. Er versuchte also tatsächlich, feindselige Geschlechterrollen infrage zu stellen, was in der PUA-Szene, in der so viele das Game als Wettkampf betrachten, nicht einfach ist.

Es ist erstaunlich, wie sehr auch Metaphern unsere Weltsicht beeinflussen. Dazu gibt es eine bemerkenswerte wissenschaftliche Untersuchung aus dem Jahr 2011. *Discover Science Magazine* schrieb darüber:

Paul Thibodeau und Lera Boroditsky von der Standford Universität haben gezeigt, dass Metaphern das Potenzial haben, unsere Sichtweise auf große Probleme wie Kriminalität komplett zu verändern. [...] Sie beeinflussen unsere Meinungen mehr als beispielsweise unsere politischen Überzeugungen. [...] Der Einfluss, den sie auf unser alltägliches Leben haben, scheint an den meisten von uns unbemerkt vorbeizugehen.

Thibodeau und Boroditsky baten über tausend Studenten, einen von zwei Berichten über die Kriminalitätsrate in der Stadt Addison zu lesen und anschließend Lösungen für das Problem vorzuschlagen. Im ersten Bericht wurde das Verbrechen als ein »wildes Tier, das Jagd auf die Stadt macht,« beschrieben. [...] Bei diesem Bericht schlugen 75 Prozent der Studenten harte Verfolgung und Bestrafungen vor. Nur 25 Prozent rieten stattdessen zu sozialen Reformen. [...] Der zweite Bericht war genau gleich, mit der Ausnahme, dass das Verbrechen hier als »Virus, der die Stadt infiziert,« beschrieben wurde. Bei dieser Version rieten nur 56 Prozent zu härteren Strafen, während 44 Prozent gesellschaftliche Reformen vorschlugen. Die Metaphern beeinflussten also die Art, wie die Studenten das Problem wahrnahmen, und welche Lösungsvorschläge sie entwickelten. Und nur wenige von ihnen durchschauten, was vor sich ging. [...] Auf die Bitte hin, anzugeben, welche Informationen im Text ihre Entscheidungen am meisten beeinflusst hatten, kreiste die große Mehrheit der Studenten die statistischen Werte ein. Nur drei Prozent erwähnten die Metaphern.[9]

Leider ist es sehr schwer, festzustellen, in welchem *Maße* Sprache die Gedanken der Leute beeinflusst, aber wir wissen, *dass* sie es tut. Es gibt viele beunruhigende Metaphern, die in der PUA-Community kursieren und ständig wiederholt werden, wie die Bezeichnung von Sex als Handelsware. Man darf allerdings nicht vergessen, dass dieses Modell überall existiert. Die PUAs haben es nicht erfunden.

• • •

Idealerweise wollen FeministInnen eine bessere, gleichberechtigte Welt schaffen. Feministische Kritik an etablierten Machtstrukturen soll dazu anregen, über *bessere* Alternativen nachzudenken. Das Ziel ist, ein System zu erschaffen, in dem *alle* Menschen weniger vergewaltigt werden, gleichere Chancen haben und mit weniger unrealistischen Erwartungen bezüglich ihrer Geschlechteridentität zu kämpfen haben.

Pick-up-Artistry zielt allerdings darauf ab, in unserer derzeitigen Welt effektiv zu sein: *heute* Sex haben, *so schnell wie möglich* eine Beziehung finden, in *diesem* Jahr noch soziale Fähigkeiten verbessern und so weiter. Sowohl FeministInnen als auch PUAs analysieren geschlechterspezifische Probleme. Während die meisten FeministInnen jedoch langfristig denken, geht es den PUAs eher um kurzfristige Lösungen. Ein weiterer großer Unterschied ist, dass PUAs sich mehr auf *Verhaltensweisen* konzentrieren, während es im Feminismus in erster Linie um *Erfahrungen und Emotionen* geht.

Ein wichtiges feministisches Konzept ist die »enthusiastische Zustimmung«. Die grundlegende Idee ist sehr einfach: Initiiere keinen Sex ohne die ausdrückliche *enthusiastische* Zustimmung deines Partners. Das bedeutet, dass ein Partner mehr tut, als lediglich in gelangweiltem Ton zu sagen »Na gut, von mir aus« und die andere Person nicht an ihrem Vorhaben zu hindern. Enthusiastische Zustimmung bedeutet, dass ein Partner Zuneigung leidenschaftlich erwidert und Dinge sagt wie: »Das ist toll, bitte hör nicht auf!« Beim SM ist es jemand, der vorher klar und deutlich kommuniziert, worauf er wirklich steht, und weiß, dass er sich mit einem Safeword jederzeit aus der Situation befreien kann.

Jede PUA-Taktik, die den Widerstand des Targets ignoriert, ist schlicht und ergreifend nicht einvernehmlich. Das Wort »enthusiastisch« kommt in so einer Situation gar nicht erst vor. Auch Freeze-Outs bestehen den »enthusiastischen Zustimmungstest« definitiv nicht: Jemand, der sich erst nach einer Form der sozialen Bestrafung auf Sex einlässt, ist alles andere als enthusiastisch.

Ein häufiger Kritikpunkt an dem Konzept der enthusiastischen Zustimmung ist, dass Menschen insgesamt viel weniger Sex hätten, wenn Enthusiasmus eine Voraussetzung wäre. Das trifft, kurzfristig betrachtet, bestimmt zu. Aber wenn tatsächlich alle Menschen sich an das Konzept halten würden, würde jede sexuelle Handlung zwischen absolut begeisterten Partnern stattfinden. Mein (zugegebenermaßen eigennütziges) Argument ist, dass in einer solchen Welt Leute von vornherein viel mehr Lust hätten, sich auf Sex einzulassen. Wie ein außergewöhnlicher PUA in einem Lay Report schrieb:

Ich bezeichne mich als Feminist und das ist für mich der Schlüssel *zum Sex. Ich habe das Buch* Yes Means Yes!: Visions of Female Sexual Power and a World Without Rape *[eine bekannte feministische Anthologie, die 2009 veröffentlicht wurde] gelesen. [...] Ich habe dieses Buch öfter erwähnt und es hat mir enorm geholfen, flachgelegt zu werden. [...] Ich habe keine LMR mehr bekommen, seit ich den Frauen sage, dass ich Feminist bin und mir Zustimmung total wichtig ist.*[10]

Vielleicht ist es also tatsächlich so, dass enthusiastische Zustimmung Leute dazu anregt, *mehr* Sex zu haben? Ich hoffe, dass dieser Kerl seine feministische Überzeugung nicht übertrieben darstellt, um Frauen rumzukriegen. Aber selbst wenn, fordert er wenigstens andere PUAs auf, *Yes Means Yes!* zu lesen. Für viele Leute ist das Buch sehr herausfordernd und wird mit Sicherheit nicht in jedem Wort auf Zustimmung treffen, aber es ist randvoll mit wichtigen Ideen.

Das Konzept der enthusiastischen Zustimmung wird allerdings auch innerhalb des Feminismus kritisiert. Zum Beispiel weisen einige feministische Prostituierte darauf hin, dass sie bei ihrer Arbeit nicht unbedingt »enthusiastisch« zustimmen, es aber trotzdem nicht weniger echte Zustimmung ist. Diese Entscheidung muss respektiert werden. Das Gleiche gilt auch für einige asexuelle Leute, die »keine sexuelle Anziehung für andere empfinden«, aber trotzdem romantische Beziehungen führen und Sex haben, um ihren Partner zu befriedigen.[11] Sogar einige meiner »normalen« Freunde haben Probleme mit der Vorstellung, dass sie Sex nicht »wirklich« zustimmen, wenn es nicht superenthusiastisch ist. Eine Freundin sagte mir einmal mit ironischem Unterton, dass ihre Ehe zerbrechen würde, wenn sie und ihr Mann immer hundertprozentige enthusiastische Zustimmung voneinander verlangen würden. Aber weder sie noch ihr Mann wirkten so, als hätten sie wirklich ein Problem mit dieser Situation.

Ich will diese Kritikpunkte nicht unter den Teppich kehren, sie haben alle ihre Gültigkeit. Aber für mich persönlich ist das Konzept der enthusiastischen Zustimmung sehr hilfreich. Ich weiß auch, dass es vielen anderen geholfen hat, die Grenzen ihrer sexuellen Beziehungen zu definieren. Der PUA-Coach Mark Manson schrieb mir einmal in einer E-Mail:

Es interessiert dich vielleicht zu hören, was du für einen Einfluss auf mich hast. Vor ein paar Wochen ging ich mit einer Frau ins Bett und fühlte mich dabei extrem unwohl. Ich wollte keinen Sex haben, obwohl die Erwartung im Raum stand. In solchen Situationen hätte ich mich früher gezwungen, es durchzuziehen, und zwangsläufig schrecklichen Sex gehabt, den ich am nächsten Tag eventuell bereut hätte. Aber dieses Mal dachte ich: »Meine Zustimmung ist wichtig und sollte enthusiastisch sein. Und das ist gerade nicht der Fall.« Also nahm ich all meinen Mut zusammen und sagte ihr, dass ich nicht mit ihr schlafen wollte ... Sie fasste es ziemlich gut auf.

Ironischerweise verfasste Mark später einen Blogeintrag[12] darüber, dass er kein Feminist ist. Er führt darin in mehreren Abschnitten aus, wie sehr ihm die Vorstellung von Rape Culture widerstrebt. Ich persönlich würde sagen, dass sich in seiner Geschichte Rape Culture in der Erwartung, dass er sich zum Sex »zwingen sollte«, ausdrückt. Aber ich schätze, dass es immer noch ein halber Sieg ist, wenn Mark das Prinzip der enthusiastischen Zustimmung umsetzt. Und es zeigt, dass das Konzept größtenteils positive Auswirkungen hat und PUAs wie Mark dadurch etwas gewinnen.

Um enthusiastische Zustimmung weiter zu verbreiten, versuchen FeministInnen ausdrückliche, direkte, verbale Kommunikation über Sex zu vermitteln. Im Gegensatz dazu zielen die meisten PUA-Taktiken auf nonverbale sexuelle Kommunikation ab. Im SM wird die Wichtigkeit von direkter, klarer Kommunikation genauso sehr betont wie im Feminismus. Das beste Beispiel dafür sind Safewords. Neben ihrem offensichtlichen Nutzen haben sie jedoch noch eine weitere, verborgene Funktion: Sie zeigen, dass Zustimmung ein Prozess ist, der einem ständigen Wandel unterliegt und Teil einer fortlaufenden Verhandlung zwischen zwei Menschen ist. Die berühmte Feministin Jaclyn Friedman schrieb zu diesem Thema:

Sexuelles Einverständnis ist nicht wie ein Lichtschalter, den man entweder »an« oder »aus« macht. Es ist nicht so, als ob »Sex« eine einzelne Sache wäre, der man zustimmen kann. »Sex« ist eine Folge von Handlungen und Interaktionen, die sich ständig verändern. Jede einzelne benötigt die begeisterte Zustimmung deines Partners. [...] Du musst immer darauf vorbereitet sein, dass Zustimmung sich ändern kann.[13]

Safewords erinnern daran, »dass man bereit sein muss, die Veränderung der Zustimmung zu akzeptieren«. SMer und FeministInnen sind sich einig, dass man Einverständnis am besten fördert, indem man nicht nur Leuten klarmacht , dass sie jederzeit ihr Einverständnis zurückziehen können, sondern auch offene Kommunikation und sexuelle Selbsterkenntnis fördert. (Ein großartiges Beispiel für diesen Ansatz ist Jaclyn Friedmans neues Buch *What You Really Really Want: The Smart Girl's Shame-Free Guide to Sex and Safety.)*

Viele SMer erstellen lange Checklisten sexueller Praktiken, die die Partner zusammen durchgehen. Die Handlungen werden ungefähr so beschrieben:

Auspeitschen - Geben ○○○○○

Auspeitschen - Empfangen ○○○○○

Jeder Partner bewertet seine Präferenzen für jeden Punkt auf einer Skala von eins bis fünf. Es funktioniert erstaunlich gut.

Viele Leute wünschen sich aber gleichzeitig strategische Mehrdeutigkeit - Kontrast, Herausforderung, Unvorhersehbarkeit und Abwechslung - in ihrem Sexleben und ihren Beziehungen. Wie lässt sich aber strategische Mehrdeutigkeit mit direkter Kommunikation und enthusiastischer Zustimmung kombinieren? An welchem Punkt wird strategische Mehrdeutigkeit nicht-einvernehmlich oder grausam? Diese Fragen zu beantworten, ist für mich ein zentrales Anliegen in diesem Buch.

PUAs tun sich weniger schwer mit dem Konzept der enthusiastischen Zustimmung als mit anderen wichtigen feministischen Prinzipien. Schließlich ist es ungemütlich, sich mit Themen wie Rape Culture auseinanderzusetzen. Besonders für PUAs, die viele gesellschaftliche Normen zu ihren Gunsten ausnutzen und Frauen oft auf eine Weise bewerten oder beleidigen, die für Menschen aller Geschlechter schädlich ist - auch für PUAs. Es ist unmöglich, einem PUA, der beispielsweise Frauen »beschädigte Ware« nennt, zu erklären, dass das gleiche Konzept (Sex als Handelsware) auch Männern sagt, dass sie Getränke spendieren müssen, um die Aufmerksamkeit einer Frau zu verdienen.

Bei einer Diskussion über PUA auf einem feministischen Blog machte ich Bekanntschaft mit AnneBonney. Sie tauscht sich schon seit vielen Jahren mit PUAs in verschiedenen Foren aus und ich war fasziniert davon, wie sehr sich unsere Beobachtungen ähnelten. Sie schrieb mir in einer E-Mail:

Tatsächlich hat meine Auseinandersetzung mit den PUAs mich dazu veranlasst, mein Verständnis von zeitgenössischer feministischer Theorie zu vertiefen, weil die Art, wie die PUAs Probleme angehen, mich wirklich ansprach und mein Verständnis von Geschlechterbeziehungen infrage stellte. Aber häufig waren die Schlüsse, die sie daraus zogen – beispielsweise dass Frauen mit hegemonialem Verständnis von Weiblichkeit Männer absichtlich verletzen –, aus meiner Sicht einfach falsch. Also las ich mehr über Feminismus. Ich war überzeugt, dass wir alle die gleichen Probleme betrachteten, allerdings mit grundverschiedenen Lösungsansätzen. Und ich befürchtete, dass die Lösungsansätze der PUAs Frauen überhaupt nicht mit einbezogen, sondern sie vielmehr als das größte Hindernis wahrnahmen. […] Irgendwann musste ich mich von den Foren entfernen, weil der Frauenhass immer schlimmer wurde. Es ist schwer, mit anzusehen, wie diese Typen sich an Lösungen festbeißen, die eigentlich die Ursachen für ihre Probleme sind. Ich denke wirklich, dass viele ihrer Probleme feministischer Natur sind, aber die meisten wollen davon gar nichts hören. Schon gar nicht von einer Frau.

Fairerweise muss ich sagen, dass die meisten FeministInnen PUAs absolut furchtbar finden und nichts mit ihnen zu tun haben wollen. (Und selbst ich fühle mich mit Pick-up-Artistry nicht wirklich wohl.) Eine Feministin kommentierte einen meiner Blogeinträge über PUAs mit den Worten: »Ich sag es mal einfach, wie es ist: PUAs vergewaltigen Frauen durch Unterdrucksetzen und Manipulation. Punkt.«[14]

Statistisch gesehen gibt es in jeder großen Gruppe wahrscheinlich Vergewaltiger und PUAs sind keine Ausnahme. Aber ich bin mir sicher, dass die meisten PUAs Frauen nicht vergewaltigen. Trotzdem ist in der Philosophie dieser Gemeinschaft viel Schrott enthalten, wie das Modell von Sex als Handelsware und die Vorstellung feindseliger Geschlechterrollen.

Ich stimme AnneBonneys Worten zu, dass wir die »gleichen Probleme mit unterschiedlichen Lösungsmustern betrachten«. Die Lücke zwischen PUAs und FeministInnen ist eher eine kulturelle als eine theoriebezogene. Letztendlich dreht sich alles um Metaphern. PUAs tendieren dazu, FeministInnen als verklemmte, sexhassende Zicken zu sehen, während viele FeministInnen Pickup-Artists als die Soldaten der Vergewaltigungskultur betrachten.

• • •

Dennoch sehen sich manche PUAs als eine Art Aktivisten.

Viele PUAs geraten in diese Gemeinschaft, weil sie deprimiert sind und mehr von ihrem Leben wollen. Für diese Typen ist das Bedürfnis, bei Frauen anzukommen, nur ein Symbol für eine größere Unerfülltheit. Hoffentlich lernen sie durch das Game, aktiv darüber nachzudenken, wie sie ihr Leben verändern können. Der Coach Mark Manson sagte einmal: »Das hier ist eine riesige, getarnte Selbsthilfegruppe.« Auch Neil Strauss sagte, dass er hoffte, mit *Die perfekte Masche* den »Anfang einer Selbsthilfebewegung für Männer zu machen – denn Selbsthilfe ist nicht unmännlich, wenn man damit das Ziel verfolgt, Sex zu haben.«

Eine Abhandlung[15], auf die ich während meiner PUA-Recherche stieß, besagt, dass Leute mit Sozialphobie extrem hohe Ansprüche an ihr soziales Verhalten haben. Sie denken Dinge wie: »Ich *darf auf keinen Fall* auch nur ein Anzeichen von Schwäche zeigen und *muss* immer intelligent klingen.« Möglicherweise gibt es auch Sozialphobiker, die denken: »Ich *muss* auf alle Frauen attraktiv wirken.«

Viele Leute mit sozialen Phobien versuchen, ein Sicherheitsgefühl zu erlangen, indem sie soziale Situationen übermäßig analysieren und kategorisieren. (So wie zum Beispiel Verhaltensweisen in Kategorien wie »Indicators of Interest« und »Shit Tests« zu unterteilen?) Außerdem denken sie sich oft Handlungsmuster aus, die sie davor bewahren sollen, in irgendeine imaginäre zwischenmenschliche Katastrophe zu geraten. Wenn sie aus der vermeintlichen Katastrophe ungeschoren herauskommen, führen sie das auf ihr Handlungsmuster zurück:

Patienten mit Sozialphobie, die sich Sorgen machen, dass ihre Äußerungen keinen Sinn ergeben oder dumm klingen, merken sich häufig, was sie gesagt haben, und vergleichen es mit Dingen, die sie sagen wollten. Wenn alles gut geht, schließen viele Patienten daraus: »Es ist nur gut gelaufen, weil ich alles auswendig gelernt habe. Wäre ich einfach nur ich selbst gewesen, hätten die Leute gemerkt, wie blöd ich bin.«

Das erinnert sehr an Opener und Routinen.

Hier sind einige empfohlene Methoden zur Behandlung von Sozialphobie:

• Der Patient kann ein Tagebuch führen, in dem er erfolgreiche soziale Begegnungen beschreibt, um ein positives Selbstbild zu generieren. (Field Reports, Lay Reports)

• Der Patient kann einige kleinere soziale Regeln brechen, um zu lernen, dass damit die Welt nicht endet. (Sarging könnte man als absichtlichen Regelbruch beschreiben. Ebenso auch das

Peacocking, bei dem PUAs absichtlich auffallende, unpassende Klamotten tragen.)

- Patienten werden ermutigt, absichtlich ihre sicherheitssuchenden Handlungsmuster zu durchbrechen. (Fortgeschrittene PUAs sagen Anfängern häufig, dass auswendig gelernte Routinen irgendwann fallen gelassen werden sollten.)

Mit anderen Worten, vielen PUA-Methoden haben eine starke Ähnlichkeit mit klassischen, verhaltenstherapeutischen Maßnahmen zur Behandlung von Sozialphobie.

Ein Wort, das in der Pick-up-Artistry häufig auftaucht, ist »kongruent«. Eine Handlung oder Aussage ist kongruent, wenn sie den tatsächlichen Gefühlszustand oder Gedankengang einer Person ausdrückt. Es wäre zum Beispiel inkongruent, wenn ein PUA, der Mathe hasst, so tut, als ob er daran unglaublich interessiert wäre, um eine Frau zu beeindrucken. Kongruenz geht über Wahrheit aber noch hinaus. Kongruenz bedeutet, seine eigenen, wahrhaftigen Bedürfnisse zu erkennen und in Übereinstimmung mit ihnen zu handeln.

PUAs vertreten die Theorie, dass Menschen ein ausgezeichnetes instinktives Gespür für Kongruenz haben. Inkongruenz ist also nicht nur schlecht, weil sie mit dem Gefühl der Unehrlichkeit einhergeht, sondern sie ist auch schlecht fürs Game, weil das Target die Inkongruenz des PUAs wahrscheinlich intuitiv erspüren kann.

Auswendig gelernte Routinen klingen anfangs meistens inkongruent, aber sie können helfen, kongruente soziale Fähigkeiten zu entwickeln. Ein Anfänger-PUA wird dadurch, dass er seine Routinen immer weiter verbessert und anpasst, irgendwann so flüssig und sicher in sozialen Situationen, dass er sie nicht mehr braucht. Vielleicht wirft er sie komplett über Bord und lässt etwas entstehen, das viel kongruenter ist. Das wäre zumindest der ideale Verlauf, besonders bei Kerlen, die unter starken sozialen Phobien leiden.

Wahrscheinlich ist das nicht der beste Weg, um gesellschaftliche Fähigkeiten zu lernen, aber für viele PUAs funktioniert es. Hugh Ristik bemerkte inmitten der feministischen Kommentare zu meinem Neil-Strauss-Interview:

Momentan ist die beste Hoffnung für sozial inkompetente und unsichere Männer, die Pick-up-Community zu studieren, um selbstsicherer zu werden und Erfahrungen mit Frauen zu machen ... und später zu lernen, wie man diese mechanischen Herangehensweisen wieder loswerden kann. Es dauert Jahre, diesen Kreis zu vollenden. Ich denke, dass der Weg auch verkürzt werden kann. Aber wenn diese Abkürzungen leicht wären, würde es die PUA-Community nicht geben.

So ziemlich jeder hat schon Phasen der Inkongruenz durchlebt, in denen es darum ging, eine neue Fähigkeit zu erlernen oder sich in einen neuen Job einzuarbeiten. Je drastischer die Veränderung ist, desto stärker erscheint die Inkongruenz. So ist zum Beispiel ein primäres Symptom eines Kulturschocks das Gefühl, »nicht man selbst zu sein«. Vielleicht sind die verschiedenen Subkulturen der westlichen Welt so unterschiedlich geworden, dass ein sehr milder Kulturschock einsetzt, wenn Leute sich zwischen ihnen hin- und herbewegen. Wie zum Beispiel ein unbeholfener Typ, der versucht, in der Nachtklubszene Frauen kennenzulernen.

Neil Strauss sagte mir: »Eine der vielen Fehleinschätzungen des Games ist, dass den Männern irgendwie beigebracht wird, etwas vorzutäuschen – ich bin jetzt wahrhaftiger und ehrlicher als je zuvor. Früher war ich zu schüchtern, um mich wirklich auszudrücken. Menschen sind manchmal nicht sie selbst. Es ist Teil einer Entwicklung. Man muss da durch und wird dabei ein bisschen dreckig werden, aber man kommt auf der anderen Seite raus und findet zu sich selbst.«

Es ist also offensichtlich, dass die Pick-up-Artistry manchmal eine Selbsthilfegruppe für Sozialphobiker ist. Das Problem ist, dass manchmal auch Frauenfeinde unterstützt werden.

Viele FeministInnen finden die Vorstellung von Pick-up-Artistry als Therapie lächerlich oder sogar unmoralisch. Eine Bekannte von mir, die sich auf feministischen Webseiten Kristen J. nennt, hat beobachtet:

[Viele Männer] ziehen PUA der Therapie vor, weil sie sozial akzeptierter ist. Das sagt etwas über sie als Menschen und potenzielle Verbündete der Frauen aus. Bewältigungsarbeit ist kein Sonntagsspaziergang. Wenn sie in Frauenhass verfallen, sobald sie keine »Hot Bitches« abkriegen, was passiert dann, wenn sie größere Privilegien aufgeben sollen?

Tatsächlich ist das »Game« der Werbung nicht unähnlich. Werbeagenturen verstehen die Wirkung, die problematische Normen auf Frauen haben, und benutzen sie, um Produkte zu verkaufen. [...] Sagt dir die Gesellschaft, dass du zu dick bist? Ja, bist du, versuch mal diese neue Diät! Sagt dir die Gesellschaft, dass du ohne männliche Wertschätzung wertlos bist? Ja, bist du ... also werde ich PUA und manipuliere dich, damit du meine Bedürfnisse befriedigst, und werde dir nur so viel Bestätigung geben, wie gerade nötig ist, damit du dich nicht von mir trennst. Die Sache ist die: Werbung ist nicht nur die Folge problematischer Normen, sondern sie generiert diese auch. Das Gleiche gilt für PUAs. Wenn du sie gern zur Erleuchtung schleifen möchtest, bin ich voll dafür, aber ich werde immer noch denken, dass die PUA-Kultur durch und durch frauenfeindlich ist.

Ich verstehe, was sie meint, und ich stimme ihr in vielerlei Hinsicht zu. Aber für mich ist es fast grausam, von unsicheren Männern, die in die PUA-Community geraten, zu erwarten, dass sie von Anfang an alles durchschauen. Ja, ich glaube, dass es die

Verantwortung der Männer ist, Verbündete des Feminismus zu sein, genauso wie ich es als meine Verantwortung als weiße Frau empfinde, gegen Rassismus anzukämpfen. Aber diese sozialen Konditionierungen verstehen zu lernen, ist ein langwieriger Prozess, den jeder auf seine Art erledigen sollte.

Auf Männern lastet ein starker Druck, stoisch und emotionslos zu sein. Durch diesen Druck entstehen zwei Dinge: Männer werden zur Pick-up-Artistry getrieben *und* gleichzeitig davon abgehalten, sorgsam mit ihren eigenen Gefühlen umzugehen ... oder überhaupt zuzugeben, dass sie das Bedürfnis dazu haben. Wenn ein PUA also unbewusst auf der Suche nach Selbsthilfe ist, sind es meistens genau die problematischen Vorstellungen von Männlichkeit, die ihn davon abhalten, eine Therapie aufzusuchen, und ihn veranlassen, sich für die PUA-Community zu interessieren.

Wenn wir schon beim Thema Aktivismus sind, muss ich darauf hinweisen, dass es PUAs gibt, die Rassen und Rassismus analysieren. Zum Beispiel nahm ich an einem Vortrag von JT Tran teil, der auch unter dem Namen »Asian Playboy« bekannt ist. Er erzählte folgende Geschichte: »In der schlimmsten Nacht meines Lebens war ich Sargen und näherte mich einer Asiatin. Sie hatte blond gefärbte Haare und blaue Kontaktlinsen. Bevor ich irgendetwas sagen konnte, fuhr sie mich an: ›Ich steh nicht auf Asiaten!‹ Solch verinnerlichter rassistischer Selbsthass ...«

JT Trans Vortrag beschrieb auch, wie asiatische Männer in der Arbeitswelt stereotypisiert werden. Nach seinem Vortrag ging ich mit ihm und seinen Freunden in einen Club. Auf dem Weg dorthin redeten wir über bevölkerungsbezogene Probleme mit Geschlechterrollen in China. Aber der abgefahrenste Moment des Abends war, als JT Tran auf die Frage nach seinem Job antwortete: »Ich bin Redner in der asiatischen Männerbewegung.«

Eine feministische asiatisch-amerikanische Freundin von mir, die sich viel für Rassengerechtigkeit einsetzt, sagte mir später, dass sie JT Tran auf einer Liste wichtiger asiatisch-amerikanischer Wortführer gesehen hatte. Sie hatte damit ihre Probleme.

• • •

Nach Veröffentlichung meines Interviews mit Neil Strauss behaupteten viele Leute, dass er nur deswegen leicht feministische Äußerungen gemacht hätte, weil er mit mir schlafen wollte. Das halte ich für unwahrscheinlich. Als ob ein weltberühmter PUA über Feminismus lügen müsste, um eine brünette, Weniger-als-HB10-Brillenträgerin zu vögeln.

Trotzdem schien Neil unerwartet großes Interesse an unserem Gespräch zu haben. Nach dem Interview sagte er, dass er einige Artikel von mir gelesen hatte und gern mehr über meine Ansichten bezüglich Polyamorie und SM hören wollte.

Ich sah auf meine Uhr. Ich war schon vierzig Minuten zu spät zu meiner SM-Verabredung, aber andererseits hatte mir mein Partner gesagt, ich solle mir Zeit lassen. Also sagte ich: »Klar!«

Ich redete eine ganze Weile mit Neil über Schreiben und Sexualität und fühlte mich die ganze Zeit hin- und hergerissen. Ich hasse es, Leute in der letzten Minute zu versetzen, aber ich meine, es war *Neil Strauss*. Vielleicht würde mein Partner das verstehen.

Fünfzig Minuten zu spät.

Siebzig Minuten zu spät.

Es war ein tolles Gespräch und ich wollte weiterreden, aber ich konnte meinen Partner nicht hängen lassen. Also sagte ich Neil, dass ich auf einer Party erwartet würde, und lud ihn ein, mitzukommen. Er sagte, dass er später nachkommen würde.

Das war ein riskantes Manöver. Es wäre ein wesentlich solideres Game gewesen, wenn ich im Restaurant geblieben wäre, wo ich Neil nicht aus den Augen verlieren konnte. Und das passierte schließlich auch dank eines SMS-Missverständnisses.

Am nächsten Tag fühlte ich mich seltsam. Komischerweise hatte ich das Gefühl, ich hätte mich mehr um Neil Strauss bemühen sollen. Ich konnte nur nicht herausfinden, ob ich tatsächlich mit ihm schlafen wollte und wenn ja, warum. Vielleicht war es eine Status-Sache und ich war eine geldgeile Hure, die jeden hoch angesehenen Mann sofort bespringen würde. So sind laut Darth-Vader-PUAs ohnehin alle Frauen. Und die müssen's ja wissen, oder?

Vielleicht war ich auch einfach nur neugierig.

Vielleicht hatte ich mich nur in die PUA-Community begeben, weil ich mich als Jägerin sah, und fühlte mich jetzt komisch, weil mir die fetteste Beute von allen entwischt war. Ich war wie Kapitän Ahab: »Moby Dick sucht dich nicht. Du bist es, du Besessener bist's, der ihn sucht!« Außer dass ich den großen weißen Wal getroffen hatte, ohne einen Versuch zu unternehmen, ihn zu erlegen.

Ich hätte emotional mehr mit ihm spielen sollen, dachte ich. *Ich hätte die ganze Nacht mit ihm verbringen sollen, ohne mit ihm zu schlafen, und hätte stattdessen eine wirkliche Verbindung mit ihm aufbauen sollen.* Aber hatte ich wirklich Interesse an Neil als Mensch oder stellte er nur eine Herausforderung für die emotionale Eskalation dar? Ich dachte darüber nach und merkte, dass ich Neil Strauss dadurch zum Objekt machte. Ich fühlte mich widerlich. Dann kam ich zu dem Schluss: *Es ist gut, dass es so gelaufen ist, wie es ist.*

Kapitel 6

Down the Rabbit Hole

In diesem Kapitel taucht Clarisse noch tiefer in die PUA-Community ein und erzählt von den unterschiedlichen Typen, die ihr dort begegnet sind, und den unterschiedlichen Reaktionen ihrer Freunde auf ihre PUA-Besessenheit. Der Titel des Kapitels stammt aus dem Roman Alice im Wunderland *von Lewis Carroll. »Down the Rabbit Hole« (»In den Kaninchenbau«) ist wahrscheinlich die am häufigsten gebrauchte Metapher, mit der PUAs ihren Einstieg in die Community beschreiben – dicht gefolgt von der »Roten Pille« aus der* Matrix-*Trilogie.*

Meistens traf ich mich mit den PUAs in Clubs und Cafés. Die Gespräche waren immer höflich, manchmal warm und freundlich, manchmal begleitet von subtilem Flirten ... und manchmal angespannt. Ich habe so viele PUAs getroffen, dass ich aufgehört habe zu zählen. Die meisten wussten, dass ich eine feministische Autorin bin. Wenn ich eine gründlichere »Forscherin« wäre, hätte ich versucht, auch frauenfeindliche und antifeministische PUAs zu interviewen, um einen objektiveren Gesamteindruck zu bekommen. Doch ich hatte bereits genug damit zu tun, bei einigen meiner »normalen« Interviewpartnern die Ruhe zu bewahren.

Am besten konnte ich mich mit den Analytikern unter den PUAs austauschen, wie zum Beispiel Hugh Ristik. Ihnen gegenüber musste ich kein Blatt vor den Mund nehmen und selbst wenn das Gespräch hitzig wurde, konnten wir alle etwas daraus lernen. Trotzdem musste ich mich oft zurückhalten, meinen feministischen Standpunkt zu deutlich zu machen. Manchmal provozierte ich einen PUA während eines Gesprächs sogar absichtlich, um seine Reaktion zu beobachten. (Besonders lustig ist es, beiläufige Witze über »das Patriarchat« zu machen und sein Unbehagen mit anzusehen.) Aber in den meisten Fällen hielt ich mich zurück oder formulierte meine Kritikpunkte als Fragen. Es macht oft Spaß, feministische Themen heimlich in die Konversation einfließen zu lassen. Ich bin stolz zu sagen, dass ich dabei einigen Leuten neue Perspektiven eröffnet habe. Besonders gern hörte ich Zugeständnisse wie: »Hm, ich schätze, du wirst als ›Feministin‹ genauso oft schief angeguckt wie ich als ›Pick-up-Artist‹.«

Einmal sprach ich mit einem PUA-Coach über Belästigung auf offener Straße. Ich sagte, dass es bei solchen Anmachen mehr darum geht, Frauen einzuschüchtern, als ihre Attraktivität zu kommentieren. Für mich ist das extrem offensichtlich, aber das mag an meinen eigenen Erfahrungen liegen. Der PUA sagte erstaunt: »Wow, das klingt total plausibel.« Ich musste dem Drang widerstehen, ihn an den Schultern zu packen und zu schreien: *Das sagen FeministInnen schon seit Jahrzehnten! Vielleicht solltest du verdammt noch mal anfangen, zuzuhören!* Stattdessen lächelte ich und sagte: »Warte ab, bis ich richtig loslege!«

Es ist lustig, was für Dinge mir den Respekt mancher PUAs einbrachten. Einmal zum Beispiel traf ich einen PUA in einem Nobelclub, der behauptete, dass Frauen absolut niemals die Initiative ergreifen und Männer ansprechen würden.

»Ich tu das manchmal«, entgegnete ich, » aber es ist schwieriger für Frauen, weil das nicht von uns erwartet wird.«

»Quatsch«, sagte er, »Frauen machen so etwas nicht.«

»Ich schon«, sagte ich.

»Okay, dann mach mal.«

Ich seufzte entnervt und schaute mich im Club um. Es war überhaupt nicht meine Szene. Alle Männer hatten kurze, extrem gestylte Haare. Ich sah niemanden, der mir auf den ersten Blick gefiel.

Vielleicht machte dieser PUA einen Compliance Test mit mir, um zu sehen, ob er Macht über mich gewinnen konnte. Oder vielleicht suchte er auch einfach nur nach Solidarität.

»Okay«, sagte ich. »Such jemanden aus, ich spreche ihn an.«

»Wie wäre es mit dem Typen da drüben?«, fragte er und ich ging auf ihn zu. Ich interessierte mich kein bisschen für mein Target. Ich merkte erst, als ich neben ihm stand, dass ich mir keine Worte zurechtgelegt hatte. Also benutzte ich einen klassischen PUA-Reservespruch: »Hey, hast du die beiden Stripperinnen gesehen, die sich draußen prügeln?« Ich kam mir sehr dumm vor und suchte schnell das Weite.

Doch es hatte gereicht, um bei meinem Publikum einen bleibenden Eindruck zu hinterlassen. Der PUA nahm meine Hand und schüttelte sie begeistert. Später stellte er mich seinen Freunden mit den Worten vor: »Ich habe gerade gesehen, wie sie einen Typen einfach angequatscht hat!«

Ja, ich habe einfach so irgendeinen Typen zum Objekt gemacht, um von den PUAs akzeptiert zu werden. Je mehr ich mit PUAs zu tun hatte, desto mehr musste ich mich selbst an den Spruch erinnern: »Wenn du nur einen Hammer hast, sieht alles wie ein Nagel aus.« Es war leicht, nicht nur mein eigenes Verhalten, sondern auch das aller Menschen um mich herum als Teil des Games zu sehen.

Die PUAs selbst waren bei dieser Form der Paranoia alles andere als hilfreich. Ein Gentleman sagte zu mir: »Ich hasse es, dass ich das Game bei all meinen weiblichen Freundinnen anwenden muss, nur damit sie gute Freunde sind.«

Ich fragte ihn, was er damit meinte.

»Eine von ihnen versetzte mich zum Beispiel andauernd«, sagte er. »Also habe ich das einfach einmal bei ihr gemacht, und zwar in letzter Sekunde. Seitdem ist sie weniger unzuverlässig.«

Er seufzte. »Das ist zwar zum Kotzen, aber ich schätze, Frauen sind so.«

Ich überlegte, ob ich bei meinen unzuverlässigen Freunden (von denen übrigens auch viele männlich sind) ähnliche Taktiken anwenden sollte. Bisher hatte ich meine Freunde einfach anhand ihres Verhaltens als zuverlässig und unzuverlässig eingestuft und es dabei belassen, keine großen Erwartungen an die unzuverlässigen zu haben. War ich etwa eine frustrierte Durchschnittstussi? Offensichtlich ließ ich es zu, dass unzuverlässige Menschen mein Verhalten beeinflussten, anstatt die Beziehungen selbst in die Hand zu nehmen. Und wenn es ein zentrales Konzept der Pick-up-Artistry gibt, dann ist es, in allen Interaktionen immer die Oberhand zu haben. Aber ich kam zu dem Ergebnis, dass ich meine Freundschaften lieber vom Game unberührt lassen wollte. Ich glaube, ich bin ganz erfolgreich darin.

Meine romantischen Beziehungen dagegen wurden sehr von der Pick-up-Artistry beeinflusst, auf positive wie negative Weise. Ich begann, Routinen anzuwenden (früher nannte ich sie »Partyfragen«); auswendig gelernte Sprüche, die eine Konversation anfangen oder antreiben sollten. Ich bin darauf vorbereitet, dass ich sie nach Veröffentlichung dieses Buches nicht mehr benutzen kann – genau das passierte nämlich Neil Strauss am Ende von *Die perfekte Masche*. Er konnte seine eigenen Routinen nicht mehr benutzen, weil er sie zu vielen Leuten beigebracht hatte. Irgendwann kannte die gesamte weibliche Bevölkerung von Los Angeles seine Opener. (Wenn mich irgendwann mal ein Mann mit meiner eigenen Routine anspricht, würde ich vielleicht sogar mit ihm rummachen. Einfach nur, um den Kreis zu schließen.)

Clarisse-Thorn-Routine eins: »Was hat dich diese Woche/diesen Monat am meisten in deinem neuen Job/deinem Projekt/deinem Leben überrascht?« Die meisten Leute reagieren positiv auf diese Frage und beantworten sie sehr offen.

Clarisse-Thorn-Routine zwei: »Würdest du jemals Menschenfleisch essen?« Ich habe diese Routine von einem Exfreund geklaut. Kaum einer nimmt diese Frage wirklich ernst, aber die meisten erschrecken ein wenig. Damit kann ich testen, ob die Person mit mir umgehen kann. Eine gute Antwort ist der Vorschlag, ein Restaurant zu eröffnen. Am besten war jedoch ein Typ, der vorschlug, das Menschenfleisch mit Stammzellen zu produzieren. Am Ende des Abends hatten wir einen Namen und ein Logo für unser Restaurant. Ja, ich habe mit dem Typen rumgemacht.

Clarisse-Thorn-Routine drei: »Beschreibe dich anhand von fünf Dingen, die du getan hast.« Durch diese Aufforderung erfahre ich nicht nur unglaublich viel über das Leben meines Gesprächpartners, sondern auch über seine Werte. Und ich kann mich an vielen Stellen einklinken oder ein Thema später wieder aufgreifen. PUAs nennen das einen »Open Loop« (»offener Kreislauf«).

Bisher habe ich meine Routines an keinem PUA getestet. Ich war zu sehr damit beschäftigt, sie mit Fragen zur Pick-up-Artistry zu löchern. Außerdem fand ich nur wenige von ihnen attraktiv. Aber es gab Ausnahmen ...

• • •

David, der PUA, der mich in seine Wohnung gelockt hatte und den ich unmoralischerweise geküsst hatte, rief mich am nächsten Tag an. Und am Tag darauf. Das verstößt natürlich gegen sämtliche PUA-Regeln ... aber das zweite Mal rief er Samstagnacht um elf Uhr an. Vielleicht war das seine Strategie, um mich auf der Piste zu erwischen. Es war zufällig der Abend vor dem Folsom Street Fair, der größten SM-Veranstaltung der Welt.

»Was gibt's, David?«, fragte ich. Wenn ich nicht zufällig gerade auf Straße vor dem Dungeon mit ein paar Rauchern gequatscht hätte, hätte ich seinen Anruf verpasst.

»Ich habe mich nur gefragt, ob du gerade irgendwas machst.«

»David!« Ich musste lachen. »Ist das dein Ernst? Es ist der Abend vor dem Folsom Street Fair! Was denkst du dir dabei, ein Ledermädchen anzurufen?«

Fies, oder? Selbstverständlich rief er mich später wieder an. Die meisten PUAs *lieben* schnippische Frauen. Ich habe den Verdacht, dass sie genau deswegen das Game überhaupt lernen: Sie lieben die Herausforderung. Deswegen ist es umso lächerlicher, wenn sie sich über schnippische Frauen beschweren.

David und seine PUA-Kumpels waren die ersten, die mich mitnahmen, um ihnen beim Sargen zuzusehen. Es machte unglaublich viel Spaß, sie zu beobachten. Manchmal bekamen sie Telefonnummern, manchmal wurden sie hart abgewiesen. Aber sie waren besser darin, Frauen zu lesen, als ich. David überredete mich dazu, eine Frau anzubaggern. Aber ihr war die Situation offensichtlich extrem unangenehm und sie begann zu stottern und den Blick abzuwenden. Das tat mir sehr leid, es war nicht meine Absicht gewesen.

Die Jungs gerieten gar nicht erst in solche Situationen, weil sie viel subtiler vorgingen als ich. Sie konnten die Reaktionen ihrer Targets viel präziser deuten als ich; sie waren völlig »calibrated« (»eingeeicht«). »Calibration« bezeichnet die Fähigkeit, die feinen Nuancen zwischenmenschlicher Begegnungen zu erkennen und zu deuten. Jemanden »miscalibrated« (»fehlgeleitet«) zu nennen, ist in PUA-Kreisen eine ziemlich heftige Beleidigung.

Trotz seiner ausgeprägten »Calibration« brachte ich David ziemlich häufig aus dem Konzept. Wahrscheinlich mochte er mich wirklich. Obwohl ich bei unserem Abschied ziemlich distanziert war, schickte er mir noch monatelang Nachrichten. Wie hatte ich ihn so dermaßen emotional eskalieren lassen? Ich glaube, es war eine Mischung daraus, dass ich mich aufrichtig für seine Welt interessierte, ihn aber gleichzeitig stichelte. Rückblickend habe ich ein schlechtes Gewissen. Ich hielt David für einen seelenlosen, manipulativen PUA und er war deswegen in meinen Augen zum Abschuss freigegeben. Er hatte sich selbst auch keinen Gefallen getan, als er mich in der ersten Nacht so bedrängte. Ich hielt ihn für einen Darth-Vader-PUA, aber wahrscheinlich war er in Wirklichkeit nur halb so schlimm.

Obwohl ich die ganze Pick-up-Sache irgendwie sexy fand, gingen mir ihre Methoden oft wirklich gegen den Strich. Ich mochte es, den Spieß umzudrehen, aber dabei vergaß ich manchmal, dass PUAs auch nur Menschen sind. Genauso müssen sich wohl chauvinistische PUAs in Bezug auf Frauen fühlen. Oh, die wunderbaren feindseligen Geschlechterrollen ...

• • •

Ich hatte in dem Goth Club einen PUA getroffen, der zu beschäftigt gewesen war, mit seiner bildhübschen Freundin rumzumachen, um sich mit meinen Fragen rumzuschlagen. Trotzdem gab er mir seine Nummer. Er war schlank, fast dürr, und sah mit Eyeliner einfach heiß aus. Nach einem fünfminütigen Gespräch war klar, dass er auch Experte in Sachen Feminismus und Polyamorie und genau wie ich ein SM-Switch war. Sein Name war Brian.

Ich versuchte, ihm zu erklären, warum ich von den PUAs angezogen wurde wie eine Motte vom Licht. »Es interessiert mich aus feministischer Perspektive«, sagte ich, »aber da ist noch mehr. Es ist wie ... Ich dachte daran, welche anderen Dinge mich mit solch intensiver, sexuell angehauchter Faszination erfüllten, und konnte ihn nicht ansehen. »Es ist wie ein *Fetisch.*«

Er lachte. »Du bist eine PUA-Jägerin!«, rief er und ich musste ihm recht geben.

Brian war noch am gleichen Abend mit seiner Freundin verabredet. Ich wusste, dass er polyamor war, aber als ich herausfand, dass er den Abend nicht für mich reserviert hatte, war ich etwas verwirrt. War ich nicht deutlich genug gewesen? Oder ließ Brian mich gerade abblitzen?

Unsere Unterhaltung war sowohl angeregt als auch hochtheoretisch. Brian gehörte hundertprozentig in die Kategorie der Analytiker. Nach ein paar Stunden musste er gehen. Als wir aufstanden, fand ich einen Penny auf meinem Stuhl.

»Hier.« Ich griff nach seiner Hand, legte den Penny hinein und schloss seine Finger darum.

Brian fuhr mich noch zu einem Freund nach Hause. Wir hielten vor seinem Haus und er umarmte mich. Mir schoss sofort das Blut in die Ohren. Als wir uns langsam wieder losließen, deutete Brian mit dem Finger auf seine Wange. »Kuss?«, fragte er.

Was zum Teufel ist hier los? Ich war noch immer verwirrt davon, dass er den Abend nicht offengelassen hatte. Ich hatte das Gefühl, dass er eine Masche abzog, die ich noch nicht kannte. »Ist das ein Trick?«, fragte ich ihn und wurde sofort wütend auf mich selbst, weil ich wie eine paranoide dumme Kuh klang.

»Es ist kein Trick«, sagte Brian. »Nur eine Frage ... und du kannst sie beantworten, wie du willst.«

Ich entschied mich für einen schnellen Kuss und raste hoch in die Wohnung meines Kumpels. Ich sprühte Funken.

»Wo kommst du denn her?«, fragte mein Kumpel. Ich sagte es ihm. »Also ...«, sagte er, »dieser Typ, Brian, hat dich hängen lassen und trotzdem hast du jetzt *solche* Laune?«

Ich lachte, wirbelte mich im Kreis herum und streckte die Arme aus. »Ja!«

»Muss ja ein krasser Pick-up-Artist sein«, sagte mein Kumpel.

Brian und ich trafen uns einige Male, bevor wir über das Knistern zwischen uns sprachen. Eigentlich ist es völlig absurd, da wir beide polyamore, feministische SMer sind und extremen Wert auf deutliche Kommunikation legen. Aber offensichtlich wollten wir beide unseren Flirt so lange wie möglich unausgesprochen halten und teilten offenbar auch die Vorliebe für strategische Mehrdeutigkeit. Aber irgendwann waren wir so voneinander verwirrt, dass wir doch darüber sprechen mussten.

»Ich konnte mir den ersten Abend mit dir nicht freihalten, weil ich keine Zeit hatte«, erklärte Brian. »Ich möchte deine PUA-Jagdfantasie nicht zerstören, aber nicht alle meiner Handlungen sind darauf ausgerichtet, dich heimtückisch in mein verführerisches Netz zu locken. Ich wusste überhaupt nicht, ob du auf mich stehst, bis du mir den Penny in die Hand gedrückt hast.«

»War das ein Indicator of Interest?«, fragte ich.

»Ganz genau«, antwortete er. »Eine wichtige Lektion, die ich durch Pick-up-Artistry gelernt habe, ist: Nur weil jemand am Anfang auf mich steht, bedeutet das nicht, dass das immer so bleibt. Selbst wenn es so ist, heißt das nicht, dass die Person auch bereit ist, es gleich weiterzuverfolgen. Ich kann mich auf das einstellen, was in diesem Moment passiert.«

Brian hatte nicht nur einen besseren Modegeschmack als ich, er war auch ziemlich helle. In seinen E-Mails stellte er Bezüge zwischen seinen Pick-up-Artistry-Analysen und klassischer Philosophie her. Wir redeten extrem viel über das Game, ob wir nun im Park spazieren waren, Kaffee tranken oder im Club waren. Je normaler das für mich wurde, desto mehr beruhigte ich mich in Bezug auf Brian ... aber ganz ging es nie weg. Leider waren wir beide immer zu beschäftigt, um es übers Küssen hinaus zu schaffen. Aber dennoch ist Brian der PUA, den ich auch am Morgen danach am meisten respektiere.

• • •

Josh war ein süßer, extrem extrovertierter und warmherziger Typ. Vor langer Zeit, als er zum ersten Mal mit Pick-up-Artistry in Kontakt kam, fand er die Szene sehr abartig und eklig. »Aber ich hatte noch nie eine Freundin gehabt und wollte einfach nicht einsam und allein sterben.«

»Das kann ich nachempfinden«, erwiderte ich. »Als Teenager wollte sich kein Typ mit mir verabreden.«

»Ich war der Dickste in der Klasse«, sagte er.

Josh hatte ein paar Möchtegern-PUAs unterrichtet. Wie viele bessere PUA-Coaches suchte er sich seine Schüler sorgfältig aus. »Ich bin dafür bekannt, dass ich pingelig bin. Ich schicke Typen weg, wenn ich das Gefühl habe, dass sie Frauen hassen.«

»Was sagst du ihnen, wenn sie nach dem Grund fragen?«

»Das ist nur ein paarmal passiert. Aber dann sage ich ihnen, dass man ihre Wut spüren kann. Ich rate ihnen, erst einmal ihre Aggressionen in den Griff zu bekommen, bevor sie sich mit PUA beschäftigen.«

Auch David und Mark Manson haben mir erzählt, dass sie extrem aggressive Klienten an Therapiegruppen verweisen. PUAs bekommen eine extrem praxisorientierte Ausbildung: Tagelang, wochenlang, monatelang üben sie, Frauen anzusprechen. Dabei stehen die Coaches die ganze Zeit an der Bar, ohne selbst irgendein Mädel anzubaggern. Schließlich müssen sie ihren Schülern jederzeit mit Rat und Tat zur Seite stehen. Viele PUA-Coaches nehmen die Interaktionen auf Video auf und analysieren sie später mit den Schülern. (Im Internet kann man viele solcher Videos finden. Die professionelleren PUAs sorgen dafür, dass die Mädchen nicht zu identifizieren sind, aber die Darth-Vader-PUAs machen sich gar nicht erst die Mühe.) Josh war es, der mich als Erster auf den Wert dieser Videos hinwies.

»Die Videos haben einen enormen Effekt auf Klienten, weil sie selten merken, wie aufdringlich sie manchmal rüberkommen. Einmal hatte ich zum Beispiel einen Klienten, der einer Frau penetrant auf die Brüste starrte. Als wir uns das Video anschauten, machte ich ihn darauf aufmerksam, dass sich die Frau deswegen wegdrehte und irgendwann ihre Jacke anzog. Er war sich dessen nicht bewusst gewesen und war geschockt.«

Es gibt keine offizielle Qualifizierung für PUA-Lehrer. Das bedeutet, irgendwelche Kerle können sich einfach selbst zum Ausbilder ernennen. Die Glaubwürdigkeit wird oft durch gute Field Reports errungen; ein weiterer Grund, warum PUAs ihre FRs oft übertrieben aufblasen. Einige erfahrene PUAs (inklusive Neil Strauss) beschweren sich darüber, dass die Community nur noch aus teuren Trainings und ausbeuterischen Bootcamps besteht. Viele PUAs sind irgendwann erschöpft und desillusioniert, wenn sie diverse Male über den Tisch gezogen wurden und quasi gar nichts gelernt haben. Aber vielleicht wird sich irgendwann einmal so etwas wie ein Zentralamt für Pick-up-Standards entwickeln, wer weiß?

Wie dem auch sei, Josh war mir sympathisch und ich konnte ihn mir gut als Coach vorstellen. Er stellte eine abwechslungsreiche Mischung aus Hedonist, Analytiker und Abzocker dar. Einen Darth Vader konnte ich in ihm beim besten Willen nicht entdecken. Josh hegte nicht den geringsten Groll gegen Frauen.

Ich war so von Josh eingenommen, dass ich ihm ein Techtelmechtel vorschlug. Leider lehnte er ab. War ich ihm nicht sexy genug? Vielleicht hatte er auch Schwierigkeiten damit, der Gejagte zu sein und nicht selbst der Jäger ...

... Aber er sagte, dass er nach etwas Ernsterem als einer Affäre suchte.

Schade.

• • •

Ethan war ein kantiger, schlanker Gentleman mit hochphilosophischen und leicht misanthropischen Ansichten. »Als ich die Community entdeckte, explodierte mein Weltbild geradezu. Ich fühlte mich in meiner Männlichkeit bedroht. Das geht vielen Typen am Anfang so.«

In dem gesellschaftlich definierten Weg in Richtung Männlichkeit geht es in erster Linie um Leistung und Errungenschaften, gemessen in Geld oder einer steilen Karriere. Der Denkfehler dabei ist die Annahme, dass die Aufmerksamkeit von Frauen das *Resultat* all dieser Errungenschaften ist. Viele Männer fühlen sich hintergangen, wenn sie feststellen, dass Frauen nicht die automatische Belohnung für harte Arbeit sind. Pech für sie, dass Frauen Individuen mit eigenen Vorstellungen und Präferenzen sind.

Ethan stellte dieses Problem in Zusammenhang mit Pick-up-Artistry: »Wenn du dein Leben lang gedacht hast, dass du Männlichkeit durch deinen Job und deine Leistungen entwickelst, bekommst du einen riesigen Schock, wenn du siehst, dass es Männer gibt, die Frauen einfach so kriegen.« Er regte sich auch über Filme auf, in denen der Loser-Typ am Ende die schöne, erfolgreiche Frau abbekommt: »Sie begnügt sich mit ihm. Uns Männern wird vermittelt, dass wir darauf hoffen sollen, dass sich eine Frau mit uns *zufriedengibt.*«

»Ich kann als Feministin diese Filme auch nicht ausstehen«, sagte ich, »aber aus dem umgekehrten Grund: Ein Typ, der weder klug noch interessant ist, wird trotzdem so dargestellt, als ob er eine talentierte, umwerfende Frau verdient hätte.«

»Ich verstehe, was du meinst«, gab Ethan zu. »Er arbeitet nicht wirklich an sich selbst.«

Das führte uns direkt zum Thema des »Inner Games« (»inneres Game«), einem faszinierenden Konzept der PUA. Dabei geht es im Grunde um Selbstvertrauen und Zielstrebigkeit. Es steht damit im Kontrast zum »Outer Game« (»äußeres Game«); das, was PUAs sagen oder tun, um Frauen zu beeindrucken.

Erfolgreiche PUAs merken normalerweise irgendwann, dass (um es mit den Worten eines Coaches auszudrücken) »Sportficken irgendwie scheiße ist«. Sie stellen fest, dass es Zeit wird, sich zurückzuziehen und ihre eigenen Prioritäten und Erwartungen zu überdenken. Inner Game ist also eine Art Entdeckungsreise ins Selbst. Frauen reagieren auf echtes Selbstbewusstsein und Zielstrebigkeit extrem positiv. Für viele PUAs ist das der Grund, warum es sich für sie *wirklich* lohnt, ihren Scheiß auf die Reihe zu kriegen. Das zeigt deutlich, dass selbst das Konzept des Inner Games das eine ewige Ziel verfolgt: Bumsen.

Ethans Ziel der Persönlichkeitsentwicklung allerdings hatte mit Frauen herzlich wenig zu tun. Er überlegte sogar, ins Kloster zu gehen. Erstaunlich viele PUAs ziehen das in Erwägung, nachdem sie einige Zeit in der Community verbracht haben. Aber vielleicht ist das überhaupt nicht verwunderlich, sondern eine logische Konsequenz. Wenn man Verführung und Romantik in ihre Einzelteile zerlegt, kann sich das kalt, seelenlos und unmenschlich anfühlen. Warum sollte man sich überhaupt bemühen, wenn wir alle sowieso nur biologische Maschinen mit erlernbaren Algorithmen sind?

Ethan war eine Mischung aus Analytiker, Außenseiter und ein Hauch von Darth Vader. Obwohl er nett und intelligent war, schwang in seinen Äußerungen ein subtiler Unterton der Verachtung mit, wie bei der Beschwerde, dass Frauen sich mit Männern »zufriedengeben«. Vielleicht habe ich mir das auch nur eingebildet. Aber während meiner PUA-Recherche wurde ich immer besser darin, bestimmte Muster männlicher Ablehnung zu erkennen. Häufig sind Männer wütend, weil sie denken, Frauen wären sich »zu schade« für sie oder sie hätten eine Frau verdient, »kriegen aber keine ab«. Manche sind auch von einer traumatischen Trennung oder Scheidung verbittert und übertragen das Verhalten ihrer Ex auf alle Frauen. Bei Ethan zeigten sich mehrere dieser Muster.

Wenn jemand Hass auf das andere Geschlecht verspürt, dann ist das Netteste, was man für potenzielle Partner und sich selbst tun kann, sich eine Weile selbst aus dem Verkehr zu ziehen.

• • •

Kurt war ein asiatischer Wissenschaftler mit künstlerischen Ambitionen. Er sagte, dass ihm die PUA-Community geholfen hatte, offener und zielstrebiger zu werden. Selbst seine Mutter hatte seine Veränderung bemerkt. Obwohl er schon immer Künstler sein wollte, hatte er sich bis jetzt nie zugetraut, diesen Traum zu verfolgen.

Das meiste von Kurts Wissen über Pick-up-Artistry kam aus Büchern oder Internetforen. Er war noch nie im »Lair« seiner Stadt gewesen (ein »Lair« ist ein Ort oder eine Webseite, wo PUAs sich treffen). Er kommentierte auch so gut wie nie Beiträge auf PUA-Seiten. Wenn er Field Reports schrieb, behielt er sie für sich, weil die Veröffentlichung für ihn moralisch unvertretbar wäre.

Bei unserem Interview baggerte er mich, wie so viele PUAs, sofort an. Seine Annäherungsversuche waren so dermaßen konstruiert und künstlich, dass ich ihn andauernd fragen musste: »Wo hast du denn *den* Satz gelesen?« Er war wahrscheinlich der unerfahrenste von all den PUAs, mit denen ich zu tun hatte. Trotzdem hatte er ein paar bemerkenswerte Tricks auf Lager. Er machte komplizierte geometrische Puzzles aus Cocktailstrohhalmen und las mir aus der Hand.

Nach ein oder zwei Stunden wollte Kurt »The Cube« (»den Würfel«) durchführen, eine bekannte Routine. Die Unterhaltung verlief ungefähr so:

»Hat schon mal jemand ›The Cube‹ mit dir gemacht?«

»Nee«, antwortete ich.

»Echt jetzt? Keiner? Dann muss ich das jetzt mit dir machen!«

»Klingt super.«

Bei dieser Routine stellt der PUA dem Target Fragen über einen hypothetischen Würfel: »Du läufst durch die Wüste und du siehst einen Würfel. Wie sieht er aus?« Danach »analysiert« er ihre Persönlichkeit anhand der Antworten. Mein Würfel war so klein, dass er in meine Handfläche passte. Laut PUA-Foren weist das darauf hin, dass ich mich unbedeutend fühle. Kurt schloss daraus, dass ich mich selbstbewusst gab, innerlich aber unsicher war. Aus weiteren Antworten interpretierte er auch, dass ich unabhängig war und keinen Liebhabern hinterherrannte.

Ich nahm das Ganze sehr sarkastisch hin und Kurt war sichtlich geknickt. Also versuchte ich, ihn aufzumuntern. Er war mir trotz seiner verkrampften Annäherungsversuche sympathisch. Die Kategorie der Außenseiter passte zu ihm wie die Faust aufs Auge. Frauenfeindlichkeit dagegen war bei ihm nicht im Geringsten spürbar.

Kurt war der Community sehr dankbar, weil er durch sie einen besseren Einblick in die Realität von Frauen gewann. Durch Bitch Shields zum Beispiel begriff Kurt, mit wie viel ungewollter Aufmerksamkeit Frauen zu tun haben. Das half ihm dabei, zickiges Verhalten als Verteidigungsmechanismus zu verstehen und nicht als Angriff.

Auf meine Frage hin, was er an der Community auszusetzen hätte, sagte Kurt, dass er sich mehr Unterstützung für nicht-weiße Männer wünsche. Er überlegte, an dem Bootcamp eines Gurus teilzunehmen, der sich auf Pick-up-Artistry für ethnische Minderheiten spezialisiert hatte.

Kurts erfolgreichster Pick-up passierte in der Bar, in der wir gerade saßen. »Ich wandte die ›Evolution-Phase-Shift-Routine‹ (›evolutionäre Phasenverschiebung‹) bei ihr an. Hat das schon jemand bei dir versucht?«

»Ich glaube, ich hab davon gehört«, sagte ich, »aber es hat noch keiner an mir ausprobiert.«

»Ernsthaft? Komm, ich zeig's dir«, sagte er und setzte sich näher an mich ran. Die »Evolution Phase Shift« ist eine sehr spezifische Routine, die von Neil Strauss entwickelt wurde. Sie beinhaltet sehr viel Körpersprache (also das, was PUAs »kino« nennen) und man kann sie leicht im Internet finden.

Absurderweise übte Kurt die Routine an mir aus, während er sie beschrieb: »Zuerst sagte ich ihr, dass sie gut roch. Dann setzte ich mich näher zu ihr und strich ihre Haare zur Seite, ungefähr so. Dann sagte ich: ›Die Leute achten nicht genug auf Gerüche. Tiere beschnuppern sich, bevor sie sich paaren. Die Evolution hat dich so programmiert, dass du darauf reagierst, wenn jemand an dir riecht.‹«

Wenn irgendein Typ mir was von Evolutionstheorie erzählen will, bin ich meistens unbeeindruckt. Aber obwohl ich die Evolution-Phase-Shift-Routine kannte und Kurt jeden einzelnen Schritt dabei erklärte, fühlte ich, wie meine Hormone zu tanzen begannen. Oder vielleicht war es *gerade wegen* der seltsamen Umstände.

Kurt merkte, dass ich nicht hundertprozentig offen für seine Verführungskünste war, wenn auch nur, weil es einen Schritt in der Evolution Phase Shift gibt, bei dem man die Empfänglichkeit des Targets testen kann. Der PUA fragt gegen Ende der Routine »Willst du wissen, was das Beste auf der Welt ist? Ein Biss ... direkt ... hier«

und zeigt dabei auf seinen Hals. Viele Frauen beugen sich dann zu ihm rüber, um ihn zu beißen. Ich tat das nicht. So entstand also ein Moment der Unbehaglichkeit. Wir sahen uns an.

»Willst du mich küssen?«, fragte er.

»Ich weiß nicht«, sagte ich. Das stimmte.

»Lass es uns herausfinden«, sagte er und küsste mich.

Es war ein guter Kuss, aber ich musste daran denken, dass ein feministischer Mann, dem enthusiastische Zustimmung wichtig ist, bei so einer Antwort anders reagiert hätte. Hätte Kurt so etwas wie »Mir wäre es lieber, wenn du dir sicher wärst« gesagt, dann hätte ich mich definitiv wohler mit ihm gefühlt. Aber es war auch so ein schöner Kuss.

Kurt beherrschte seine Routinen wirklich sicher. Hätte ich »Nein, ich will dich nicht küssen« gesagt, wäre bestimmt wie aus der Pistole geschossen die Antwort gekommen: »Ich habe nicht gesagt, dass du darfst ... Du sahst nur so aus, als ob du wolltest.« Solche Antworten geben PUAs andauernd.

Wir beendeten die Unterhaltung. Ich wurde woanders erwartet (ungelogen). Draußen wirbelte Kurt mich herum und warf mich über seine Schulter. Als er mich runterließ und wir uns verabschiedeten, sagte er: »Clarisse! Frauen wie du ruinieren uns PUAs! Du bringst uns dazu, Beziehungen einzugehen!«

Oh nein, dachte ich, *das ist ja ziemlich schnell emotional eskaliert.* Meine erwartungseinschränkenden Alarmglocken gingen los. Ich lächelte Kurt an und sah zur Seite. »Idealerweise würde ich in einer Beziehung meinem Partner dabei zuschauen, wie er andere Frauen aufreißt«, sagte ich ihm.

Er lachte und umarmte mich. Ich fragte mich, ob ihm klar war, dass ich es ernst meinte.

Ich sah Kurt wieder, aber letztendlich hatten wir nicht viel gemeinsam. Er hatte kaum Erfahrung mit alternativen Formen der Sexualität, Aktivismus oder Kunst. Und es war wirklich problematisch, seine Erwartungen einzuschränken. Außerdem roch es in seiner Wohnung nach alten Socken.

Ich frage mich, ob Kurt irgendwann über seine Routinen hinauswächst und ein meisterhafter PUA wird. Viele Kerle erreichen diese Stufe jedoch nie. Und vielleicht sind die meisten von ihnen glücklicher dabei.

• • •

Jonnie Walker – ja, er heißt wirklich so – kannte meinen Blog. Wir hatten sogar schon einmal telefoniert, als wir uns zufällig auf einer Veranstaltung trafen. Er wusste nicht, wie ich aussah, und ich musste mich vorstellen. Er war überrascht. »Du bist Clarisse? Du bist niedlicher, als ich gedacht hätte.«

Total klassischer Neg. Ich musste lachen.

Jonnie war bekannt für seine Intelligenz und sein Talent. Aber er organisierte lieber kostenlose Events für die Community, anstatt sich für Trainingsstunden bezahlen zu lassen. Er war der absolut typische Anführer in meiner PUA-Typologie. Als wie über Aktivismus redeten, wurde klar, dass wir auf einer Wellenlänge lagen. Er verglich mein ehrenamtliches feministisches Engagement damit, »Pick-up-Artistry zu benutzen, um aus Männern bessere Menschen zu machen«.

»Jeder Mann kann Sex kriegen«, sagte er. »Die Schwierigkeit liegt darin, ein besserer Mann zu werden. Es gibt eine dunkle Seite der Pick-up-Artistry und ich versuche, meine Klienten dazu zu bringen, auf der guten Seite zu bleiben.«

Jonnie behauptete auch, Feminist zu sein, aber leider war es mit seinem Hintergrundwissen nicht weit her. Das hinderte ihn nicht daran, Feminismus zu kritisieren. Wie zum Beispiel mit dem uralten Vorwurf, dass FeministInnen zu streitsüchtig und aggressiv wären. »FeministInnen sollten Taktgefühl lernen«, sagte er. »So wie PUAs.«

Ich bin absolut für Diplomatie, aber Anti-Unterdrückungsbewegungen müssen oft Dinge aussprechen, die Leute nicht hören wollen. Was wäre passiert, wenn FeministInnen nicht hart für das Wahlrecht für Frauen gekämpft hätten? Oder, um ein anderes Beispiel zu nennen, wo wären die USA heute, wenn niemand für die Abschaffung der Sklaverei gekämpft hätte?

Jonnie verstand das. Trotzdem argumentierte er auf unaggressive Weise weiter, was ich respektierte, obwohl es frustrierend war. »Wenn man zu viel Energie in ein Hindernis steckt, wird es nur größer«, sagte er. »Es lohnt sich immer, für Freiheit und Rechte zu kämpfen. Aber hier geht es darum, wie reif ein einzelner Mensch mit Ablehnung und Unterdrückung umgeht. Das definiert den Unterschied zwischen Mittelmäßigkeit und Größe. Keiner hat ein Recht auf irgendetwas oder schuldet irgendwem irgendetwas. Es ist Zeitverschwendung, sich zu beschweren oder im Selbstmitleid zu suhlen. Man muss all das überwinden und Veränderung selbst in die Hand nehmen. Aggression ist dabei nur hinderlich.«

Ich verstand, was Jonnie sagen wollte, aber irgendwann war der Punkt erreicht, an dem wir gegen eine Wand fuhren. Es gipfelte in Jonnies Äußerung: »Ich denke einfach nicht, dass das Leben fair sein *sollte.*«

Ich sah ihn an: ein attraktiver, weißer, heterosexueller, cisgender, amerikanischer Mann mit einer ausgezeichneten Ausbildung und einem gut bezahlten Job. Er hatte bestimmt hart gearbeitet, um dorthin zu kommen ... aber warum sollte er *wollen*, dass das Leben fair ist? Es bahnten sich Kopfschmerzen an. Ich änderte schnell das Thema.

Trotz unserer Meinungsverschiedenheiten war Jonnie offen und anständig. Er bemühte sich, den Frauenhass in der PUA-Szene zu verringern und seinen Schülern beizubringen, Frauen wie Individuen zu behandeln. Auch das leidige Frauen-stehen-auf-Arschlöcher-Thema kam zur Sprache. Jonnie schüttelte nur den Kopf. »Manche Frauen wirken vielleicht, als würden sie auf Arschlöcher stehen, aber das stimmt nicht. Sie suchen nach etwas, dem ein Arschloch noch am nächsten kommt. Männer sollten herausfinden, was die charmanten Arschlöcher richtig machen und es kopieren, ohne den Mist mitzunehmen.«

Als wir uns eine Weile kannten, redeten wir auch über unsere Unsicherheiten. »Manchmal tut es echt weh, PUAs über Frauen reden zu hören«, sagte ich. »Ich fühle mich dadurch so ... austauschbar.«

»Wirklich?«, fragte Jonnie. »Ich fühle mich auch austauschbar. *Jeder* ist austauschbar. Du hast das Gefühl, dass für Männer nur dein Aussehen zählt? Tja, Männer sind dagegen permanent im Wettstreit um Geld. Es gibt immer irgendwen, der besser oder reicher oder hübscher ist.«

Ich traf Jonnie Walker meistens bei seinen Sargingexpeditionen im Club. Eines Abends war er ungewöhnlich aufgewühlt und durcheinander.

»Eine meiner Langzeitfreundinnen ist hier«, sagte er. »Sie ist mit einem anderen da.«

Er deutete auf eine hübsche Blondine, die unverhohlen mit irgendeinem Typen flirtete. Ich überlegte kurz zu sagen: *Du bist selbst mit einem ganzen Haufen Leute zusammen, Jonnie.* Ich wusste so gut wie nichts über ihre Beziehung. Sie sah aus, als würde sie das Game genauso spielen wie Jonnie. Außerdem war er doch der PUA-Coach! Warum sollte ich *ihm* Ratschläge erteilen? Aber der Schmerz zeichnete sich klar in seinem Gesicht ab und ich hielt mich zurück. So viel zu dem Thema, dass PUAs kalte, herzlose Wichser sind.

»Komm, tanz mit mir«, sagte Jonnie und ich legte ihm meine Arme um den Hals. Allzeit bereit, Social Proof zu liefern.

Er musterte mich gedankenverloren. »Du bist wirklich aus dem Nichts aufgetaucht«, sagte er. »Ich hab dich echt nicht erwartet ... Du bist wie ein *Tieffliegerangriff* aus dem Nirgendwo.«

Ich wette, das sagst du zu allen Frauen, dachte ich, *ganz besonders, wenn du eine andere eifersüchtig machen willst.* »Das ist süß«, antwortete ich mechanisch. Ich tanzte noch eine Weile mit ihm, bevor ich schließlich nach Hause ging.

• • •

Als ich über die Feiertage meinen Vater besuchte, entdeckte ich bei ihm im Regal eine Aufnahme von dem weltbekannten PUA David DeAngelo. In *Die perfekte Masche* beschreibt Neil Strauss ihn als hervorragenden Marketingstrategen. DeAngelo war scheinbar eine treibende Kraft hinter der Kommerzialisierung der Pick-up-Artistry.

Wie viele der erfolgreichsten PUA-Autoren konzentriert sich DeAngelo darauf, die breite Masse zu erreichen, und bleibt dem PUA-Vokabular fern. Aber die Einflüsse sind unverkennbar.

»Dad!«, quietschte ich. Ich ließ sofort alles stehen und liegen und bombardierte ihn mit Fragen. Die erste war: »Ist dir eigentlich klar, dass das hier von den *Pick-up-Artists* kommt? Dieselbe Subkultur, mit der ich mich zwanghaft beschäftige und die ich feministisch kritisiere?!«

Mein Vater ist zufälligerweise einer der ethisch korrektesten und feministischsten Männer, die ich kenne. Ich kann mich wirklich glücklich schätzen. *Er* hat *mir* Vorträge über die Vergewaltigungskultur gehalten.

»Ähm«, sagte mein Vater, »das war mir nicht klar. Vor Jahren, als deine Mutter und ich uns scheiden ließen, landete ich irgendwie auf einer Mailingliste von DeAngelo und dachte, dass es interessant klang. Ich habe mir seine Kassette nie ganz angehört, obwohl sie gar nicht so schlecht ist. DeAngelo ist zwar ein totaler Egomane, aber kein Idiot. Er ist auch kein allzu großer Arsch.«

»Kein allzu großer Arsch?« Ich verfolgte meinen Vater in sein Schlafzimmer, um ihn weiter auszufragen. Er setzte sich mit einem Seufzer hin. »Ich habe schon einige Bücher von Typen gelesen, die unerträgliche Arschlöcher *waren*. DeAngelo ist nicht so schlimm.«

»Hat die Pick-up-Artistry dein Verhalten verändert?«, fragte ich ihn.

»Schwer zu sagen. Ich bin ja nicht dabei geblieben. Als ich wieder anfing, mit Frauen auszugehen, merkte ich, dass es besser lief, wenn ich einfach ich selbst war.«

Nicht, dass ich parteiisch wäre, aber mein Vater ist sehr intelligent und erfolgreich. Er interessiert sich für intelligente Frauen in seinem Alter. Ich glaube nicht, dass es für Männer wie ihn schwer ist, eine Partnerin zu finden. Aber ich weiß nicht, wie erfolgreich er war, als er noch jung und unbeholfen war.

»Meinst du, PUA hätte dir geholfen, als du noch jünger warst?«, fragte ich.

»Vielleicht«, sagte er nachdenklich. Er sah auf seine Schuhe runter. Ich hatte den Eindruck, dass er ehrlich sein wollte, aber dass ihm alles auch ein bisschen peinlich war; schließlich war ich seine Tochter.

Ich werde ihn keiner Kategorie meiner PUA-Typologie zuordnen. Er ist mein *Vater*.

• • •

Nicht alle Männer, die sich für Pick-up-Artistry interessieren, sind schüchtern und unsicher. Manche wollen einfach nur ihr natürliches Game verbessern Einer von dieser Sorte, ein erfolgreicher Musikpromoter, sagte mir: »Sex zu kriegen, ist nicht schwer. Aber ich möchte Sex mit Frauen haben, mit denen ich auch zusammen sein will.«

Auf einer Sargingexpedition begegnete ich einem der schönsten Männer, die ich je gesehen habe. Er war nicht nur umwerfend schön, sondern auch extrem intelligent und gebildet.

Und er konnte hervorragend flirten. Ich beobachtete, wie eine Frau ihn versehentlich an einer Bar anrempelte. Er lächelte und machte eine charmante Ich-ergebe-mich-Geste. Es war kein bisschen aufgesetzt. Die Frau lachte und wandte sich wieder ihren Freunden zu. Aber sie drehte sich immer wieder zu ihm um.

Sie war ziemlich hübsch, fand ich. Aber nach dem Zusammenstoß ignorierte er sie.

»Warum bist du überhaupt hier?«, fragte ich ihn. »Du brauchst doch keine Hilfe.«

»Ich bin hier, weil ich das Gefühl habe, dass es der nächste logische Schritt ist«, sagte er. Er erklärte, dass er in Beziehungen oft das Gefühl hatte, ein Babysitter zu sein. Er wollte sein Netz weiter auswerfen und eine »bessere Auswahl« an Frauen finden.

»Mein Problem ist, dass ich wählerisch bin. Ich will sowohl Schönheit als auch Intelligenz«, sagte er zerknirscht.

Ich bin mir nicht sicher, wie ich diese Art von Typen in meiner PUA-Typologie einordnen würde. Auf gewisse Weise sind sie sowohl Hedonisten als auch Außenseiter: Sie waren nie Durchschnittstrottel, aber sie haben noch nicht das Maß an sozialer Kompetenz, das sie gern hätten. Ihre Ansprüche geben mir allerdings schon zu denken. Vielleicht werden sie immer erfolglos bleiben, weil es die perfekte Frau, die sie wollen, gar nicht gibt.

• • •

Carson war ein Afroamerikaner mit einem wunderbaren Lächeln und hübschem Schmuck. Ich ließ meinen Finger unter seine Kette gleiten und spielte damit. Dann lächelte ich ihn an und sagte: »Nettes Peacocking.«

Das nennen PUAs einen »vorgetäuschten Indicator of Interest«. Sie werden häufig von Kellnerinnen, Stripperinnen, Journalistinnen oder anderen Frauen benutzt, deren Bezahlung von der Zufriedenheit eines Mannes abhängt. Aber Männer tun das auch. Wenn ich nur daran denke, wie oft ich schon von hübschen Verkäufern um den Finger gewickelt worden bin ... Auch Neil Strauss hat das Game extrem dabei geholfen, seine Interviewpartner aus der Reserve zu locken.

Ich ertappte mich dabei, direkt nachdem ich den IOI vorgetäuscht hatte. Ich schwöre, ich wollte Carson nicht absichtlich manipulieren. Aber wo verläuft die Trennlinie zwischen spaßigem Flirten, neutraler Interaktion und zynischer Manipulation?

Wir standen in der Kälte vor einem Club. Carson erzählte mir, dass er durch *Die perfekte Masche* auf die PUA-Community gestoßen war. »Ich habe das Buch gelesen und wusste, *das* ist es.« Solche Äußerungen überraschen mich immer wieder. *Was* aus dem Buch war es? Die vollgekotzte Villa? Das verlogene Sportficken? Die Nervenzusammenbrüche? Aber gleichzeitig verstehe ich es. Wer möchte nicht unwiderstehlich, charmant und beliebt sein und sich einen Meister im Flirten nennen?

Carson war seit fast einem Jahr Teil der Community. Viele erfahrene PUAs haben mir erzählt, dass es einen exakt vorhersehbaren PUA-Lebenszirkel gibt. Manche Typen sind ihr Leben lang dabei, aber die meisten für nur etwa ein Jahr. Nach einem Jahr des exzessiven Sargens haben sie zwar regelmäßig Sex, aber sind verwirrt und beginnen, sich Gedanken über den Rest ihres Lebens zu machen. Carsons PUA-Freunde hatten diesen Punkt schon erreicht. Er hinkte hinterher.

Seine PUA-Freunde bedeuteten ihm sehr viel. Er redete mehr über sie als über Frauen. Das ist in der Szene weitverbreitet, für viele Typen ist Pick-up-Artistry eine Möglichkeit, gute Männerfreundschaften aufzubauen. Carson sagte, dass er andere PUAs an der Art erkennen könnte, wie sie Frauen ansprechen. In solchen Fällen ging er auf sie zu und sagte: »Hey, bist du in der Community?« Die beiden PUAs unterhielten sich dann super, während die Frau völlig vergessen wurde.

Wenn man mit jemandem über Sex und Beziehungen redet, entsteht fast automatisch eine Verbindung. (Die meisten Frauen machen das untereinander sowieso.) Dadurch entstehen allerdings viel Getratsche und Lästerei, auch in der PUA-Community. Viele PUAs haben sich bei mir darüber beschwert. Wenn ein soziales Umfeld von Gesprächen über zwischenmenschliche Dynamik bestimmt wird, benutzen fiese Leute Dramen, Lästereien und Intrigen, um sich Vorteile zu verschaffen. Männer *sowohl* als Frauen.

Zum Ende unseres Gesprächs sagte Carson, dass ihm einige schmierige PUA-Strategien gegen den Strich gingen.

»Du meinst solche Sachen wie die Last-Minute-Resistance-Taktiken?«, fragte ich.

»Nein, ich meine Sachen wie betrunkene Mädels ficken«, sagte er überrascht. »LMR-Taktiken? Das macht doch jeder.«

Das macht doch jeder? Ach du Scheiße, dachte ich. *Das muss ich dringend auf eine Serviette schreiben, bevor ich es vergesse.* Ich hoffe, dass er damit die freundlicheren LMR-Taktiken meinte, wie zum Beispiel ewig langes Vorspiel, und nicht solche wie aggressive Freeze-Outs. Ich mochte Carson. Er schien mir eine Mischung aus Hedonist und Außenseiter zu sein. Ich wollte mir nicht vorstellen, dass er in seinem Schlafzimmer kalte, manipulative Manöver veranstaltete, obwohl er das vielleicht andauernd tat. Aber ich werde es wohl nie erfahren.

Wir schlängelten uns durch die Massen zurück in den Club und ich grinste ihn an.

»Vielen Dank«, sagte ich. »Das war wirklich interessant.«

Carson schenkte mir sein umwerfendes Lächeln. »Alles für dich«, sagte er galant.

• • •

Ich redete viel mit meinen Freunden über meine Besessenheit von Pick-up-Artistry. Auch mit männlichen Freunden und Partnern. Manchmal entstanden dadurch komische Situationen.

Viele PUAs behaupten, dass Frauen Durchschnittstrottel absichtlich bei der Stange halten und nicht ranlassen. Ich hatte schon immer viele männliche Freunde und dieser Spruch macht mich wütend, weil ich so etwas nie tun würde. Aber ich habe dieses Verhalten bei ein paar anderen Frauen beobachtet und es ist für mich absolut befremdlich und inakzeptabel. Eine Frau erzählte mir zum Beispiel, dass sie ihre männlichen, platonischen Freunde Dessous für sie kaufen lässt und ihnen im Gegenzug dafür verspricht, vor ihnen darin zu posieren. Einerseits ist klar, dass sie die Jungs total manipuliert. Aber andererseits sind diese Männer keine kleinen Kinder und wissen, worauf sie sich da einlassen.

Manche Kerle (besonders PUAs) behaupten, dass kein Mann jemals einfach »nur« mit einer Frau befreundet ist, sondern sie immer vögeln will. Andere Männer halten solche Freundschaften durchaus für möglich. Und dann gibt es noch andere Männer, die viele platonische Freundinnen haben ... selbst wenn sie sich zu ihnen hingezogen fühlen.

Was wirklich besonders nervt, ist, wenn Typen von mir erwarten, dass ich wie durch Magie die Gefühle eines Mannes erspüren soll. Leider bin ich darin nicht besonders gut. Außerdem soll ich mir auch meiner eigenen Gefühle sofort im Klaren sein. Dabei entwickelt sich Anziehung bei vielen Frauen (und Männern) oft erst im Laufe der Zeit.

Und wenn ein Mann auf mich steht, ich aber nicht auf ihn, dann soll ich ... was genau tun? Dieser Schritt ist mir nach wie vor schleierhaft. Was soll ich sagen, wenn ich so einen Verdacht habe? »Hey Mann, ich glaube, dass du mit mir schlafen willst! Aber das wird nie passieren, also entscheide ich jetzt für dich, dass wir nicht mehr befreundet sein können.«

Es macht mich in den Augen einiger Typen anscheinend zu einer manipulativen Schlampe, wenn ich mit so jemandem befreundet bleibe, ohne vorzuhaben, ihn in baldiger Zukunft zu vögeln. Aber wenn ich jemanden genug respektiere, um mit ihm befreundet zu sein, sollte ich dann nicht darauf vertrauen, dass er seine eigenen Entscheidungen treffen kann? Wenn er mit mir befreundet bleibt, obwohl er auf mich steht, und nicht darüber reden will, was kann *ich* dafür?

Auch die Behauptung, dass Männer nichts von Frauen wollen, außer sie zu vögeln, ist eine ziemliche Beleidigung für Männer. Ich habe ständig interessante und tiefe Gespräche mit Männern und ich kann bescheinigen, dass sie *nicht* alle hirnlose, geile Böcke sind.

Aber es gibt auch Leute, die schlichtweg verwirrend sind. Mein bester männlicher Freund ist ein totaler Macker (auch wenn er toll kochen kann). Deswegen nenne ich ihn so.

Der Macker ist schnell gelangweilt, wenn ich über Feminismus oder soziale Gerechtigkeit rede, aber über alles andere können wir uns super unterhalten, auch über Beziehungen. Er ist extrem erfolgreich bei Frauen und behandelt seine Freundinnen manchmal ziemlich mies. Ein gemeinsamer Freund hat einmal vermutet, dass der Macker mich nur rumkriegen will (und anschließend jeglichen Respekt für mich verlieren würde). Ich gebe zu, der Macker und ich flirten extrem. Manchmal frage ich mich, ob wir in einer romantischen Komödie leben und am Ende heiraten werden. Aber das ist nicht mein derzeitiger Plan. Ich glaube auch nicht, dass er nur mit mir befreundet ist, weil er mich verführen und dann hängen lassen will. *Oder etwa doch*?

Nachdem ich mich zu lange mit den PUAs beschäftigt hatte, tickte ich irgendwann aus und schrieb ihm eine SMS: »Bist du nur mit mir befreundet, weil du mit mir schlafen willst? Und wärst du ehrlich, wenn die Antwort ›ja‹ wäre?«

Er schrieb zurück: »Wenn ich mich recht entsinne, hast du *mich* regelrecht angefleht, mit *dir* zu schlafen.«

Ich war dabei, eine wütende Antwort in Großbuchstaben zu verfassen, als er mich anrief.

»Du hast meine Frage nicht beantwortet!«, schrie ich ins Telefon. »Und übrigens: Du bist wie ein PUA!«

»Wirklich?«, fragte er. Er klang amüsiert.

»Ja, du behandelst mich so, als ob ich dich Shit-teste. Du reframst die Frage und bist total großkotzig! Außer dass PUAs nie lügen sollen und du lügst wie gedruckt!«

»Überhaupt nicht«, sagte er vergnügt. »Erinnerst du dich nicht? Als wir vor Jahren die Straße runter liefen und du zu mir sagtest: ›Macker, du bist so sexy! Ich möchte dich jetzt sofort flachlegen! Gleich hier auf dem Bürgersteig.‹ Aber ich sagte: ›Sorry, Baby, darauf steh ich leider nicht.‹ So war es. Ich war dabei.«

Ich musste lachen. »Das ist nie passiert! Obwohl ich dir PUA-Punkte geben muss. Ich habe gerade einen Blogeintrag gelesen, in dem stand, dass eine Aussage nicht als Lüge gilt, wenn sie offensichtlich erfunden ist. Also ist es technisch gesehen so ...« Ich brach ab, weil der Macker etwas schwer Verständliches in mein Gebrabbel hineingesagt hatte. Ich war mir ziemlich sicher, dass seine Worte waren: »Aber *natürlich* bin ich nur mit dir befreundet, weil ich mit dir schlafen will.«

»Was?!«, schrie ich.

»Nichts«, sagte er. Ich konnte an seiner Stimme hören, dass er lächelte. »Pass auf, ich werde jetzt hier weiter trinken. Sag den Jungs im PUA-Forum, dass Männer und Frauen platonisch befreundet sein können. Weil *wir* platonisch befreundet sind. *Absolut platonisch*. Okay?«

Ich lachte wieder. »Okay«, sagte ich.

Das wäre ein Beispiel für leicht feindseliges Flirten. Ich kann nicht erklären, warum das Spaß macht, aber das tut es ... mir zumindest. Wenn es wirklich ernst gewesen wäre, hätte mich dieses Gespräch total wütend gemacht. Aber wegen eines lächerlichen PUA-Blogs? Der Macker war witzig. Es hätte gereicht, wenn er mir einfach versichert hätte, dass wir platonische Freunde waren. Aber stattdessen flirtete er mit mir und beruhigte mich anschließend. Das war auch okay. Schließlich betrieben wir dieses freundschaftliche Flirten schon seit Jahren.

Ich habe nicht mehr Kontrolle über unsere Beziehung als der Macker. Wenn ich eine manipulative Schlampe bin, ist er dann nicht ein manipulatives Arschloch? Ich bin mir allerdings sicher, dass es die »Friend Zone« (»Nur-Freunde-Zone«) wirklich gibt. Genauso wie die »Fuckbuddy Zone«, in die viele Frauen hineingeraten.

• • •

Viele meiner männlichen Freunde standen den Pick-up-Artists ziemlich gleichgültig gegenüber. Andere empfanden Sympathie oder Mitleid. »PUA-Zeug zu lesen, fällt mir echt schwer«, sagte ein Freund. »Die Unsicherheiten und Ängste dieser Männer sind echt schmerzhaft.« Und andere regten sich total darüber auf. Ein Mann sprang bei einer Verabredung vor Wut fast aus seinem Stuhl, als ich das Thema zur Sprache brachte. »Ich hasse dieses Zeug«, sagte er. »PUAs manipulieren an der menschlichen Psyche herum, um Sex mit jemandem zu haben, der eigentlich nicht will. Das ist Vergewaltigung.«

»Weiß nicht, ob ich das so ausdrücken würde«, sagte ich vorsichtig. »Ich habe noch keinen PUA getroffen, der Frauen wirklich hypnotisieren konnte. Sie lernen eigentlich nur soziale Taktiken. Und wenn sie einfach nur ihre soziale Kompetenz verbessern, wo liegt da der Unterschied dazu, beispielsweise seinen Körper zu trainieren, um attraktiver zu werden?«

»Ich verstehe, worauf du hinauswillst«, sagte er. »Es gibt viele soziale Vorteile, die man sich erarbeiten kann, also wo liegt da der Unterschied?« Er überlegte für einen Moment und lächelte dann. »Ich weiß es nicht, aber ich finde, es ist *Betrug*.«

Viele Männer haben, so wie ich, das größte Problem mit der Frauenfeindlichkeit in der Community. Einer dieser Männer war Adam, mein langhaariger Partner aus San Francisco. Er sagte eines Abends: »Der ganze PUA-Kram macht mich so sauer, weil ich diese Ratschläge wirklich gut gebrauchen könnte. Ich kann es nur nicht ab, dass sie derart frauenfeindlich verpackt sind.«

»Denkst du wirklich, dass du Ratschläge brauchst?«, fragte ich.

»Sicher. Ich wünschte, ich bekäme so viel Aufmerksamkeit von Frauen.«

Ich lag nackt auf seiner Couch und zog meine Augenbrauen hoch. Er lachte und warf mir einen verlegenen Dackelblick zu.

»Na ja, jetzt in diesem Moment kann ich mich nicht beschweren«, sagte er.

Ich grinste. »Die meisten PUAs haben nicht mehr Sex als du. Und die wirklich Guten mussten dafür eine Menge üben. Sie lernen Taktiken und trainieren ihre Fähigkeiten, aber deswegen haben sie noch lange keine Universallösung.«

»Okay …« Er grübelte nach. »Ich schätze, wenn sie so viel geübt haben, dann haben sie es verdient.«

Kein PUA kann »jede« Frau der Welt abkriegen, auch wenn viele berühmte Gurus behaupten, sie hätten das Geheimnis gelüftet. (Tatsächlich heißt eines der bekanntesten PUA-E-Books *Die Wunderwaffe.*) Aber das ist Blödsinn. Manchmal habe ich den Eindruck, dass die Bücher und Workshops eigentlich überflüssig sind. Die meisten Männer lernen Pick-up wesentlich besser durch Praxis und trotz aller Eigenwerbung wissen die PUAs das. Und es gibt, wie bereits erwähnt, PUA-Leitsätze wie »Die ersten Tausend Abfuhren zählen nicht«.

Mein feministischer PUA-Goth-Freund Brian sagte einmal: »Die Leute verstehen nicht, wie schwierig es ist, besonders dann, wenn du sozial unbeholfen bist. Sie verstehen nicht, wie es ist, wenn du nach monatelanger Arbeit endlich die erste Verabredung hast … und dann den Kuss versemmelst.«

• • •

Ich wurde zu einer Podiumsdiskussion über Feminismus und Pick-up-Artistry zur South-by-Southwest Interactive Conference eingeladen. Es war ein sehr interessantes Diskussionsforum, an dem auch der berühmte PUA-Coach Adam Lyons teilnahm. Ich bat ihn selbstverständlich um ein Interview. Er sagte ja und wir trafen uns in einer Wohnung, in der er PUA-Ausbildungsseminare gibt.

Auf Wikipedia ist Adam Lyons als eine der »bedeutenden Persönlichkeiten« der PUA-Community aufgelistet. Er wurde Teil der Community, bevor die Kommerzialisierung die Subkultur zum Mainstream machte. »Das muss entweder 2005 oder 2006 gewesen sein«, erzählte er mir. »Ich hatte *Die perfekte Masche* halb durchgelesen und wusste, dass ich das ausprobieren musste. Also nahm ich an einem Bootcamp teil.«

»Hast du etwas gelernt?«, fragte ich.

»In dem ersten Workshop lernte ich die ›Umfalltechnik‹. Du rennst auf ein Mädchen zu und lässt dich vor ihr zu Boden fallen. Es war lächerlich.«

Ich lachte. »Bei mir hättest du damit Erfolg gehabt, ich hätte das witzig gefunden.«

»Es kann erstaunlich gut funktionieren«, gab Adam Lyons zu. »Aber ich habe meiner Frau mal einen Typen vorgestellt, der dann permanent vom Stuhl gekippt ist. Das war schrecklich ... Wie auch immer, die meisten anderen ›Techniken‹ funktionierten überhaupt nicht. In diesem ersten Workshop brachten sie mich dazu, lauter Frauen auf der Straße anzusprechen und zu sagen: ›Ich bin der Kuss-Räuber – jetzt musst du mich küssen!‹ Das war so entsetzlich peinlich.«

Innerhalb weniger Monate lernte Adam Lyons alles, was die Community zu bieten hatte, und fing an, als PUA-Coach zu arbeiten. Seine Frau und er leiten jetzt ihre eigene Firma. Wir sprachen viel über die Verbindung zwischen Sozialphobien und PUA.

»Für Leute, die wirklich eine klinische Phobie haben, gibt es im Grunde zwei Möglichkeiten, sie loszuwerden«, sagte Adam Lyons. »Eine davon ist ›Reizüberflutung‹ und die andere ist ›systematische Desensibilisierung‹. Bei der systematischen Desensibilisierung wird eine Person langsam dem Stimulus ausgesetzt.

Wenn diese Person also eine Spinnenphobie hat, wird ihr vielleicht zuerst das Foto einer Spinne gezeigt, dann ein Video und so weiter, bis die Person schließlich die Spinne direkt anfassen muss. Bei der Reizüberflutung würde man die Person einfach in eine Badewanne voller Spinnen stecken. In der PUA-Version von Reizüberflutung würde man den Typen zwingen, viele Frauen mit superblöden Sprüchen oder in einem albernen Kostüm anzumachen, bis er keine Angst mehr hat. Wenn aber jemand keine Phobie hat, sondern nur etwas ängstlich und eingeschüchtert ist, braucht man eine ganz andere Herangehensweise. Man muss die richtige Taktik anwenden, sonst kann man großen Schaden anrichten.«

»Fallen dir noch andere Kritikpunkte ein?«, fragte ich.

»Wahrscheinlich Tausende«, sagte er und wir mussten beide lachen. »Die meisten dieser Typen brauchen emotionale Hilfe anstatt Pick-up-Artistry. Aber die Community hat sich wirklich verändert und ist an einem Wendepunkt. An den Internetanalysen kann man deutlich erkennen, dass Pick-up-Artistry lange nicht mehr so beliebt ist wie noch vor ein paar Jahren. Männer googeln heute Fragen wie: ›Wie finde ich eine Freundin?‹ – das war früher nicht so. Es ist inzwischen völlig akzeptabel, sich Hilfe zum Thema Beziehung zu holen. Das wird das ganze Feld revolutionieren und darauf habe ich gewartet.« Wenige Top-Coaches kritisieren ihren Industriezweig so offen und ich wusste es zu schätzen.

Adam Lyons erzählte mir auch eine süße Geschichte: »Einmal nahm ein Kerl an unserem Kurs teil, total kräftig gebaut, aber nervös und schweigsam. Er bat mich während des Seminars, kurz mit mir unter vier Augen zu sprechen. Kaum dass wir in einem anderen Raum waren, fing er an zu weinen und sagte: ›Ich bin nicht hier, um Mädels aufzugabeln. Ich bin hier, um meine Frau zurückzugewinnen.‹«

Wie sich herausstellte, war dieser Mann früher professioneller Boxer gewesen. Seine Frau war jahrelang hinter ihm her gewesen. Irgendwann hatte er sie geheiratet, aber bald festgestellt, dass ihm das Leben als Boxer nicht guttat. Also hörte er auf und gründete eine gemeinnützige Organisation. Seine Frau verlor umgehend jegliches Interesse an ihm und stellte ihn vor die Wahl: Entweder er ließ sie mit anderen Männern schlafen oder sie würde sich scheiden lassen. Aus Angst, sie zu verlieren, willigte er ein, aber er litt wie ein Hund.

»Also sagte ich dem Boxer: ›Ich werde dir beibringen, wie du Frauen anziehst‹«, fuhr Adam Lyons fort. »›Wenn es deine Frau ist: super; wenn nicht, wirst du eine neue finden.‹ Ich brachte ihm eine Menge bei, aber schließlich beschlossen wir, seinen Lebensstil als professioneller Boxer auf neue Art zu rekonstruieren. Er begann, Jugendboxwettbewerbe abzuhalten. Dadurch bekam er eine ausgezeichnete gesellschaftliche Stellung und genoss die Bewunderung hübscher Frauen und junger Boxer. Natürlich wurde auch seine Frau auf die Veränderung aufmerksam und interessierte sich wieder für ihn.«

Das Paar trennte sich ein paar Jahre später endgültig. Aber anscheinend ging es dem Boxer trotzdem viel besser, weil er dadurch zu sich selbst gefunden hatte.

Adam Lyons wunderschöne, heißblütige Frau Amanda ist für die Vermarktung verantwortlich. Amanda ist weder zurückhaltend noch besonders empathisch. Sie hatte sich auch schon mit einigen FeministInnen angelegt. Trotzdem kamen Amanda und ich miteinander aus. Sie ist wirklich intelligent. Es war interessant zu beobachten, wie sie und ihr Mann miteinander umgingen. Sie besprachen und dekonstruierten gemeinsam soziale Dynamiken und Manipulation. Und offensichtlich liebt er sie sehr.

»Meine Frau ist ein totaler Macho«, sagte Adam Lyons. »Amanda trinkt Bier, ich trinke Wein. Ich bin derjenige, der Verständnis für Frauen und ihre Probleme aufbringt, Amanda hat für Frauenprobleme wenig übrig. Für Männerprobleme übrigens auch.« Er sah seine Frau an, die gerade an ihrem Computer arbeitete. »Amanda ist Chefin ihrer eigenen Firma – sie dominiert die Pick-up-Industrie«, sagte er voller Liebe. »Sie ist total abgebrüht. Sie legt sich mit Feministinnen an.«

»Wie fühlt es sich an, als berühmter PUA verheiratetet zu sein?«, wollte ich wissen.

»An dem Tag, an dem ich Amanda heiratete, wurde ich die Nummer eins der PUAs«, sagte Adam Lyons. »Jede PUA-Seite hat mich an die erste Stelle jeder Liste gesetzt.«

Und das sagt doch etwas darüber aus, was PUAs wirklich wollen, oder?

Kapitel 7

Tough Guy

In diesem Kapitel treffen Clarisse und Adam sich wieder und die emotionale Eskalation geht weiter. Doch die Situation bleibt verwirrend, denn weder sie noch Adam sind im Gebiet der polyamoren Fernbeziehung erfahren. Auch ein intensives SM-Erlebnis mit unerwarteten Konsequenzen trägt zum Durcheinander bei. Außerdem werden die Konzepte der »Friend Zone« und der »Fuckbuddy Zone« besprochen.

Der Titel des Kapitels stammt aus dem gleichnamigen Song von The Crystal Method.

Es gibt eindeutig zu viele Männer namens Adam in meiner Erzählung. Aber der wichtigste ist mein wunderbarer, langhaariger Partner aus San Francisco. Ich sah ihn wieder – diesmal allerdings nicht in San Francisco, sondern in Atlanta.

Ich wusste im Vorhinein, dass wir uns dort sehen würden, und war gleichermaßen aufgeregt und unsicher. Ich rechnete schon damit, dass es intensiv werden könnte ... und so war es auch. Er war interessant, klug und hatte trotz seiner Unerfahrenheit unglaubliche SM-Instinkte. Und noch dazu ein vortreffliches Gespür für die Aftercare. Er wusste ganz genau, wie er mich streicheln musste, nachdem er mich verletzt hatte. Er wusste, wie er meinen Namen sagen musste und wie er mir klarmachen konnte, dass ich sicher wieder zurück in meinen Körper kommen konnte. Das ist für mich fast wichtiger als der SM selbst.

Mein Vertrauen in Adam stieg in angsteinflößende Höhen, als wir nach einem SM-Sturm zusammensaßen und er zu mir sagte: »Es mag vielleicht so aussehen, als ob ich die Zügel in der Hand hätte ... aber ich glaube, selbst wenn du mir keine deutlichen Instruktionen gibst, erledigst du die meiste Arbeit.«

Viele Doms denken, dass sich alles nur um sie dreht, besonders Anfänger. Ihnen entgeht dabei, wie viel emotionale Arbeit der unterwürfige Partner leistet. Adam kapierte es. Es gibt ein weitverbreitetes Vorurteil, dass SM-Doms distanziert und kalt sein »sollten«. Nichts könnte weiter von der Wahrheit entfernt sein. Das kann zwar während des SM manchmal ganz sexy sein, aber außerhalb des SM will ich einen Menschen und keinen Eisberg. Adams Sensibilität war spürbar in allem, was er sagte und tat.

Wir verbrachten fast 24 Stunden am Stück miteinander. Der Sex war toll und unsere Gespräche mindestens ebenso. Wir konnten uns hervorragend über Themen wie Vergewaltigungskultur oder Aktivismus unterhalten. Adam machte mir klar, dass er keine »feste Beziehung« wollte (insofern man das definieren kann). Aber er gab mir auch »emotionale Indicators of Interest«. Zum Beispiel deutete er mehrmals an, dass er auch in meiner Abwesenheit an mich dachte – und dass er annahm, ich würde ebenso an ihn denken. Ich stritt es weder ab, noch bestätigte ich es. Stattdessen wechselte ich schnell das Thema. Die PUAs wären stolz auf mich gewesen, weil ich seinen Compliance Test ignorierte.

Am nächsten Morgen wusste ich, dass ich ihm ein klares »Statement of Intent« (SOI; »Absichtserklärung«) geben musste, um mein emotionales Game voranzutreiben. Viele PUAs geben SOIs in Bezug auf Sex, wie zum Beispiel: »Ich muss gerade meine ganze Beherrschung aufbringen, um dich nicht zu küssen.« SOIs sind ein großer Bestandteil des direkten Games. Es ist natürlich wichtig, vorher herauszufinden, ob gegenseitiges Interesse besteht. SOIs sind auch häufig gut, um das Target zu entspannen. Ungewissheit beim Flirten mag vielleicht Spaß machen, kann aber auch *extrem* frustrierend sein. Auch aus feministischer Perspektive ist es immer empfehlenswert, ein SOI zu äußern, weil man dadurch sichergehen kann, dass der Partner einverstanden ist.

Es gibt so viele verschiedene Arten, Interesse auszudrücken. Es kann eine einfache Liebeserklärung oder ein langer, leidenschaftlicher Brief sein. Das Timing ist dabei genauso entscheidend wie bei einer sexuellen Eskalation. Kommt das emotionale SOI zu früh, kann das sehr schnell bedürftig oder verzweifelt wirken. Wenn man aber zu lange wartet, verliert das Target vielleicht das Interesse oder fühlt sich abgelehnt und zieht sich zurück.

Meiner Ansicht nach hat ein emotionales SOI zwei Hauptbestandteile: Der erste Teil drückt emotionale Verletzbarkeit und die Absicht zur Eskalation aus. Der zweite Teil versucht, mit den Erwartungen beider Beteiligten umzugehen.

Ich schaffte es nicht, Adam alles direkt zu sagen, also schickte ich ihm später eine E-Mail. Innerhalb einer Beziehung können E-Mails eine riskante Kommunikationsmethode sein, aber für mich funktioniert es normalerweise ganz gut (wahrscheinlich weil ich meistens mit Nerds zu tun habe). Diese E-Mail war allerdings heikel. Normalerweise muss ich es nur auf nicht-verzweifelte Weise zeigen, wenn ich einen Mann mag. Diesmal musste ich zusätzlich klarstellen, dass ich *trotzdem* keine traditionelle monogame Beziehung wollte. Schließlich schrieb ich Adam, dass ich unsere jetzige Beziehung nicht ändern wollte und glücklich damit war, aber dass sich bei mir trotzdem Gefühle entwickelten. Ich schloss meine E-Mail mit den folgenden Worten ab:

Ich weiß nicht ganz, wie ich mich verhalten soll, wenn du sagst, dass du momentan keine »feste« Beziehung möchtest. Einerseits geht es mir ähnlich. Aber andererseits ... Nicht, dass ich in dich verliebt wäre oder so, aber ich mag dich wirklich sehr. Und wenn du dich nicht damit wohlfühlst, dass ich emotional involviert bin, dann sollte ich mir überlegen, wie ich in Zukunft mit dir interagieren will.

Ich fügte hinzu, dass er sich mit seiner Antwort Zeit lassen konnte. Er antwortete mir eine Woche später:

Ein gewisses Maß an emotionaler Bindung ist für mich absolut in Ordnung. Ich mag dich auch sehr. Aber ich hab im Moment mein Leben nicht wirklich auf der Reihe. Ich freue mich, dass unsere Zuneigung auf Gegenseitigkeit beruht, aber ich scheue mich vor Komplikationen. Ich werde mein Bestes tun, klar zu kommunizieren, aber ich sollte dich warnen, dass ich emotional erschöpft und verschlossen bin. Ergibt das Sinn? Ist das okay?

Das war kein ausdrücklich positives Feedback. Er warnte mich sogar vor sich. Aber gleichzeitig schien er meine Gefühle aufrichtig anzunehmen. *Und das ist alles, was ich von einer nicht-primären Beziehung will,* dachte ich. *Oder?*

Als ich noch monogam war, hätte ich so einen Mann niemals für eine Beziehung in Betracht gezogen. Aber es war ja eine Fernbeziehung und wir waren nicht monogam ...

Ich schrieb ihm, es sei okay.

• • •

Das Phänomen, das PUAs als »One-Itis« (»Ein-itis«) bezeichnen, tritt besonders bei Anfängern auf. One-Itis bezeichnet Verliebtheit oder Besessenheit mit einer einzigen Frau. Als mir der Begriff das erste Mal begegnete, dachte ich, dass sich darin die gesamte Ablehnung der PUAs für Gefühle widerspiegelte. Die meisten Menschen, so dachte ich, würden One-Itis als Schwärmerei bezeichnen ... oder, Gott bewahre, ... *Liebe.*

Die üblicherweise empfohlene PUA-Strategie, mit One-Itis umzugehen, ist GFTOW: »Go Fuck Ten Other Women« (»Zieh Los Und Fick Zehn Andere Frauen«). Zufällig findet man in *The Rules* (dem bereits besprochenen Ratgeber für Frauen) etwas Ähnliches. Die Autorinnen behaupten, dass einer Frau, die zu sehr auf einen Mann fixiert ist, nichts mehr guttun kann als die romantische Aufmerksamkeit eines neuen Verehrers.

Da Männer angeblich soziale Bestätigung durch Sex erfahren und Frauen durch Liebe, ergibt das sogar Sinn. Leider haben die Diskussionen über dieses Thema in PUA-Kreisen manchmal einen rachsüchtigen Beigeschmack. Und wenn man tatsächlich solche Gefühle hat, sollte man die Suche nach einem neuen Partner vielleicht erst mal hinten anstellen.

Aber schließlich verstand ich, dass es bei One-Itis nicht um Liebe geht, sondern um das Gefühl von *Seltenheit*. One-Itis bezeichnet das Gefühl, einer anderen Person unwürdig zu sein, oder die Angst, »nie wieder jemanden wie sie/ihn zu finden«. Ich überlegte, ob auch ich Adam nur wegen seines Seltenheitswerts so toll fand.

Viele SMer – und Menschen mit anderen Fetischen – sind anfällig für dieses Mangeldenken. Durch gesellschaftliche Stigmatisierung wachsen viele von uns in Scham und Unterdrückung auf. Wenn wir jemanden finden, der auf die gleichen Dinge steht wie wir, kann das überwältigend sein. Ich erinnere mich, wie ich einem meiner ersten SM-Liebhaber sagte: »Ich kann kaum glauben, dass du mich liebst *und* mich so verletzen willst. Ich habe wirklich unglaubliches Glück.«

Ich weinte fast, als er sagte »*Ich* kann kaum glauben, wie sehr du es *willst*. Ich habe so ein Glück, dass du mich dafür liebst« und mich küsste.

Als er mit mir Schluss machte, war ich am Boden zerstört, weil ich ihn für ungewöhnlicher hielt, als er tatsächlich war. Selbstverständlich war er eine einzigartige Person, aber seine Einstellung zu SM habe ich auch bei anderen Leuten wiedergefunden. Dieses Wissen macht mich viel widerstandsfähiger, sowohl bei Trennungen als auch bei neuen Beziehungen.

Die PUAs haben also den Begriff »One-Itis« entwickelt, um einsame Typen zu beschreiben, die sich viel zu schnell auf eine Frau konzentrieren, bloß weil sie Interesse an ihnen zeigt. Daraus ergibt sich ein weiteres wichtiges PUA-Konzept: »Outcome Independence« (»Unabhängigkeit vom Ergebnis«) – der Zustand, vom Ergebnis unabhängig zu sein und sich *nicht* auf ein einziges Ziel zu konzentrieren. Outcome Independence ist ein wichtiger Teil des Inner Games, da sie Bedürftigkeit und Verzweiflung vermeidet und versucht, echtes Selbstvertrauen und Zielstrebigkeit zu entwickeln.

Das Bemerkenswerte an der Outcome Independence ist, dass man das Game dabei ignoriert. Wenn man outcome-independent ist, *braucht man keine Frauen zu vögeln, um sich gut zu fühlen.*

Ironischerweise fühlen sich Frauen in der Gegenwart einer solchen Person wohler ... Frauen sind darauf trainiert, sich vor Männern zu hüten, die sie »sexuell ausnutzen« wollen. Outcome Independence ist ein schlagendes Argument gegen Last-Minute-Resistance-Techniken. Wenn man *unbedingt* vögeln will, bedeutet das, dass man zu sehr von dem Ziel besessen ist.

Outcome Independence hat nur leider einen Haken: Sie ist hinfällig, sobald man wirklich auf jemanden abfährt. Erfahrene PUAs empfehlen, es in dieser Situation zumindest vorzuspielen oder zu versuchen, die Angst vor Zurückweisung loszulassen. Ein Nicht-PUA-Freund von mir hat es am treffendsten formuliert: »Wenn du von Anfang an in jeder Beziehung akzeptierst, dass dein Herz vielleicht gebrochen wird, wirst du alles überstehen.« Outcome Independence ist wirklich schwer zu erlernen, besonders für PUAs. Schließlich landen sie alle in der Community, weil sie das Gefühl haben, ein bestimmtes Ergebnis zu *brauchen*. PUA-Gurus verkaufen Ergebnisse, so wie »heute noch Sex haben«, »erobere deine Ex zurück« und so weiter.

PUAs sagen auch oft, man müsse immer bereit sein, Partner »weiterzuschicken« (*The Rules* stimmt hier wieder zu). Solange man sich bewusst ist, dass man jederzeit gehen kann, ist man bereits auf dem Weg, das Mangeldenken zu überwinden, und damit weniger verletzlich. Das ist besonders hilfreich, wenn man sich von einer schlechten Beziehung lösen will. Aber die Einstellung, »immer bereit zu sein, seinen Partner weiterzuschicken«, kann auch ganz schön herzlos sein. Auf die Spitze getrieben, bedeutet dieser Satz, dass jeder Partner austauschbar ist und dass es sich nie lohnt, Energie in eine Beziehung zu investieren.

Phänomene wie One-Itis und Seltenheitsdenken werden besser, wenn man sich wirklich attraktiv oder begehrt fühlt. Aber Verletzlichkeit ist nicht unbedingt negativ. Es gibt tatsächlich so etwas wie zwischenmenschliche Verbundenheit und Kompatibilität. Und Liebe.

• • •

Während meiner Recherche hatte ich mehr Verabredungen als je zuvor. Vielleicht hatte ich irgendwie das Verlangen der PUAs absorbiert, meine Gewinnchancen zu »maximieren«. Außerdem sind PUAs jederzeit bereit, darauf hinzuweisen, dass Frauen im Alter zu hässlichen alten Schrullen werden. Solche Worte verstärken jedes Mal meinen Drang, ruchlos das nächstbeste Herz zu brechen, solange ich noch jung und knackig bin. Ich tue mein

Bestes, diesen Impuls zu unterdrücken. Schließlich sollen keine Zivilisten zu Schaden kommen.

Die Verabredungen hielten mich jedenfalls ziemlich auf Trab. Nach einem besonders denkwürdigen Wochenende schickte ich folgende Nachricht an meine beste Freundin: »Ich weiß, dass es kein Zurück mehr gibt, wenn ein Date mit einem Pornostar besser läuft als das Date mit dem Doktoranden am Abend zuvor.«

Der Pornostar war echt süß, aber er stand leider nicht wirklich auf SM. Meine Mutter mochte ihn sehr. »Er hat so eine nette Art«, sagte sie.

Hier ist eine kostenlose Anleitung zum Bestehen eines feministischen Shit Tests: Einer meiner Aktivistenfreunde besuchte mich in Chicago. Wir hatten nie etwas miteinander, aber sein sexuelles Interesse war offensichtlich. Einmal zog ich ihn mit seiner verschnörkelten Schrift auf: »Bringt das Leute nicht dazu, an deiner Männlichkeit zu zweifeln?«

»*Welche* Männlichkeit?«, fragte er ironisch.

Ich lachte mich kaputt und umarmte ihn. Er war super im Bett.

Ich dachte auch viel an Adam und freute mich darauf, ihn wiederzusehen. Aber als ich meine nächste Reise nach San Francisco plante, passierte etwas Seltsames. Ich teilte Adam per E-Mail die Woche mit, in der ich in der Stadt sein würde. Als er mir mehrere Tage lang nicht antwortete, drehte ich durch.

Normalerweise sehe ich es eher locker, wenn Typen etwas länger brauchen, um mir zu antworten, weil ich das selbst oft tue. Umso irritierender war meine Krise. Ich musste mich zwingen, mich hinzusetzen und zu beruhigen. Ich überlegte, die ganze Sache zu beenden, aber kam zu dem Schluss, dass das völlig unangemessen war. *Oder etwa nicht?* Ich erinnerte mich daran, wie ich bereits an Halloween ausgeflippt war. Was passierte gerade? Fühlte ich mich so verletzlich und ängstlich, weil ich diesen

Mann wirklich mochte? Oder war diese gesamte Geschichte eine *schreckliche* Idee?

Es war an der Zeit, die schweren Geschütze aufzufahren. Es war Zeit für eine abendliche Konferenz mit meiner besten Freundin.

Ein stabiles soziales Netzwerk ist unfassbar hilfreich, wenn man gute Beziehungen führen will. Die meisten Missbrauchstäter machen es zu einer ihrer Hauptprioritäten, das soziale Umfeld ihrer Partner systematisch zu zerstören. Das liegt daran, dass unsere Freunde und Familienmitglieder sich um uns sorgen, uns unterstützen und uns gegebenenfalls die Augen öffnen. Frauen haben tendenziell ein stärkeres soziales Netz als Männer, wenn es darum geht, über Beziehungen und Gefühle zu sprechen. Natürlich haben Männer auch Gefühle, aber dem Vorurteil nach sind Frauen »emotionaler« (oder wenn man es negativ ausdrücken will, »hysterischer« oder »unlogischer«). FeministInnen diskutieren häufig darüber, dass Frauen in heteronormativen Beziehungen unterschwellig »emotionale Arbeit« im Auftrag des Partners auf sich nehmen sollen. Genauso wie ihnen die Verantwortung bei der emotionalen Eskalation zugeschoben wird. Der positive Aspekt ist jedoch, dass die meisten Frauen sozial unterstützt werden, ihre Gefühle zu zeigen und zu besprechen. Den meisten Männern ist das nicht möglich. Dieses Problem war für die Generation meiner Eltern schlimmer als für meine. Heute sind Geschlechterrollen flexibler und auch Männer lernen, ihre eigenen emotionalen Unterstützungsnetzwerke zu kreieren. Wie zum Beispiel die PUA-Community.

Mein eigenes soziales Auffangnetz ist fabelhaft. Ich kann mich total glücklich schätzen, dass ich so tolle Freunde mit so differenzierten Standpunkten habe. Meine engste Freundin ist Shannon. Sie analysiert soziale Dynamiken auf strategische Art und Weise und hat hohe moralische Ansprüche. Sie sieht sowohl die Vor- als auch Nachteile der PUA-Taktiken. Außerdem macht sie *unglaublich leckere* vegane Desserts.

Shannon hat einen Universaltest, den sie den »Handbremsentest« nennt. Sie hat ihn erfunden, als sie und ihr Ehemann auf einem der sehr steilen Hügel in San Francisco parkten. Als ihr Mann fragte, ob er die Handbremse anziehen sollte, sagte sie: »Stell dir vor, das Auto rollt den Hügel runter und verursacht einen Unfall und du musst später erklären, warum du in *San Francisco* die Handbremse nicht angezogen hattest. Du wirst dir wie ein Idiot vorkommen.« Das ist der Handbremsentest: Wenn du dir später wie ein Idiot vorkommst, weil du keine Vorsichtsmaßnahmen getroffen hast, dann solltest du verdammt noch mal *jetzt* diese Vorsichtsmaßnahmen treffen.

In Beziehungen bedeuten Vorsichtsmaßnahmen manchmal »sich trennen«.

»Also, ich flippe gerade wegen diesem Typen aus«, erzählte ich Shannon, während sie uns Wein einschenkte. Sie war gerade dabei, Cupcakes zu backen.

»Wie sehr denn?«, fragte Shannon.

Ich nahm einen großen Schluck Wein. »Neulich habe ich ihm eine SMS geschickt und er hat mir eine Weile nicht geantwortet. Ich war deswegen völlig durch den Wind und konnte mich auf nichts anderes konzentrieren. Dann stellte ich mir vor, wie es wäre, ihn wiederzusehen.« Ich blickte auf mein Weinglas und vermied Augenkontakt. »Ich wäre natürlich absolut umwerfend und charmant. Und dann würde ich ihn links liegen lassen und nicht mehr auf seine Nachrichten und Anrufe reagieren.«

Solche Peinlichkeiten kann ich erst nach einem Glas Wein zugeben.

Shannon dachte einen Moment lang darüber nach und fragte: »Warum würdest du das tun?«

Die Antwort fiel mir schwer. »Wenn ich es richtig anstelle, würde ihn das verwirren. Und wenn ich es *perfekt* mache, dann wäre er besessen von mir. Und wenn ich mich überlegen fühle, tut es vielleicht weniger weh, ihn loszulassen.«

Interessanterweise kam mir der Begriff »Freeze-Out« in diesem Moment gar nicht in den Sinn.

Shannon lachte und packte mich bei der Schulter. »Nein, nein, nein, nein, nein, *nein*. Das ist nicht das, was du willst! Du hast gesagt, dass ihr nichts definiert, aber es klingt eindeutig nach einer sekundären Beziehung, keiner primären. Habt ihr darüber überhaupt schon geredet?«

»Ja, irgendwie schon«, sagte ich und zeigte ihr ein paar E-Mails. »Außerdem ist er nach unserem zweiten Date ausgeflippt und hat alles beendet. Dann hat er sich entschuldigt und behauptet, er würde so etwas normalerweise nicht machen.«

»Also gut, pass auf«, sagte Shannon, während wir den Cupcake-Guss probierten. »Es hört sich so an, als hättet ihr eine Menge Spaß miteinander. Und er bezahlt immer bei euren Verabredungen, oder?«

»Ja«, bestätigte ich, »aber ich lasse ihn das nur bezahlen, weil er viel mehr Geld verdient als ich.«

»Wie auch immer«, sagte Shannon. »Er bezahlt. Wenn du mal kurz deine postmodernen feministischen Befindlichkeiten beiseite lässt, wird dir auffallen, dass das etwas zu bedeuten hat. Aus seinen E-Mails kann ich nicht erkennen, ob er starke Gefühle hat … wahrscheinlich weil *du* so reserviert bist. Du hast ihm gesagt, dass es für dich keine primäre Beziehung ist. Selbst wenn du sagst, dass du verletzlich bist, klingst du kühl. Vielleicht dreht er selbst gerade etwas durch. Oder auch nicht. Das kannst du nicht wissen. Wirklich wichtig ist die Information, dass du dich nicht auf ihn verlassen kannst. Obwohl er sich selbst *damit* vage ausdrückt.

Er sagt zum Beispiel, dass er ›sich vor Komplikationen scheut‹, aber was bedeutet das? Was sind Komplikationen? Aber du bist auch nicht viel deutlicher. Ihr habt gar keine Verhaltensregeln für eure Beziehung festgelegt. Das hättest du besser machen können.«

Ich konnte nicht anders, als zu lachen. »Vielleicht hast du recht«, sagte ich. »Was denkst du? Ist das eine Handbremsensituation? Welche Vorsichtsmaßnahmen sollte ich treffen?«

»Ich glaub nicht, dass du dir Sorgen machen musst«, antwortete sie. »Solange du dir sicher bist, dass du keine primäre Beziehung mit ihm möchtest. Und du bist dir da sicher, oder? Du hoffst nicht insgeheim, dass er irgendwann feststellt, dass er eigentlich eine primäre Beziehung mit dir will ... obwohl er ganz deutlich gesagt hat, dass er das *nicht* tut. Oder?«

»Shannon. Sehe ich so aus, als ob ich *siebzehn* wäre?«

»Leute sind in jedem Alter bescheuert.« Sie dachte einen Moment lang nach. »Okay, falls das nicht der Fall ist, solltest du herausfinden, was du brauchst, um dich sicherer zu fühlen. Und dann solltest du ernsthaft mit ihm reden, wenn ihr euch wiederseht.«

»Ich weiß nicht, was ich brauche. Und durch die ganze PUA-Recherche habe ich viel über indirekte Kommunikation nachgedacht«, sagte ich. »PUAs bringen Beziehungen gern durch unausgesprochene Signale zur Eskalation. Und ehrlich gesagt bin ich mir nicht sicher, wie viel Energie ich für Beziehungsgespräche habe. Ich weiß, ich predige immer superdirekte Kommunikation, aber manchmal ist es mir einfach zu viel. Meinst du, dass es möglich wäre, es indirekt auszudrücken?«

Shannon schaute mich mit einem Blick an, der sagte: *Ich kann nicht glauben, dass ich das gerade von* dir *höre.* »Du kannst kein explizites Gespräch über deine Beziehung führen?« Sie tat, als würde sie an einem Hebel ziehen. »Handbremse«, sagte sie.

Vielleicht wollte ich sie in Wirklichkeit fragen: »Shannon, wie kann ich diese Beziehung zur Eskalation bringen, ohne dass die strategische Mehrdeutigkeit dabei flöten geht?« Aber für diese Frage fehlte mir noch das passende Vokabular. Und sie hatte mir sowieso klargemacht, dass die Kommunikation bereits viel zu mehrdeutig und nicht strategisch genug war. Und sie hatte recht.

• • •

Kurze Zeit später kehrte ich nach San Francisco zurück. Am ersten Tag traf ich mich mit Freunden und lief durch meine Lieblingsstadt. Am Nachmittag des zweiten Tages traf ich mich mit Adam, gleichermaßen aufgeregt und unruhig.

Adam freute sich, mich zu sehen. Und in dieser Nacht ging er mit mir beim SM extrem weit. Zu weit? Ich bin mir bis heute nicht sicher.

Adam benutzte selten irgendwelche Hilfsmittel, um mir wehzutun, sondern hauptsächlich Worte. Männer haben mich schon zum Bluten gebracht und mich weniger verletzt. Aber um eines klarzustellen: Ich habe Adam nie gesagt, dass er aufhören soll. Ich habe auch nie mein Safeword eingesetzt. Ich mochte seinen siebten Sinn für Worte, die mich in Stücke reißen können. Aber dieses Mal verletzte er mich *wirklich*. Teilweise durch das, was er sagte, und teilweise dadurch, dass ich emotional bereits so involviert war.

Manchmal passiert es, dass ein Partner eine Grenze überschreitet. Das kann durch Fehlinterpretation von Signalen, Achtlosigkeit oder Ungewissheit geschehen. Beim SM kann das sehr dramatisch sein … aber manchmal hat keiner Schuld daran. Die geistigen und emotionalen Blockaden, auf die wir stoßen, nennen wir Tretminen. Adam hat meine Tretmine nicht absichtlich detoniert. Also bleibt nur die Frage: Wie geht man hinterher mit so einer Situation um?

Als wir fertig waren, war mir übel. Meine bereits vorhandene Unsicherheit in Bezug auf Adam hatte sich ins Unermessliche gesteigert und ich wollte einfach nur weglaufen. Ich war still und zog mich in meinen Kopf zurück, um zu versuchen, meine Gefühle zu ordnen. Es war offensichtlich, dass mit mir etwas nicht stimmte, und Adam war sichtbar besorgt. Er fragte, ob ich darüber reden wollte, aber ich bat ihn um mehr Zeit zum Nachdenken. Die nächste halbe Stunde lang redeten wir über andere Dinge. Seine Besorgnis war die ganze Zeit spürbar.

Als ich schließlich tief einatmete und »okay« sagte, war Adam sofort präsent.

»Okay?«, fragte er.

Ich legte meinen Kopf an seine Brust. »Kannst du mich ansehen?«, fragte er und versuchte, mein Kinn zu heben. Ich ließ es nicht zu. »Okay«, sagte er und lachte leise, um zu zeigen, dass es wirklich okay war. Dann nahm er mich in den Arm. »Bist du so weit, darüber zu reden?«

Während der Aftercare achte ich stark auf Anzeichen für Missbrauch. Es gibt eine Reihe von Taktiken[1], die Missbrauchstäter häufig anwenden. Sie reden den Schmerz ihrer Opfer klein; sie bestreiten, dass sie Schmerz verursacht haben, und sie geben dem Opfer die Schuld an dem, was passiert ist. Wenn ich nur den geringsten Verdacht hätte, dass mein SM-Partner so etwas tut, würde ich die Beziehung sofort beenden.

Ich kann mich an keinen einzigen Moment erinnern, in dem Adam so etwas gesagt oder getan hätte. Keinen. Letztendlich wurde es dadurch wieder okay: Ich sah, dass er wirklich *ehrlich* betroffen war. Meine Verwirrung verletzte ihn ebenfalls und er wollte genauso darüber reden wie ich.

Ich übertreibe nicht, wenn ich sage, wie unglaublich gut und heilend Aftercare sein kann. Am nächsten Morgen war ich zwar immer noch angespannt und hatte das Gefühl, dass vieles zwischen uns ungesagt war, aber ich wollte nicht mehr wegrennen. Außerdem war ich von meiner Anziehung zu Adam überwältigt. Ich wusste, dass ich ihn nicht mehr aus meinem Kopf kriegen würde.

Nicht, dass ich das wollte.

Und dennoch. Adam und ich hatten immer noch kein klares Gespräch über unsere Beziehung geführt, so wie Shannon es vorgeschlagen hatte. Wir redeten nur über SM, aber nicht über das große Ganze. Etwas in mir sperrte sich dagegen.

Ein Teil des Problems waren meine Unsicherheit und meine Angst vor seiner Reaktion. Ein anderer Teil war meine Verwirrung. Ich wusste selbst nicht, was ich von der Beziehung wollte. Aber ... vielleicht mochte ich es einfach nur, mein Game der emotionalen Eskalation zu spielen. Vielleicht ging es mir weniger um emotionale Sicherheit als um emotionale Verführung. Die strategische Mehrdeutigkeit war unwiderstehlich und jedes neue Signal von Adam, das auf eine Eskalation hindeutete, fühlte sich wie ein kleiner Sieg an. Meine Liebe für das Game wuchs.

• • •

Es gibt ein paar Frauen unter den PUAs. Im nächsten Kapitel werde ich ausführlicher auf sie eingehen. Doch an dieser Stelle möchte ich den weiblichen PUA zitieren, den ich am besten finde. Sie nennt sich Hitori und ist ausgesprochen intelligent, auch wenn ich nicht immer einer Meinung mit ihr bin. In ihrem »Playette FAQ« (»Häufig gestellte Fragen für weibliche PUAs«) rät sie Frauen, die eine Beziehung wollen, nicht mit dem Mann zu schlafen, bis er den »emotionalen Hookpoint« (»Angelhaken-Punkt«) erreicht hat. Männliche PUAs definieren den »Hookpoint« als den Augenblick, in dem ein Target »angebissen« hat und sich wirklich ernsthaft zu ihnen hingezogen fühlt.

Hitori schreibt:

Ein emotionaler Hookpoint ist die intensive emotionale Anziehung, die angeblich für Frauen notwendig ist, um spontan mit einem Typen vögeln zu wollen. Männer fühlen das auch – aber sie brauchen es (normalerweise) nicht für Sex. Beim emotionalen Hookpoint möchte man Zeit mit der anderen Person verbringen und sucht nach Bestätigung und Respekt. Selbst wenn die andere Person ein/e Aufreißer/in ist. *[...] Um diesen emotionalen Hookpoint zu erreichen, solltest du Sex nicht ausdrücklich ablehnen, sondern unterschwellig die Kontrolle behalten, sodass die sexuelle Spannung gleichzeitig mit der emotionalen Anziehung wächst. Wenn das nicht natürlich passiert, musst du dich entscheiden: Die ganze Geschichte sausen lassen oder riskieren, dass du diesen Hookpoint niemals erreichst. Allerdings gibt es so oder so keine Garantie. Manche Kerle erreichen den Hookpoint auch nach dem Sex. Bei anderen passiert es nie, egal was man versucht. In beiden Fällen ist Lässigkeit der Schlüssel.*

Im Vorwort zu ihrem ganzen FAQ schreibt Hitori:

Vorweg gesagt: Jeder Typ, auf den du dich einlässt, wird entweder offen für eine Beziehung sein oder nicht. Du kannst es nicht kontrollieren. *Das Game hat eine Auswirkung darauf, wie jemand emotional auf dich reagiert, aber nicht auf seine Ziele/Werte/Persönlichkeit.*

Nachdem das geklärt wäre: Du kannst einen Kerl dazu bringen, eine Beziehung mit dir einzugehen, indem du:

1) Einen Kerl findest, der zumindest beschränkt offen für die Art von Beziehung ist, die du suchst und dann

2) das richtige Game anwendest.[2]

Ich finde diese Ratschläge aus unterschiedlichen Gründen nicht besonders gut, aber sie werfen die Frage auf, woran man diesen emotionalen Hookpoint erkennen kann. Ich habe Hitori dazu eine E-Mail geschrieben und sie antwortete: »Das hängt sehr stark mit Bauchgefühl zusammen – Intuition, Körpersprache, Verhaltensmuster. Ich kann das leider nicht gut beschreiben, sonst hätte ich das in dem Beitrag getan.« Na gut.

Obwohl sie sehr vage ist, denke ich, dass ich weiß, was sie damit meint. Ich habe auch keine bessere Beschreibung. Wenn das Target viel gemeinsame Zeit im nicht-sexuellen Kontext verbringen will oder man den Freunden des Targets vorgestellt wird, ist das ein relativ eindeutiges Zeichen für einen emotionalen Hookpoint. Wenn das Target sich an Dinge erinnert, die man beiläufig erwähnt hat, ist das ein klarer emotionaler IOI.

Obwohl ich es vermeide, Beziehungen am Prinzip der Handelsware zu beschreiben, sind solche Metaphern relativ nützlich in Bezug auf emotionale IOIs. Einige emotionale IOIs sind wertvoller und bedeutungsvoller, weil sie konstant und schwer vorzutäuschen sind. Kosten und Qualität emotionaler IOIs sind messbar. Wenn sich eine Person beispielsweise wochenlang nach dem perfekten Geschenk für ihren Partner bemüht, ist das ein wertvollerer IOI, als wenn sie einfach das nächstbeste aus dem Regal fischen würde. Wenn das Geschenk viel kostet, ist der IOI wertvoll ... außer natürlich, die Person ist stinkreich. Kosenamen in der Öffentlichkeit oder in Gegenwart von Freunden zu verwenden, ist ein wertvoller IOI, weil die Person im Falle einer Täuschung auch ihren eigenen Ruf riskiert.

Trotzdem ist keiner dieser emotionalen IOIs eine Garantie dafür, dass eine Person den emotionalen Hookpoint erreicht hat. Die Person könnte sogar permanent Gefühle vortäuschen (mitunter sogar unbewusst). Das ist die stetige Gefahr des Games. Viele PUAs sagen, dass Flirten auf unbewusster Ebene stattfindet, und ich denke, das trifft auch auf die emotionale Eskalation zu. Trotzdem ist die verlässlichste Strategie auf der Suche nach dem emotionalen Hookpoint, die Augen nach solchen wertvollen emotionalen IOIs offen zu halten.

Viele Männer beschweren sich über die berühmt-berüchtigte »Friend Zone« (»Freundeszone«). Manche bezeichnen die Friend Zone als eine Freundschaft, in der eine Person mit der anderen schlafen will, die andere aber »nur Freunde sein« will und niemals etwas zwischen den beiden laufen wird. Das ist kompletter Schwachsinn. Ich wurde schon von einigen Freunden verführt, nachdem wir jahrelang »nur« befreundet gewesen waren. Tatsächlich sagen viele Leute (nicht nur Frauen), dass es das Beste ist, mit jemandem zusammenzukommen, mit dem man ursprünglich nur befreundet war. Es gibt sogar einige PUA-Coaches, die mir da zustimmen würden.

Ich denke, dass die Friend Zone gut für jemanden funktionieren kann, der eine tiefere emotionale Beziehung will und Angst hat, »gefickt und weitergeschickt« zu werden. Wenn man schon lange mit jemandem befreundet ist, dann braucht man sich nicht um den Wert der emotionalen IOIs sorgen. Die schlichte *Tatsache*, dass jemand ein guter Freund ist, ist ein enormer emotionaler IOI. Das ist allerdings eine riskante romantische Strategie. Wenn man mit einer (monogamen) Person in der Friend Zone festhängt, kann einem schnell jemand anders zuvorkommen. Andererseits ist das Schöne an der Friend Zone, dass es gar keine Strategie sein *muss*. Ich bin mir ziemlich sicher, dass die meisten Menschen niemanden absichtlich in der Friend Zone halten, sondern einfach gern Freunde haben und nicht ausdrücklich planen, ob sie irgendwann was mit ihnen anfangen wollen oder nicht.

Mit Sicherheit gibt es grausame, manipulative Menschen, die Leute in der Friend Zone festhalten, indem sie vorgetäuschte IOIs anwenden (Männer sowohl als Frauen). Ich bin mir allerdings sicher, dass das nicht passieren könnte, wenn die »Opfer«

besser auf sich aufpassen würden und den Mut hätten, die Initiative zu ergreifen. Denn mit einer klaren Ansage wäre das ganze Spiel nicht machbar. Dafür braucht man allerdings ein Maß an Outcome Independence, das die meisten Leute nicht haben.

Ein Konzept, das der Friend Zone verdammt ähnlich ist, aber häufiger von Frauen erlebt wird, ist die »Fuckbuddy Zone« (»Fickfreundeszone«). Für manche Leute ist es völlig in Ordnung, einfach »nur« regelmäßig Sex zu haben, ohne eine Beziehung einzugehen. Doch manchen Leuten kann es passieren, dass sie sich in der Fuckbuddy Zone gefangen fühlen, obwohl sie eigentlich eine Beziehung wollen ... Ähnlich geht es anderen Leuten, die das Gefühl haben, in der Friend Zone zu hängen, obwohl sie eigentlich eine sexuelle Beziehung wollen.

Ich habe ein Problem damit, wenn PUAs die Sehnsucht ihres Targets nach einer stärkeren emotionalen Bindung ausnutzen, aber sich gleichzeitig *weigern*, diese Bindung mit ihr einzugehen. Es ist in Ordnung, keine Beziehung zu wollen, aber wenn das so ist, muss man es der anderen Person klar und deutlich *vermitteln*. Noch schlimmer ist ein PUA, der seinem Target sagt, er hätte kein Interesse an einer stärkeren emotionalen Beziehung, aber die Signale für einen emotionalen Hookpoint *vortäuscht*. Er weiß, dass es völlig egal ist, was er sagt, weil sie hauptsächlich seine *unausgesprochenen* Signale beobachtet. Am Ende tut er überrascht, wenn sie verletzt ist. Diese Vorgehensweise ist logischerweise unter den Darth-Vader-PUAs am stärksten ausgeprägt. Eins meiner Lieblingsbeispiele dafür stammt aus einer PUA-Forumsdiskussion. Der Verfasser des Posts fragt, wie er mit einem Mädchen umgehen soll, das sauer auf ihn ist, weil er ausschließlich sexuelles Interesse an ihr hat. Sie stellt ihm Fragen wie: »Was willst du wirklich von mir?« Der PUA erwägt, ob es sich bei diesen Fragen um Shit Tests handelt. Andere PUAs erkennen, dass das Mädchen nach emotionalen IOIs sucht, und raten:

Setz diesen Gesichtsausdruck auf und komm ihr näher. Und dann sag so etwas wie: »Ich habe noch nie jemanden wie dich getroffen.«[3]

Alle Menschen mit ausgefeilten sozialen Umgangsformen täuschen gelegentlich emotionale Reaktionen vor. Ich tue andauernd so, als ob ich jemandem zuhöre, obwohl ich eigentlich über etwas anderes nachdenke. Und wie die meisten anderen Menschen habe auch ich schon romantisches Interesse vorgetäuscht. Macht sich nicht jeder manchmal Gedanken darüber, wie man Gefühle am strategisch sinnvollsten ausdrücken kann, auch *echte* Gefühle? Zu versuchen, echte IOIs so effektiv wie möglich auszudrücken, ist völlig in Ordnung. Das Wichtigste ist, dabei so ehrlich und offen wie möglich zu bleiben.

Meiner Meinung nach gibt es drei potenzielle Schritte zur Lösung, wenn man sich in der Friend Zone oder der Fuckbuddy Zone wiederfindet:

Clarisse Thorns Lösung Schritt eins: Du versuchst, dich damit abzufinden.

Clarisse Thorns Lösung Schritt zwei: *Falls* du dachtest, du hättest dich mit dieser Situation abgefunden (»Dieser Typ ist so sexy und beschert mir fünfhundert Orgasmen pro Nacht, ruft mich aber nie an – aber damit kann ich umgehen« oder »Dieses Mädchen ist so sexy und wir verstehen uns so gut, aber sie steht nicht auf mich – aber damit kann ich umgehen«)

... *aber* du feststellen musst, dass das überhaupt nicht okay ist (»Oh Scheiße, ich habe anscheinend gerade eine Heulattacke im Bad, weil ich festgestellt habe, dass der Fünfhundert-Orgasmen-Mann eine andere hat« oder »Oh Scheiße, ich habe anscheinend gerade eine Heulattacke im Bad, weil ich gesehen habe, wie das Wir-verstehen-uns-super-Mädchen ihren Freund küsst«)

... *dann* solltest du dir vielleicht eine Strategie überlegen, wie du da wieder rauskommst.

Clarisse Thorns Lösung Schritt drei: Wenn du Sex haben willst, übe dich in der Kunst der sexuellen Eskalation. Wenn du emotionale Verbindungen suchst, übe dich in der emotionalen Eskalation. Aber um das zu erreichen, musst du Leute finden, die das Gleiche wollen wie du.

Geheimtipp: Halte keine Leute hin, die dir nicht wirklich wichtig sind.

• • •

Das nächste Treffen zwischen Adam und mir war erst für die nächste Woche geplant, doch das fühlte sich nach der schwierigen SM-Begegnung viel zu lang an. Als der Macker vorschlug, in ein Café in Adams Nachbarschaft zu gehen, packte ich die Gelegenheit beim Schopf und lud Adam ein, mitzukommen. Ich wartete voller Anspannung auf seine Antwort. Als er zusagte, fielen mir zentnerschwere Steine vom Herzen.

Adam und ich hatten uns vorher nur zu zweit getroffen. *Emotionaler IOI,* dachte ich. Wir unterhielten uns über Arbeit, Aktivismus und Belanglosigkeiten. Ich fühlte mich ein wenig komisch. Ich verhielt mich warm und freundlich, aber nicht besonders liebevoll. Als Adam ein paar Stunden später wieder ging, drehte er sich an der Tür noch einmal um und sah mich lange an. Es war ein verletzlicher Blick ... als ob er etwas sagen wollte, aber nicht die richtigen Worte fand. Ich habe selbst Männer schon so angesehen, aber ich wusste nicht, wie ich reagieren sollte. Also tat ich so, als hätte ich es nicht bemerkt, und er ging. *Riesiger emotionaler IOI,* dachte ich.

»Wie ist das gelaufen?«, fragte ich den Macker.

»Gut«, sagte der Macker. »Aber du hast ihn gar nicht angefasst oder sonst irgendwie gezeigt, dass du ihn magst. Das war etwas seltsam ... Aber wahrscheinlich ist das normal bei so einer Bettgeschichte.«

»Ja ... Du weißt, dass ich nicht so darauf stehe, in der Öffentlichkeit aneinanderzukleben«, sagte ich. »Außerdem haben wir darüber geredet und er hat gesagt, dass *er* das auch nicht mag.«

»Ich weiß nicht, ob das immer noch der Fall ist«, sagte der Macker. »Hast du gesehen, wie er dich beim Rausgehen angeguckt hat?«

Ich grinste. »Ja, das war ja nicht zu übersehen ... Ich war echt kühl, oder? Zwischen Adam und mir ist eine Menge offen. Wir hatten vor Kurzem eine wirklich komplizierte Nacht. Shannon hat vorgeschlagen, dass wir ein richtiges Beziehungsgespräch führen sollten. Was denkst du?«

»Möchtest du denn, dass sich irgendetwas verändert?«

»Nein ...«, sagte ich. »Also, nicht konkret. Ich möchte nur mit ihm über alles reden.«

Der Macker schüttelte den Kopf. »Wenn du nicht willst, dass sich was ändert, solltest du es nicht aufrühren«, sagte er sehr bestimmt.

Oh Macker, dachte ich. *Du bist so ein Macker.*

Doch später am Abend rührte ich es auf. Mein Puls raste, während ich eine sorgfältig formulierte E-Mail an Adam schrieb. Ich versuchte, ihm gleichzeitig emotionale IOIs zu geben und dabei Outcome Independence zu wahren. Die Nachricht beinhaltete auch den Satz »Ich bin verwirrt«. Es war wahrscheinlich das erste Mal, dass ich ihm das direkt mitteilte.

Bei strategischer Mehrdeutigkeit kann die Aussage, dass man von dem anderen *verunsichert* ist, ein deutlicher Indicator of Interest sein.

Ich schrieb ihm auch:

Ich habe das Gefühl, dass zwischen uns viel Unausgesprochenes ist, obwohl ich nicht genau weiß, was. Ich versuche,

Abstand zu halten, aber es wird immer schwieriger. Möchtest du bei unserer Verabredung diese Woche bleiben oder kannst du auch schon früher? Beides wäre okay, auch wenn ich dich gern früher sehen würde.

Adam antwortete schnell. »Früher treffen klingt ... wirklich gut«, schrieb er. »Ruf mich an.« Wir einigten uns darauf, die Aussprache am nächsten Tag an einem neutralen Ort zu halten. Wir entschieden uns für den Golden Gate Park.

• • •

Meiner Erfahrung nach ist echte Verletzbarkeit die beste und effektivste Taktik zur emotionalen Eskalation. Aber sie muss echt, ungezwungen und frei von Schuldzuweisung sein. Für Verführung sind Schuldgefühle tödlich. Wenn man seine eigene Verletzlichkeit als Waffe einsetzen will, sollte man furchtlos sein, denn es ist so gut wie garantiert, dass man verletzt *wird*. Es hilft auch, mit Worten gewandt zu sein. Mit Furchtlosigkeit und Eloquenz kann eine starke, aber verletzliche Person so gut wie jeden für sich gewinnen.

Einige PUAs bauen das in ihre Verführungsstrategien ein und nennen es »Vulnerability Game« (»Verletzlichkeitsgame«). Ich meine etwas Ähnliches, nur dass die Verletzlichkeit wirklich real sein sollte. Einige PUAs nennen es auch das »Honesty Game« (»Ehrlichkeitsgame«) oder »Girl Game« (»Mädchengame«), also das Game, das intelligente Frauen (bewusst oder unbewusst) spielen.

Mein Herz aufs Spiel zu setzen, hat für mich schon oft *ausgezeichnet* funktioniert. Die daraus entstehenden Beziehungen können einen regelrecht umhauen. Aber meine Verletzlichkeit zur Waffe zu machen, hat mir in der Vergangenheit auch schon wehgetan. Ich bin nicht immer stark genug, es richtig zu machen.

• • •

Es war ein wunderschöner Tag. Es gibt immer gutes Wetter, wenn ich in San Francisco bin. Ich trug meine Lieblingsjeans und ein Trägerhemd. Ich wollte gut aussehen, aber nicht übertrieben gestylt. Diese Entscheidung traf ich zwar instinktiv, doch rückblickend war es der erster Schritt in meiner Mehrdeutigkeitsstrategie.

Adam und ich trafen uns am Eingang des Parks. Zur Begrüßung strich er mit seinen Fingern leicht über meinen Arm und legte dann seine Hand auf meinen Rücken.

Aha, dachte ich, *kleine Berührungen in der Öffentlichkeit? Ich werde darauf erst mal nicht eingehen, Adam.* Ich lächelte ihn nur an. Auch das tat ich instinktiv ... aber wenn ich daran zurückdenke, war es der zweite Schritt.

Eine ausgezeichnete Strategie zur emotionalen Eskalation ist, das Selbstwertgefühl des Targets zu steigern. Die größte taktische Herausforderung ist hierbei die Technik. Nicht alle Menschen glauben an Komplimente. Dann können versteckte Komplimente – und Negs – helfen, weil sie ehrlicher rüberkommen. Aber leider reagieren manche Targets darauf ernsthaft verletzt.

Unser anfänglicher Small Talk war angenehm. Adam erzählte, dass ein Freund versucht hatte, ihn auf ein Blind Date zu schicken – an dem Abend, an dem er eigentlich mit mir verabredet war. »Mein Freund empfahl mir, abzusagen, weil die Frau total süß sei, aber ich musste ihn enttäuschen: ›Mann, du verstehst nicht, ich werde dieses Rendezvous *auf keinen Fall* absagen.‹«

Ich bin unabsagbar, dachte ich. *Ist das ein emotionaler IOI?* Ich verbuchte es unter »wahrscheinlich«.

Das wirkliche Gespräch begann, als wir anfingen, über unsere letzte SM-Begegnung zu reden. »Entschuldigung«, sagte er. »Es tut mir wirklich leid. Ich möchte dir das nie wieder antun.«

»Es ist okay«, sagte ich. »Das kann passieren. Sei bitte einfach vorsichtig. Aber ...« Ich suchte nach den passenden Worten.

Es ist sehr schwer, über so was zu reden, besonders mit jemandem, der nicht an SM-Kommunikation gewöhnt ist. Wenn etwas schiefgeht, fühlen sich beide Seiten oft betrogen. Die unterwürfige Person denkt möglicherweise: *Vielleicht habe ich dir nicht konkret genug vermittelt, was du nicht tun solltest. Aber manchmal ist es einfach zu viel und manchmal weiß ich es vorher gar nicht. Okay, ich habe mich selbst zu hart vorangetrieben, aber das nur deswegen, weil ich so auf dich stehe. Und ich dachte sowieso, du könntest mich durchschauen. Ich dachte, du wüsstest es. Du hast mich vorher so gut gelesen. Warum diesmal nicht?*

Wohingegen der dominante Partner denken könnte: *Vielleicht bin ich zu weit gegangen, aber ich dachte, ich könnte darauf vertrauen, dass du mich aufhältst. Ich wollte dir keinen Schaden zufügen. Es ist nicht fair, dass ich mich jetzt so fühle, als hätte ich es verbockt, weil du es auch verbockt hast. Ich dachte, du könntest auf dich aufpassen. Du hast vorher perfekt mit mir kommuniziert. Warum diesmal nicht?*

Ich versuchte, Adam all das zu erklären.

»Du bist viel besser darin als ich«, sagte er.

»Ich habe einfach mehr Erfahrung«, korrigierte ich ihn. »Aber ich lerne auch noch. Du hast keine Ahnung, wie toll deine Instinkte sind. Du bist *wunderbar*. Ich weiß, du denkst, dass ich alles auf der Reihe habe ... aber für mich ist das hier auch ganz schön viel.«

»Ich möchte, dass du mir klare Ansagen machst«, sagte er. »Ich verstehe, dass du letztes Mal überrumpelt warst, aber ... ich muss einfach wirklich wissen, was ich tun kann und was nicht.« Unsicherheit verlieh seinem Ton Schärfe.

»Ich werde versuchen, es besser zu machen«, sagte ich. »Das werden wir hoffentlich beide. Aber ich meine ... das ist etwas, das ich wirklich an dir mag, Adam. Ich liebe deine Sensibilität und deine Fürsorge, aber ich liebe auch die Tatsache, dass du mich herausforderst. Ich möchte das nicht kaputt machen.«

Das Gespräch war schwierig. Ich versuchte, ihm meine Gefühle zu zeigen und gleichzeitig die strategische Mehrdeutigkeit aufrechtzuerhalten, aber ihn nicht dabei zu verängstigen. *Und* ich versuchte dabei zu erklären, was ich wirklich wollte. Ein schwieriger Balanceakt.

Trotzdem war ich froh, hier im Sonnenschein im Park zu spazieren und einfach nur mit Adam zusammen zu sein. Ein Blick von ihm und ich fühlte mich völlig überhitzt, obwohl ich mir sicher bin, dass ich nicht im Geringsten errötete. In der Sozialpsychologie gibt es ein Phänomen namens »Illusion der Transparenz«. Das bedeutet, dass wir meistens annehmen, dass eine andere Person uns viel besser durchschaut, als sie es eigentlich tut. Und das wird in einer intimen Beziehung noch verstärkt.

Irgendwann standen wir vor einem Baum und sahen uns an. Adam zog mich zu sich heran, umarmte mich aber nicht. Wir redeten inzwischen nicht mehr über SM und das Gespräch hatte an Intensität verloren. Ich sagte irgendetwas Unwichtiges. *Hör nicht auf zu reden*, sagte ich zu mir selbst. Ich redete auch dann noch weiter, als seine Berührung die Hitze durch meinen Körper schießen ließ. Ich weiß nicht, warum ich nicht mitten im Satz aufhörte. Ich schätze, dass ich intuitiv wusste, dass das zum Spiel gehörte. Strategische Mehrdeutigkeit: Schritt drei.

Meine Stimme zitterte. Adam sagte gar nichts. Ich sah ihn an und sein Blick spiegelte mein eigenes Verlangen wider. Ich fühlte mich so durchsichtig wie Glas.

»Das ist der Grund, warum ich dich im Park treffen wollte«, sagte ich leise. »Wir hätten überhaupt nicht geredet, wenn wir uns bei dir getroffen hätten.«

Adam grinste. »Na ja, wahrscheinlich nicht *so viel*.«

Hätte er seine Arme um mich gelegt, hätten wir garantiert hemmungslos miteinander rumgemacht. Ich war über den Punkt hinaus, an dem mir Zuneigungsbekundung in der Öffentlichkeit irgendetwas ausmachte. Außerdem waren wir in San Francisco. Passanten hätten uns wahrscheinlich angefeuert.

Aber Adam hielt mich lächelnd auf Abstand, also genoss ich stattdessen den Moment. Die Spannung und das innere Brennen. Die Art, wie meine Haut sich anfühlte; empfindlich, hauchdünn wie Blütenblätter.

Vielleicht ist es lächerlich, die Theorie der emotionalen Eskalation vom Sex zu trennen. Manchmal, wenn ich mich emotional mit einem Mann verbunden fühle, brauche ich nichts zu tun, als mit ihm durch den Park zu laufen, und benötige hinterher eine kalte Dusche.

Nach einer gefühlten Ewigkeit gingen wir weiter. Wir plauderten, bis wir an einem Karussell ankamen. Er sagte, dass er mit seinen Freunden über mich gesprochen hatte. Wenn ich immer noch nach emotionalen IOIs gesucht hätte, wäre ich hocherfreut gewesen, aber über den Punkt war ich hinaus. »Ich habe mit einer Freundin über dich geredet«, sagte Adam, »und sie sagte, das zwischen uns würde sich nach ›Sexfreunden‹ anhören.«

Etwas in seinem Tonfall deutete darauf hin, dass er ihre Einschätzung unvollständig fand.

»Ja«, sagte ich. »Der Macker nannte es eine ›Bettgeschichte‹.«

Wir standen Seite an Seite. Adam kam näher, sodass unsere Körper sich komplett berührten. Aber er sah mich nicht an, sondern hielt seinen Blick auf das Karussell gerichtet. »Na ja«, sagte er langsam. »Von mir aus können sie das glauben. Sexfreunde. Bettgeschichte.« Er lächelte, sah mich aber immer noch nicht an. »Wir wissen doch beide, dass es mehr ist als das.«

Er sieht mich nicht an, weil er sich genauso verletzlich und unsicher fühlt wie ich, wurde mir klar.

Ich legte meinen Kopf an seine Schulter. *Du und ich wissen beide, dass es mehr ist …* Die Unterhaltung, die Shannon für überfällig hielt, war mir direkt in den Schoß gefallen. Und ich wusste immer noch nicht, was ich damit anfangen sollte.

»In der Polyamorie würden wir das hier eine sekundäre Beziehung nennen«, sagte ich vorsichtig.

»Oh, interessant«, sagte Adam. »Erzähl mir mehr darüber. Ich habe Polyamorie schon öfter in Erwägung gezogen, aber ich kenn mich nicht damit aus.«

Also erzählte ich ihm von primären und sekundären Beziehungen und davon, dass der primäre Partner ein ›Vetorecht‹ hat, wenn er begründete Einwände gegen einen neuen sekundären Partner hat.

Wir machten uns auf den Weg zum Ausgang des Parks; Adam war mit einem Freund zum Sport verabredet.

»Aber«, fuhr ich fort, »es ist nicht so, als ob sekundäre Beziehungen nicht wichtig wären. Sie können sich auch zu primären entwickeln. Deswegen kann ich verstehen, warum manche Leute in der Polyamorie diese Hierarchie von Anfang an gar nicht errichten wollen.«

»Das ergibt Sinn«, sagte Adam. »Danke. Ich persönlich habe die Schnauze von traditionellen Beziehungen ziemlich voll.« Er seufzte. »Ich bin nur irgendwie erschöpft davon, dass alles auf emotionale Eskalation angelegt ist.«

Was zum Teufel glaubst du, was hier gerade vor sich geht, Adam?, dachte ich. *Du denkst, das hier ist keine emotionale Eskalation? Hör dir doch mal zu! Du übernimmst sogar mein Vokabular. Du hast gerade die Worte »emotionale Eskalation« benutzt!* Die ganze Situation war so absurd, dass ich grinsen musste.

Instinktiv entschied ich mich für ein Statement of Interest. »Ich habe es auch auf emotionale Eskalation angelegt«, sagte ich vergnügt. »Ich bin nur nicht auf die stereotype monogame Endphase aus.«

Adam warf mir einen nachdenklichen Blick zu. »Ich glaube, ich mag deine emotionale Eskalation«, sagte er.

Diese Worte wärmten mich mehr als die Sonne. Irgendwann verliert die plausible Bestreitbarkeit an Plausibilität. Strategische Mehrdeutigkeit hin oder her, wenn man eine Beziehung weiterbringen will, sollte man auch ein paar Dinge klären.

Ich brachte Adam noch zum Bus. »Was machst du denn heute noch?«, fragte er.

»Oh«, sagte ich beiläufig. »Der erste Punkt auf meiner Tagesordnung ist eine kalte Dusche.«

In seinem Lachen war echte Freude. »Bis bald«, sagte er.

• • •

Ich war noch nicht so weit in den Kaninchenbau hinabgestiegen, dass ich alles, was Adam tat, als einen emotionalen Shit oder Compliance Test auffasste. (Das kam erst später.) Aber er war ein Meister der strategischen Mehrdeutigkeit ... vielleicht eher aus Unsicherheit, als dass er das Game spielte.

Aber eines konnte ich sehen: Selbst wenn Adam intensive emotionale IOIs gab, wirkte er dabei hastig und verschlossen. Einmal nannte er mich »eine Person, die mir sehr wichtig ist und der ich wirklich vertraue«, und ging aus der Tür, bevor ich antworten konnte.

Ich musste zugeben, dass mir stillschweigende emotionale Eskalation sehr viel Spaß machte. Die Seitenblicke, das Herzklopfen, das Aufblitzen von Verletzbarkeit. Nur kann dieses

Game außer Kontrolle geraten. Ein Hauptproblem mit Adam war, dass unser Argwohn die Interaktionen im SM erschwerte. Strategische Mehrdeutigkeit beim SM geht auf Kosten der Sicherheit. Und bei der Aftercare muss ich einfach total offen sein können und Verletzbarkeit zulassen.

Trotzdem ... an meinem letzten Morgen mit Adam fiel es mir schwer zu gehen. Ich erinnere mich daran, wie ich in seinen Armen lag und versuchte, mich zum Aufstehen zu bewegen. Schließlich küsste ich ihn und sagte leise: »Ich gehe jetzt.«

Er zog mich näher an sich ran. Sein Gesichtsausdruck war düster, aber seine Stimme künstlich vergnügt. Wir redeten noch ein bisschen – ich war genauso froh über die zusätzlichen paar Minuten wie er.

Wir verabschiedeten uns auf der Straße. Sein letztes Lächeln, sein letzter Blick waren so intensiv ... als ob er posierte. Er tat genau das, was ich vor ein paar Monaten bei unserem Abschied an Halloween getan hatte. Adam war es wichtig, mit welchem Bild von ihm ich wegging. Es war ihm *sehr* wichtig.

Oder war das Wunschdenken? Nichtsdestotrotz teilte ich Shannon per SMS mit, dass es mit Adam viel besser lief.

»Freut mich zu hören, dass du einen ebenen Parkplatz gefunden hast«, schrieb sie zurück.

Kapitel 8

Ladies and Their Sensitivities

In diesem Kapitel trifft Clarisse ihren allerersten PUA wieder und lässt sich von ihm Ratschläge zum Thema Verführung geben. Außerdem beschäftigt sie sich mit den Frauen in der Szene und versucht zu klären, welche Auswirkungen Pick-up-Artistry auf Frauen allgemein hat.

Der Titel dieses Kapitels kommt aus dem Musical *Sweeney Todd: The Demon Barber of Fleet Street* von Stephen Sondheim.

James Amoureux, der erste Pick-up-Artist, der mir je begegnete, hielt sich immer noch in Chicago auf (das wusste ich dank seiner Facebook-Präsenz). Ich hatte ihn lange nicht gesehen. Ich war jetzt zwar wesentlich bewandter in der Pick-up-Artistry, aber ich hatte noch lang nicht ausgelernt. Also lud ich ihn zum Essen ein, um ihn auszufragen.

Ich begutachtete ihn neugierig, als wir uns hinsetzten. James war immer noch so sexy und intelligent wie eh und je, aber ich fühlte mich nicht mehr annähernd so stark zu ihm hingezogen. Ich merkte, dass das geheimnisvolle Etwas an der Pick-up-Artistry mich nicht mehr in den Bann zog. Also ging es in meiner »Recherche« nicht mehr darum, aus diesen Kerlen einen Fetisch zu machen ... Aber worum ging es dann?

Ich beschloss, diese Frage später zu beantworten, und fragte James, was er in der Zwischenzeit so getrieben hatte. Er sagte, dass er gerade ein neues PUA-Lehrbuch schrieb: *How to Start a Kinky Relationship* (»Wie man eine versaute Beziehung anfängt«). »Ich würde mich total über dein Feedback freuen«, sagte er.

»Ehrlich gesagt habe ich wahrscheinlich sogar einige deiner Ideen verwendet.«

Ich sah mir sein Manuskript sorgfältig an. Es war ziemlich lang und ich war nicht wirklich das Zielpublikum. Ich muss zugeben, dass ich es nicht ganz durchgelesen habe. Trotzdem gab es eine Menge interessanter Denkansätze. Es ging unter anderem darum, wie man sich mit seinen eigenen ungewöhnlichen Vorlieben wohlfühlt und sexuelle Vielfalt respektiert (wie SM oder Homosexualität). Er widmete sogar dem Konzept der enthusiastischen Zustimmung einen ganzen Abschnitt, obwohl er bei der Beschreibung das Schreckenswort »Feminismus« vermied.

Aber James schrieb auch einige Dinge, die mir nicht gefielen, wie zum Beispiel, dass »dominante Energie« männlich und »unterwürfige Energie« weiblich wäre (allerdings mit der Bemerkung, dass ihm dabei nicht jeder zustimmen würde). Es ist komisch ... man sollte meinen, dass mich so was zur Weißglut bringen würde, aber normalerweise empfinde ich es einfach als nervig. Ich kenne andere Leute, die da viel wütender werden. Wie zum Beispiel männliche Subs. Und manche dieser Typen sind total muskelbepackt und können jemanden ernsthaft krankenhausreif schlagen, wenn sie wütend werden.

James erschien mir zu gleichen Teilen aus Analytiker, Hedonist und Abzocker zu bestehen. Obwohl er sich fürs Coaching bezahlen ließ, war ihm die Kommerzialisierung der Community zuwider. »Ich hasse es, dass Männern geschadet wird, um Produkte zu verkaufen«, sagte er. »Das ist wie bei Werbung: Wenn du kein schickes Auto hast, bist du ein Versager. Wenn du nicht fünfmal in der Woche superheiße Blondinen flachlegst, hast du laut einiger Gurus genauso versagt. Sie wissen, dass diese Männer aus Unsicherheit alles kaufen.«

Er tat sich auch mit einigen PUA-Ausdrücken schwer: »Der Jargon bedeutet Gruppenzugehörigkeit«, sagte er, »und ermöglicht schnellen Austausch. Allerdings maskieren viele dieser Wörter fehlendes Verständnis. Einer meiner Kumpels sagte andauernd Dinge wie: ›Ich habe eine HB8 genegt und bin dann zur DHV übergegangen ...‹ Für mich klingt das so absurd. ›Hä? Du hast ein nettes Mädchen beleidigt und dann mit deinem beschissenen Gebrauchtwagen angegeben? Wenn das alles ist, was du in der Community gelernt hast, hättest du auch von Anfang an verkünden können, dass du ein nutzloser Idiot bist, und dabei bleiben können.‹ Das wäre wenigstens kongruent gewesen. Was auch immer das bedeutet.«

Nach dem Essen lud mich James in einen Club ein. »Er heißt Porn & Chicken. Kein Witz. Es ist ein ganz normaler Club, außer dass Softpornos an den Wänden laufen und sie Hähnchen servieren«, sagte er. »Es wird dir gefallen.«[1]

Ich legte den Kopf zur Seite. Er wirkte wirklich nicht, als ob er mit mir flirten würde. Ich konnte keinen einzigen IOI erkennen. Aber ich wollte schon lange mal die Chicagoer Hipster-Szene kennenlernen und James in Aktion beobachten.

»Okay«, sagte ich. »Auf zu Porn & Chicken!«

• • •

Einen Monat später ging ich mit James und drei Freundinnen von mir, die als Prostituierte arbeiteten (zwei Callgirls und eine professionelle Dominatrix), etwas trinken. Er erzählte den ganzen Abend lang davon, was es bedeutete, ein professioneller PUA-Coach zu sein. Meine Freundinnen waren fasziniert.

»Hey«, sagte eine von ihnen. »Du stiehlst unsere Kundschaft! Wenn du diese Kerle nicht ausbilden würdest, würden sie wahrscheinlich für Sex bezahlen!«

»Ich weiß«, sagte James. »Ich bin eure größte Konkurrenz.«

Ein anderes Mal erzählte James mir von seinem Streit mit dem PUA-Coach Jonnie Walker (später hörte ich dann auch Jonnies Version). Der Streit war eine verwirrende Mischung aus Anschuldigungen, Gerüchten und Rechtfertigungen. PUAs sind Highschool-Mädchen wirklich nicht unähnlich – besonders weil die beiden ein paar Monate später wieder die dicksten Freunde waren.

Aber zurück zu Porn & Chicken. Es war ein Laden voller Normalos, die nach minimal kontroversen sexuellen Abenteuern suchten ... obwohl James sehr gut darin war, dort experimentierfreudige 22-Jährige aufzureißen. Die Pornos waren allerdings einfach beschissen. Die Leute dort waren für mich nicht so interessant wie für James. Die meisten von ihnen waren gestylte Hipster mit Tattoos, gedehnten Ohrläppchen und federgeschmückten Hüten. Ich persönlich stehe mehr auf die unbeholfene, vegane, intellektuelle Art von Hipstern. Aber was ich zweifellos über die Kundschaft von Porn & Chicken sagen kann: Sie war attraktiv.

»Du solltest jemanden ansprechen«, sagte James zu mir.

»Was, hier?«, fragte ich.

Er grinste. »Es muss doch jemanden hier geben, der dir gefällt.«

Am Rand der Tanzfläche tanzte ein schlanker, junger Typ auf einem Lautsprecher. Er trug ein weißes Trägerhemd mit der handgeschriebenen Aufschrift »LOVE«. Seine Augen waren hinter einer absurd großen Sonnenbrille versteckt. »Der da ist süß«, sagte ich.

»Geh hin und red mit ihm«, sagte James.

Ich zögerte. Ich empfand etwas, das PUAs »Approach Anxiety« (»Annäherungsangst«) nennen.

Ich bin die totale frustrierte Durchschnittstussi, dachte ich. »Ich kann nicht«, sagte ich laut. »Ich meine ... er ist so jung.«

James verdrehte die Augen. »Es ist doch nur zur Übung. Du gehst ja nicht mit ihm nach Hause. Los!«, sagte er und bahnte sich den Weg zu dem Typen auf dem Lautsprecher. Dort angekommen, blickte er zu ihm hoch und rief über die Lautstärke der Musik: »Ist da oben genug Platz für zwei?«

Der Lautsprechertyp nickte. James winkte mir zu und ich kletterte rauf.

Daft Punk spielte in ohrenbetäubender Lautstärke. Ich gehe normalerweise in Clubs, um zu tanzen, und zum Kennenlernen von Leuten an Orte, an denen man sich unterhalten kann. Ich bin nicht besonders gut im Tanz-Flirten. Nach kurzer Zeit bemerkte ich, dass eine hübsche Brünette von der Tanzfläche aus dem Lautsprechertypen schöne Augen machte. Seine Freundin?

»Wer ist das Mädchen da?«, rief ich dem Lautsprechertypen zu.

»Ich sehe sie gerade zum ersten Mal«, rief er zurück.

Er schien die Wahrheit zu sagen. Ich versuchte, mich trotz der Musik mit ihm zu unterhalten. Es stellte sich heraus, dass er 22 war – nicht so schlimm, wie ich gedacht hatte, aber ich fühlte mich trotzdem alt ...

Bevor ich mich versah, sprang die hübsche Brünette hoch zu uns auf den Lautsprecher. Es war *extrem* eng zu dritt. Unser Gespräch war erfolgreich unterbrochen. Ich überlegte, ob ich motiviert genug wäre, mit der Brünette um die Aufmerksamkeit des Lautsprechertypen zu kämpfen. Die Antwort war ein klares Nein.

Ich fand James draußen. Ich fragte mich, wohin *seine* 22-Jährige verschwunden war. »Ein Mädchen hat mir gerade mein gesamtes Game versaut«, sagte ich und erzählte ihm, was passiert war. »Was hättest du getan?«, fragte ich. »Ist sie so was wie ein ›Alpha Male On Guard‹ (AMOG; ›Alphamännchen auf der Hut‹)?

PUAs haben Methoden, um AMOGs loszuwerden, wenn sie versuchen, sich in dein Game einzumischen, oder?«

»Ja«, sagte James. »Eine typische Routine wäre, ihr zu sagen: ›Ihr zwei seht so toll zusammen aus. Ihr solltet heiraten.‹ In neun von zehn Fällen rufen sie ›Auf keinen Fall!‹ und lachen. Damit hast du ihre Pärchenenergie zerstört. Oder du hättest gegenüber dem Lautsprechertypen implizieren können, dass sie eine Schlampe ist und er sie leicht kriegen könnte.«

»Bäh!«, sagte ich. »Das ist widerlich. Ich halte überhaupt nichts davon, Frauen sexuelle Schamgefühle einzureden.«

»Das bist ja nicht du, das ist das *Game*«, sagte James. »Ich versuche meinen Klienten immer beizubringen, sich in eine Art höheren geistigen Zen-Zustand zu versetzen, in dem sie outcome-independent sind. Um das Game zu beherrschen, muss man manchmal solche heimtückischen, kleinlichen Dinge tun. Selbst wenn man nichts davon hält.«

Er dachte einen Moment lang nach. »Eine weitere Möglichkeit wäre gewesen zu implizieren, dass sie fett wäre. Natürlich nicht direkt. Aber du könntest mit angeekeltem Gesichtsausdruck sagen: ›Wow, es ist echt kein Platz für drei hier, jedenfalls nicht bei deinen Hüften.‹«

»Ich will nicht, dass irgendeine Frau meinetwegen Gewichtskomplexe bekommt!«, protestierte ich. »Und so einen Eindruck will ich auch auf keinen Typen machen, mit dem ich flirte. Wenn ein Kerl auf so was steht, kann er mir gestohlen bleiben!«

James schüttelte mit dem Kopf. »*Du* bist es nicht, die diese Dinge sagt. Es ist das *Game*«, wiederholte er.

• • •

Am nächsten Tag erlebte ich eine Überraschung: Der Lautsprechertyp hatte mir eine E-Mail geschrieben, obwohl ich ihm im Club meine E-Mail-Adresse gar nicht gegeben hatte. Er erklärte in der E-Mail, dass wir uns bereits vor zwei Wochen auf einem Event getroffen hatten. Ich hatte ihn damals schon niedlich gefunden und ihm unter irgendeinem Vorwand meine E-Mail-Adresse gegeben, aber nichts von ihm gehört. Er hatte mich in dem Club erkannt, aber ich ihn nicht.

»Tut mir leid, dass wir uns gestern Nacht nicht verabschieden konnten«, schrieb er. »Ich habe noch mal mit dem betrunkenen Mädchen gesprochen, die zu uns auf den Lautsprecher gesprungen ist, und herausgefunden, dass ich sie schon mal getroffen habe. Deshalb war sie so aufdringlich.«

Ich lachte bestimmt ganze fünf Minuten lang. Ich dachte: *Wow! Ich bin vielleicht nicht bereit, das Game auf fiese Art zu spielen, aber scheinbar funktioniert meine eigene Art ganz gut.*

Mit dem Typen lief letztendlich nichts. Ich beantwortete seine E-Mail und sah ihn auf einem Event wieder, aber ich entschied mich dagegen. Ich meine, er war 22 ...

• • •

James und viele andere PUA-Bekannte von mir wollten mich dazu überreden, im Lair der PUAs in Chicago einen Vortrag zu halten. Doch das kam für mich überhaupt nicht infrage. Die PUAs von Chicago waren Frauen gegenüber noch misstrauischer als die PUAs in anderen Städten, in denen Frauen kostenlos an den PUA-Vorträgen teilnehmen konnten. In Chicago wäre das undenkbar.

Dahinter steckt eine Geschichte: Vor vielen, vielen Monden hatte ein PUA aus Chicago seinen Computer offen in der Wohnung seiner Freundin stehen lassen, die natürlich prompt darin herumschnüffelte. Sie fand eine Menge PUA-Zeug, das sie so erschreckte, dass sie all ihre Freundinnen alarmierte. Die Frauen hingen überall in der Stadt Poster mit Fotos der PUAs auf, auf denen sie sie des »Date Rapes« (»Vergewaltigung bei einer Verabredung«) bezichtigten. Ich weiß nicht, wie viel von dieser Geschichte stimmt. PUAs neigen dazu, Geschichten zu übertreiben und Frauen als »hysterisch« und »dramatisch« darzustellen. Vermutlich hat sie aber einen wahren Kern. Leider konnte ich die Frau nicht ausfindig machen, um mir ihre Seite der Geschichte anzuhören und herauszufinden, *was* sie so alarmiert hatte.

Es gibt ein paar weibliche PUA-Coaches. Die berühmteste ist Erika Awakening, die einen deutlichen Hang zur New-Age-Esoterikszene hat. In ihren Field Reports berichtet sie von ihren Affären mit anderen PUA-Gurus, was mich zur Vermutung führt, dass sie vielleicht aus den gleichen Gründen in die Szene gekommen ist wie ich: PUA-Fetischisierung. Ein PUA-Coach sagte zu mir: »Erika macht den ganzen gefühlsduseligen Kram. Sie kann Kerle einfach dazu bringen, ihr Herz auszuschütten ... Auch wenn sie keine besonders gute PUA-Trainerin ist, wird sie trotzdem immer erfolgreich sein.« Gerüchten zufolge ist sie sehr hysterisch und dramatisch; ob das stimmt oder ob sie stereotypisiert wird, kann ich nicht sagen.

Eine weitere bekannte weibliche PUA-Trainerin ist die bildhübsche Kezia Noble. Man muss es ihr lassen: PUA-Trainingsvideos von einer sexy Frau im Badeanzug? Großartige Idee. Allerdings scheint Kezia größtenteils leider nur etablierte PUA-Inhalte zu wiederholen.

Hitori, deren »Playette FAQ« ich bereits erwähnt habe, ist ein seltener Fund. Sie analysiert das Game und gibt Männern Ratschläge, aber sie gibt auch anderen Frauen eine Basis, auf der sie sich austauschen können. Manchmal kritisiert sie sogar den sexistischen Scheiß anderer PUAs. Ich stimme ihr nicht in allem zu, aber ich wünschte, sie würde ihre eigenen Theorien veröffentlichen. Leider hat sie daran überhaupt kein Interesse. Als ich ihr per E-Mail einige Fragen stellte, antwortete sie:

Ich stieß auf die Community, als ich gerade anfing, ein soziales Umfeld außerhalb der Schule aufzubauen. Wenige Menschen wissen, dass ich gerade mal 19 Jahre alt war, als ich meinen meistgelesenen Community-Beitrag »Social Status/Women Explained« (»Sozialer Status/Wie Frauen Sind«) verfasste. Mir glaubte schon keiner, dass ich eine Frau bin, also erwähnte ich mein Alter gar nicht erst.

Ich verarbeite Dinge analytisch. Wenn man soziales Verhalten aus Neugier herunterbricht, kommt man oft zu subversiven Schlussfolgerungen. Und die wenigsten Leute reagieren darauf positiv, selbst wenn sie gar nicht direkt betroffen sind. Also hatte ich niemanden, mit dem ich meine Gedanken teilen konnte, bis ich auf die PUA-Community stieß. Und diesen Typen ist es letztendlich egal, was du sagst, solange es ihnen dabei hilft, bessere PUAs zu werden. Also verfrachtete ich meine Gedanken dorthin. Mir geht es um Ideenaustausch und nicht um Ruhm. Für mich überwiegt deutlich der Nachteil, bei einer Veröffentlichung in meinem normalen Leben »geoutet« zu werden. Weder meine Mutter noch mein Chef wissen, dass ich eine Semiprominente in der PUA-Community bin. Und das kann von mir aus gern so bleiben.

Auf die Frage, was sie von Feminismus hält, sagte sie:

Ich habe in Bezug auf den Feminismus gemischte Gefühle, zum großen Teil auch, weil ich auf SM stehe. Die meisten Mainstream-FeministInnen ziehen gar nicht die Möglichkeit in Betracht, dass unsere sexuellen Interessen nicht immer A) gleichberechtigt, B) veränderbar oder C) erlernt sind, sondern während unserer Entwicklung geprägt werden. [...] Trotzdem weiß ich, dass der Feminismus analytischen, selbstbewussten Frauen eine Menge zu bieten hat, deswegen habe ich, wie gesagt, gemischte Gefühle.

Es ist offensichtlich, warum ich Hitori mag. Ich habe wahrscheinlich mehr mit ihr gemeinsam als mit den meisten FeministInnen.

• • •

Nachdem ich so viel mit den PUAs zu tun hatte, wurde ich neugierig darauf, mit ihren Gespielinnen zu reden. Manche PUAs haben zumindest ein minimales Interesse an den Frauen, mit denen sie etwas anfangen (»Sorg dafür, dass sie auch etwas davon hat«), andere haben null Interesse (»Einmal ficken, weiterschicken«). Manche suchen nach einer Beziehung, andere wollen One-Night-Stands mit allen HB10s der Stadt. Manche lernen, emotionale IOIs zu geben, weil sie die Mädchen austricksen wollen, andere lernen emotionale IOIs, um einer Frau zeigen zu können, dass sie ihnen wichtig ist.

Aber wie sehen ihre *Beziehungen* aus? Die meisten PUAs erzählen ihren Freundinnen nicht, dass sie PUAs sind. Ich habe schon oft von Frauen gehört, die ihren Freund verließen, nachdem sie es herausfanden. Und von Frauen, die anfangs damit einverstanden zu sein schienen, es dem PUA aber später vorwarfen. (Das hat viele Ähnlichkeiten damit, wie Prostituierte ihre Beziehungen beschreiben. Ich muss allerdings dazusagen, dass ich für die meisten Prostituierten mehr Sympathien hege als für die meisten PUAs, weil sie im Allgemeinen wesentlich ehrenhafter sind, obwohl sie mit vielen schrecklicheren Dingen konfrontiert werden.)

Als ich den PUAs sagte, dass ich mit ihren Freundinnen und Exfreundinnen reden wollte, blockten sie völlig ab. Selbst PUAs, die gern mit mir sprachen, wollten keine Feministin in die Nähe ihrer Freundinnen lassen. Wahrscheinlich befürchteten sie, Feminismus könnte ansteckend sein. Aber schließlich fand ich einen PUA-Coach, der bereit war, mich mit seiner Freundin reden zu lassen.

Er hatte natürlich Bedenken. Als seine Freundin, Tiffany, mich anrief, konnte ich hören, wie er im Hintergrund lärmte. Sie bat mich, einen Moment lang zu warten, und sie brüllten sich kurz gegenseitig an. Dann verabredeten wir uns auf einen Kaffee. Am Abend vor unserem Treffen hatte ich einige verpasste Anrufe von ihrem Freund. Ich hatte sie nicht absichtlich ignoriert, sondern war wirklich beschäftigt gewesen. Trotzdem entschied ich mich gegen einen Rückruf.

Tiffany hatte wasserstoffblonde Haare, perfektes Make-up und ein wunderbares Lächeln. Sie war so hübsch und modebewusst, dass ich sofort unsicher wurde. Aber sobald wir ein paar Minuten geplaudert hatten, merkte ich, dass Tiffany viel unsicherer war als ich. Deswegen entschied ich, mit meinen Fragen zu warten, bis sie entspannter war. Wir redeten also eine Weile lang über unsere Haare und den Verzehr von Menschenfleisch.

Tiffany war eine 21-jährige BWL-Studentin, ihr Freund war Ende zwanzig und hatte ein Kind mit seiner ehemaligen Partnerin. Sie schien sich an der Pick-up-Artistry nicht zu stören. »Ich habe viel Respekt für die Community«, sagte sie. »Es wäre nicht okay, wenn mein Freund mit anderen Frauen nach Hause gehen würde, aber das tut er nicht. Er mag es, wenn ich mit ihm ins Feld gehe, und das würde ja nicht gehen, wenn die Community schmierig oder fragwürdig wäre.« Sie war eine wundervolle Frau und es war klar, dass ihre Anwesenheit die Glaubwürdigkeit ihres Freundes unterstützte. Mich wunderte es kein bisschen, dass er sie mitnahm.

Gegen Ende unseres Gesprächs wirkte Tiffany völlig entspannt. »Mein Freund hat sich viel zu viele Sorgen um dich gemacht«, vertraute sie mir an. »Er sagte mir andauernd, dass ich vorsichtig sein sollte. Keine Ahnung, wovor er so große Angst hatte.«

Ich hörte eine viel negativere Geschichte von der Leserin meines Artikels über PUAs, den ich in einem Onlinemagazin veröffentlichte. Sie beschrieb sich selbst als »Ende zwanzig, gebildet und attraktiv«. Ihr wurde klar, dass ihr Freund PUA-Techniken anwendete, als sie aus Neugier das Buch *The Mystery Method* aufschlug. Sie hatte allerdings schon Bedenken gehabt, bevor sie seiner PUA-Identität auf die Schliche kam:

Er sagte mir mehrmals, dass er möglicherweise noch andere Frauen traf oder vielleicht auch nicht … oder dass er sich in mich verlieben könnte, wenn ich lange genug mit ihm zusammenbliebe, aber vielleicht auch nicht. Diese Ungewissheit machte mich völlig wahnsinnig. Meine Freunde fragten mich, warum ich mich so reduzieren ließ: Ich richtete mein Leben völlig nach ihm aus und hatte immer Angst, ihn zu verlieren. Immer wenn ich ihn verlassen wollte, deutete er an, dass er sich in eine hartnäckigere Frau verlieben würde.

Als sie herausfand, dass ihr Partner ein PUA war, las sie alles, was sie über die PUA-Community finden konnte. Sie beschrieb es als einen »auslaugenden und vergiftenden Prozess«, für den sie sich schämte. Sie versuchte permanent, sein Game zu entlarven, sagte ihm aber nie, dass sie Bescheid wusste … und auch dafür schämte sie sich. Schließlich hörte sie auf, ihm hinterherzulaufen. Sie kam zu dem Schluss, dass sie auf ihn hereingefallen war, weil sie psychische Probleme hatte, und fing eine Therapie an. Daraufhin begann er, *ihr* hinterherzurennen. »Je weniger ich mich um ihn scherte, desto mehr schien er mich zu brauchen«, schrieb sie.

Am Ende war sie so müde, dass sie die Beziehung einfach nur beenden wollte. Sie klang bedauernd, aber offenbar war es die richtige Entscheidung:

Ich werde ihm sagen, dass ich über PUA Bescheid weiß und einfach nicht damit leben kann. Ich hoffe, dass er nicht allzu aggressiv reagiert ... das ist ein weiteres seiner Probleme. Ich mag diesen Mann; er ist charmant und interessant. Aber mir ist klar, dass er absolute Kontrolle über Frauen braucht. Wir haben uns auf gewisse Weise gegenseitig manipuliert und ich kann keine Beziehung führen, die auf einer Lüge beruht.

Am Schluss bat sie mich um meine Meinung. Ich wusste nicht, wo ich mit meinen Ratschlägen anfangen sollte, also drückte ich meine Unterstützung für ihre Entscheidung, sich zu trennen, aus. Ich schlug auch vor, dass sie es am besten an einem öffentlichen Ort tun sollte – die Andeutung von körperlicher Gewalt machte mir Sorgen. Ich hoffe, alles ist gut gegangen.

• • •

Nur wenige omosexuelle, bisexuelle oder Transgender-Leute nehmen an PUA-Diskussionen teil. Ich habe Forumsbeiträge von lesbischen PUAs gelesen, sie aber nie getroffen. Eine antifeministische Lesbe schreibt unter dem Pseudonym »Female Misogynist« (»Weibliche Frauenfeindin«) über Pick-up-Artistry. Mein Lieblingseintrag auf ihrem Blog ist der, in dem sie das Wahlrecht für Frauen als eine »unvernünftige Forderung« abtut. Sie beschreibt auch, dass »Frauen allergisch auf Verantwortung reagieren« und es verdient haben, von Männern ausgenutzt zu werden. Ich weiß nicht, was ich von dieser Sichtweise halten soll, aber es ist trotzdem erwähnenswert.[2]

Jeder, der Probleme mit traditionellen heteronormativen Geschlechterrollen hat, wird auch Probleme mit der PUA-Community haben. Mein feministischer Gothic-SM-PUA-Freund Brian zum Beispiel. Er ist ein SM-Switch, aber er bevorzugt dominante Frauen oder andere Switches. Brian sagte mir einmal: »Dominante Frauen anzubaggern, ist ein unerforschtes Gebiet, weil Unterwürfigkeit von Männern ein Tabuthema in der PUA-Community ist. Aber was passiert, wenn du nicht besonders gern dominant bist? Dann musst du den Schritt aus dem stereotypen Pick-up-Paradigma heraus machen.«

Ein PUA-Coach erzählte mir von einem Klienten, der ein SM-Sub war und Ratschläge wollte, um Frauen anzumachen. Er hatte keine Ahnung, was er ihm empfehlen sollte, und bat mich um Hilfe. Also erzählte ich ihm die Geschichte von meinem unterwürfigsten Exfreund. Als ich ihn kennenlernte, hatte ich noch nicht viel Erfahrung mit SM und ich wusste nichts von meiner dominanten Seite. Ich glaube, dass viele Frauen Lust darauf hätten, Dominas zu sein, aber gesellschaftlich entmutigt werden. Mein Exfreund war auch dieser Meinung und hatte sich deshalb beigebracht, die versteckten dominanten Wünsche einer Frau an die Oberfläche zu holen.

Bei mir tat er das, indem er mir seine Furcht anbot. Wir hatten uns ein paarmal in der SM-Community gesehen und ich muss ihm aufgefallen sein. Eines Tages ließ er im Gespräch mit jemand anderem die Bemerkung fallen, dass ich ihm Angst einjagte. Er stand nicht weit entfernt und wusste, dass ich ihn hören konnte. Ich sah ihn an. Er wich meinem Blick aus. Irgendwann kämpfte er sich durch die Menge, um mit mir zu reden. Er sah mir in die Augen und sagte in einem charmanten und beiläufigen Tonfall: »Ich zittere vor Angst.« Er machte es so offensichtlich: *Ich habe Angst vor dir. Trotzdem rede ich mit dir, obwohl du mir so wehtun könntest.* Ich war noch nie jemandem wie ihm begegnet. Ich war fasziniert und fing an, ihn wie ein Raubtier zu beobachten.

Ich sagte dem PUA-Coach, dass der beste Ratschlag an den unterwürfigen Mann war, Selbstvertrauen zu bewahren, während er seiner Partnerin beträchtliche Anteile unausgesprochener sozialer Macht anbietet. Vielleicht könnten unterwürfige Männer auch typische Shit Tests der Frauen nachahmen, indem sie zum Beispiel eine Frau fragen: »Bist du eine Aufreißerin?« Das wäre fast schon ein Kompliment.

Die PUA-Strategien sind oft auf Frauen aus bestimmten Kulturen oder Subkulturen zugeschnitten. Zum Beispiel ist das leicht feindselige, bissige Flirten (wozu auch Shit Tests gehören) in Clubs weitaus mehr verbreitet als auf Science-Fiction-Messen oder Protestdemonstrationen. Brian teilte mir einmal seine Beobachtung mit: »Mystery, der einen riesigen Einfluss auf die moderne PUA-Community hatte, richtete sich in erster Linie an extrovertierte Clubgänger in Los Angeles. Dort herrscht eine sehr direkte, rücksichtslose und machtorientierte Umgangsform. Dieser Stil passt selten irgendwo anders hin und kann übertrieben oder sogar schädlich sein. Mystery deckte die gesellschaftlichen Normen von LA auf und jetzt sehen die PUAs überall LA, wo sie auch hingehen. Andere soziale Modelle wurden nie wirklich in Betracht gezogen. Man muss wirklich in ungewöhnliche Szenen wie die Grufti- oder Fetischszene abtauchen, um zu merken, dass das Modell erweitert werden muss.«

Leider erkennt ein PUA mit weniger Selbsterkenntnis als Brian vielleicht gar nicht, dass er gar keine extrovertierten Partyfrauen will. Und so verschwendet er viel Zeit damit, ihnen hinterherzujagen und zu versuchen, sie zu beeindrucken. Brian vertritt die Meinung, dass viele nerdige PUAs dadurch in eine seltsame Zwangslage geraten. Wenn sie sich nur an PUA-Standardmaterial orientieren, werden sie sich an Frauen und ein soziales Umfeld gewöhnen, mit dem sie wenig gemeinsam haben.

Ich fragte Brian nach einer Lösung für dieses Problem. Er schlug zwei bessere Umgebungen vor, in denen die Nerd-PUAs üben sollten:

Nerd-Umgebung eins: Auf Onlineportalen für Partnersuche.

Nerd-Umgebung zwei: In Bibliotheken, Waschsalons oder Cafés - und zwar tagsüber. Brian sagte: »Die introvertierten Mädchen sind am Tag unterwegs und gehen nicht in Clubs.« Trotzdem sind Bars und Clubs immer noch das beste Umfeld, um innerhalb kürzester Zeit mit den meisten verschiedenen Leuten ins Gespräch zu kommen.

Mein Gespräch mit Tiffany war zwar okay, aber es ist für mich meistens interessanter, mit den PUAs selbst zu sprechen als mit ihren Targets. Einige PUAs dachten, ich müsste sowieso wissen, »was Frauen denken«, weil ich selbst eine Frau bin. In der Regel bin ich aber bereits nach fünf Minuten Gespräch mit dem Durchschnittsclubgänger - egal welchen Geschlechts - zu Tode gelangweilt.

Eine Freundin kam auf den Gedanken, dass das vielleicht ein Grund ist, warum ich an der PUA-Community interessiert bin. Es bietet mir die Möglichkeit, *normale Frauen* verstehen zu lernen. Vielleicht ist die Motivation für dieses Projekt nicht nur daraus entstanden, dass ich in der Schule das hässliche Entlein war. Vielleicht rührt es auch daher, dass ich von den fiesen Mädchen gehänselt wurde.

Kapitel 9

A Disease of the Mind ...
It Can Control You

Als der berühmte PUA Gunwitch auf einer Party von einer Frau zurückgewiesen wird, schießt er ihr ins Gesicht (angeblich). Aber Clarisse sind noch schlimmere Texte als die von Gunwitch begegnet. In diesem Kapitel befasst sie sich mit einem PUA-Blog, der so unglaublich bösartig ist, dass er fast schon komisch ist.

Der Titel dieses Kapitels stammt aus dem Lied *Disturbia* von Rihanna.

Trotz meiner schnippischen Art, mich über PUAs auszulassen, hatte ich nach gründlicher Recherche und zahlreichen Interviews Anfang 2011 eine relativ gelassene Haltung gegenüber der Community. Dann schoss ein berühmter PUA-Guru einer Frau ins Gesicht. Angeblich. Der Guru, Allen Reyes, trug den PUA-Namen Gunwitch. Er hat eine beträchtliche Fangemeinde und wird in *Die perfekte Masche* kurz erwähnt. Sein Slogan ist allen Ernstes »Make the Ho say no« (»Bring die Hure dazu, nein zu sagen«). Das habe ich mir nicht ausgedacht.

Laut Internetberichten versuchte Gunwitch, die Frau auf einer Party anzumachen. Er begrapschte sie (angeblich) und war so aufdringlich und aggressiv, dass sie (angeblich) ein Messer zog. Dann verließ sie (angeblich) den Raum. Nach fünfzehn Minuten kam sie (angeblich) zurück und Gunwitch schoss ihr (angeblich) ins Gesicht. Wie durch ein Wunder überlebte sie. Letztendlich wurde Gunwitch für dieses Verbrechen nicht verurteilt, weil das Opfer vorbestraft war und ihre Aussage als zweifelhaft betrachtet wurde. (Das ist in etwa so, wie zu sagen, dass mein Blog nicht der Wahrheit entsprechen kann, weil ich in der Schule mal gelogen habe.)

Die Geschichte erregte natürlich viel Aufmerksamkeit. Feministische Webseiten beschrieben sie mit einer Mischung aus Horror und Schadenfreude. In den PUA-Foren wurden viele Witze bezüglich »Last-Minute-Resistance-Sprengen« gemacht. (Ich muss zugeben, dass ich über einige lachen musste. Ich bin einfach ein schlechter Mensch.) Gunwitchs verbliebene Anhänger bestanden darauf, dass er einen »guten Grund« gehabt haben musste, um auf die Frau zu schießen.[1] Währenddessen veröffentlichte der Blogger Hugh Ristik einen Post, der mit dem Satz »Fuck You, Gunwitch« endete.[2]

Gunwitch beschrieb auf seinem Blog meist sehr typische PUA-Taktiken, allerdings mit einer ordentlichen Prise Gewalt. Hier ist ein Zitat aus einem Gunwitch-Lehrbuch:

Die richtige innere Grundhaltung bringt dich dazu, eine heiße Frau anzusprechen, wenn du sie siehst, die falsche hindert dich daran. Dein spontaner innerer Zustand sollte von Geilheit und sexuellem Verlangen geprägt sein und nicht *von Panik und Verwirrung ... Ted Bundy, der berühmte Serienkiller und Soziopath, verspürte niemals Angst davor, sich seinen Opfern zu nähern, sondern Wut, sexuelle Perversion und das Bedürfnis zu töten. Natürlich ist sexuelles Begehren nicht das Gleiche, aber es ist effektiver, als seine eigenen Bedürfnisse mit Angst oder Verwirrung zu betrachten.*[3]

Gunwitch beabsichtigte mit diesem Abschnitt offensichtlich nur, Leute zu ermutigen, angstfrei auf Fremde zuzugehen ... bis zu dem Punkt, an dem er Ted Bundy ins Spiel bringt. Ja, *Ted Bundy* als der Inbegriff von Verführung. Dieser Vergleich fasst das größte Problem zusammen, das ich mit den Theorien der PUA-Community habe: Taktik wird nach Effizienz bewertet und moralische Bedenken werden unter den Teppich gekehrt.

Die meisten PUAs distanzierten sich ausdrücklich von Gunwitch. Er lag in einer regelrechten Blutfehde mit einem anderen wohlbekannten Coach, Adam Lyons, in der es sogar zu Morddrohungen kam. Neil Strauss bezeichnete Gunwitch als »labil«.[4] Als ich ihn in unserem Interview danach fragte, sagte Neil zu mir: »Es war zu erwarten, dass jemand aus der Community irgendwann etwas unglaublich Blödes anstellen würde, aber ich hätte nie erwartet, dass es so gewalttätig sein würde.« Ich wollte nicht als aggressive Feministin rüberkommen, aber ich fragte mich schon, wie Neil auf den Hinweis reagiert hätte, dass in seinem *eigenen* Buch Männer abgebildet sind, die mit Waffen Jagd auf Frauen machen.

Aber die Reaktionen anderer PUAs waren teilweise wirklich beschissen. In Anbetracht der Tatsache, dass ein PUA-Guru gerade im Verdacht steht, einer Frau ins Gesicht geschossen zu haben, sind Begriffe wie »Target« dann noch angemessen? Konnte ich als Feministin, die sich viele Gedanken über Vergewaltigungskultur macht und gelegentlich Opfer von gewaltsamen Übergriffen berät, meine »gelassene Haltung« gegenüber den PUAs wirklich mit meinen Idealen vereinbaren?

So sehr ich auch Meinungsfreiheit bis zu meinem letzten Atemzug verfechten würde – Metaphern, Kultur und Gruppendynamiken sind *nicht* unschuldig. Am Ende stellte sich die unausweichliche Frage: Hätte ein Typ wie Gunwitch (angeblich) einer Frau ins Gesicht geschossen, wenn er nicht die Unterstützung einer frauenfeindlichen Gemeinschaft gehabt hätte?

• • •

Es gibt eine antike wissenschaftliche Theorie über eine Substanz namens »Phlogiston«, an die ich während meiner PUA-Recherche oft denken musste. Wenn man ein Glas über eine brennende Kerze stülpt, erlischt die Flamme. Vor mehreren Hundert Jahren glaubten Wissenschaftler, dass Feuer eine unsichtbare Substanz namens Phlogiston produziert. Sie glaubten, dass die Flamme in dem Glas ausging, weil zu viel Phlogiston das Feuer zum Ersticken brachte. Heute wissen wir natürlich, dass die Flamme aufgrund von Sauerstoffmangel ausgeht und die Phlogiston-Theorie schlicht und einfach falsch ist. Aber zu der Zeit war sie die beste Erklärung für das Phänomen und es gab gute Gründe, daran zu glauben. Die Theorie hielt sich über ein Jahrhundert lang.

Die Pick-up-Artistry beinhaltet genauso bloße Vermutungen, die als Theorien verpackt werden. Die PUAs haben viele gute Beobachtungen und Theorien, was Verführung und heterosexuelles Flirtverhalten betrifft. Aber Darth-Vader-PUAs versuchen Leuten weiszumachen, dass ihre Taktiken funktionieren, weil alle Frauen unterwürfige, geldgeile, willensschwache Dummchen sind. Selbst wenn ihre Taktik funktioniert, heißt das noch lange nicht, dass die *Theorie* dahinter stimmt.

Ein Freund von mir, der bei den Frauen extrem gut ankommt, bemerkte einmal: »Die praktische Seite der PUA ist im Großen und Ganzen ganz haltbar. Aber fast die ganze Theorie klingt so, als wäre sie von ein paar betrunkenen Zwanzigjährigen morgens um vier auf einer Studentenparty geschrieben worden.«

Dieser Gedanke ist sehr hilfreich, wenn man die dunkle Seite der Pick-up-Artistry betrachtet.

• • •

Bei der dunklen Seite der PUA-Community kommt mir nicht als erstes Gunwitch in den Sinn. Auch nicht Hypnose oder Vergewaltigungen. An erster Stelle steht ein Blogger namens Roissy (auch bekannt als Citizen Renegade oder Heartiste).

In meiner Großen Typologie der PUAs ist »Darth Vader« die letzte Kategorie. Roissy ist noch übler als Darth Vader selbst.

Er kann gut schreiben, stellt sorgfältige Gesellschaftsanalysen auf und ist offenbar intelligent ... und so niederträchtig, dass es schon fast absurd komisch ist. Vielleicht wäre es angemessen, Roissy mit den Worten zu beschreiben: »Einer sie zu knechten, einer sie alle zu finden, ins Dunkle zu treiben und ewig zu binden.« Ich habe versucht, seine Inhalte so neutral wie möglich zu analysieren.

Als erstes wäre da Roissys unglaublicher Frauenhass. Er beschreibt weibliche Genitalien als »stinkende, feuchte Sauerei«. Man fragt sich, warum er überhaupt in die Nähe davon will. In einem anderen Beitrag sagt Roissy, dass »Frauen von Natur aus unmoralisch sind. Sie sind Soziopathen der Bequemlichkeit.« Er hasst also den weiblichen Körper und den weiblichen Geist gleichermaßen.[5] Roissy bezeichnet die Gehirne von Frauen als berechenbare, mickrige »Hamsterräder«. Das tut er mit einer solchen Häufigkeit, dass er diese Metapher gar nicht mehr erklärt: »Sag [einer Frau, die ein männliches Game spielt,] das erste Date ab. Aber gib ihr einen quasi-plausiblen Grund dafür; gerade verdächtig genug, dass ihr Hamster einen Koffeinschock bekommt.«[6] (Allerdings taucht die frauenfeindliche Metapher des Hamsterrads überall im Internet auf[7] und stammt ursprünglich vielleicht gar nicht von Roissy.) Der »Hamster« ist klassisches Phlogiston, und nicht mal besonders intelligentes. Es ist keine ernst zu nehmende Theorie über das Verhalten von Frauen, sondern nur eine Rechtfertigung, sich Frauen gegenüber überlegen zu fühlen.

Hugh Ristik liegt im Konflikt mit Roissy. Er schrieb mir dazu:

Ich habe Roissy wegen eines Beitrags kritisiert, in dem er beschrieb, wie er seine Freundin schlug. Er behauptete, dass sie es verdient hätte und dass Frauen manchmal darauf stehen, geschlagen zu werden. Ich fragte ihn, ob er wirklich der Meinung ist, dass nicht-einvernehmliches Schlagen von Frauen in Ordnung ist, aber er hat nie geantwortet. Roissys Beitrag wurde als

Reaktion auf die starke Kritik gelöscht. Ich wurde von seinen Anhängern als »Verräter meines eigenen Geschlechts« bezeichnet.

Roissy bezeichnet (wie viele frauenfeindliche PUAs) den Feminismus selbst als einen gigantischen Shit Test. Wenn die Männer sich nur sexy und dominant genug verhalten würden, würden FeministInnen sofort alle Gedanken wie Gleichberechtigung, Arbeit, Wahlrecht, Abtreibung oder Selbstbestimmung aus ihren minderbemittelten Hamsterrad-Gehirnen bannen.

Hier ist ein Beispiel aus einem von Roissys bekanntesten Blogeinträgen mit dem einfachen Titel »Angst«:

Es gibt zwei Arten, auf die man eine gesunde Beziehung garantieren kann. Und mit »gesund« meine ich, dass das Mädchen in dich verliebt ist und keine Gefahr besteht, dass sie dich verlassen könnte; du hast die Überlegenheit, geistigen Frieden und ein ständiges sexuelles Ventil.

1. Triff Deine Seelenverwandte: *Das ist das goldene Ticket zum Glück. Aber es ist äußerst selten. Also rechne lieber nicht damit, dass es dir passieren wird.*

2. Flöß Ihr Angst Ein: *Frauen reagieren in ihrer vaginalen Umgebung instinktiv auf Unvorhersehbarkeit, widersprüchliche Signale und Drama, egal wie sehr sie sich etwas anderes einreden wollen. Führe deine Beziehung so, dass sie andauernd das nagende Gefühl drohenden Unheils verspürt, und es wird dir mehr bringen als alle Valentinstagskarten dieser Welt ... Der Schlüssel ist es, gelangweilte, emotionale Distanz mit liebevoller Zärtlichkeit abzuwechseln.*

Wie man das Gefühl des drohenden Unheils effektiv herbeiführt: *Ignorier eine Woche lang ihre Anrufe. Dann geh ran und tu so, als ob nichts los wäre. Wenn sie sich aufregt, beschuldige sie, eine super funktionierende Beziehung zu sabotieren, »genau wie all die anderen Frauen. Ich dachte, du wärst anders.« Leg dann wütend auf.*

Thermonukleare Option: *Geh fremd und sorg dafür, dass sie es herausfindet. Wenn sie dich konfrontiert, verteidige dich nicht. Lass sie rumschreien und ihren Ärger rauslassen. Wenn sie Luft holt, sag ihr, dass sie noch nie schöner ausgesehen hat und dass du niemals aufhören wirst, sie zu lieben. Dann geh aus der Tür, ohne ihre Antwort abzuwarten, und brich zwei Wochen lang jeden Kontakt ab. Wenn sie wieder zu dir zurückkommt – und das wird sie –, wirst du eine lebenslange Liebessklavin haben.*[8]

Dieser Abschnitt fasziniert mich unendlich. Zum einen gibt es den Abschnitt über Seelenverwandte. Wenige bösartige PUAs geben zu, dass es emotionale Verbindungen gibt, geschweige denn, dass man an ihnen arbeiten muss. Wenn sie von Liebe reden, dann ist es wie ein Blitzschlag aus heiterem Himmel, der »einfach passiert«. (Ironischerweise regen sich viele PUAs darüber auf, dass Frauen erwarten, dass Sex »einfach passiert«, und die Arbeit dahinter nicht anerkennen.) Ebenso faszinierend ist die Vorstellung, dass ausschließlich Frauen instinktiv auf Eifersucht, Unvorhersehbarkeit und Gefahr reagieren. Aber natürlich hätte der oben genannte Blogeintrag *niemals* von jemandem geschrieben werden können, der null persönliches Interesse an widersprüchlichen Signalen und Drama hat.

Leider ist das Problem größer. Eine Frau, die als Assistentin für einen PUA-Coach arbeitete, schrieb einen Artikel, in dem sie die Klienten des Coaches insgesamt als nette Kerle beschrieb. Dem fügte sie hinzu:

Die PUAs selbst waren allerdings eine wesentlich finsterere Geschichte. Für viele war das Manipulieren von Frauen ein Spiel. Ich traf Mädchen, die betrogen wurden, und Frauen, die darum bettelten, wieder zurückgenommen zu werden ... Gerüchten zufolge konnten einige PUAs eine Frau in Panik versetzen, wenn sie nur den Raum verließen. Ich habe keine Probleme, das zu glauben.[9]

Das ist die dunkle Seite: strategische Mehrdeutigkeit zu benutzen, um dafür zu sorgen, dass das Target sich verwirrt, unsicher und ängstlich fühlt anstatt selbstbewusst, geliebt und frei.

• • •

Ist es wirklich nötig, Menschen in Hierarchien zu unterteilen, in denen die Leute, die unten stehen, zwangsläufig leiden müssen? Ist es notwendig, dass menschliche Hierarchien durch physische und soziale Gewalt aufrechterhalten werden? Können wir nicht einfach alle miteinander auskommen?

Roissy ist da definitiv anderer Meinung. In seinem Blogeintrag »Vielfalt + Nähe = Krieg« schreibt er:

Es liegt in der menschlichen Natur, miteinander konkurrierende Gruppen zu bilden. Es ist in die DNA eines jeden Menschen eincodiert und kann nicht entfernt werden. Der Impuls kann nur durch autoritäre Maßnahmen kontrolliert werden, also nur durch Gewalt.[10]

Die typische PUA-Behauptung hinsichtlich der »Biologie« wird hier auf groteske Art auf die Spitze getrieben. Selbst wenn Roissy beweisen könnte, dass die Gruppenzugehörigkeit und Konkurrenz in »die DNA eines jeden Menschen eincodiert sind«, könnte er noch lange nicht beweisen, dass Konkurrenztrieb nur mit Gewalt kontrolliert werden kann. Aber obwohl seine Worte nicht viel über die wirkliche Welt aussagen, verraten sie alles über Roissy. Er *glaubt* fanatisch daran, dass feindliche Hierarchien und gewalttätige Dominanz sowohl notwendig als auch unumgänglich sind. Diesen Glauben drückt er in seinen PUA-Ratschlägen aus.

Es gibt zwei Begriffe, die schlagende »PUA-Arschlochwörter« sind: »alpha« und »beta«. Ein »Alpha« ist eine Person, die ihr soziales Umfeld beherrscht; ein »Beta« ist eine Person mit einem niedrigeren sozialen Rang. Hypothetisch gesehen, sind Alphas Anführer und Betas Mitläufer. Hypothetisch gesehen, kriegen »Alphamännchen« die »besten« Frauen ab. Hypothetisch gesehen, wollen alle PUAs Alphamännchen sein.

Viel von dieser Theorie basiert auf zweifelhafter populärwissenschaftlicher Evolutionspsychologie (ein weiterer Grund, das Phlogiston-Beispiel im Hinterkopf zu behalten). Evolutionspsychologie ist nicht mein Spezialgebiet, aber viele Leute, die sich damit beschäftigen, haben große Probleme mit der Alphamännchentheorie. Hier ist ein Auszug aus einem Artikel namens »The Alpha Male Narrative Myth« (»Der Mythos der Alphamännchenerzählung«):

Evolutionspsychologie ist unglaublich nützlich, aber sie wird andauernd durch den oberflächlichen, sich ewig wiederholenden PUA-Schrott ausgebremst. Und ich muss ständig dem Beschuss der Leute ausweichen, die mit diesem Schwachsinn ein Problem haben – und das, obwohl ich selbst etwas dagegen habe. Darwins Kind wird mit dem Bade ausgeschüttet, weil ein paar Leute schlecht recherchierte E-Books verkaufen wollen.[11]

Die meisten intelligenteren PUAs benutzen die Bezeichnungen »Alpha« und »Beta« nicht (sie tauchen auch in *Die perfekte Masche* nicht auf). Als ich das feststellte, begann ich mich zu fragen, warum es ausgerechnet die Arschlöcher unter den PUAs wie Roissy sind, die so auf die Alphamännchentheorie abfahren. Ich kam zu dem Schluss, dass es daran liegt, dass *dieses* Konzept extrem dienlich ist, wenn das Hauptziel darin besteht, *Macht* zu gewinnen und auszuüben. Einige PUAs wollen einfach eine Welt, in der sie sich selbst ganz *oben* sehen können. Nicht nur über Frauen, sondern auch allen anderen. Wie bereits erwähnt, sagen viele FeministInnen, dass Frauenhass und Männerhass

Hand in Hand gehen. Wenn man eine Seite entmenschlicht, tut man das auch mit der anderen.

Auch wenn die Alpha/Beta-Theorie möglicherweise einen gewissen Wert hätte, wenn man darüber nuanciert diskutieren würde, denke ich, dass »Alpha« und »Beta« bereits eine schlechte Wortwahl sind. Sie drückt hauptsächlich die Unsicherheiten der Männer aus. Als SMerin glaube ich natürlich daran, dass Macht sexy ist. Trotzdem ist die große Lektion des SM: Obwohl Macht sexy ist, muss sie noch lange nicht unser nicht-sexuelles Leben bestimmen. Es ist möglich, Macht in einer Situation anzuerkennen – sogar damit zu spielen – und gleichzeitig daran zu arbeiten, unsere Beziehungen gemeinschaftlich und kooperativ zu gestalten. Viele SMer machen das, indem sie ihre gewaltsamen Machtstrukturen aufteilen und offen über ihre Gefühle sprechen. Vielleicht sind Menschen nicht in der Lage, konkurrierenden Hierarchien *komplett* zu entfliehen. Aber wir können mit Sicherheit versuchen, unsere Beziehungen so gemeinschaftlich und kooperativ wie möglich zu gestalten. Das Großartige an der Menschheit ist doch, dass wir es *andauernd* schaffen, unsere schlimmsten Instinkte zu überwinden.

PUAs, die von der Alpha/Beta-Theorie besessen sind, haben noch eine entscheidende Waffe außer dem Game: »Gender Policing« (»Geschlechterkontrolle«). Das ist ein feministischer Terminus, der bezeichnet, wie Geschlechteridentität von der Kultur definiert und durchgesetzt wird. Verschiedene Kulturen haben unglaublich unterschiedliche Vorstellungen von Geschlechteridentität. In einigen Kulturen gibt es Menschen, die problemlos als das »andere« oder sogar als »drittes« Geschlecht leben können (beispielsweise die »Fa'afafine« oder die »Hijra«). Im Gegensatz dazu sorgen in anderen Kulturen – zum Beispiel in den USA – Leute, die nicht in die traditionellen Geschlechterrollen passen, für Verwirrung.

Alle Kulturen haben Definitionen davon, »was einen Mann (oder eine Frau) ausmacht«, wie zum Beispiel geschlechterspezifische Kleidung oder Tätigkeiten. Wenn jemand versucht, aus seiner Geschlechterrolle auszubrechen, wird er von der Gesellschaft in seine Schranken gewiesen. Wenn beispielsweise ein Mann in den USA lange Haare hat, Frauenkleider trägt oder homosexuell ist, wird er verspottet ... unter Umständen sogar von anderen Männern angegriffen. Das ist eine besonders extreme Gefahr für transsexuelle und androgyne Menschen.[12] Aber der Zweck des Gender Policing ist es, *alle* an ihrem zugedachten Platz zu halten.

Roissy richtet diesbezüglich das Wort an seinen hypothetischen, zukünftigen Sohn:

Du wirst lernen, Mädchen Hallo zu sagen, bevor du 16 Jahre alt bist, und wenn es dich umbringt. In deinem Zimmer werden weder Star-Trek- *noch* Herr-der-Ringe-*Poster hängen. Stattdessen wirst du Poster von Helmut Newton [kunstvolle Aktfotografien von dünnen, nackten Frauen] und eine Ausgabe von* Mystery Method *haben. Ich werde den Hund besser behandeln als dich, solltest du etwas studieren wollen, dass dir kein ordentliches Gehalt garantiert. Lern hart zuschlagen. Solltest du schwul werden, schlepp unter gar keinen Umständen deinen Freund bei mir an.*[13]

Männer *müssen* wissen, wie man Frauen um den Finger wickelt. Männer *dürfen* auf keinen Fall peinliche Interessen wie Science Fiction oder Fantasy haben. Männer *müssen* kämpfen können. Männer *müssen* ein bestimmtes Karriereziel erreichen. Männer *dürfen* nicht schwul sein. Kurz gesagt, Roissy beschreibt das Gender Policing besser, als ich es je könnte. (Seiner zukünftigen Tochter teilt er übrigens mit, dass er sie enterben wird, wenn sie mit »Verlierern« schläft, Sex für Geld hat oder Gendertheorie studiert ... aber er wird ihr gern eine Schönheits-OP bezahlen, »sollte das nötig sein«.)

Die Alpha/Beta-Diskussionen sind oft klassische Beispiele für Gender Policing. Einige PUAs (inklusive Roissy) gehen sogar so weit, dass sie »Alpha« als »attraktiv für Frauen« definieren und behaupten, dass der Wert eines Mannes allein davon abhängt. Da Roissy selbst ja angeblich unschlagbar im Game ist, macht diese Definition ihn *automatisch* zu einem Alpha. In seiner Welt ist er der Herrscher. Gleichzeitig macht er sich natürlich gnadenlos über Betas lustig, indem er sie auf seinem Blog öffentlich dafür fertigmacht, dass sie beispielsweise ihre Exfreundin zurückwollen oder die unterwürfige Rolle beim SM einnehmen. Es ist wirklich schade, denn einige PUA-Taktiken sind extrem intelligent. PUAs, die an solche Phlogiston-Theorien wie die von Alpha- und Betamännchen glauben, verpassen nicht nur unglaublich viel, sondern hindern sich auch selbst daran, bessere Lösungen zu finden.

Gender Policing ist ein weitverbreitetes Phänomen und beschränkt sich nicht nur auf die PUAs. Es gibt sogar *Anti-PUA-Foren* im Internet *für Männer*, auf denen man Gender Policing in rauen Mengen findet. Wenn ich einen Dollar für jeden Interneteintrag bekäme, in dem ein wütender Mann einen PUA-Coach als »schwul« bezeichnet, könnte ich mir Dutzende überteuerte Bootcamptickets leisten.

Man sollte meinen, dass PUAs Gender Policing besser erkennen und verstehen könnten, weil sie selbst so häufig darunter leiden. Aber in einer Gruppe mit solchen Männlichkeitsproblemen ist es erstaunlich, wie scharf Alpha/Beta-Theoretiker darauf sind, sich über »weniger maskuline« Männer lustig zu machen. Es wäre komisch, wenn es nicht so traurig wäre. Es ist ungefähr vergleichbar mit Frauen, die sich selbst Feministinnen nennen und dann andere Frauen als »Schlampen« bezeichnen.

Es ist offensichtlich, dass ich kein großer Fan von Hierarchien bin. Aber wir leben in einer Welt, die hierarchisch ausgerichtet ist. Wir können versuchen, sie abzuschaffen, aber das wird eine Weile dauern. Ich glaube, dass die Welt ein besserer Ort wäre, wenn Gemeinsamkeit und Zusammenarbeit eine wichtigere Rolle spielen würden. Aber manchmal kommen wir nicht drum herum, uns mit dem Thema »Macht« auseinanderzusetzen. Aber wie *setzt man Macht am besten ein*, wenn man sie hat?

Was mir an Roissy solche Sorge bereitet, ist nicht, dass er sich mit gesellschaftlicher Macht beschäftigt, sondern dass ihm die Verantwortung, die damit einhergeht, vollkommen egal zu sein scheint.

Es gibt eine einfache, nette Erklärung für Roissys Verhalten: Er gibt zu, dass er vor langer Zeit sehr in eine Frau verliebt war, die ihm das Herz gebrochen hat. Anscheinend behandelte er diese Frau ungefähr so gut wie alle anderen Frauen. Pech für ihn, dass sie klug genug war, das Weite zu suchen. Er erkannte, dass er sie liebte, und versuchte, sie zurückzugewinnen. Sie allerdings war nicht so dumm, erneut darauf hereinzufallen. Roissy schloss daraus, dass es seine *Liebe* war, die sie in die Flucht schlug. »Wenn du willst, dass ein Mädchen sich entliebt«, schreibt er, »überschütte sie mit Liebe.«

Mein Lieblingskommentar zu diesem Beitrag ist dieser:

Roissy, du liegst komplett daneben. Du hast sie einfach viel zu spät mit Liebe überschüttet. Sie war wahrscheinlich erst verletzt und kam irgendwann einfach über dich hinweg. [...] Du warst noch nicht bereit, dich auf sie einzulassen, und deine verzweifelten Versuche, sie zurückzugewinnen, kamen einfach zu spät.[14]

Ich denke, dass hinter Roissys Persönlichkeit noch mehr steckt als nur diese eine Erfahrung. Ein männlicher, feministischer Freund von mir fragte mich einmal: »Meinst du, dass Roissy von den Schlägertypen in den Mülleimer gesteckt wurde, als er noch zur Schule ging?« Das ist eine vernünftige Frage. Schlägertypen werden meistens zu dem, was sie sind, weil sie selbst verletzt worden sind. Ich bin mir sicher, dass Roissy zumindest teilweise von Schmerz motiviert wird und wahrscheinlich auch von Rache. Aber in erster Linie geht es ihm um Macht.

Roissy mag vielleicht am ganz äußeren Ende des Darth-Vader-PUA-Kontinuums stehen, aber er ist nicht allein. Roissy ist berühmt in seinem Teil der Blogsphäre (einige Blogger nennen es die »Roissysphäre«). Er ist intelligenter und eloquenter als die meisten anderen PUAs, die ähnliche Dinge sagen. Ich habe gehört, dass der Original-Roissy sich gar nicht mehr um den Blog kümmert, sondern sein »Chateau Heartiste« talentierten Anhängern überlässt und ihre Beiträge lediglich lektoriert. Die Kommentare auf seinem Blog sind an Boshaftigkeit nicht mehr zu übertreffen: »[Frauen] sind geistlose, dumme Hohlköpfe. Wenn sie keine Muschis hätten, wären sie zum Abschuss freigegeben.«[15] Der Mann, der diesen Satz geschrieben hat, missachtet Frauen nicht einfach nur. Er fürchtet sich vor ihnen. Man gibt nichts zum Abschuss frei, was nicht *gefährlich* ist.

Roissys Ansichten lassen viele Typen vor Pick-up-Artistry zurückschrecken, und zwar auch diejenigen, denen Roissy angeblich helfen will. Was mich allerdings viel mehr beunruhigt, sind die Typen, die glauben, dass solche schrecklichen Ansichten notwendig sind, um *Erfolg* bei Frauen zu haben.

• • •

Mehr und mehr meiner Freunde wurden neugierig auf mein »Projekt«, weil ich andauernd davon redete. Ein Freund traf den semiprominenten PUA Herbal auf einer Party (bekannt aus *Die perfekte Masche*). Er war alles andere als begeistert von ihm und bezeichnete ihn als einen »frivolen, billigen Abklatsch eines

Abenteurers«. Selbst der Macker bat mich irgendwann, ihm zu erklären, was an PUAs so furchtbar interessant sei. Er hörte sich an, was ich zu sagen hatte, zuckte dann mit den Schultern und sagte: »Ich weiß nicht, für mich klingt das irgendwie ... hohl.«

Meine Freunde hatten recht. Frivol. Hohl. Und ich setzte mich *endlich* hin und dachte gründlich darüber nach, warum mich PUAs so sehr interessierten. Es war mehr als mein PUA-Fetisch, mein Wunsch nach Anerkennung oder meine Suche nach gesellschaftlicher Macht. Auf gewisse Weise war ich von mir selbst angewidert, dass ich den PUAs so viel Platz in meiner Gedankenwelt einräumte.

PUA-Coach Mark Manson sagte mir einmal, dass Groupiemädchen mit Pick-up-Artistry anfangen, weil sie »Probleme mit Intimität« haben und ihre emotionalen Schutzmechanismen für Durchschnittstypen zu stark sind. Ich dachte nicht, dass das auf mich zutreffen könnte. Schließlich hatte ich einige lange Beziehungen gehabt und auf keinen Fall Probleme mit Intimität, oder?

Oder?

Beruhten die Motive für meinen Aktivismus nicht auf dem Wunsch, die Welt zu verbessern? War ich nicht eine großartige Feministin? War ich nicht unglaublich moralisch? Warum verschwendete ich meine Zeit damit, mich mit PUAs abzugeben, und dann noch mehr Zeit damit, mich deswegen unsicher und selbstmitleidig zu fühlen? Warum lebte ich meine zynische, manipulative Seite so aus? Sollte ich nicht versuchen, sie zu besiegen?

Ehrlich mal, dachte ich. *Ich könnte echt den Arbeitstitel meines Buches zu* Die schreckliche Angst eines weißen, heterosexuellen, gesunden, cisgender Mittelklasse-Mädchens, das niemals in ihrem Leben auch nur ein wirkliches verdammtes Problem hatte *ändern.*

Ich könnte behaupten, dass meine Recherche eine Art der Selbstverteidigung war, die mich gegen die harsche Realität der Partnersuche abhärtete. Außerdem zwang sie mich oft, mich mit meiner eigenen dunklen Seite zu beschäftigen: meine schlimmsten Meinungen über Männer. Auf gewisse Weise war das schlecht, weil es Hass und Paranoia in mir hervorrief. Aber Roissys Blog zu lesen und dann mit »guten« Männern darüber zu sprechen, fühlte sich manchmal an wie eine Art Exorzismus.

Einige der schlimmsten PUA-Inhalte sind auf bizarre Art verführerisch und bestätigend, weil sie Frauen in eine starke, bewundernswerte Rolle verfrachteten ... mehr, als den Autoren bewusst ist. Roissy schreibt zum Beispiel viel darüber, dass Männer faul und nutzlos werden, *außer* sie müssen Erfolge erbringen, *um mit Frauen schlafen zu können.* Das impliziert, dass Frauen die Verantwortung haben, nicht mit Männern zu schlafen, die nicht genug aus sich machen. Das impliziert auch, dass Frauen das stabilste, brauchbarste und produktivste Element der Gesellschaft sind.

(In meiner Vorstellung habe ich eine Dark-Lord-Stimme, wenn ich solche Dinge formuliere:)

Vielleicht sind Frauen *tatsächlich* das stabilste, brauchbarste und produktivste Element der Gesellschaft. Vielleicht würden die meisten Männer wirklich *nie* irgendetwas zustande bringen, außer wir drohen an, ihnen den Sex vorzuenthalten. Vielleicht existiert die männliche gesellschaftliche Dominanz, weil Frauen so viel *stärker* als Männer sind. Vielleicht waren Frauen schon immer die einzigen, die stark genug waren zu tun, was getan werden musste (wie emotionale Arbeit und die Aufgaben, die mit der Familie zusammenhängen), im Gegensatz zu dem, was die meiste Aufmerksamkeit erhält (wie das Erschaffen von riesigen Gebäuden).

Vielleicht werden Frauen deswegen von der Gesellschaft in unserer Karriere, unser Sexualität und unseren Errungenschaften unterdrückt, weil es die Gesellschaft *zerstören* würde, wenn wir Frauen uns auf unsere eigene Erfüllung konzentrierten, anstatt die faulen Säcke anzutreiben und zu belohnen. Außerdem müssen wir sie auch irgendwie von ihren gewalttätigen Trieben abhalten und verhindern, dass die Welt in Krieg und Blutvergießen versinkt.

Also haben Frauen vielleicht die wahre Macht, aber Feminismus führt uns in die Irre, denn wir *sollten* unsere Kräfte dafür einsetzen, Schwäche vorzuspielen, damit die Männer ihren Arsch hochkriegen. Und wir *brauchen* Männer, die Produkte erschaffen und sich um Macht streiten.

Oder etwa nicht?

Nein. Schlicht und ergreifend: Nein.

(Meine innere Stimme wird wieder normal.)

Diese männerverachtenden Zeilen kommen nicht aus feministischen Theorien, sondern aus der antifeministischen Gegenbewegung. Das ist die dunkle Seite und nichts davon ist zutreffend. Frauenhass ist Männerhass.

Es gab Momente, in denen ich es liebte, »vom Bösen verführt zu werden«. Ich liebte auch die Herausforderung zu versuchen, diese unerträglichen Perspektiven zu verstehen. Trotz der unglaublichen Menge an Scheiß, mit der ich mich während meiner PUA-Recherche auseinandersetzen musste, konfrontierte sie mich auch mit meinen eigenen Ängsten. Zu Beginn fühlte es sich so an, als ob es meine Moralvorstellungen und meinen Feminismus untergraben könnte. Aber ich glaube, dass meine moralischen Grundsätze durch meine Auseinandersetzung mit politisch inkorrekten und schwierigen Philosophien stärker, beweglicher und realistischer geworden sind. Es war allerdings kein leichter mentaler Prozess, dorthin zu kommen.

• • •

Als Gunwitch (angeblich) die Frau anschoss, hatte ich mich bereits ein paarmal mit James Amoureux getroffen. Ich erzählte ihm davon, als er mich nach der Porn-&-Chicken-Clubnacht zu Hause absetzte, und beobachtete seine Reaktion. Er schnappte nach Luft, riss die Augen auf und hatte einen völlig erschrockenen Gesichtsausdruck. »Das ist ja schrecklich«, sagte er. »Oh Gott, ich hoffe, der Frau geht es gut.«

Ich hatte das Gefühl, dass seine Reaktion zum Teil nur vorgespielt war. Aber tun wir das nicht alle, wenn wir schreckliche Neuigkeiten hören?

»Hast du von dem dominanten SMer gehört, der aus Versehen seine Freundin erschossen hat?«, fragte James.

Davon hatte ich tatsächlich gehört. Ein junger Mann namens Arthur John Sedille hatte angeblich seiner Freundin als Teil eines Sexspiels eine geladene Waffe an den Kopf gehalten. Die Waffe ging los, sie starb und er behauptete, es sei alles ein schrecklicher Unfall gewesen.

Selbstverständlich distanzierten sich die meisten SMer so schnell wie möglich von der Geschichte. Es gab viele erboste Kommentare darüber, wie dumm und fahrlässig das Paar sich verhalten hatte. Andere Leute nahmen an, dass Sedille *definitiv* log und versuchte, unsere Community als Tarnung für den kaltblütigen Mord an seiner Freundin zu benutzen.

James wollte sanft darauf hinweisen, dass man nicht die gesamte SM-Community aufgrund solcher extremen Sonderfälle verurteilen konnte. Genauso wenig wie die PUA-Community.

»Ich verstehe, was du meinst«, sagte ich und umarmte ihn zum Abschied, bevor ich aus seinem Auto stieg.

Er lehnte sich aus dem Fenster. »Kommst du nächste Woche wieder mit zu Porn & Chicken?«

»Vielleicht«, antwortete ich. »Ich melde mich.«

Ich ging in meine Wohnung und dachte über meine eigenen SM-Fantasien nach. Es ist unwahrscheinlich, dass ich jemals über den wirklich heftigen Kram (wie einige meiner Masturbationsfantasien) schreiben würde, weil es einfach zu heftig ist. Aber wenn es schon um einen waffenfanatischen PUA-Guru geht, kann ich auch zugeben, dass in manchen meiner Fantasien auch Waffen vorkommen. SM-Szenarien beinhalten manchmal die extremste Gewalt. Aber ich werde wütend, wenn Leute uns wegen dieser Fantasien pervers und abartig nennen: Es sind nur *Fantasien.*

Es ist etwas anderes, dachte ich. *Gunwitch war ein berühmter, angesehener Guru mit vielen Anhängern. Er zeigte nicht den geringsten Respekt für die Frauen, denen er hinterherjagte. Gunwitch hatte sogar einen ernst gemeinten Vergleich zu Ted Bundy aufgestellt! Die Anführer in der SM-Community dagegen befürworten Geschlechtergleichheit und versuchen, Missbrauch zu verhindern.*

Aber war ich wirklich bereit, darauf zu wetten? Es gibt bestimmt berühmte Anführer der SM-Community, die wirklich schlimme Dinge getan haben. Ist irgendeine Gemeinschaft immun gegen furchtbare Anführer?

Ich goss mir ein Glas Wasser in der Küche ein und dachte über James nach. Ich kam zu dem Schluss, dass in seiner Szene nicht die beste Musik gespielt wird und dass Porn & Chicken irgendwie langweilig war. Ich war mir auch nicht sicher, ob ich mir die Perspektive der PUAs noch weiterhin zu Gemüte führen musste. Und wieder fragte ich mich, was für einen Plan James mit mir verfolgte. Ich nahm immer noch keine IOIs wahr und ich fühlte mich nicht mehr besonders stark zu ihm hingezogen (wenn es auch nicht ganz verschwunden war). Ich konnte mich nie wirklich mit ihm entspannen.

Plötzlich kam mir ein absurder überraschender Gedanke: *Vielleicht möchte er einfach nur mit mir befreundet sein.*

Bei einem anderen Mann hätte ich das wahrscheinlich mit als Erstes in Betracht gezogen. Aber bei James hatte ich Monate dafür gebraucht. Ich musste lachen.

Ich erinnerte mich an die Frau, die gesagt hatte, dass James mich »belügen wird, bis er dich ins Bett gekriegt hat«, und an James eigene Worte: »Das bist nicht du, das ist das *Game.*« Das kam mir distanziert und unehrlich vor. Ich dachte weiter über den Gunwitch-Vorfall und James vorgespielt wirkende Reaktion nach.

Es war nicht einmal so, dass ich James für einen schlechten Menschen hielt. Ich vertraute ihm bloß nicht. Vielleicht wollte er wirklich nur mit mir befreundet sein, aber ich fragte mich, wie so eine Freundschaft aussehen könnte.

Meine engen Freunde sagten mir, dass meine PUA-Recherche schlecht für mich sei. Es schien so, als ob ich in jede Diskussion immer wieder PUA-Begriffe einbrachte. In Anbetracht meiner steigenden sozialen Unsicherheit konnte ich nicht anders, als meinen Freunden recht zu geben. Ich hatte das Gefühl, dass meine Bitterkeit bezüglich Beziehungen und Männern im Allgemeinen ein Ausmaß erreicht hatte, mit dem ich nicht mehr umgehen konnte. Es machte mich fertig. Ich wollte raus.

... Oder zumindest war ich mir ziemlich *sicher*, dass ich raus wollte.

Ich wusste nicht, ob ich mich tatsächlich anders verhielt als sonst. Aber es ist schwer, so etwas über sich selbst zu *wissen*. Ich war an dem Punkt, an dem ich den Wortschatz der PUAs kannte. Ich verstand die meisten PUA-Witze und konnte subtile Kritiken interpretieren. Ich war bestimmt keine Expertin, aber ich konnte mich ohne Probleme mit einem erfahrenen PUA unterhalten.

Es war möglich, dass mich die Metaphern der PUAs gar

nicht beeinflussten. Aber die PUA-Community sorgte ganz *sicher* nicht dafür, dass ich mich *gut* mit mir selbst fühlte oder mit Männern. Manchmal war es lustig, sie zu beobachten, ihre Beiträge zu lesen und mich mit ihnen zu unterhalten. Manchmal. Aber manchmal musste ich nur einen einzigen PUA-Blogeintrag lesen und mir war hinterher stundenlang schlecht.

Viel beunruhigender war allerdings die Tatsache, dass meine negative Reaktion *nachließ*. Ich war an den Punkt gekommen, an dem mich die meisten PUA-Texte nicht mehr aus der Fassung brachten. Ich wurde langsam immun gegen dieses Gift.

Ich reise gern und habe schon viel stärkere Kulturschocks erlebt als mit der PUA-Community. Aber eines der Symptome für einen Kulturschock ist es, »sich nicht wie man selbst zu fühlen«. Das ist in Ordnung, solange man das Ziel hat, sich an eine neue Kultur *anzupassen*. Es könnte aber auch der Punkt sein, an dem man sich überlegt, nach Hause zu fahren.

Ich fühlte mich nicht wie ich selbst und ich hatte das deutliche Gefühl, dass ich für meine PUA-Recherche einen inneren Preis zahlte. Selbst wenn ich noch nicht genau wusste, wie hoch er war.

Würde ich warten, bis etwas wirklich Schlimmes passierte, bevor ich mich da herauszog? War es kein deutliches Omen, dass ein PUA-Guru gerade einer Frau ins *Gesicht* geschossen hatte? (Ja ja, angeblich, verdammt!)

Und was James betraf ... Ich vertraute ihm einfach nicht. Letztendlich rief ich ihn nicht an und ging auch nie wieder zu Porn & Chicken.

Kapitel 10

I Want to Love But It Comes Out Wrong

In diesem Kapitel wird Clarisse so paranoid, dass sie irgendeinen Kerl auf einer Party fälschlicherweise für einen Undercover-PUA hält und betrunken einen ehemaligen Liebhaber anruft, um ihn zu beschuldigen, sie sexuell ausgenutzt zu haben. Es kommt zum totalen Zusammenbruch der strategischen Mehrdeutigkeit mit Adam und der Field Report der emotionalen Eskalation kommt zum Ende.

Der Titel dieses Kapitels stammt aus dem Lied *Blood and Roses* von The Smithereens.

Ich entschied, dass es an der Zeit für mich war, dieses Buch zu schreiben. Ursprünglich wollte ich eigentlich erst an anderen Projekten arbeiten, aber ich musste mir den Mist einfach von der Seele schreiben. Ich war schon längst über Hammer und Nägel hinaus. Ich bewertete das natürliche Game meiner Bekannten und gab ihnen Ratschläge. Ich zählte Shit Tests in Lady-Gaga-Songs (*I Like It Rough* ist ein großartiges Beispiel).

Eines Abends befand ich mich sehr betrunken auf einer Party. Ich war mir hundertprozentig sicher, dass der Typ, der mich anbaggerte, ein Undercover-PUA war. Sein Name war angeblich Zach Lash und das konnte doch nur ein PUA-Pseudonym sein, oder?! Sein Opener war, mich mit einer Wasserpistole abzuspritzen.

»Du bist ein regelrechtes Kunstwerk«, sagte ich zu Mr. Lash, nachdem wir ungefähr eine Stunde lang geflirtet hatten.

Er war verwirrt. »Was meinst du damit?«

Ich sah ihn interessiert an. »Ist das alles, was du tust? Von Party zu Party zu gehen und Mädels anzubaggern?«

»Nein«, sagte er. »Wieso? Meinst du, ich sollte?«

Zach hatte mehrere Jahre an Bord eines Segelschiffs verbracht; er war gerade aus der Antarktis zurückgekehrt und fuhr ein Motorrad. Mit jeder neuen Information wurde ich sarkastischer. Es war einfach zu verdächtig.

»Okay, jetzt reicht's!«, sagte Zach irgendwann. »Könntest du bitte aufhören, so zu tun, als ob *alles*, was ich sage, erlogen ist?«

Im Nachhinein wundert es mich, dass er sich das überhaupt antat. Er war nicht das schmierige Arschloch, für das ich ihn hielt, aber ich schätze, er fühlte sich von meinen Anschuldigungen irgendwie geschmeichelt. Letztendlich fingen wir doch etwas miteinander an. Irgendwann brachte ich Zachs Sprüche einem ganzen Klassenzimmer voller PUAs bei. Als ich Zach davon erzählte, rief er empört: »Du kannst doch denen nicht *mein* Game beibringen! Du zerstörst mein Mojo. Warum schneidest du mir nicht die Haare ab, Delilah?«

Ich gestand ihm später, dass ich Albträume hatte, in denen ich von wütenden PUAs verfolgt wurde. (Albträume ... oder Fantasien? Schwer zu sagen.) Zach fand das so lustig, dass er das erste Kapitel der Geschichte »Jemand muss Clara ficken« schrieb. Die Hauptfigur heißt Clara Rose und ihre Mission ist es, die wahren Identitäten von PUAs auf ihrem Blog zu enthüllen.

»Jemand muss Clara ficken« blieb unvollendet. Aber ich möchte an dieser Stelle voller Stolz die Anfangsszene dieses Meisterwerks präsentieren:

»Die Schlampe muss einfach nur flachgelegt werden!«

Alle Köpfe im Raum drehten sich zu Modus um, der gerade aufgesprungen war, sein Ausbruch lautstark von dem heftigen Zuklappen seines Laptops untermauert. Er zitterte vor Wut und

Empörung und selbst sein Markenzeichen, die roten Hasenohren, zuckten.

DigaMe legte eine tröstende Hand auf Modus' Schulter und sagte sanft zu den Versammelten: »Es ist Clara Rose. Ihr heutiger Beitrag hat Taurine geoutet.«

Modus ließ sich in einen gepolsterten, nietenbesetzten roten Ledersessel fallen. Unsicheres Gemurmel breitete sich im Raum aus. Taurine war ein Gründungsmitglied und für Modus wie ein Vater gewesen.

»Vielleicht hat er recht ...«, sagte Boon. Er war neu im Club und noch unbeholfen, was das Game betraf. Er hatte die Beleidigung »Noob« (»Anfänger«) umgedreht und zu seinem Namen gemacht. »Vielleicht ist das die Antwort.«

Die versammelten Mitglieder des Player's Ball verstanden es nicht und Modus' Wut richtete sich nun gegen den Anfänger mit dem Überbiss, der es gewagt hatte, das Schweigen zu brechen.

»Nein, nein, hört zu! Diese aggressive Feministenbraut versucht, das Game zu zerstören! Hopper kann überhaupt keine Frau mehr kriegen, seit sie ihn im Internet geoutet hat! Wir sind die Sache falsch angegangen. Peacocking hilft uns nicht bei einem Publicity-Krieg. Wir müssen dieses Problem auf die einzige Art bekämpfen, die wir kennen: Jemand muss Clara Rose ficken!«

• • •

Eines Nachts rief ich sturzbetrunken bei einem Kerl an, mit dem ich mich Monate zuvor ein paarmal getroffen hatte. Um vier Uhr morgens. Um ihn zu beschuldigen, dass er mich für Sex benutzt hätte.

Ich kann mich an diesen Anruf nicht mehr richtig erinnern und erfuhr die Details erst später. Ich hatte mich mit diesem Typen einige Male getroffen, bevor er in eine andere Stadt gezogen war. Als wir uns also das nächste Mal sahen, fragte er mich: »Hey, erinnerst du dich an deinen betrunkenen Anruf? Es war total lustig. Du warst unglaublich wütend auf mich und hast behauptet, dass ich nichts von dir wollte, außer dich zu ficken.«

Normalerweise trinke ich extrem wenig. Wenn ich mich so sehr betrinke, dass ich mich am nächsten Morgen nicht einmal mehr daran erinnern kann, was ich gemacht habe, muss ich emotional ziemlich fertig sein. Ich rufe normalerweise auch nicht betrunken bei Leuten an. (Bestimmt werden einige PUAs diesen Abschnitt als Versuch deuten, mein Image als »nettes Mädchen« zu bewahren. In Wirklichkeit möchte ich einfach nur zeigen, wie verwirrt ich war.)

Ich vermute, dass sich dieser Vorfall nach einer wilden Partynacht mit den PUAs ereignete. Obwohl ich entschlossen war, mich von der PUA-Community zu entfernen, nahm ich trotzdem noch an ein oder zwei Veranstaltungen teil. Es fiel mir schwer, loszulassen. Ich muss den PUAs allerdings zugutehalten, dass sie mich fast brüderlich beschützten. Sie sorgten immer dafür, dass ich heil zu Hause ankam.

Ich entschuldigte mich voller Entsetzen bei dem Empfänger des Anrufs.

»Das ist schon in Ordnung«, sagte er. »Dein Anruf ist eine meiner Lieblingsanekdoten. Ich gebe ehrlich gesagt ein bisschen damit an. Du warst am Anfang schwer zu verstehen, also musste ich dich erst mal beruhigen. Dabei wurde mir klar, wie verkorkst dieser ganze PUA-Zirkus ist. Aber so faszinierend! Du hast ungefähr eine halbe Stunde lang Unmengen davon erzählt, bis du ins Bett gegangen bist. Als ich später gelesen habe, was die Typen in den PUA-Foren so von sich geben, konnte ich komplett verstehen, warum du so ausgeflippt bist.«

»Bist du sicher, dass es okay ist?«, fragte ich. »Es tut mir echt unglaublich leid. Aber diese Geschichte zeigt, wie dringend ich einen Entzug von der Pick-up-Artistry brauche.«

Er lachte. »Es ist hundertprozentig okay«, sagte er. »Wirklich. Es war lustig und charmant und vor allem interessant. Fühl dich frei, jederzeit betrunken bei mir anzurufen und dich über die PUAs auszukotzen.«

Ich hatte Glück, dass er das Ganze mit Humor genommen hat. Hoffentlich habe ich außer ihm niemand anderen belästigt.

• • •

Ein Typ, der mich anbaggerte, stellte sich allerdings tatsächlich als PUA heraus. Oder besser gesagt, als ehemaliger. Ich traf ihn in einem SM-Dungeon. Er war klasse.

»Ich habe *Die perfekte Masche* verschlungen«, erzählte er mir, »weil ich eine ganz ähnliche Erfahrung mit der Pick-up-Artistry gemacht habe. Ich war intensiv dabei, bis zu dem Moment der Ernüchterung, genau wie Neil Strauss.«

»Wie ist es zu der Ernüchterung gekommen?«, fragte ich.

Er zuckte mit den Schultern. »Ich mochte nicht, wie respektlos PUAs mit Frauen umgehen. Außerdem konnte ich mit den PUA-Methoden nur Frauen klarmachen, mit denen ich nicht reden konnte, geschweige denn zusammen sein wollte. Ich wollte jemanden, der interessanter ist. So wie du.«

»Bin ich so interessant?«, fragte ich leicht ironisch.

»Das ist Frauencode für: ›Mach mir noch mehr Komplimente!‹ Fallen andere Männer auf so etwas rein?«

Von diesem Mann stammt auch mein Lieblingsneg mit der hungernden Künstlerin. Ich musste darüber sehr lachen. Leider nahm er mich an dem Abend nicht mit nach Hause. Er zog es vor, mit mir rumzumachen und SM-Psychospiele zu spielen, bis ich vor Verlangen völlig außer Atem war. »Ich mag es, dich zu ärgern«, sagte er fröhlich, als er mich vor meiner Haustür zum Abschied küsste. »Schreib nichts allzu Fieses über mich.«

»Fick dich!«, rief ich lachend hinter ihm her. »Ich werde *überhaupt nichts* über dich schreiben!« Außer dass ich es offensichtlich gerade tue ... Na ja, vielleicht war es ein Shit Test.

Er sagte mir einmal, dass ich schwer zu durchschauen sei.

Aber du durchschaust mich doch die ganze Zeit, dachte ich. Trotzdem nahm ich das als Anreiz, mein Game etwas zu verbessern. Ich entschloss mich, ein Experiment mit ihm zu machen: Ich sah zu ihm rauf und strahlte ihn an.

Er schaute mich an, zögerte kurz und küsste mich dann. »Manchmal siehst du aus, als ob du geküsst werden solltest«, sagte er. Es war genau die Reaktion, auf die ich abgezielt hatte. Ich fragte mich, ob er die Berechnung in meinen Augen sehen konnte.

Ich schätze, dass fiese Mädchen diese Art der Körpersprache schon in der Highschool lernen.

• • •

Dieser Mann hinterließ einen bleibenden Eindruck auf mich. So sehr, dass ich mehr an ihn dachte als an Adam, obwohl ich kurz davor war, nach San Francisco zu fahren. Der Kontakt zwischen Adam und mir war nur noch sporadisch, da wir beide nicht besonders gut in Fernbeziehungen waren. Als ich mich auf die Reise vorbereitete, stellte ich fest, dass ich wirklich keine Ahnung hatte, was bei Adam los war. Ein Teil von mir dachte: *Vielleicht wäre es besser, diese Beziehung einfach ausklingen zu lassen und mich auf den neuen Typen zu konzentrieren.* Aber ich wusste, dass ich das nicht konnte.

Wiedersehen in einer Fernbeziehung sind immer ein bisschen komisch. Bei Adam benötigte es allerdings nur ein paar Minuten intensiven Rummachens, bis mir die vertraute Erregung durch Mark und Bein fuhr. Meine Gefühle brauchten ein paar Stunden länger, um hinterherzukommen. Ich kann mich genau an den Moment erinnern: Mein Kopf lag an Adams Brust und wir unterhielten uns ... und ich spürte plötzlich wieder diese intensive Intimität. Mein Herz schlug schneller.

Es wäre so einfach, loszulassen. Es wäre so einfach, mich komplett in ihn zu verlieben, dachte ich. Ein Teil von mir wollte das auch wirklich. Ein anderer Teil seufzte schwer und sagte mir, dass ich irgendwann aufhören müsste, mich wie ein Teenager zu benehmen.

Wir hatten total tollen Sex und dann wieder komplizierten Sex. Adam wurde unsicher und hörte auf.

»Manchmal machen wir SM und ich denke, dass alles okay ist«, sagte er, »bis ich dich ansehe und nicht weiß, wo du gerade bist.«

In seiner Stimme schwang eine neue, berechnende Kälte mit. Der Ton allein ließ mich völlig verkrampfen.

»Ich kann damit nicht umgehen«, sagte er.

Ich versuchte erfolglos, meine Reaktion zu kontrollieren. Ich glaube, ich schnappte sogar nach Luft. »Es tut mir leid«, sagte Adam sofort. »Ich wollte nicht so ... bedrohlich klingen. Es ist nur ...« Er verstummte und machte eine hilflose Geste mit seiner Hand. Ich wurde auf mich selbst wütend. Zum einen, weil ich nicht in der Lage war, besser über meine Gefühle zu reden. Ich verstand Adams Position: Ein undurchschaubarer SM-Partner ist sowohl frustrierend als auch furchterregend. Zum anderen war ich wütend, weil ich so verletzlich war. Weil ich mich auf ein Spiel eingelassen hatte, das ich nicht gewinnen konnte. Und ich hatte das Gefühl, dass ich Anfängerfehler machte, sowohl bei der Polyamorie als auch beim SM. Ich hatte seit Jahren keine Beziehung mehr gehabt, die mir so wichtig war.

• • •

Wir schafften es, die Wogen zu glätten, und verbrachten noch viel Zeit miteinander, auch mit anderen Freunden. Oberflächlich betrachtet, schien alles okay zu sein, aber ich war unsicherer als je zuvor. Also beschloss ich, mir die Zeit zu nehmen, um herauszufinden, was ich wirklich von Adam wollte, und mir keine allzu großen Sorgen zu machen.

Möglicherweise war das die falsche Entscheidung. Kurz vor unserer nächsten Verabredung sagte Adam in letzter Minute ab. Per SMS. Weil er zu betrunken war, mich zu treffen. Bei den meisten Typen wäre das ein sofortiger Grund gewesen, ihm den Laufpass zu geben.

Ich befand mich gerade mit dem Macker im Park, als Adams Nachricht mich wie ein Schlag in die Magengrube traf.

Adam hat mich davor gewarnt. Er hat gesagt, dass ich mich nicht auf ihn verlassen kann, dachte ich. Aber ich war trotzdem nicht vorbereitet. Ich erinnerte mich daran, als Adam mir gesagt hatte, ich sei unabsagbar. Ich runzelte die Stirn und blickte grübelnd auf mein Telefon.

Das Schlimmste, was ich mir vorstellen konnte, war, dass Adam die Sache beenden wollte, aber nicht den Mut hatte, es mir ins Gesicht zu sagen. *Aber das würde er nicht tun,* dachte ich. *Oder vielleicht doch?*

Oder vielleicht war die schlimmste Vorstellung auch, dass Adam sich so verhielt, um mich nachgiebiger zu machen. Absagen in letzter Minute ist eine PUA-Strategie. Ich musste an Roissys »Angst«-Beitrag denken. Ich schüttelte meinen Kopf. *Adam spielt kein Game mit mir,* sagte ich mir selbst. *Er ist Feminist! Er weiß überhaupt nichts über PUA.* Aber es war dennoch möglich, dass Adam das Game unbewusst anwendete.

Der Macker schaute mir zu, wie ich eine Antwortnachricht verfasste und sie löschte, ohne sie abzuschicken. »Macht dir dieses Drama mit Adam etwa Spaß?«, fragte er in einem Ich-bin-nur-neugierig-Ton. »Frauen mögen Drama, oder?«

»Soll das ein Witz sein?«, sagte ich verzweifelt. »Nein, es macht überhaupt keinen Spaß. Was denkst du, was ich tun soll?«

»Tu so, als ob es nie passiert wäre«, sagte der Macker. Das war sein voller Ernst.

Oh, Macker, dachte ich. *Du bist so ein Macker.*

Letztendlich antwortete ich neutral auf Adams Absage (irgendwas wie »Haha, trink viel Wasser«). Ich wusste nicht, was ich tun sollte.

Ich ertappte mich dabei, die Situation wie einen Compliance Test zu betrachteten ... Wenn ich ihm das durchgehen ließe, hätte Adam in unserer Beziehung eine Riesenmenge unausgesprochener Macht. Ich machte mir Sorgen, dass ich mir durch meine neutrale Antwort bereits selbst geschadet hatte ... Ich hätte entweder durch eine empörte Antwort die Framekontrolle ergreifen oder ihn komplett ignorieren sollen. Ich dachte wie besessen über alle möglichen PUA-Taktiken nach.

Plötzlich kamen mir meine Instinkte unglaublich manipulativ vor. War das schon immer Teil meines natürlichen Games gewesen?

Nein. Das bin nicht ich, dachte ich. *Oder ... wenn ich das bin, will ich es ändern. Es wird Zeit, dass ich offen und ehrlich mit ihm rede. Selbst wenn dadurch unsere strategische Mehrdeutigkeit flöten geht und ich verletzbar werde.*

Adam fragte mich am nächsten Morgen per E-Mail, ob ich einen schönen Abend gehabt hätte. Ich brauchte Zeit, um mir eine Antwort zu überlegen, und entschied, mit anderen Leuten über die Situation zu reden. Mein soziales Netzwerk würde mir helfen.

Codename Zach Lash meinte, dass Adam möglicherweise genauso verwirrt war wie ich: »Vielleicht hat er deswegen so viel getrunken. Ehrlich gesagt, klingt es nicht so, als hättest du Adam die Chance gegeben, mit dir zu kommunizieren.«

»Das stimmt nicht«, protestierte ich. »Ich hab ihm viele Chancen gegeben.« Aber näher benennen konnte ich die Gelegenheiten nicht. So viel lief zwischen uns nonverbal ab.

Eine meiner Freundinnen sagte: »Gib Adam eine Chance, sich zu entschuldigen, bevor du etwas unternimmst. Er weiß mit Sicherheit, dass er Mist gebaut hat.«

»Vielleicht hat er es nicht gemerkt«, sagte ich zweifelnd. »Manchmal sind Männer ziemlich blöd.«

»Ist er denn blöd?«, fragte sie. »Wenn Adam kein kompletter Idiot ist, wird er wissen, dass er es versaut hat. Triff dich mit ihm!«

Ich hätte wahrscheinlich Shannon anrufen sollen. Ich schätze, ich hatte Angst, dass ich ihre Antwort schon kannte: *Handbremse.*

Schließlich fragte ich meinen Lieblings-PUA, den polyamoren SMer Brian, um Rat. Wir befanden uns in einem Goth Club.

»Ich habe Angst vor meinen eigenen Impulsen«, sagte ich. »Ich will andauernd an allem herummanipulieren.«

»Ich weiß, dass du Freeze-Outs hasst«, sagte Brian. »Aber manchmal ist das keine Taktik, sondern eine Form der Kommunikation. Ich sage nicht, dass du ihn komplett ignorieren sollst, aber vielleicht *solltest* du kalt reagieren, wenn du ihn das nächste

Mal siehst, eine Art Mini-Freeze-Out. Das entspricht ja auch deinen wahren Gefühlen. Wenn du dich nicht etwas kalt und distanziert verhältst, kapiert er womöglich überhaupt nicht, wie mies es dir geht.«

»Ich weiß nicht«, sagte ich. »Vielleicht sollte ich ihn einfach gar nicht mehr sehen.«

»Vielleicht«, sagte Brian. »Du fühlst dich ja schon seit einer Weile seinetwegen unsicher. Du solltest deinen Instinkten vertrauen. Aber andererseits hast du nichts zu verlieren, wenn du mit ihm redest. Du solltest diesem Kerl vielleicht wirklich eine Chance geben, sich zu entschuldigen. Aber du musst auch bereit sein, ihn wegzuschicken.« Seine Stimme wurde härter. »Man muss immer bereit sein, Leute wegzuschicken.«

• • •

Adam und ich trafen uns in einem Café. Wir tanzten zehn Minuten lang um das Thema herum, bis eine Pause entstand.

»Also, es tut mir leid wegen neulich«, sagte Adam und lächelte.

Mir war sofort klar, dass es eine Pro-forma-Entschuldigung war. Er entschuldigte sich, als ob er versehentlich beim Abendessen gerülpst hätte.

Ich nahm einen Schluck von meinem Tee. »Was war denn los?«, fragte ich. Mein Ton war neutral, dessen war ich mir *sicher*.

Er zuckte mit den Schultern. »Ach, ich war bei Freunden und hab die Zeit vergessen.«

Ich bereitete mich auf ein ernstes Gespräch vor. »Es hat mich echt getroffen«, sagte ich und sah das Lächeln aus seinem Gesicht verschwinden. Seine Körpersprache drückte Besorgnis aus. *Okay,* dachte ich, *vielleicht besteht doch noch eine Chance.*

Wir redeten eine ganze Weile lang. »Es tut mir wirklich leid, ich hätte es besser wissen müssen«, sagte er. Er versprach, dass es nie wieder passieren würde. Er lachte, als ich ihm gestand, dass ich manchmal Angst hatte, ihn anzurufen. »Ich werde nie nicht von dir hören wollen«, sagte er.

Seine kurzfristige Absage war allerdings nicht das einzige Warnzeichen. Als wir darüber sprachen, den Kontakt stärker aufrechtzuerhalten, wich Adam meinem Blick aus. *Er sagt nur das, wovon er denkt, dass ich es hören will*, wurde mir klar.

Nein, vielleicht stimmt das nicht, widersprach ich mir selbst. *Er hat mich noch nie angelogen.*

Ein offensichtlicheres Warnsignal war, dass Adam mich als »eine Freundin« bezeichnete: »Ich hab mir nichts dabei gedacht, weil ich meinen Freunden andauernd absage.«

Deinen Freunden abzusagen, weil du dich unerwartet betrinkst, ist genauso mies, dachte ich. *Und wussten wir »nicht beide, dass wir mehr sind als Sexfreunde«? Aber das ist schon eine ganze Weile her ... und vielleicht hast du nur versucht, mich in deine Fuckbuddy Zone zu manövrieren.* Mir wurde plötzlich kalt. Ich wählte meine nächsten Worte sorgfältig.

»Erinnerst du dich an die Unterhaltung, die wir im Golden Gate Park hatten?«, fragte ich. »Als wir über ›Sexfreunde‹ und ›sekundäre Beziehungen‹ gesprochen haben?«

»Ja ...« Er machte eine Pause. »Ich glaube ...«, sagte er langsam, »ich bin es nicht gewöhnt, wichtige Beziehungen zu haben, die nicht monogam sind.«

Zu dem Zeitpunkt dachte ich, dass er sich irgendwann an die Idee gewöhnen würde. Aber vielleicht bedeutete es auch, dass für Adam eine nicht-monogame Beziehung niemals wichtig sein könnte.

Am Ende seufzte er. »Hilf mir, dich nicht zu verletzen«, sagte er. In die ehrliche Besorgnis seiner Stimme hatte sich ein Hauch Ungeduld eingeschlichen.

Ich zitterte. *Die Tatsache, dass du das gerade gesagt hast, bedeutet, dass es schon zu spät ist.* Laut einiger PUAs kann eine Frau mit einem guten Game einen Mann in einen Beta verwandeln, sodass er in der Beziehung überhaupt nicht mehr mitbestimmt. Ich fühlte mich, als ob Adam das mit mir getan hätte. Als ob ich seinen emotionalen Compliance Test nicht bestanden und die Kontrolle über den Frame verloren hätte.

Nach dem Gespräch stattete ich dem Macker, der von zu Hause aus arbeitete, einen Besuch ab. »Wie ist es mit Adam gelaufen?«, fragte der Macker.

»Okay, schätze ich«, antwortete ich. »Ich schätze, er hat all die richtigen Dinge gesagt ...«

»Super«, sagte der Macker und ging zurück an seinen Computer. Einen Moment später rief eine seiner Freundinnen an.

Super? Na ja, vielleicht, dachte ich.

Ich grübelte lange über die Situation nach, obwohl ich eigentlich hätte arbeiten sollen. Ein Wort passte einfach zu gut zu Adam: *inkongruent.*

• • •

Als ich das nächste Mal mit Adam schlief, fühlte ich mich meilenweit von ihm entfernt. Es machte Spaß ... Sex mit Adam machte immer Spaß. Aber ich war distanziert, wenn auch nicht mit Absicht. Als er mich hinterher fragte, wie ich mich fühlte, sagte ich einfach nur »befriedigt« und blieb verschlossen. Ich wollte nicht bei ihm übernachten, also behauptete ich, dass ich arbeiten musste. (Tatsächlich sind meine produktivsten Zeiten zwischen Mitternacht und vier Uhr morgens. Dieser Satz wurde um drei Minuten nach zwei geschrieben. Ich bin zumindest kongruent.) Im Nachhinein habe ich Schuldgefühle, wenn ich an mein Verhalten zurückdenke. »Befriedigt«? Ernsthaft?!

Adam und ich waren ein letztes Mal verabredet, bevor ich San Francisco verlassen würde. Eine Stunde vorher traf ich zufällig den Macker, der bemerkte, dass ich aufgebracht war.

»Ich will Adam nicht treffen«, erklärte ich ihm. »Ich denke schon den ganzen Tag darüber nach, ihm abzusagen. Vielleicht ist es keine gute Idee, ihn zu sehen, wenn ich innerlich so zerrissen bin.«

»Du musst ihn ja nicht treffen«, sagte der Macker vernünftig.

Dem Macker standen seine Zweifel ins Gesicht geschrieben. Aber er würde nur etwas zu mir sagen, wenn es wirklich schlimm wäre. Das bedeutete, dass ich mich vielleicht ein bisschen verrückt benahm, aber nicht zu sehr, oder?

Ich versuchte, wieder zur Vernunft zu kommen.

»Das stimmt«, sagte ich, »ich muss ihn nicht treffen. Aber ich möchte es irgendwie hinter mich bringen. Wir sind in einer Stunde verabredet und danach verlasse ich die Stadt. Wenn ich jetzt absage ... dann sage ich ihm ziemlich deutlich, dass ich ihn nie wiedersehen will und er mich mal am Arsch lecken kann.«

Und natürlich wollte ich ihn wiedersehen.

Aber irgendwie auch nicht.

»Ich koche heute Abend Indisch«, sagte der Macker nach einer Pause. »Falls das deiner Entscheidung irgendwie hilft.«

»Nein, ich werde mich mit ihm treffen«, sagte ich. »Aber ich komme wahrscheinlich in ein paar Stunden bei dir vorbei; je nachdem, was passiert.« Ich seufzte und lehnte mich an ihn an. »Tut mir leid, dass ich so neurotisch bin. Kannst du mich mal umarmen?«

Der Macker umarmte mich. »Wow, ist alles okay? Mir war nicht klar, dass du deswegen so durch den Wind bist.«

Ich schüttelte meinen Kopf. »Ich weiß auch nicht ... Kannst du mir sagen, dass du mich noch immer magst und mich für einen guten Menschen hältst?«

Manchmal muss ich diese Dinge einfach hören.

»Ich mag dich immer noch und halte dich für einen guten Menschen«, sagte er. »Das wird schon. Ich heb dir was vom Essen auf.«

• • •

Ich war gerade auf dem Weg, mich mit Adam zu treffen, als ich einen Anruf von einem PUA bekam. Er erzählte mir von einer Art PUA-Gipfeltreffen in Chicago, bei dem PUAs aus dem ganzen Land zusammenkommen würden. *Da muss ich dabei sein,* dachte ich und fragte, wie ich reinkommen könnte. Er sagte, dass meine Teilnahme vielleicht umstritten sein würde, aber dass er mich später zurückrufen werde.

Das versetzte mich in bizarr gute Laune. Ich musste mich erst mal beruhigen, als ich Adam traf. Er wollte sofort mit der ernsten Unterhaltung beginnen, also machten wir einen Spaziergang.

»Also«, sagte Adam, als wir in Richtung Park gingen. »Ich habe über das nachgedacht, was wir neulich gesagt haben. Dass wir Kontakt halten und alles. Und ich fühle mich wie ein totaler Arsch, weil ich weiß, dass ich das nicht tun werde.«

Mein Herz sank mir in die Hose, obwohl ich mir das schon gedacht hatte. *Ich habe versucht, ihm zu sagen, was ich brauche,* sagte ich mir. *Er hat mir gesagt, was ich hören wollte. Jetzt muss ich bereit sein, ihn wegzuschicken.*

Ich kann mich nicht an Details des Gesprächs erinnern. Es ergab nicht besonders viel Sinn. Aber ich kann sagen, dass Adam versuchte, so ehrlich wie möglich zu sein. Hätte er nur Sex von mir gewollt, wäre nichts einfacher gewesen. Nicht alles ist ein Compliance Test. Manchmal wird man einfach enttäuscht ... oder beide Parteien hatten von Anfang an unterschiedliche Erwartungen.

In der abschließenden Analyse muss ich sagen, dass Adam mit Sicherheit kein Game mit mir spielte oder versuchte, den Frame zu kontrollieren. Ich denke, dass er einfach verwirrt war. Leider kann eine verwirrte Person manchmal genauso viel Schaden anrichten wie ein Aufreißer. Und wenn man emotional involviert ist, muss man sich irgendwie schützen.

»Vielleicht war es das jetzt einfach mit uns«, sagte ich.

»Das klingt so *endgültig*«, sagte Adam. Und dann sagte er Sätze wie: »Ich bin einfach an einem Punkt in meinem Leben, an dem ich nicht verlässlich bin.«

Nachdem es eine Weile hin- und hergegangen war, sagte ich: »Weißt du, ich hätte heute Abend beinahe abgesagt. Ich bin gekommen, weil ich glaube, dass die ganze Geschichte insgesamt zu gut war, um sie einfach aufzugeben. Selbst wenn meine Gefühle stärker sind als deine, weiß ich, dass ich dir trotzdem wichtig bin. Ich glaube, damit umgehen zu können ... Also, möchtest du, dass wir weitermachen? Oder bist du hier, weil du es lieber persönlich beenden willst als per E-Mail?«

Na ja ... ich versuchte, etwas in der Art zu sagen. Meine tatsächlichen Worte waren mit Sicherheit angespannter, frustrierter und weniger durchdacht.

Ich erinnere mich trotzdem genau an Adams Antwort: »Vielleicht irgendwas dazwischen.«

Irgendwas dazwischen? Was zum Teufel lag denn zwischen »sich trennen« und »zusammenbleiben«? Ich suchte Adams enthusiastische Zustimmung für die Beziehung und er leistete Last Minute Resistance. Oder waren es Shit Tests? War es seine Anti-Relationship-Defense? *Männer wissen verdammt noch mal nicht, was sie wollen,* dachte ich. *Das ist die erste Regel bei Männern: Hör nie auf das, was sie sagen.* Ich war plötzlich müde und zynisch.

Ein paar Minuten später versetzte Adam dem Ganzen offiziell den Todesstoß. »Ich weiß, das klingt jetzt klischeehaft«, sagte er, »aber ich hoffe, dass wir Freunde bleiben können. Das sagt zwar jeder, aber ich meine es wirklich.«

Ich versuchte, meine ansteigende Wut zu bekämpfen. *Er sagt das, weil er mich als Person mag,* sagte ich mir selbst. *Nicht weil er mich in seine Fuckbuddy Zone verfrachten will.*

»Das ist süß«, sagte ich kalt.

Adam warf mir einen Seitenblick zu. »Ich bemüh mich«, sagte er leise.

• • •

Einige PUAs behaupten, dass Frauen Männer, die total auf sie stehen, unattraktiv finden. Einige PUAs werden diese Geschichte lesen und behaupten, dass ich nie so auf Adam abgefahren wäre, wenn er mich nicht hingehalten hätte. In der Hochphase meiner PUA-Besessenheit fragte ich mich, ob das wahr sein konnte.

Aber meine Gefühle für Adam waren mir vom ersten Date an klar gewesen und ich vermutete, dass ich das Ganze nach dem zweiten Date hätte beenden sollen. Ich war schon mit Typen zusammen, die von Anfang an klarstellten, wie sehr sie auf mich standen. Ein Kerl rief mich zum Beispiel eine Woche lang jeden Tag an ... und ich fand ihn immer noch toll! Tatsächlich hatte ich einige sehr lange Beziehungen, in denen die Männer mich, wie Roissy es beschreibt, »mit Liebe überschütteten«.

Also können Frauen definitiv auf Männer stehen, die total auf sie abfahren, liebe PUAs.

Ich glaube auch, dass einige Leute diese Geschichte als Beweis nehmen könnten, dass Polyamorie (oder SM) nicht funktionieren kann. Tatsächlich zeigt sie aber nur, dass Polyamorie eine komplizierte Angelegenheit ist und ich schlichtweg den Pflegebedarf sekundärer Beziehungen unterschätzt habe. *Aber sonst zeigt es nichts.* Die meisten Leute würden diese Geschichte ja auch nicht als Beweis sehen, dass Fernbeziehungen unmöglich sind.

Irgendwann erzählte ich dem PUA-Coach Mark Manson die Geschichte von Adam. Mark sagte: »Meiner Meinung nach zeigt deine endgültige Entscheidung gesunde, starke Instinkte. Wenn dir jemand absagt, ist das eine Sache. Aber wenn dir jemand absagt, während du versuchst, eine Fernbeziehung aufrechtzuerhalten, ist das etwas anderes. Und wenn dir jemand absagt, weil er mitten am Tag total betrunken ist, dann ist das ein riesengroßes Warnsignal.« Nach einer kurzen Pause fügte Mark hinzu: »Ich glaube, deine Paranoia beruhte auf dem Gedanken, dass Adam absichtlich versuchte, dich zu manipulieren. Das ist natürlich, nachdem du dem ganzen PUA-Kram ausgesetzt warst. Das passiert auch PUAs ... Manchmal sind Menschen einfach verwirrt und unachtsam und verletzen deine Gefühle nicht absichtlich.«

• • •

Als ich wieder in Chicago war, traf ich Shannon zum Abendessen. Ihre Beziehung mit ihrem Ehemann ist großartig und obwohl ich ein wenig neidisch war, war es schön, sie zu beobachten.

PUAs reden selten darüber, was es bedeutet, eine *verbindliche* Beziehung einzugehen. Aber eine Person, deren erklärtes Ziel eine verbindliche Beziehung ist, wird wahrscheinlich auch eine finden – ob sie nun monogam, polyamor oder verheiratet ist. Filme, Romane und Hormone haben gemeinsam den Mythos der »richtigen Person« geschaffen; ein Seelenpartner, in den man sich unweigerlich verliebt, ob man will oder nicht.

Aber die Wirklichkeit sieht anders aus: Wenn man jemanden findet, der gut zu einem passt, und sich bewusst für diese Person entscheidet, folgen die Emotionen dieser Entscheidung oft. Und wer darauf wartet, von der Liebe wie von einem Blitzschlag getroffen zu werden, kann lange warten. Oder ewig.

Shannon hat offensichtlich Verbindlichkeit zur Priorität gemacht. Wir redeten darüber, als ich versuchte, meine Trennung zu verarbeiten. »Ich war ziemlich verschlossen gegenüber Männern«, sagte ich. »Und ich habe Beziehungen sich einfach so entwickeln lassen. Vielleicht sollte ich deutlichere Ziele haben.«

»Vielleicht«, sagte sie mit einem Schulterzucken. »Du weißt, wie nervös ich war, mich auf meinen Mann festzulegen. Irgendwann dachte ich mir: Wenn ich es einfach tue, werde ich schnell genug herausfinden, ob das die richtige Entscheidung war. Ich wusste nicht sofort, ob er ›der Richtige‹ war, aber er war wirklich verdammt nah dran ... so nah, dass er es wahrscheinlich werden würde, wenn ich mich wirklich darauf einließ.«

Später gingen die beiden ins Bett und ich saß mit meinem Laptop in ihrem Wohnzimmer. Ich wollte ein paar Dinge erledigen, bevor ich nach Hause fuhr. Aber ich habe die Tendenz, mich völlig in meiner Arbeit zu verlieren, und so saß ich immer noch auf dem Sofa, als Shannon eine Stunde später zurück ins Wohnzimmer kam und sich neben mich setzte.

Sie und ihr Ehemann hatten Schwierigkeiten, ein Grundsatzproblem, das ich hier nicht breittreten will. Shannon rollte sich unter einer Decke zusammen und wir redeten darüber. Sie war erschöpft und frustriert. Eigentlich sollte sie schon längst schlafen, weil sie am nächsten Tag unfassbar viel zu tun hatte, aber stattdessen schlug sie sich mit diesem Problem herum ...

»Ich bin so müde«, sagte sie. »So müde.« Ich nahm ihre Hand. Das ist der erschreckende Aspekt der Verbindlichkeit: für jemand anderen verantwortlich zu sein und sich mit seinen Problemen zu beschäftigen, wenn man eigentlich seine eigenen hat.

»Du musst immer bereit sein, jemanden weiterzuschicken« – dieser Satz impliziert, dass es stets eine »bessere Option« gibt und dass Verbindlichkeit nichts bringt. Aber Verbindlichkeit ist manchmal genau das, was eine Beziehung braucht, um zu gedeihen.

Andererseits war ich einmal mit einem Typen zusammen, der so begeistert von mir war, dass er innerhalb der ersten Wochen schon von Heiraten sprach. Ich war etwas verschreckt von seiner Begeisterung, aber ich fand ihn auch toll. Ich zog ihn ernsthaft als Kandidaten für eine Ehe in Betracht, obwohl ich eine Weile brauchte, mir das einzugestehen.

Und dann trennte er sich von mir mit den Worten: »Vielleicht sind Männer einfach nicht in der Lage, die gleiche Art von Verbindung einzugehen wie Frauen.«

Also. Sollte ich mich schneller einlassen? Leichter? Sollte ich mir Männer aussuchen, die sagen, dass sie nach Verbindlichkeit suchen?

Vielleicht.

• • •

Es dauerte über ein Jahr, bis ich Adam wiedersah. Ich brauchte Zeit, um über ihn hinwegzukommen. Dann nahmen wir wieder unregelmäßigen E-Mail-Kontakt auf. Und dann besuchte er mich in Chicago.

»Ich dachte früher immer, dass für polyamore Beziehungen weniger Verbindlichkeit nötig ist als für monogame«, sagte er mir. »Aber ich glaube, in vielerlei Hinsicht brauchen sie mehr.«

Wenn einer von uns beiden versucht, das Game zu gewinnen, dann kann ich nicht sagen, wer. Ich glaube auch nicht, dass einer von uns den anderen besiegen wollte. Es ist ein gemeinsames Spiel, kein feindliches. Wir haben viel über die Lektionen gesprochen, die wir gelernt haben. Wir werden sehen, ob wir diesmal eine Lösung finden, die für uns beide funktioniert …

Aber das wird die Zukunft zeigen.

Kapitel 11

The End Is the Beginning Is the End

In diesem Kaptitel wird Clarisse unerwartet von ein paar PUA-Organisatoren zum Coach erklärt. Sie hält einen Vortrag bei dem PUA-Gipfeltreffen in Chicago und gibt ihre Flirt-Ratschläge weiter.

Der Titel des Kapitels stammt aus dem gleichnamigen Lied von den Smashing Pumpkins (obwohl Clarisse den *Stuck In The Middle With Fluke Vox Mix* bevorzugt).

Einige PUAs in Chicago organisierten ein landesweites PUA-Gipfeltreffen. Der Eintritt war für eine mittellose Künstlerin allerdings absolut unerschwinglich. »Ich glaube nicht, dass ich mir das leisten kann«, sagte ich zu Jonnie Walker. Ich war beinahe erleichtert. *Vielleicht klettere ich endlich wieder aus diesem Kaninchenbau raus,* dachte ich.

Dann rief Jonnie ein paar Tage vor der Convention an. »Wir können dich als Rednerin kostenlos reinbringen!«, sagte er. »Das ist großartig! Ich sag den anderen schon seit Ewigkeiten, dass du einen Vortrag halten solltest. Allerdings musst du erst mit Nathan sprechen, dem Organisator.«

Nathans Game war schon feindselig, bevor wir uns überhaupt trafen. Er schlug per E-Mail vor, dass wir uns noch am gleichen Nachmittag zum Mittagessen treffen sollten. Da das Gipfeltreffen schon in zwei Tagen stattfand, stimmte ich trotz meines vollen Terminkalenders zu. Nathan schlug einen Treffpunkt in der Nähe seines Hotels vor – am anderen Ende der Stadt.

»Treffen wir uns doch im Loop«, antwortete ich. »Das liegt genau zwischen uns.« Ich hörte nichts von ihm, also schickte ich ihm die Adresse per SMS und schlug vor, uns in neunzig Minuten dort zu treffen.

»Nein«, schrieb er mir umgehend zurück und schlug einen anderen Ort vor, der immer noch weit von mir entfernt war.

Ich rief ihn an. Er ging nicht ran. Ich schlug ihm per SMS vor, das Ganze lieber am Telefon zu besprechen. Er antwortete nicht ... obwohl er mir gerade vor einer Minute eine Nachricht geschickt hatte. So langsam war ich echt irritiert.

Nachdem Nathan mich über zehn Minuten lang hatte warten lassen, sagte ich mir: *Scheiß drauf. Wenn dieser Typ mich respektieren würde, hätte er einem Treffen auf halber Strecke zugestimmt und schneller geantwortet. Das ist also ein Freeze-Out – obwohl er derjenige ist, der Shit Tests abzieht!*

Genau in dem Moment, in dem ich Nathan aus meinem Terminkalender streichen wollte, rief er an. *Wow,* dachte ich. *Ist das Zufall oder perfekte Calibration? Oder bin ich total paranoid?*

Ich ging ran und wir machten ein Treffen im Loop aus.

• • •

Nathan hatte einen kahl rasierten Kopf und ein Haifischgrinsen.

»Ich hab früher in der Politik gearbeitet«, sagte er, »obwohl ich mich nie wirklich darum geschert habe. Zuerst für die Demokraten und dann für die Republikaner. Es kam vor, dass ich in einer Telefonkampagne Abtreibung befürwortete und in der nächsten vehement dagegen argumentierte.« Er lachte. »Ich bin eine Hure.«

Die Prostituierten, mit denen ich befreundet bin, haben mehr Integrität als du, dachte ich, verkniff mir aber jeglichen

Kommentar und blieb professionell. Er stellte mir detaillierte Fragen über Feminismus und Pick-up-Artistry. Ich übte milde Kritik an einigen PUA-Konzepten und erzählte von meinen Ansichten über Männlichkeit und gesellschaftlich vorgegebene Geschlechterrollen.

Als die Rechnung kam, deutete Nathan auf mich und sagte zur Kellnerin: »Diese Frau ist Feministin. Sie übernimmt die Rechnung.«

Ich lachte und unterdrückte meinen Ärger. *Ich war kein bisschen paranoid, sondern hab diesen Typen genau richtig eingeschätzt,* dachte ich. »Netter Versuch«, sagte ich laut. Wir teilten uns die Rechnung.

Auf dem Weg nach draußen nickte Nathan in Richtung Tür. »Ich weiß, als Feministin würdest du mir bestimmt gern die Tür aufhalten.«

Oh Gott, will er mich das ganze Wochenende lang testen? So langsam wurde es anstrengend. Ich zwang mich zu einem Lächeln. Wer weiß ... vielleicht testete er mich, um rauszufinden, ob ich den Typen auf der PUA-Veranstaltung standhalten konnte. »Ich dachte, dass du viel radikaler wärst«, sagte Nathan, als wir draußen waren. Er schüttelte meine Hand. »Ich muss zugeben, ich habe zu schnell über dich geurteilt. Du sagst gute Sachen. Schick mir einen groben Aufbau deines Vortrags und ich trag dich in den Plan ein.«

Nathan rief mich am nächsten Abend an, um zu fragen, was ich auf der Veranstaltung verkaufen würde. »Ich verkaufe gar nichts«, sagte ich.

»Solltest du aber«, antwortete er. »Uns ist aufgefallen, dass es keine anderen weiblichen Coaches in Chicago gibt. Da besteht eine echte Marktlücke.«

Bin ich jetzt ein Coach? Ich versuchte, klar zu denken, und setzte mich erst mal hin. *So etwas kann ich nicht regelmäßig machen. Das würde mich kaputtmachen.* Andererseits sind mittellose Künstler per Definition arm, während erfolgreiche PUA-Coaches meistens ziemlich viel Kohle machen. Ich hatte das Gefühl, einen Pakt mit dem Teufel in Erwägung zu ziehen.

»Ich glaube nicht, dass ich dafür qualifiziert bin«, sagte ich ehrlich.

»Du bist eine Frau und hast dadurch automatisch mehr Calibration als die meisten Männer«, sagte Nathan. »Du solltest es machen.«

Ich schrieb meinem Lieblings-PUA Brian eine E-Mail und bat ihn um Rat. Ich fügte hinzu: »Der Typ, der das Ganze organisiert, nervt mich (besonders mit dummen Witzen über Feminismus) und versucht die ganze Zeit, mich zu testen ... deswegen weiß ich nicht, ob ich es machen soll.«

Brians Antwort: »Schade, dass der Organisator offenbar keine Calibration hat. Es klingt, als fände er Feminismus sowohl interessant als auch verdächtig, und das drückt sich als Shit Test aus. Ich hoffe, du lässt dich davon nicht abschrecken. Es wäre schade, wenn das Lair deinen Vortrag deswegen nicht zu hören bekäme.«

Brians E-Mail ließ mich schmunzeln. Er wusste genau, mit welcher Mischung aus Schmeichelei und PUA-Analyse er mich beeinflussen konnte. Und es funktionierte!

• • •

Am ersten Tag des PUA-Gipfeltreffens suchte ich mir meine Kleidung sorgfältig aus. Ich musste attraktiv aussehen, wollte aber auch, dass die Typen mich respektierten. Schließlich entschied ich mich für ein heißes, aber professionelles Outfit: eine Kombination, die sowohl lange Ärmel als auch schwarze, kniehohe Stiefel beinhaltete.

Unter den anwesenden Coaches waren auch Jonnie Walker und James Amoureux. Auch Owen Cook, der Tyler Durden aus *Die perfekte Masche,* sollte am letzten Tag der Versammlung einen Vortrag halten. James war schon da, als ich ankam. Ich setzte mich neben ihn. Er war die perfekte Person, um mir vor den versammelten Männern Social Proof zu geben. Ich hatte das Gefühl, als wäre ich direkt in die Höhle des Löwen spaziert. Ich kam aber langsam wieder zur Ruhe, während ich mit James über Soziologie diskutierte.

Viele der anwesenden Typen, darunter auch einige Coaches, weigerten sich ausdrücklich, sich als PUAs zu bezeichnen. Die Betonung lag insgesamt auf dem natürlichen Game. Ein oder zwei Coaches versuchten, bei mir Routinen anzuwenden, was extrem komisch war. Aber anscheinend ist das gar nicht mehr angesagt. Vielleicht hat es damit zu tun, dass die PUA-Community immer populärer wird und damit der Prozentsatz an Sozialphobikern tendenziell abnimmt.

Die Gruppe bei dieser Veranstaltung war insgesamt ganz in Ordnung, auch wenn ich mich manchmal etwas zurückhalten musste. Glücklicherweise wurde die Alpha/Beta-Theorie nur am Rande diskutiert. Die meisten Teilnehmer passten ausgezeichnet in die Kategorie der Außenseiter. Trotzdem waren überall auch Kennzeichen der anderen fünf Kategorien zu sehen. Nathan war der Inbegriff der Abzocker-Kategorie.

Die Veranstaltung ging von Freitagabend bis Sonntagabend. Jeder Coach hielt einen ungefähr 45-minütigen Vortrag (außer Tyler Durden, der mehrere Stunden hatte). Nachts gab es Expeditionen in die örtlichen Clubs. An dieser Stelle möchte ich die Vorträge einiger Coaches zusammenfassen:

Coach Nummer eins sagte, dass es effektiv sein kann, Emotionen auszudrücken. »Viele Mädchen haben sich mit mir unwohl gefühlt, weil sie fanden, dass ich emotional nicht zugänglich war«, erklärte er. »Emotionale Zugänglichkeit bedeutet nur, dass man sagt, wie man sich fühlt. Wenn ihr eure Gefühle nicht zeigt, vertrauen euch Mädchen nicht.«

Amen, dachte ich. *Und das sollten wir auch nicht.*

Coach Nummer zwei besprach die sozialen Aspekte in der Community: Er betonte die Wichtigkeit von Männerfreundschaften und forderte die Teilnehmer dazu auf, sich mit Naturals anzufreunden, um von ihnen zu lernen. »Das ist nicht leicht, wenn man früher von solchen Überfliegern verprügelt wurde«, gab er bereitwillig zu. »Aber ihr müsst bescheiden bleiben und daran denken, dass ihr von jedem etwas lernen könnt.« Er gab weiter zu, dass er mehr oder weniger zu dem geworden war, was er früher gehasst hatte, und sich deswegen komisch fühlte.

Coach Nummer drei behandelte in erster Linie das Thema Logistik. Er riet, Frauen am Ende einer Verabredung immer an einen Ort zu bringen, an dem man Sex haben kann. Er erzählte von einer ausgezeichneten Methode, die er schon über dreißig Mal angewandt hatte. Er schickt dem Target eine Nachricht, in der steht: »Magst du Schokolade, Sushi und Abenteuer?« Nach dem garantierten »Ja« führt er sie erst in ein Sushirestaurant, dann in eine Eisdiele, wo er beim Schokoeis den ersten Kuss platziert, und letztendlich zu ihm nach Hause, wo ein Trampolin im Garten steht. »Ich erzähle ihr, dass das Haus wahrscheinlich verlassen ist«, erklärte er. »Aber dass dort ein Trampolin im Garten steht. Wir springen darauf herum und schleichen uns dann ins Haus. Langsam fällt ihr auf, dass ich mich hier gut auskenne – bis ihr dann klar wird, dass wir bei mir zu Hause sind.« An dem Punkt ist es leicht, sie zu verführen. Aber meine Lieblingsstelle bei diesem Vortrag war, als der Coach erzählte, dass er mit dieser Masche vier Frauen hintereinander aufgerissen hatte, die alle zusammenwohnten. »Die erste fand es super«, sagte er. »Die zweite wurde richtig sauer, als sie merkte, dass ich sie auf das gleiche Date ausführte wie ihre Mitbewohnerin. Die dritte kannte die Geschichte nicht und war hinterher sehr überrascht. Und die vierte war einfach nur neugierig, weil sie so viel davon gehört hatte.«

Coach Nummer vier war Nathan. Sein Vortrag drehte sich um Selbsterkenntnis und Persönlichkeitsentwicklung. Seine Eröffnungsworte waren: »Versucht mal, die entmenschlichende Zehn-Punkte-Skala auf euch selbst anzuwenden. Wenn ihr wirklich heiße HB10s abschleppen wollt, ist der leichteste Weg dahin, selbst eine Zehn zu sein.« Er forderte die Typen auf, ihr Leben auf die Reihe zu kriegen, sich gut zu kleiden, ihre Träume zu verwirklichen und so weiter. Ich war überrascht ... und er wurde mir etwas sympathischer.

Coach Nummer fünf, James Amoureux, sprach über SM und sexuelle Kommunikation. Er beschrieb Safewords und das Konzept der enthusiastischen Zustimmung. Ich konnte mein Grinsen bei dem Gedanken nicht verbergen, dass ich die einzige andere Person im ganzen Saal war, die wusste, dass er sich auf feministische Theorien bezog.

Leider rasselte James auch sein Dominanz-ist-männlich-und-Unterwürfigkeit-ist-weiblich-Zeug runter. Das konnte ich ihm nicht durchgehen lassen. Ich seufzte innerlich und hob meine Hand.

»Was ist mit männlichen Unterwürfigen?«, fragte ich.

»Oh ja«, sagte er, ohne zu zögern. »Wenn du ein Mann bist und dich gern unterwirfst, ist das natürlich völlig in Ordnung.«

»Hey James«, sagte ich. »Was ist ein Switch?«

»Du«, sagte er und zeigte mit dem Finger auf mich. Dann lachte er und erklärte, dass ein Switch zwischen der dominanten und der unterwürfigen Rolle hin- und herwechseln kann. Sollte ich auf diesem Treffen nichts anderes erreicht haben, habe ich so zumindest das Gender Policing ein wenig reduziert.

Coach Nummer sechs war ich. Mein eigener Vortrag war eigentlich für Sonntagfrüh angesetzt, aber plötzlich setzte Nathan sich neben mich und fragte: »Kannst du in zehn Minuten deinen Vortrag halten?«

»Was?«, sagte ich. »Nein! Den habe ich noch nicht einmal vorbereitet!«

»Das kriegst du hin«, sagte Nathan beruhigend. »Du bist in zehn Minuten dran.«

Mein Vortrag wurde also viel unstrukturierter, als ich es geplant hatte. Ich entschied mich dafür, eher zu nett als zu herablassend zu sein. Ich gab mein Bestes, um Vorstellungen wie Shit Tests zu hinterfragen und mich gegen aggressive LMR-Techniken auszusprechen. Ich ermutigte die Kerle, an ihrem Feingefühl für zwischenmenschliche Dynamiken zu arbeiten und sich nicht so sehr darauf zu versteifen, Frauen ins Bett zu kriegen. Aber ich ließ keinen Zweifel daran, dass ich überhaupt kein Problem mit einvernehmlichem Gelegenheitssex habe. Ich versuchte, mein feministisches Anliegen mehr in Bezug auf Effektivität zu beleuchten (»Frauen, die sich wohlfühlen, sind eher bereit für Sex«), anstatt die Moralkeule zu schwingen.

Ein paar Leute im Publikum wirkten etwas rastlos, aber die meisten hörten mir zu. Ein Teilnehmer schickte mir später eine E-Mail, in der er sich für meinen Vortrag bedankte. Er schrieb:

Dein Vortrag war für mich ein Art Realitätscheck für PUA-Philosophie. In den Internetratschlägen geht es nur darum, mithilfe von Routinen ein Hottie von Punkt A (verklemmte Schlampe) zu Punkt B (Sex) zu bringen. Scheinbar ist es okay, eine Frau mithilfe von NLP heiß auf einen Typen zu machen, ohne dass sie es mitbekommt. Nicht mein Ding.

Ich weiß allerdings nicht, ob dieser Typ nicht nur eine Ausnahme war.

Am Ende bekam ich genauso viel Applaus wie die anderen Redner. Nathan trat mit seinem Haifischgrinsen im Gesicht auf die Bühne. »Was ich an Clarisse mag«, sagte er, » ist, dass sie es einfach kapiert.«

• • •

Die erste Clubexpedition verlief so: Jeder Coach sollte drei bis vier Klienten übernehmen und ihnen im Club ein bis zwei Stunden lang kostenlos Ratschläge erteilen, als eine Art Werbung. Ich war darauf nicht im Mindesten vorbereitet und versuchte, mich zu verstecken, als Nathan alle Coaches nach vorn rief … aber wieder blitzte sein Haifischgrinsen auf. »Komm schon, Clarisse«, sagte er. »Du hilfst uns heute Abend.«

Nathan pries mich vor der Gruppe als Doppelagentin an: »Sie weiß, was Frauen denken.« Das bezweifelte ich. Schließlich fand ich mich mit drei sehr unterschiedlichen Klienten wieder: ein wunderschöner spanischer Tanzlehrer, ein langer Lulatsch und ein Hipster-Skater.

Der Club war absolut nicht meine Szene. Der Hipster-Skater wollte definitiv mehr Hilfe, als ich geben konnte. Auf meinen Rat, dass er einfach losgehen und Leute ansprechen sollte, reagierte er gereizt: »Du bist doch ein verdammter *Coach!*«

Wie bin ich hier bloß reingeraten?, fragte ich mich.

Der lange Lulatsch hatte überhaupt kein Interesse an den Leuten im Club. »Ich bin zu dieser Veranstaltung gegangen, weil es aus anthropologischer Sicht interessant klang«, sagte er. »Ich will keine Opener an irgendwelchen Frauen ausprobieren. Erzähl mir doch lieber, worüber du schreibst.«

Der Spanier lag irgendwo dazwischen. Er gab mir eine spontane Tanzstunde zu Lady Gaga und stellte mir viele Fragen über mein Leben. Doch sein Hauptinteresse galt den Targets im Club. Er war bereits hübsch und charmant; ich unterstützte ihn in erster Linie logistisch, indem ich zum Beispiel die Freunde des Targets ablenkte.

Jonnie Walker hatte seine Klienten in die Menge geschickt und lehnte an einer Säule. Ich ging zu ihm und sagte: »Darauf war ich nicht vorbereitet, Alter!«

»Das dachte ich mir«, sagte Jonnie fröhlich. »Aber du bist trotzdem einfach reingesprungen und du machst es gut. Ich wusste, dass wir uns auf dich verlassen können.« Er musterte mich. »Außerdem: schickes Outfit. Sexy, aber professionell.« Er nickte anerkennend. »Perfekte Calibration ...«

Nathan hatte tatsächlich eine Wanze an einem seiner Klienten angebracht und hörte aus einiger Entfernung seiner Unterhaltung zu. Das war der Moment, in dem ich ihm den Spitznamen »Mr. Shady« gab. Die anderen Coaches und Klienten stimmten mir zu, dass der Name perfekt zu seiner leicht dubiosen Art passte ... Aber gleichzeitig waren wir uns auch darüber einig, dass Nathan mit der Zeit sympathischer wurde.

• • •

Auch am Samstagabend gingen wir aus, allerdings ohne zugeteilte Klienten. Ich holte alles aus meinen Getränkebons heraus und wir zogen von einem Club zum nächsten. Ich kann mich nur lückenhaft an die Nacht erinnern.

Irgendwann verlor ich meine männlichen Begleiter und fand mich in einer Gruppe von Frauen wieder. Ich wurde von der irrationalen Panik erfasst, die Frauen könnten mein doppeltes Spiel enttarnen und mich in Stücke reißen. Glücklicherweise schienen sie nichts zu verdächtigen. Eine erzählte mir, dass sie umsonst in den Club gekommen war. »Ich liebe es, ein Mädchen zu sein«, sagte sie und zwinkerte mir zu. Ich nickte, als ob wir viel gemeinsam hätten, und ergriff die Flucht.

Dann rückte mir ein Kerl auf die Pelle und flüsterte in mein Ohr: »Du siehst so *unschuldig* aus.« Ich sah ihn an. Er war keiner von uns. Also widerstand ich dem Impuls, ihm zu empfehlen, seinen Opener gründlich zu überdenken.

Endlich sah ich einen der anderen Coaches. Er saß in einer Ecke und redete mit ein paar Mädchen. Er griff meinen Arm und verkündete: »Das hier ist meine beste Freundin!« Dann machte er absurde Posen für Handyfotos mit mir. Ich kicherte an den richtigen Stellen und lenkte eins der Mädchen ab, während der Coach versuchte, die Nummer seines Targets zu bekommen.

»Guck dir mal die Fotos an, die ich von deinem besten Freund gemacht habe«, sagte sie.

»Oh, das hier solltest du behalten«, rief ich begeistert. »Er ist ein wirklich toller Typ«, fügte ich in vertraulichem Tonfall hinzu und dachte: *Ich sollte wahrscheinlich ein schlechteres Gewissen haben, als ich es tue.*

Irgendwann machte ich mit einem anderen Coach rum, aber eher halbherzig. »Du bist einzigartig«, sagte er. *Ich bin gelangweilt*, dachte ich und fühlte mich nicht einmal schuldig.

Kurz darauf lief mir Nathan über den Weg. »Wo hast du dich die ganze Zeit herumgetrieben, Mr. Shady?«, fragte ich.

Er grinste sein Haigrinsen. »Ich versteh nicht, warum du mich so nennen musst.«

»Natürlich verstehst du«, sagte ich.

Nathan nahm meine Hand, zog mich zu sich und wirbelte mich einmal herum. Wir nennen das den PUA-Twirl. »Ich glaube, ich durchschaue dich, Süße«, sagte er.

»Na, dann raus damit.«

»Du hast gutbürgerliche Eltern und bist in einer wohlhabenden Gegend aufgewachsen. Subkulturen faszinieren dich ... alle Subkulturen.« Er legte eine Pause ein, als ob er kurz davor war, seinen Trumpf auszuspielen. »Das hier ist deine Form der Rebellion«, sagte er.

Ich muss zugeben, dass mir dieser Gedanke auch schon gekommen war. Wie kann eine feministische SM-Ausbilderin rebellieren? Aus dieser Perspektive erscheint mir meine Besessenheit mit PUA unumgänglich.

»Weißt du«, sagte Nathan nachdenklich, »in den letzten zwei Wochen haben mir zwei Frauen gesagt, dass ich entweder ein netter Kerl bin, der so tut, als ob er ein Arschloch wäre, oder ein Arschloch, das so tut, als ob es ein netter Kerl wäre. Was denkst du?«

»Ich finde, du bist definitiv kein netter Kerl«, sagte ich absolut ehrlich.

Er lachte. Ich fragte mich, ob er es für einen Shit Test hielt.

Später stand ich mit Nathan und zwei anderen PUA-Coaches an einer Straßenecke. Einer der Typen erzählte von einem Mädchen, das er sehr mochte. Er war bis über beide Ohren in sie verknallt und benutzte sogar das Wort »Liebe«.

Nach einer Weile ging der Liebeskranke nach Hause. Nathan und der andere Coach fingen sofort an zu tratschen. »Ich kapier das nicht«, sagte der andere Coach. »Er muss irgendwie verwirrt sein.«

»Er verhält sich inkongruent«, sagte Nathan. »Er sagt andauernd, dass er reisen und Frauen flachlegen will, aber er denkt, dass er in diese Frau verliebt ist? Inkongruent.«

»Ich versteh's nicht«, sagte der andere Coach. »Er hat schon viel heißere Mädels klargemacht.«

»Ihr Game muss echt gut sein«, sagte Nathan.

Ich konnte mich nicht zurückhalten: »Vielleicht passen ihre Persönlichkeiten ja einfach zusammen«, protestierte ich ... und fügte dann langsam hinzu: »Aber ich schätze, Persönlichkeit ist auch Teil des Games.« Ich verspürte einen kurzen Moment des Schwindels. *Wie Alice, die in den Kaninchenbau fällt,* dachte ich.

»Ja, Persönlichkeit ist Game«, sagte Nathan. Er sagte es sanft und geduldig, als würde er mit einem Schützling sprechen.

Der andere Coach sah mich nicht an. Vielleicht war er angewidert. »Was zum Teufel ist Persönlichkeit?«, sagte er, aber es klang nicht nach einer Frage.

• • •

Ich mochte die meisten Typen, die ich traf. Trotzdem gab es während der Veranstaltung immer wieder kurze Momente, in denen mir zum Heulen zumute war.

Natürlich gab es Geschichten und Witze über Frauen, besonders fette und alte Frauen. Nathan erwähnte einmal nebenbei: »Ich denke häufig darüber nach, mir alle zehn Jahre eine neue Zwanzigjährige zu besorgen. Wenn sie dann dreißig ist, lasse ich sie fallen und schnappe mir eine neue Zwanzigjährige.«

Während einer Frage-Antwort-Sitzung erzählte ich den versammelten Klienten die Geschichte von dem Jungen, der mir gesagt hatte, ich solle mir eins meiner Haustiere in den Arsch schieben. Ich wollte damit den Teilnehmern Mut machen und ihnen zeigen, dass wir alle irgendwann schreckliche Ablehnung erfahren.

Später kam ein Klient auf mich zu, der mich informierte, dass die Geschichte super zeigte, »wie sehr Frauen Arschlöcher lieben«. Ich knirschte mit den Zähnen. *Denkt er wirklich, ich wollte mich mit irgendeinem coolen Alpha-Sportler verabreden?*

»Tatsächlich«, sagte ich kalt, »war der Junge, der mich zurückgewiesen hat, ein völliger Mathe-Streber.«

Der Gesichtsausdruck des Klienten war unbezahlbar.

Während einer weiteren Frage-Antwort-Sitzung kam die klassische Frage: »Sollen wir Frauen belügen?« Leider konnte ich mein Temperament nicht beherrschen, als ich antwortete, und war nicht besonders eloquent. Stattdessen hätte ich die Frage wie einen Shit Test behandeln sollen, denn genau das war sie.

Jonnie Walker antwortete: »Lüg nicht. Wenn du das nötig hast, bist du kein ganzer Mann.«

James Amoureux antwortete: »Ich lüge nicht. Lügen geben mir das Gefühl, nicht ich selbst zu sein.«

Nathan antwortete: »Sag die Wahrheit.« Dann blitzte wieder das Haifischgrinsen auf. »Aber du musst nicht immer die *ganze* Wahrheit sagen.«

Der Coach, der mich seine »beste Freundin« genannt hatte, war nicht anwesend.

• • •

Am letzten Tag sollte Tyler Durdens Vortrag stattfinden. Ich musste am Morgen einige Dinge erledigen und hing dann zu Hause ab. Ich war erschöpft. Ich trank ein Glas Wasser und sah aus dem Fenster.

Ich will Tyler Durden nicht verpassen, versuchte ich mich selbst zu überzeugen. *Er ist der Böse aus* Die perfekte Masche! *Es wird bestimmt faszinierend.*

Noch ein Glas Wasser. Dann checkte ich meine Mails und beantwortete ein paar unwichtige Nachrichten. Ich war spät dran.

Ich zog mein Lieblingstop an. Es wurde von der feministischen Künstlerin Jenny Holzer entworfen. Es sieht wie ein typisches

Männerunterhemd aus, auf dem steht: »Der Missbrauch von Macht ist keine Überraschung.« Ich fragte mich, ob irgendeiner von den PUAs das kapieren würde.

Ich checkte noch einmal meine E-Mails.

Jetzt war ich wirklich spät dran. Jonnie Walkers Vortrag hatte ich schon verpasst. Ein paar Typen hatten schon per SMS nachgefragt, ob ich noch kommen würde.

Ich dachte über die Ereignisse der letzten Tage nach und darüber, wie die PUAs sich verhielten. Manchmal war das ganze Zeug ja wirklich unterhaltsam. Ich liebte das Flirten und wollte so gut wie möglich darin werden. Ich wollte die Macht haben, mir mit abgebrühten PUAs Wortgefechte zu liefern und jede soziale Situation augenblicklich zu durchschauen.

Und ich wollte mich an allen Typen rächen, die mich je abgelehnt hatten. Ich wollte mich im Namen aller Frauen für zehntausend Jahre Unterdrückung rächen. Und natürlich wollte ich mich auch Frauen überlegen fühlen, die schöner waren als ich.

Ich war unglaublich deprimiert.

Tyler Durdens Vortrag war schon zur Hälfte vorbei. *Wenn ich nicht zu seinem Vortrag gehe, werde ich es bereuen,* dachte ich. So quälte ich mich schließlich doch aus dem Haus.

• • •

Als ich den Vortragssaal betrat, unterbrach sich Tyler Durden (mit richtigem Namen Owen Cook) mitten im Satz. Ich war natürlich die einzige Frau im Saal. »Ich hoffe, du fühlst dich nicht schnell angegriffen«, sagte er ironisch.

Er war schlank, lebhaft und hatte orangefarbenes Haar. Er war wohl zu Beginn seiner PUA-Karriere etwas mollig gewesen. Er erzählte dem Publikum, wie stolz er darauf war, dass er trotz seines Gewichts Frauen aufreißen konnte ... und dann riet er den Teilnehmern, abzunehmen. Seine boshaft blitzenden Augen und sein Charisma nahmen den ganzen Raum in Beschlag.

Zehn Minuten später erklärte Owen, dass Männer niemals zulassen sollten, dass »ihre Freundin Make-up trägt«, denn dann kann man an ihrer Haut nicht erkennen, ob sie sich gesund ernährt und Sport macht. Dann hielt er plötzlich inne. »Wow, ich klinge wirklich verdammt sexistisch«, sagte er. »Ich sage gerade, dass du das Make-up und den Lebensstil deiner Freundin kontrollieren sollst ...«

Ich lachte extra laut. Von da an machte er sich keine Gedanken mehr, ob er sexistisch klingen könnte. Es dauerte nicht lange, bis er die Theorie aufstellte, dass Männer, die Hausarbeit erledigen, schuld daran sind, wenn Frauen Feministinnen werden. »Natürlich wird eine Frau zur aggressiven Feministin, wenn ihr Ehemann sich wie eine kleine Tussi verhält!«, rief er.

Klar, Feminismus entsteht nur dann, wenn Männer zu beta sind. Es hat nichts mit Menschenrechten oder so was zu tun. Ich frage mich, wie das zu der Theorie passt, dass Frauen nur auf Kontrolle aus sind.

Der Großteil von Owens Vortrag ging allerdings um Kongruenz. Er sagte, dass man sich mit wirklichem Selbstvertrauen so gut wie alles erlauben kann. Scheinbar hat er schon mit Sprüchen wie »Wenn sie geschlechtsreif ist, kann man sie auch ficken« Frauen aufgerissen.

Owen Cook wohnte mit Mystery und Neil Strauss zusammen, als sie das Geschäftskonzept der Mystery-Methode entwickelten. In *Die perfekte Masche* steht, dass Tyler Durden irgendwann begann, sowohl seine eigenen Klienten als auch andere PUAs rücksichtslos zu manipulieren (Neil Strauss zum Beispiel gab er einen langen Freeze-Out). Es gibt andere Versionen dieser Geschichte, in denen Neil der Böse ist und Owen das Opfer.

Ich persönlich habe keine Ahnung, was wahr ist. Tyler Durden wirkte sehr unterhaltsam und authentisch, auch wenn er ein ziemliches Arschloch ist. Ich mochte Neil Strauss lieber und ich würde eher seiner Version glauben. Andererseits habe ich mit Owen kein persönliches Gespräch geführt.

Der Vortrag endete mit einigen Übungen zur Verbesserung des natürlichen Games. In einer davon teilte Owen uns in Vierergruppen auf. Wir sollten Sätze erfinden, in denen ein Wort vorkam, das unser Vorgänger gesagt hatte. Diese in PUA-Kreisen sehr beliebte Übung stammt eigentlich aus dem Improvisationstheater.

Und *das* sind die düsteren Geheimnisse der PUA-Subkultur.

Der Coach, mit dem ich am Abend vorher rumgemacht hatte, wollte ein ernstes Gespräch mit mir führen. Dem konnte ich glücklicherweise entgehen. Er reiste ab, aber versuchte danach noch mehrmals, mich zu kontaktieren. Man könnte meinen, dass er mich wirklich mochte, aber ich redete mir ein, dass ein PUA wie er mich einfach nur in seinem Harem behalten wollte. Richtig?

Nein, falsch. Ich weiß. Es tut mir leid.

Der anthropologisch interessierte lange Lulatsch machte mir ein Kompliment wegen meines Tops. Niemand sonst kapierte es.

• • •

Am letzten Abend gingen wir in einer großen Gruppe zum Abendessen. Nathan versprach, mich diesmal einzuladen, sonst hätte ich es mir nicht leisten können. Nachdem er die Rechnung bezahlt hatte, sagte er zu mir »Übernimm du das Trinkgeld, Süße« und ging weg.

Jonnie Walker saß neben mir und sah genervt zu Nathan. »Ich übernehme das«, sagte er. Wir hatten uns den ganzen Abend über Beziehungen unterhalten. Jonnie hatte immer noch etwas mit der schönen blonden Frau, die er mit mir eifersüchtig machen wollte. Ich hatte das Gefühl, dass wir inzwischen wirklich Freunde waren.

»Danke«, sagte ich. Jonnies Geste war überraschend und berührend. Man muss schon ein mutiger Mann sein, um vor einer Meute PUAs das Trinkgeld einer Frau zu bezahlen.

»Wow«, sagte einer der Klienten. »Ich habe nicht den Eindruck, dass Nathan dich zu schätzen weiß, Clarisse.«

Ich zuckte mit den Schultern. »Er macht nur Shit Tests«, sagte ich.

• • •

Nach dem Gipfeltreffen konnte ich einige Zeit weder denken noch arbeiten. Ich war tagelang verkatert. Ich versuchte, mich daran zu erinnern, dass ich ein wertvoller Mensch war und kein Stück Fleisch. Ich versuchte, mir die PUAs ins Gedächtnis zu rufen, die Frauen respektieren ... aber ich musste immer wieder an Sprüche denken wie: »Ich tausche meine Freundin alle zehn Jahre gegen eine neue Zwanzigjährige aus.« Oder: »Was zum Teufel ist Persönlichkeit?«

Ich gehe nie wieder zu so einer Veranstaltung, dachte ich.

Ich schickte Mark Manson eine stark verkürzte Zusammenfassung des Wochenendes. Er schrieb zurück: »Diese Versammlungen sind pures Gift. Sie vereinen die schlimmsten Elemente der PUA (Hardcorefans, Heldenverehrung, verkorkste Theorien und protzende Typen) und zelebrieren sie. Früher machte ich den Fehler, immer die komplette Veranstaltung mitzumachen. Es deprimierte mich so sehr, dass ich beinahe alles hingeschmissen hätte.«

Ich rief Brian an und wetterte ungefähr neunzig Minuten lang vor mich hin. »Wirst du weiterhin PUA-Vorträge halten?«, fragte er.

»Ich weiß es nicht«, sagte ich.

Einen Tag bevor er Chicago wieder verließ, ging ich mit Nathan zu einem All-You-Can-Eat-Taco-Buffet.

»Ich liebe All you Can Eat«, sagte Nathan. »Ich versuche immer, so viel zu essen, dass sie ihr eigenes Angebot bereuen.« Ich sah wieder das Haifischgrinsen aufblitzen. »Ich bin wirklich Mr. Shady, nicht wahr?« Wir machten ein Tacowettessen. Ich schaffte 15, bevor ich aufgab. Nathan schaffte 18. »Ich wollte dich einfach nur besiegen«, sagte er fröhlich.

Ich erzählte ihm von meinen gescheiterten Versuchen, mich von der PUA-Community abzuseilen.

»Ich weiß, was du meinst«, sagte Nathan.

»Wirklich?«, fragte ich. »Aber du bist doch total dabei.«

»Sicher, aber ich wäre ziemlich blöd, wenn ich die Fehler nicht bemerken würde. Wie die unsägliche Art, Frauen als Targets zu bezeichnen.«

»Ab wann gilt ein Kerl überhaupt als PUA-Community-Mitglied?«, fragte ich. »Wenn er das erste Mal ein Forum liest? Oder zum ersten Treffen geht?«

»Ich würde sagen, wenn er zum ersten Mal Geld dafür ausgibt«, sagte Nathan.

Dann sprachen wir über das Coaching. »Ich wollte schon länger mit dir darüber reden«, sagte Nathan. »Frauen reagieren oft anders auf das ganze PUA-Zeug als Männer. Vielen weiblichen Pick-up-Coaches fällt es schwer, sich auf Männer einzulassen. Irgendwann nehmen sie nur noch das Game eines Mannes wahr und können gar keine Verbindung mit ihm eingehen.«

»Das werde ich mir merken«, sagte ich und tat es auch, bis heute.

Nathan testete mich nicht mehr so sehr wie am Anfang. *Vielleicht respektiert er mich inzwischen,* dachte ich. Er hatte schlimme One-Itis für eine Jungfrau und ich versuchte ihm zu helfen, ihre Gedankengänge zu erraten. Wir stellten fest, dass wir beide schon lange monogame Beziehungen gehabt hatten. Meine längste hielt sechs Jahre, seine sieben.

Irgendwie kamen wir auf meine schlimmste Beziehung zu sprechen. Ich merkte erst, wie wütend mein Tonfall war, als Nathan beruhigend eine Hand auf meinen Arm legte.

Ich atmete tief durch. *Wow, ich freunde mich hier gerade mit Mr. Shady an.*

»Ich war total jung und hatte wenig Selbstvertrauen«, erklärte ich ihm. »Heute würde mir das nicht mehr passieren.«

Nathan nickte. »Das ist einer der Gründe, warum ich in die PUA-Community ging«, sagte er. »Um mich davor zu bewahren, wieder in einer schlechten Beziehung gefangen zu sein.«

Schockierenderweise bezahlte Nathan meine Tacos. Allerdings kosteten sie gerade mal sechs Dollar und billiges Essen bezahlen ist eine weitverbreitete Technik im Game ... Aber man sollte es erst dann tun, wenn man die Frau dazu erzogen hat, es nicht zu erwarten.

• • •

Zur gleichen Zeit fanden auf meinem Blog einige aktive Diskussionen über PUAs und Männlichkeit statt. Diese Diskussionen waren für mich so anstrengend, dass ich sie irgendwann beendete und weitere Kommentare blockierte. Einige meiner Stammleser sagten, dass ich viel empfindlicher geworden war als früher.

Jonnie zog aus Chicago weg. Leider konnte ich nicht zu seiner Abschiedsparty kommen, weil ich nicht in der Stadt war.

Ich erinnerte mich an James Amoureuxs Worte über Einvernehmlichkeit bei dem Gipfeltreffen: »Lügen gibt mir das

Gefühl, nicht ich selbst zu sein.« *Vielleicht habe ich James falsch eingeschätzt,* dachte ich. Ich lud ihn auf eine Party ein, aber er rief nicht zurück. Manchmal sehe ich ihn immer noch in der Stadt.

Kurze Zeit später ging ich mit ein paar alten Freunden auf eine Science-Fiction-Versammlung. Ich hatte zwar Spaß, aber ich spürte, dass ich mit den Leuten dort anders umging als früher. Ich verdächtigte jeden Mann, der mit mir sprach, nur mit mir schlafen zu wollen. Und viele Frauen, die mit mir sprachen, nur nach sozialer Bestätigung zu suchen. So hatte ich früher nie gedacht. In gewisser Weise war mein Selbstbewusstsein geringer, als es in der Schule je gewesen war.

Wieder in Chicago, lernte ich einen tollen Aktivisten kennen. Wir gingen zusammen aus. Nach dem Abendessen sagte er zu mir: »Du bist so authentisch.«

»Ich fühle mich in letzter Zeit nicht sehr authentisch«, sagte ich offen, aber seine Worte blieben hängen. Ich war immer schon stolz auf meine Ehrlichkeit. So wahrgenommen zu werden, war wie Balsam für meine geschundene Gefühlswelt ... und das, obwohl das Kompliment von einem dieser verlogenen, hinterhältigen *Männer* kam.

Nathan fragte mich via E-Mail, ob ich bei einer bevorstehenden Veranstaltung als weiblicher PUA-Coach teilnehmen wollte. Ich antwortete eine Woche lang nicht. Irgendwann fragte er mich noch mal per SMS. Ich wich aus. Er drängelte. Ich stimmte zu. Und dann wurde mir jedes Mal übel, wenn ich daran dachte. *Warum in aller Welt tu ich mir das an?,* fragte ich mich.

Schließlich schrieb ich Nathan eine E-Mail: »Hey, es tut mir leid, aber ich muss leider einen Rückzieher machen. Ich kann mich mit dieser Szene nicht mehr beschäftigen. Aber ich weiß die Einladung sehr zu schätzen und ich wünsche dir alles Gute.«

»Ich verstehe«, antwortete Nathan. »Viel Erfolg, was auch immer du tust. Gibt es irgendwas Neues bei dir?«

Ich dachte an den Aktivisten, der mich während des Essens »authentisch« genannt hatte. Wenn ich meine Authentizität bewahren wollte, musste ich vor den PUAs davonlaufen. War das nicht die ganze Zeit lang offensichtlich gewesen?

»Nein«, schrieb ich zurück. »Nichts Neues.«

Kapitel 12

At Last I Am Free

In diesem Kapitel präsentiert Clarisse ihre »Große Theorie des ethischen Games«.

Der Titel des Kapitels stammt aus dem gleichnamigen Lied von Pretty Lights.

Einige Wochen nach dem Gipfeltreffen in Chicago bekam ich eine aufgebrachte E-Mail von einem meiner Leser, der ein paar schreckliche PUA-Beiträge im Internet gefunden hatte. Er war besonders davon getroffen, weil er selbst viele nützliche Dinge von der Community gelernt hatte. »Es ist unglaublich wichtig, das Gute und das Schlechte zu trennen«, schrieb er. »Ich habe das Gefühl, dass viele Typen einfach auf alles hereinfallen.«

Seine Aussage bestätigte meinen Verdacht, dass die Zeit reif war für eine große Theorie des ethischen Games. Das stand in direktem Zusammenhang mit den Fragen, die Hugh Ristik im ersten Kapitel aufgeworfen hatte – »Was treibt die Männer in die PUA-Community?«, »Funktionieren die PUA-Taktiken?«, »Ist die PUA-Community sexistisch?« und »Sind die Verhaltensweisen dieser Community ethisch korrekt?«.

Ethische Fragen können nur anhand von Beispielen und in Zusammenhängen diskutiert werden. Wenden wir uns also der ersten Frage zu: Was ist die PUA-Community und warum interessieren sich Männer dafür? Obwohl ich hoffe, dass diese Frage im Laufe des gesamten Buches bereits hinreichend beantwortet wurde, möchte ich hier aus einer E-Mail von Mark Manson zitieren:

Jeder Mann fängt aus dem gleichen Grund an: Er will geliebt werden und sich weniger einsam fühlen. Dieses Bedürfnis wird allerdings unterschiedlich interpretiert. [...] Es gibt eine wortgewaltige Minderheit, die »PUA-Grundsätze« verkauft und vermarktet. Doch die schweigende Mehrheit der Kerle will einfach nur persönlichen Erfolg. Für jeden Typen, der im Forum mit seiner Horde an Fickfreundinnen angibt, gibt es zehn Typen, die einfach nur ein nettes Mädchen kennenlernen wollen, aber gar nichts davon schreiben. Und wenn sie das schaffen, verschwinden sie einfach von der Bildfläche. Deswegen macht David DeAngelo mit einem Produkt, das sich »Double Your Dating« nennt, dreißig Mal so viel Umsatz wie eine Firma wie Real Social Dynamics, die sich auf »HB10s ficken« spezialisiert.

Ich glaube nicht, dass jeder Typ in der PUA-Community einfach nur geliebt werden und sich weniger einsam fühlen will. Darth-Vader-Typen wie Roissy zum Beispiel geht es offensichtlich nur um Macht. Ich nehme an, dass er auf die gleiche Frage so etwas antworten würde wie: »Jeder Mann fängt aus dem gleichen Grund an: Macht und Rache.«

Hugh Ristik fragt auch, ob die PUA-Taktiken »funktionieren«. Wenn man sich die vielen Erfolgsgeschichten ansieht, dann tun sie das definitiv auf eine gewisse Weise. Manche Männer verwandeln sich tatsächlich durch harte Arbeit in grandiose Schürzenjäger. Aber die Techniken eignen sich nicht besonders gut, wenn man eine gemeinschaftliche Langzeitbeziehung aufbauen will. »Höre nie auf das, was Frauen sagen« ist so ziemlich die schlimmste Maxime, wenn man beispielsweise eine gute Ehe führen möchte.

Außerdem lässt sich der Grund für Anziehungskraft schwer definieren. Fühlt sich das Target wegen des Negs oder des Framewechsels beim Shit Test zu dem PUA hingezogen oder doch wegen seiner lässigen Selbstsicherheit? Oder gibt es vielleicht sogar einen Grund, den der PUA gar nicht kennt?

Selbst wenn die Techniken funktionieren, haben PUAs trotzdem noch keine wirklich verlässliche Erklärung für den *Grund dafür*. Nicht alles ist ein Shit Test. Manche Frauen wissen tatsächlich, was sie wollen. Und was, verdammt noch mal, ist ein *Alpha*? Phlogiston.

Außerdem funktionieren einige Techniken für manche Menschen und für andere nicht. Für jede übertriebene Erfolgsstory wie die von Neil Strauss gibt es Tausende Typen, die Tausende von Dollars ausgeben und es nie schaffen, auch nur ein einziges Mädchen mit nach Hause zu nehmen. Andererseits sagte Mark Manson einmal, dass laut PUA-Marktforschung »ungefähr achtzig Prozent der Typen verschwinden, sobald sie ein Erfolgserlebnis haben«. Also haben die Lektionen der PUA-Community auch manchmal einen heilsamen Aspekt, der häufig übersehen wird. Viele Typen fangen damit an, lernen daraus und hauen wieder ab.

Ist die Community sexistisch? In vielerlei Hinsicht ist die Antwort darauf offensichtlich. Viele PUAs reduzieren Frauen auf hysterische, idiotische Sexobjekte, deren Gefühle keine Rolle spielen. (»[Frauen] sind geistlose, dumme Hohlköpfe. Wenn sie keine Muschis hätten, wären sie zum Abschuss freigegeben.«) Viele PUAs reduzieren auch Männer auf aggressive, von Sex angetriebene Maschinen, die keine Gefühle haben. (»Er hat schon viel heißere Mädels klargemacht. Was zum Teufel ist Persönlichkeit?«)

Viele PUA-Metaphern unterstützen die Vergewaltigungskultur, indem sie von Sex als Handelsware sprechen oder mit Begriffen wie »Buyer's Remorse« dem Opfer die Schuld geben. Aggressive Last-Minute-Resistance-Techniken und die Bezeichnung von Frauen als »Targets« helfen auch nicht. Im allerschlimmsten Fall führt es dazu, dass ein PUA einer Frau ins Gesicht schießt.

Außerdem ist die PUA-Community unglaublich heteronormativ. PUAs nehmen die problematischen gesellschaftlichen

Geschlechterrollen für bare Münze. Wie meine feministische Bekannte feststellte, ist das vergleichbar mit den Normen, die durch Werbung kreiert und aufrechterhalten werden. Es gibt jedoch auch etliche positive Auswirkungen. Wenn Männer hart daran arbeiten, dass sie attraktiver werden, dann ist das auch super für Frauen, oder? Manche PUAs stellen sich aktiv gegen die Vergewaltigungskultur, indem sie ausdrückliche sexuelle Kommunikation befürworten und sich gegen Last Minute Resistance aussprechen. Und wenn manche Männer durch PUA ein besseres Verständnis für ihre Emotionen entwickeln und ihr inneres Game verbessern, dann ist es gut für sie selbst und für *alle* um sie herum.

PUAs haben ihre Taktiken durch Beobachtung sozialer Verhaltensweisen entwickelt. Wie Hugh Ristik sagte: »Pick-up verdeutlicht nur, was an der gesamten Gesellschaft abgefuckt ist.« Viele Techniken werden auch von Nicht-PUAs unbewusst angewandt und es ist nicht klar, ob in der PUA-Szene schlimmere Frauenfeinde existieren als irgendwo sonst. Das entschuldigt natürlich Darth-Vader-PUAs wie Roissy nicht, aber es stellt einen Zusammenhang zum großen Ganzen her.

Hugh Ristiks letzte Frage bezieht sich auf die ethischen Grundsätze der PUA-Community. Aber es gibt so viele Taktiken, Einstellungen und Vorgehensweisen der PUAs, dass es wenig Sinn macht, die ethisch-moralische Beschaffenheit dieses Sammelsuriums zu hinterfragen. Die Techniken der PUAs sind wie eine Werkzeugkiste. Manche sind vielleicht besser dafür geeignet, Unheil anzurichten, als andere, aber es kommt immer auf die Person an, die sie benutzt. Gegen Ende meiner Beziehung zu Adam wies mein Kumpel Brian darauf hin, dass selbst ein Freeze-Out als Kommunikationsmittel benutzt werden kann, um ehrlich seine Gefühle auszudrücken – vorausgesetzt, man geht sorgsam damit um.

Also ist die eigentliche Frage: Was ist moralisches Game? Wie könnte das in der Praxis aussehen?

Verschiedene Ethiker haben schon versucht, ihre eigenen Theorien vom ethischen Game zu verkaufen. Feministische SMer und Polyamore tun das, indem sie direkte und offene verbale Kommunikation betonen – *bevor* es zu irgendwelchen sexuellen Handlungen kommt. Das ist zwar schwierig, wird aber leichter durch Übung. Das weiß ich aus Erfahrung. Ich weiß auch, dass Leute explizite Kommunikation vorziehen, wenn sie es als notwendig empfinden. Für SMer und Polyamore ist es eine Frage der emotionalen, mentalen und körperlichen Sicherheit. FeministInnen befürworten klare Kommunikation, weil es die sicherste Methode ist, sexuelles Einverständnis zu gewährleisten.

Einige Verfechter ausdrücklicher sexueller Kommunikation sagen, dass wir sie *zur Bedingung machen* sollten. Das zeigt dieser Austausch auf einem sehr guten feministischen SM-Blog. Ein männlicher Kommentator schrieb:

Ich habe mich einmal mit einer guten Freundin über das Küssen gestritten. Sie hatte ein Problem damit, als ein Mann sie bei einer Verabredung fragte, ob er sie küssen dürfe. Sie sagte, dass er es einfach hätte wissen sollen und dass der Moment durch eine solche Frage verloren ginge. Ich antwortete, dass das totaler Blödsinn sei und die Tatsache, dass er fragte, zeige, wie höflich, respektvoll und aufmerksam dieser Mann war ... Was denkt ihr darüber?

Die feministische Bloggerin namens Holly Pervocracy antwortete:

Mädchen, die behaupten, »der Moment ginge verloren, sobald man fragt«, versauen es wirklich für den Rest von uns. Wenn du mich fragst, können sie bis in alle Ewigkeit ungeküsst bleiben, bis sie es endlich kapieren. Ich denke (oder hoffe?)

jedoch, dass die meisten Frauen nicht so sind. Ich würde viel lieber jemanden dadurch verärgern, dass ich frage, als dass ich nicht frage.[1]

Holly deutet an, dass Leute, die keine ausdrückliche Kommunikation mögen, effektiv vom Küssen ausgeschlossen werden sollten. Ich halte Holly für intelligent und mag im Großen und Ganzen auch das, was sie schreibt. Ich selbst habe in der Vergangenheit schon ähnliche Dinge gesagt. Trotzdem ist klar, dass es viele Leute gibt, die kein Interesse an direkter und ausdrücklicher Kommunikation haben und sie als das *Gegenteil* von *sexy* sehen. Wie Hugh Ristik auf meinem Blog bemerkte:

Männer, die versuchen, offene sexuelle Kommunikation zu betreiben, werden dadurch häufig als unsicher oder schwächlich angesehen ... Ich habe eine 14-seitige Diskussion zum Thema »um einen Kuss bitten«[2] *auf einer Online-Dating-Seite gefunden und nachgezählt, wie viele Frauen angegeben haben, gefragt werden zu wollen, und wie viele nicht.*

- *142 Frauen haben insgesamt geantwortet.*
- *98 (69 Prozent) bevorzugten es, wenn Männer nicht fragen.*
- *11 (7,7 Prozent) bevorzugten es, wenn Männer fragen.*
- *31 (21,8 Prozent) fanden beides in Ordnung oder sagten, dass es auf die Situation ankommt. (Trotzdem tendierten viele dazu, lieber nicht gefragt zu werden.)*
- *2 (1,4 Prozent) bevorzugten es, selbst den ersten Schritt zu machen.*

Adjektive, mit denen Männer beschrieben wurden, die nach einem Kuss fragen, waren: unbeholfen, nervös, schwächlich, langweilig, unsicher, eklig und blöd.[3]

Es wäre interessant, diese Liste mit Worten zu vergleichen, die Männer benutzen würden, um eine Frau zu beschreiben, die nicht weiß, wie sie durch geschickte emotionale Eskalation eine

Beziehung »bewerkstelligen kann«. Ich wette, dass diese Liste ebenfalls Wörter wie »unbeholfen«, »unsicher« und »nervös« enthalten würde, wahrscheinlich auch speziell frauentypische Begriffe wie »klammernd« und »hysterisch«. Nicht alle Männer würden dieser hypothetischen Liste zustimmen, aber viele – vielleicht 69 Prozent von ihnen?

Eine Diskussion auf einer Dating-Seite ist nicht beweiskräftig und die Mädels, die diese Diskussion kommentiert haben, repräsentieren nicht die Gesamtheit der Frauen. Aber es deutet an, dass wir nicht nur in einer Welt leben, in der ausdrückliche, verbale sexuelle Kommunikation schwierig ist, sondern in einer Welt, in der viele Leute ausdrückliche sexuelle Kommunikation *ablehnen*.

Eine häufige Reaktion von FeministInnen auf den Hinweis, dass direkte Kommunikation schwierig ist, ist Hollys Argumentation, dass wir *mehr* Angst davor haben sollten, Schaden anzurichten, als den Moment zu zerstören. Aber leider ist es so, dass selbst wir ExpertInnen ausdrückliche Kommunikation manchmal *verkacken*. Das beste Beispiel dafür waren meine verwirrenden, undurchsichtigen Beziehungen mit Brian und Adam, in denen ich viele Fehler machte – und das, obwohl ich Workshops über offene, sexuelle Kommunikation halte. Warum ist es so schwierig, gute Kommunikationsfähigkeiten zu erlernen? Ich vermute, ein Teil des Problems ist die legitime Schwierigkeit, gute Kommunikation mit strategischer Mehrdeutigkeit zu verbinden.

Leute wie Holly nehmen an, dass die meisten Frauen direkte Kommunikation bevorzugen. Aber wir haben weder für das eine noch das andere hinreichende Beweise. Vielleicht ist es so, dass manche Leute indirekte Kommunikation einfach lieber *mögen* als direkte und deswegen darauf bestehen, dass die andere Person »es selbst herausfindet«. Was sie eigentlich meinen, ist, dass die andere Person sich an ihre bevorzugte Art zu kommunizieren anpassen soll. Vielleicht testen sie einfach nur die *Fähigkeiten* des Partners zur indirekten Kommunikation (zum Beispiel durch Shit Tests)?

Bevorzugte Kommunikationsmethoden unterscheiden sich stark in verschiedenen Kulturen und Subkulturen. Ich würde die offene Kommunikation der SM- und Polyamorie-Szene gern exportieren, weil sie Einvernehmlichkeit am besten garantiert. Aber es ist gut möglich, dass diese Kommunikationsweise spezifisch auf unsere Subkultur angepasst ist und Außenstehende überhaupt nicht damit umzugehen wüssten. Leute fühlen sich von vornherein zu Gruppen hingezogen, in denen auf die von ihnen bevorzugte Weise kommuniziert wird. Die Mainstream-Clubszene von LA zum Beispiel zeichnet sich durch nonverbale Kommunikation aus (die dann von Mystery auseinandergenommen und analysiert wird und einen riesigen Einfluss auf die moderne Pick-up-Artistry nimmt).

Holly Pervocracy sagt, sie würde viel lieber jemanden dadurch verärgern, dass sie fragt, als dadurch, dass sie es nicht tut. So vernünftig das auch klingen mag, werden dennoch eine ganze Menge Leute durch diese Einstellung ausgegrenzt, denen direkte sexuelle Kommunikation einfach unangenehm ist. Und wenn eine *sehr große Anzahl* von Leuten damit ein Problem hat, dann ist es keine gute Lösung, einfach nicht mit ihnen zu interagieren. Die Gesellschaft wird sich nicht ändern, wenn alle Gruppen nur für sich bleiben.

Ich habe im fünften Kapitel ein paar große Fragen zum Thema Feminismus aufgeworfen, auf die ich hier noch mal eingehen will:

- Wenn viele Leute strategische Mehrdeutigkeit in ihrem Beziehungs- und Sexleben genießen, wo ist dann der Punkt, an dem strategische Mehrdeutigkeit nicht mehr einvernehmlich ist?

• Was ist »schlechte« strategische Mehrdeutigkeit im Gegensatz zur »guten«, die Einvernehmlichkeit fördert?

Es geht nicht nur darum, dass zu bekommen, was man will – sondern darum, wie man den Rest der Welt dazu bringt, die feministische Vorstellung von Einvernehmlichkeit anzunehmen. Als ich mich mit dieser Frage beschäftigte, wurde mir eine Sache klar, die FeministInnen gern übersehen: Offene Kommunikation kann der Einvernehmlichkeit auch entgegenwirken.

Manche Leute sind einfach besser in bestimmten Formen der Kommunikation als andere. Zum Beispiel war ich schon immer besser im Schreiben als die meisten Leute, die ich kannte. Dafür glaube ich, dass meine nonverbalen Kommunikationsfähigkeiten unterdurchschnittlich sind. Das bedeutet: Wenn ich jemanden ermutige, sich explizit auszudrücken, versuche ich damit, das Gespräch in eine Sphäre zu bewegen, in der *ich* mich sicher fühle ... und größere soziale Macht habe. Wenn also Leute, die verbal sehr fit sind – wie viele FeministInnen –, versuchen, soziale Standards zu entwickeln, die sich auf ausdrückliche Kommunikation berufen, kommt das in erster Linie ihnen selbst zugute.

Ich bin der Überzeugung, dass ich in meinen Beziehungen verpflichtet bin, die Gefühle meines Partners zu respektieren. Ich sollte meinen Partner nicht unnötig verletzen und versuchen, seine Signale aufmerksam zu beobachten. Wenn ich wahrnehme, dass er sich nicht wohlfühlt, sollte ich doch besser erst versuchen, mein eigenes Verhalten zu ändern, anstatt ihn zu zwingen, mir explizit zu sagen, was Sache ist. Das ist Respekt.

Wenn mein hypothetischer Partner hauptsächlich nonverbal kommuniziert und ich hauptsächlich direkt, dann passen wir vielleicht nicht besonders gut zusammen und sollten uns möglicherweise besser trennen. Aber *wenn* ich seine Signale lesen kann, wäre es grausam, sie zu ignorieren.

Auch beim SM versuche ich, genau auf die nonverbalen Signale zu achten. Ich weiß noch genau, als ich das erste Mal aufhörte, meinem Partner wehzutun, *bevor* er sein Safeword benutzte.

Wir saßen auf dem Bett. Der Raum war mit Kerzen beleuchtet. Ich hatte überall auf dem Körper meines Liebhabers Kratzer hinterlassen und ich konnte sehen, wie sich Blutergüsse auf seiner Haut bildeten. Er weinte und flehte mich an, aufzuhören.

Ich war völlig auf meinen Untergebenen konzentriert. Ich wusste, dass ich ihn an seine äußersten Grenzen trieb, aber er hatte sein Safeword nicht gesagt und ich war noch nicht mit ihm fertig.

Ich stand auf und zog ihn aus dem Bett. Er kauerte vor meinen Füßen und zitterte. Ich riss seinen Kopf an den Haaren hoch, sodass er mich ansehen musste. Seine Augen waren geschlossen und Tränen liefen ihm übers Gesicht.

Begierde durchströmte mich. Ich wollte ihn schreien hören. Aber ... er war innerhalb der letzen Stunde immer stiller geworden. Er hatte aufgehört zu flehen und zu betteln und wirkte zurückgezogen, meilenweit von mir entfernt. Ich wusste, dass er mich liebte und mich nicht enttäuschen wollte. Vielleicht konnte er deswegen nicht laut sagen, was er wollte. Ich hatte ihn noch nie so still und teilnahmslos erlebt.

Also stellte ich mein eigenes Verlangen hinten an und fragte sanft: »Erinnerst du dich an dein Safeword?«

Mein Liebhaber erzitterte. Er brauchte einen Moment, um zu antworten. »Rot«, flüsterte er. Ich atmete tief ein, ließ meine Frustration los und setzte mich neben ihn, während er in Tränen ausbrach. Ich legte meine Arme um ihn und gab ihm die Aftercare, die er verdient hatte.

Ich hätte die unausgesprochenen Signale meines Liebhabers ignorieren können. Schließlich hatte er sein Safeword nicht benutzt. Ich hätte die Erwartung der ausdrücklichen verbalen

Kommunikation als Waffe benutzen und mir selbst die soziale Macht geben können, seine Grenzen zu überschreiten. So frustrierend es auch war, aufzuhören, ich bin wirklich froh, dass ich mich so verhalten habe.

Auch das muss Teil des ethischen Games sein: Egal wie gut unsere verbalen Kommunikationsfähigkeiten sind, manchmal *reichen* Wörter einfach nicht. Safewords und andere Arten der ausdrücklichen Kommunikation sind unglaublich nützlich und wichtig. Wenn man es aber auf die Spitze treibt, kann direkte Kommunikation eine soziale *Waffe* werden, die andere, ebenso gültige Formen der Kommunikation entmachtet.

Ich will damit natürlich *nicht* sagen, dass wir offene verbale Kommunikation links liegen lassen sollten, sondern dass Kommunikation insgesamt eine unglaubliche Vielfalt an Fähigkeiten erfordert. Ich halte es für gut möglich, dass direkte verbale Kommunikation die *wichtigste* Kommunikationsfähigkeit ist. Aber nicht die *einzige*.

Ich habe »kino« oder körperliche Eskalation bereits in den vergangenen Kapiteln erwähnt. (PUAs besprechen dieses Thema wesentlich ausführlicher als ich.) Ich habe auch erwähnt, dass Calibration für PUAs sehr wichtig ist und dass sie vor allem praktische Übungen betonen, um nonverbale Signale erkennen zu lernen. Und ich habe über viele weitere Erkenntnisse der PUAs gesprochen, die sich um nonverbale Kommunikation drehen, wie Shit Tests und Compliance Tests.

Jede Theorie des ethischen Games muss diese verschiedenen Arten der Kommunikation enthalten. Dazu gehören auch Körpersprache und nonverbale Signale, nicht nur direkte Kommunikation. Ich würde mich freuen, wenn mehr FeministInnen, Polyamore und SMer sich umfassender damit beschäftigen würden. Denn es ist eines meiner wichtigsten Anliegen in diesem Buch, Menschen dazu anzuregen, ihre eigenen Kommunikationsweisen zu hinterfragen und moralisch zu überdenken.

• • •

An dieser Stelle möchte ich nun endlich meine eigene große Theorie des ethischen Games vorstellen.

Ich gebe zu, dass diejenigen von uns, die versuchen, vorsichtig, wohlüberlegt und ethisch mit Liebe und Sex umzugehen, manchmal das Gefühl haben, dass wir »zu kurz kommen« im Gegensatz zu den Leuten, die ruchloser vorgehen. Ethisch korrektes Verhalten kann schwierig und schmerzhaft sein. Aber dadurch werden ethische Prinzipien nicht weniger notwendig. Und ich glaube, dass wir Ethiker langfristig gesehen deswegen bessere Beziehungen führen.

Im fünften Kapitel zitierte ich aus dem wunderbaren Essay »Toward a Performance Model of Sex« von Thomas MacAulay Millar. Thomas ist wie ich ein feministischer SMer. Er schlägt vor, das Modell von Sex als Handelsware metaphorisch mit einem »Modell der Performance« zu ersetzen:

Im Modell der Performance ist ebenfalls eine Art Verhandlung enthalten, aber keine ungerechte oder feindselige. Die Verhandlung ist der kreative Prozess, aus den vorhandenen Elementen etwas zu erschaffen. So wie Musiker sich entscheiden müssen, welche Musikrichtung, Songs, Tonart und Stile sie spielen wollen. Ihre Möglichkeiten beschränken sich nur auf die Bandbreite ihrer eigenen Fähigkeiten – welche Lieder und Instrumente sie spielen können, wie groß ihre Vorstellungskraft und ihre Fähigkeiten sind – und jedes Individuum bringt sich in die Performance mit ein.[4]

Eine Metapher für das Game, von der jeder profitiert, sollte Leute ermutigen, kreativ zu sein. Das Game kann feindselig sein oder auf Gegenseitigkeit beruhen. Man hat die Wahl, ob man seinen Partner wie einen Gegner oder wie einen Mitspieler behandeln will.

Und Sex ist nicht alles. (Ehe übrigens auch nicht, *The Rules*.) Und wenn man sich verhält, als ob Sex (oder Ehe) das einzig Wichtige wäre, kann man sehr schnell Freundschaften und Liebe zerstören.

Um auf meine Frage zurückzukommen: *Wenn viele Leute strategische Mehrdeutigkeit in ihrem Beziehungs- und Sexleben genießen, wo ist dann der Punkt, an dem strategische Mehrdeutigkeit nicht mehr einvernehmlich ist?*

Ich glaube, der Punkt ist erreicht, wenn man aufhört, sich um die Gefühle seines Partners zu scheren.

Hugh Ristik hat hierzu eine sehr gute Beobachtung gemacht: Viele Taktiken des Pick-up werden ethisch korrekter, wenn sie für *beide* Seiten funktionieren. Zum Beispiel funktioniert Time Dilation (das Ausdehnen der empfundenen Zeit durch Ortswechsel) sowohl für den PUA als auch für sein Target. Es ist schwierig, daran etwas auszusetzen, wenn beide Parteien Spaß haben.

Aber unterschiedliche Dinge beeinflussen Menschen auf verschiedene Weise. Deswegen ist gute Kommunikation so wichtig. Es gibt in der PUA-Community viel zu viel rücksichtsloses Verhalten, wie beispielsweise das »Nein« eines Partners zu ignorieren. Das ist schlicht und ergreifend falsch. Manche Situationen sind weniger eindeutig, können aber durch gute Kommunikation und Respekt geklärt werden. In solchen Momenten sollte man versuchen, seine Calibration zu verbessern, und sowohl verbalen wie nonverbalen Zeichen Beachtung schenken. In der eben erwähnten SM-Begegnung wäre aus der strategischen Doppeldeutigkeit in unserem sadomasochistischen Game echte Grausamkeit geworden, wenn ich *trotz der nonverbalen Signale meines Partners* weitergemacht hätte.

Das ultimative Beispiel für negative strategische Mehrdeutigkeit ist Roissys Artikel über Angst. Sein erklärtes Ziel ist es, dass seine Partnerinnen ein »andauerndes nagendes Gefühl des drohenden Unheils« empfinden. Das hat er *wortwörtlich* geschrieben.

Im siebten Kapitel habe ich die Theorien der Friend Zone und der Fuckbuddy Zone behandelt und erläutert, wie diese Zonen fehlinterpretiert werden können. Man kann nicht davon ausgehen, dass jeder, der sich in so einer Zone wiederfindet, absichtlich manipuliert wird. Aber es gibt auch Leute, die andere durch sexuelle oder emotionale Signale gnadenlos hinhalten und zappeln lassen. Und *das* ist nicht okay; es bedeutet, Kommunikation *gegen* einen anderen Menschen zu verwenden, anstatt sie zu benutzen, um eine gemeinschaftliche Situation zu gestalten.

Meine zweite Frage war: *Was ist »schlechte« strategische Mehrdeutigkeit im Gegensatz zur »guten«, die Einvernehmlichkeit fördert? S*trategische Mehrdeutigkeit vereinbart viele Dinge. Manche Menschen brauchen Kontrast, Herausforderung, Abwechslung und Unvorhersehbarkeit mehr als andere: Totale Berechenbarkeit ist an einem Ende des Kontinuums, totale Ungewissheit am anderen. Obwohl PUAs zwischen »direktem« und »indirektem« Game unterscheiden, wenden die meisten eine Mischung an. Die strategische Lösung ist der Mittelweg.

Im zweiten Kapitel habe ich auf eine Studie hingewiesen, die zeigte, dass romantische Gefühle verstärkt werden können, wenn man Abwechslung in sein Liebesleben bringt. Ich sprach auch über Shit Tests und harmloses herausforderndes Flirten. Im ganzen Buch sind immer wieder Beispiele von einvernehmlichen SM-Begegnungen und Kommunikationstaktiken aufgeführt.

Im dritten Kapitel habe ich von den Last-Minute-Resistance-Techniken berichtet und die Unterschiede zwischen positiven LMR-Techniken und aggressiven LMR-Techniken beschrieben: Positive LMR-Techniken sind die, in denen es dem PUA am wichtigsten ist, eine gemeinsame Erfahrung zu schaffen (zum Beispiel durch tolles Vorspiel oder indem er versucht, herauszufinden, warum die Frau keine Lust auf Sex hat). Aggressive LMR-Techniken sind diejenigen, in denen er ihre Einwände plattwalzt und ignoriert.

Im vierten Kapitel ging es um Compliance Tests. Ein negativer Compliance Test wird nur angewandt, um Macht zu gewinnen, und hat absolut gar nichts mit einer gemeinschaftlichen Beziehung zu tun. Positive Compliance Tests dagegen werden von Personen durchgeführt, denen ihr Target tatsächlich wichtig ist, die eine Beziehung wollen oder wirklich Hilfe brauchen.

Das alles, so glaube ich, sind Aspekte des ethischen Games.

• • •

Häufig fragen mich die Leute nach der größten Erkenntnis, die ich durch die PUA-Community gewonnen habe. Die Frage ist schwer zu beantworten; manchmal beschreibe ich die interessantesten Momente oder Persönlichkeiten, die ich dort erlebt und getroffen habe. Manchmal erzähle ich von meiner großen Kategorisierung der PUAs. Obwohl ich unglaublich viel gelernt habe, kann ich es nicht auf eine einzige Moral der Geschichte herunterbrechen.

Einer der Momente, die mir am besten in Erinnerung geblieben sind, ereignete sich auf dem Gipfeltreffen in Chicago, als ein Klient die versammelten Coaches fragte: »Was ist, wenn du eine feste Beziehung und regelmäßigen Sex hast? Wie behältst du die Motivation, auszugehen und Frauen aufzureißen?«

Einige Coaches sagten Dinge wie: »Du darfst *niemals* das Game verlassen. Du musst sozial immer in Form bleiben.« Als ich dran war, versuchte ich mein Bestes, nicht wie eine Oberlehrerin zu klingen. »Es kommt auf deine Priorität an«, sagte ich. »So viele Typen fangen mit Pick-up an, weil sie denken, sie wollen alle heißen Mädchen der Stadt ficken. Wenn das stimmt, dann ist das auch völlig in Ordnung, solange es einvernehmlich geschieht. Aber vielleicht willst du auch in Wirklichkeit eine lange, verbindliche Beziehung führen. Und wenn du dich auf eine (oder mehrere) Langzeitbeziehungen konzentrierst ... dann wirst du richtig *gut* im Bett. Wenn du ein besserer Liebhaber werden willst, solltest du diesen Weg einschlagen.«

Ich rede mir gern ein, dass mein Ratschlag den teuren Eintrittspreis wert war. Wahrscheinlich aber nicht.

Ich habe einmal AnneBonney gefragt, was sie einem Neuling in der Pick-up-Community raten würde. Sie sagte etwas Ähnliches:

A) Überlege dir sehr, sehr sorgfältig, welche Ziele du verfolgst, was du dafür tun willst und warum *du sie erreichen willst. Ich denke, viele Typen sehen »Erfolg bei Frauen« als eine Möglichkeit, alles in Ordnung zu bringen, was sie unglücklich macht. (Man könnte das mit einer Frau vergleichen, die denkt, dass sie glücklicher wäre, wenn sie zehn Kilo abnimmt.) Kulturelle Vorstellungen von Glück werden von einem System bestimmt, das nicht das geringste Interesse daran hat, dass wir glücklich sind.*

B) Sei sehr, sehr vorsichtig, wem du vertraust und wem du dein Geld gibst. Es gibt Hunderte von Leuten, die dir anbieten, deine Zeit und dein Geld in ihre verschiedenen »Programme« zu investieren, und du kannst sehr leicht über den Tisch gezogen werden. Deswegen ist es wichtig, Punkt A zu befolgen (finde heraus, was du willst) und gut zu recherchieren.

Mark Manson beschreibt in einem Artikel, wie Leute mit psychischen Problemen in die PUA-Community hineingesogen werden:

Es gibt etwas tief in ihrer emotionalen Struktur, das sie viel weiter treibt. Sie nehmen den Sexismus begeistert an und sonnen sich in der Bestätigung. Aber irgendwann setzen sie sich mit ihrem emotionalen Ballast auseinander. Bei manchen Typen braucht es dafür zehn bis fünfzehn Frauen, bei anderen fünfzig oder hundert. Manche Typen schaffen den Absprung nie. Aber die Wahrheit ist: Du würdest dem Teufel nicht deine Seele verkaufen, wenn es nicht schon einen kleinen Teil in dir gäbe, der bereits tot ist.

[…] Du landest nicht in der Pick-up-Artist-Community, wenn du nicht mit irgendetwas extrem unglücklich und unzufrieden bist. Die Community ist für viele Männer eine Ablenkung, durch die sie sich nicht mit ihren wirklichen Problemen auseinandersetzen müssen. […] Emotionen sind nicht zählbar oder objektiv, also tun sich diese Männer zusammen und versuchen, im Zeichen »der Verbesserung« ihre Emotionen gemeinsam objektiv oder zählbar zu machen. Und nach ihren Maßstäben verbessern sie sich in der Tat. »Ich hatte meinen ersten Single Night Lay.« »Ich habe letzte Nacht meine erste HB9 gevögelt.« Aber es gibt keinen Maßstab für Glück, Erfüllung, Bedeutung oder Sinn. Das merkt man, wenn man genügend todunglückliche Typen trifft, die über hundert Frauen flachgelegt haben. […] Viele PUAs geraten in eine Bestätigungsfalle – in der eine koksabhängige Stripperin einen höheren Wert hat als ein Mauerblümchen mit einem Doktorgrad und ein Dreier mehr wert ist als ein Verlobungsring.

[…] Letztendlich denke ich, dass dieser Artikel als ein warnendes Beispiel verstanden werden sollte. Diese Bewegung hat

etliche Vorzüge, aber man kann schnell darin gefangen werden. Ein Freund von mir hat es sehr passend ausgedrückt: »Du kannst die Qualität einer Selbsthilfebewegung daran beurteilen, wie viele Leute sie wieder verlassen.« Viele Leute verlassen andauernd die PUA-Community, also muss sie irgendetwas richtig machen.

Achte nur darauf, dass du einer von denen bist, die gehen.[5]

Ich dachte eine Weile lang, ich hätte die beste Idee aller Zeiten – einen feministischen PUA-Lehrplan. Und wer sollte ihn schreiben, wenn nicht ich? Aber schließlich kam mir meine eigene Verwirrung bezüglich der PUAs in den Weg und es kam niemals dazu. Ich traf allerdings eine Frau, die unabhängig von mir die gleiche Idee hatte. Ihr Name ist Charlie Nox und soweit ich weiß, ist sie gerade dabei, ihren eigenen feministischen PUA-Lehrplan umzusetzen. Ich stellte Charlie per E-Mail ein paar Fragen und sie antwortete:

Ein Ziel meines Buches ist, ein Bedürfnis zu erfüllen, von dem ich weiß, dass es in der Pick-up-Community existiert. Vielen meiner männlichen Freunde widerstrebt es, solche Aufreißbücher zu lesen, weil sie anständige Kerle sein wollen. Selbst Nick Savoy, der Leiter von Love Systems, Inc. (ehemals Mystery Method), sagt, dass ein Grund für die Namensänderung seiner Firma war zu zeigen, dass man Frauen nicht als »Schlampen« und »Huren« bezeichnen muss, um sie zu erobern. Ich denke, das verdeutlicht, dass jetzt der beste Zeitpunkt gekommen ist, um diese Lücke zu füllen. Ein weiteres Ziel ist, den Feminismus schmackhaft, verständlich und zugänglich für Leute zu machen, die ihn normalerweise ablehnen. Denn Feminismus ist für jeden (Danke, bell hooks)!

Sie hat meine Unterstützung, so viel ist schon mal klar.

Vor Kurzem habe ich den wundervollen Spruch in einem thailändischen Glückskeks gefunden: »Liebe ist ein Spiel, das zwei spielen und bei dem beide gewinnen können.« Ich versuchte, den süßen Kellner zu verführen, indem ich ihm den Spruch zeigte, aber er hat mich hochnäsig abblitzen lassen. Nun gut.

Vielleicht bedeutet das, dass mein Game kein bisschen besser geworden ist als am Anfang. Aber vielleicht ist das okay.

Heute fühle ich mich von meiner PUA-Besessenheit befreit ... Aber ich glaube, wenn jemand wirklich verzweifelt meinen Ratschlag braucht und eine mittellose Künstlerin vor dem Hungertod retten will, könnte ich durchaus dazu überredet werden, meine Dienste zu verkaufen. Ich würde zu der Coaching-Sitzung in kniehohen Stiefeln und einem Tanktop mit der Aufschrift »Der Missbrauch von Macht ist keine Überraschung« auftauchen. Wenn die Einstellung meines Klienten zu wünschen übrig lässt, lasse ich ihn bluten.

Hey, das klingt, als könnte es Spaß machen.

Wer weiß, vielleicht werde ich eines Tages tatsächlich Privatunterricht in Verführung anbieten.

Aber nicht heute.

Fußnoten

Kapitel 1

1 Der feministische SM-Blog (er ist aber leider seit Jahren nicht aktualisiert worden): http://sm-feminist.blogspot.com/

2 Alice Schwarzer behauptet »Weiblicher Masochismus ist Kollaboration!« in *EMMA*, Heft 2, 1991.

3 *Ms. Magazine*-Blogeintrag über *Feminism is for Everybody:* http://msmagazine.com/blog/blog/2010/09/07/10-years-of-feminism-is-for-everybody/

4 Herausgeber eines Männermagazins über männliche sexuelle Stereotypen: »What Really Turns Men On« von John Devore. Veröffentlicht in *Best Sex Writing 2010*, herausgegeben von Rachel Kramer Bussel, Cleis Press, 2010.

5 Abhandlung über das Wort »cisgender«: http://carnalnation.com/content/49458/1067/word-day-cis

6 Ein PUA beschreibt manche Fetische als »nur was für Loser«: http://heartiste.wordpress.com/2009/12/13/november-2009-beta-of-the-month/

7 PUAs verhalten sich unattraktiven Frauen gegenüber supermies: http://www.feministcritics.org/blog/2010/02/02/open-thread-feminism-and-the-seduction-community/

8 Blonde Frauen verdienen mehr: http://www.telegraph.co.uk/lifestyle/7552146/Blondes-paid-more-than-other-women.html

9 Dünne Frauen verdienen mehr: http://www.huffingtonpost.com/2011/06/19/skinny-women-make-more-money_n_872799.html

10 Antifeministische Attacke gegen die PUA-Community: http://lifestylejourney.blogspot.com/2010/02/pua-scam.html

11 Hugh Ristik über das Dekonstruieren der Verführungscommunity: http://www.feministcritics.org/blog/2007/03/07/what-is-the-seduction-community/

12 Negs: http://www.sosuave.com/articles/neghits.htm

13 Seit Ende 2011 ist diese Webseite nicht mehr kostenlos erreichbar. Hier wurde sie ursprünglich veröffentlicht: http://www.neilstrauss.com/neil/what-separates-a-winner-from-a-loser-is-2

14 Tyler Durden über Negs: http://www.bristollair.com/2011/pua-seduction-methods/examining-different-pua-methods-pt-2/

15 Ein gnadenloser Blogger über Negs: http://heartiste.wordpress.com/2011/09/26/the-subtle-art-of-the-insidious-neg/

16 Mark Manson kommentierte diesen Blogeintrag über Marktforschung: http://clarissethorn.com/blog/2011/04/18/guest-post-detrimental-attitudes-of-the-pickup-artist-community/

Kapitel 2

1 Studie über Abwechslung in Beziehungen: http://www.nytimes.com/2008/02/12/health/12well.html

2 »Woran denkst du gerade?« als sogenannter Shit Test: http://heartiste.wordpress.com/2011/08/07/what-are-you-thinking-about/

3 Taktiken, die von Missbrauchstätern benutzt werden: http://www.dhs.state.il.us/page.aspx?item=38490

4 Mark Mansons Blogeintrag über »Shit Test Paranoia«: http://www.practicalpickup.com/shit-test-paranoia

5 Scheinwiderstand: »Token Resistance to Sexual Intercourse and Consent to Unwanted Sexual Intercourse: College Students' Dating Experiences in Three Countries« von Susan Sprecher et al. Veröffentlicht in *Journal of Sex Research,* Ausgabe 31, Nummer 2, 1994, S. 125-132.

Kapitel 3

1 Raven Kalderas über Polyamorie: http://sexgeek.wordpress.com/2007/06/10/10-realistic-rules-for-good-non-monogamous-relationships/

2 Tristan Taormino über Polyamorie: http://suicidegirlsblog.com/blog/red-white-and-femme-eeny-meeny-miny-polyamory-part-ii/

3 LMR-Lay Report: http://www.abcsofattraction.com/community/hall-of-fame-f64/lay-report-used-1-lmr-tactic-starting-to-set-up-a-routine-t813.html

4 Nach Vergewaltigung klingender LMR-Lay Report: http://www.fastseduction.com/cgi-bin/search.cgi?action=retrieve&grp=4&mn=1061974207978288&refine=

5 Die ersten zwei »Nein« haben nichts zu sagen: http://thesocialsecrets.com/2009/04/5-easy-ways-to-over-come-lmr-last-minute-sexual-reservations/

6 Beispiel eines Freeze-Outs: *Magic Bullets*, Version 1.0 von Savoy, 2007, E-Book. Derzeitige Webseite unter http://www.magicbulletsbook.com/

7 Louis C.K.s Comedy Sketch: http://www.youtube.com/watch?v=b4hNaFkbZYU

8 Scheinwiderstand: »Token Resistance to Sexual Intercourse and Consent to Unwanted Sexual Intercourse: College Students' Dating Experiences in Three Countries« von Susan Sprecher et al. Veröffentlicht in *Journal of Sex Research*, Ausgabe 31, Nummer 2, 1994, S. 125-132.

9 Mark Manson über LMR: http://www.practicalpickup.com/the-cheerleader

10 David Shade über LMR: *The Secrets of Female Sexuality* von David Shade, David Shade Corporation, 2007.

11 Rikers Regeln: http://arizonapua.com/forum/index.php?topic=3038.0 (Userregistrierung erforderlich)

12 Frauen haben ein höheres Risiko, sich bei Männern mit HIV anzustecken als umgekehrt: »Heterosexual transmission of human immunodeficiency virus (HIV) in northern California: Results from a ten-year study« von Padian, NS, Shiboski, SC, Glass, SO, Vittinghoff, E. Veröffentlicht in *American Journal of Epidemiology*, 1997, Ausgabe 146, Nummer 4, S. 350-57.

13 Studie über die geschlechtsspezifischen Unterschiede bei Gelegenheitssex: http://yesmeansyesblog.wordpress.com/2011/03/03/gender-differences-and-casual-sex-the-new-research/

14 Frauen geben an, dass ihnen eine emotionale Verbindung während dem Sex wichtiger ist als Männern: http://www.iub.edu/~kinsey/resources/FAQ.html

15 Jungfrauen-Shoot von Kink.com: http://missmaggiemayhem.com/2011/01/12/virginity/

16 Die meisten Frauen kommen durch Geschlechtsverkehr nicht zum Orgasmus: http://www.scarleteen.com/article/advice/i_cant_orgasm_from_intercourse_and_its_ruining_my_relationship

17 Clarisses Blogeintrag darüber, dass Orgasmen nicht ihr Lieblingsaspekt von Sex sind: http://clarissethorn.com/blog/2012/02/02/orgasms-arent-my-favorite-part-of-sex-and-my-chastity-urge/

Kapitel 4

1 »Wenn du mit ihr schlafen würdest, kannst du sie nicht eine Hure nennen«: http://goodmenproject.com/featured-content/if-youd-sleep-with-her-you-cant-call-her-a-slut/

2 Kate Harding über *Die perfekte Masche:* http://www.salon.com/life/broadsheet/feature/2009/11/17/rules_dating_advice

3 XKCD über *The Rules* und *Die perfekte Masche:* http://xkcd.com/800/

4 Der Beziehungsratgeber *»Er steht einfach nicht auf Dich!«:* http://www.usatoday.com/life/books/excerpts/2004-09-08-hes-just_x.htm
5 Van Halen und die M&M's: http://www.snopes.com/music/artists/vanhalen.asp
6 Athol Kay über Shit Tests: http://www.marriedmansexlife.com/2010/05/some-common-fitness-tests-and-what-isnt.html

Kapitel 5

1 FeministInnen mögen Neil Strauss nicht: http://www.feministe.us/blog/archives/2011/03/25/i-totally-interviewed-the-worlds-most-famous-pickup-artist/ (siehe Kommentare)
2 AntifeministInnen mögen Neil Strauss auch nicht: http://www.in-malafide.com/blog/2011/04/12/kill-your-game-idols-part-2-strauss-schwyzer-and-spengler/
3 Das Modell von Sex als Handelsware: »Toward a Performance Model of Sex« von Thomas MacAulay Millar. Veröffentlicht in *Yes Means Yes!*, herausgegeben von Jessica Valenti und Jaclyn Friedman, Seal Press, 2009.
4 Definition der Vergewaltigungskultur von Ampersand: http://www.amptoons.com/blog/2004/02/11/what-causes-rape-anatomy-of-a-rape-culture/
5 Vergewaltigungsstatistik: http://rainn.org/statistics
6 Definitionen von Vergewaltigung und männliche Opfer: http://www.rolereboot.org/sex-and-relationships/details/2012-01-erections-arent-consent-what-the-new-fbi-definitions
7 PUA über seine Ausgangsmeinung von Frauen als »wertlose, dreckige Huren«: http://www.rooshv.com/the-dark-side
8 Buyer's-Remorse-Field Report: http://www.theattractionforums.com/18-21-forum/130069-can-t-just-stop-buyer-s-remorse-if-sorta-buyers-remorse.html

9 *Discover-Magazine*-Blog über die Metaphernstudie: http://blogs.discovermagazine.com/notrocketscience/2011/02/23/is-crime-a-virus-or-a-beast-how-metaphors-shape-our-thoughts-and-decisions/

10 PUA, der *Yes Means Yes!* zitiert: http://www.fastseduction.com/cgi-bin/search.cgi?action=retrieve&grp=4&mn=1299480531648347

11 Asexualität und Sexpositiver Feminismus: http://www.feministe.us/blog/archives/2012/02/07/an-asexual-map-for-sex-positive-feminism/

12 Mark Mansons Blogeintrag darüber, warum er sich nicht als Feminist versteht: http://postmasculine.com/why-im-not-a-feminist

13 Jaclyn Friedman darüber, dass »Zustimmung nicht wie ein Lichtschalter funktioniert«: http://www.amplifyyourvoice.org/u/Yes_Means_Yes/2010/11/9/Consent-Is-Not-A-Lightswitch

14 Tracy Clark-Flory interviewt Jaclyn Friedman: http://www.salon.com/2011/10/30/a_sex_guide_for_todays_girls/singleton/

15 Feministischer Kommentar, der besagt, dass »PUAs Frauen vergewaltigen«: http://www.feministe.us/blog/archives/2011/03/25/i-totally-interviewed-the-worlds-most-famous-pickup-artist/

16 Studie über Sozialphobien: http://www.homepage.psy.utexas.edu/HomePage/Class/Psy394U/Bower/12 Anxiety Disorders /CLARK-SOCIAL PHOBIA.pdf

Kapitel 6

1 Der wundervolle PUA-Blogeintrag, den Clarisse las, als der Macker anrief: http://charismaarts.com/ten-phrases-to-keep-your-conversation-exciting-but-truthful

Kapitel 7

1 Liste der Taktiken von Missbrauchstätern: http://www.dhs.state.il.us/page.aspx?item=38490

2 Hitoris »Playette FAQ«: http://www.fastseduction.com/cgi-bin/search.cgi?action=retrieve&grp=8&mn=1261566993592678&refine

3 Emotionale IOIs als Bezahlung: http://www.fastseduction.com/cgi-bin/search.cgi?action=retrieve&grp=9&mn=1289446216634569&refine=

Kapitel 8

1 Fotos von der Clubnacht im Porn & Chicken: http://timeoutchicago.com/things-to-do/out-about-blog/116237/porn-and-chicken-adult-photo-gallery

2 Blogeintrag einer Frauenhasserin über PUAs: http://femalemisogynist.wordpress.com/2008/04/16/pick-up-artists-and-feminism/

Kapitel 9

1 Gunwitch schießt (angeblich) auf eine Frau und seine Anhänger bestehen darauf, dass er einen guten Grund hatte: http://manboobz.com/2011/01/07/gun-loving-pick-up-guru-allegedly-shoots-a-woman-in-the-face/

2 Hugh Ristik schreibt einen Blogeintrag, in dem er »Fuck You, Gunwitch« sagt: http://www.feministcritics.org/blog/2011/01/08/did-a-pickup-artist-shoot-a-woman-noh/

3 Gunwitchs Verführungshandbuch: http://www.gunwitch.com/seduction/gwm1.html (nicht mehr zu erreichen)

4 Roissy hat vor Kurzem seinen Blog verändert. Diese Taktik wird hin und wieder von Bloggern mit Pseudonym verwendet, die Angst davor haben, dass ihre wahre Identität auffliegt. Seit Ende 2011 ist Roissy unter http://heartiste.wordpress.com/ zu erreichen.

5 Roissy nennt Frauen »Soziopathen der Bequemlichkeit«: http://heartiste.wordpress.com/2009/03/03/february-2009-beta-of-the-month/

6 Koffeinschock für ihren Hamster: http://heartiste.wordpress.com/2011/08/03/how-to-deal-with-a-girl-gaming-you/

7 Hamster-Definition: http://manboobz.com/2012/01/17/rationalization-hamsters-or-hamster-rationalizations/

8 Taktiken der Angst: http://heartiste.wordpress.com/2008/03/27/dread/

9 Aussage einer ehemaligen PUA-Assistentin: http://jezebel.com/5499094/the-secret-world-of-men-a-pickup-artists-assistant-tells-all

10 »Vielfalt + Nähe = Krieg«: http://heartiste.wordpress.com/2011/06/29/diversity-proximity-war/

11 Evolutionspsychologie und »Das Märchen des Alphamännchens«: http://evolvify.com/alpha-male-narrative-myth/

12 Statistiken der Ungerechtigkeiten, denen Transleute begegnen: http://www.thetaskforce.org/reports_and_research/ntds

13 Roissys Worte an seinen Sohn: http://heartiste.wordpress.com/2007/06/27/an-open-letter-to-my-hypothetical-future-kids/

14 Die Dame, die Roissys Herz brach: http://heartiste.wordpress.com/2007/10/25/dodged-the-same-bullet-twice/

15 Kopfgeld auf Frauen: http://heartiste.wordpress.com/2011/08/07/what-are-you-thinking-about/ (siehe Kommentar 267855)

Kapitel 12

1 »Nach einem Kuss fragen« auf Holly Pervocracys Blog: http://pervocracy.blogspot.com/2011/07/how-to-not-be-creepy.html?showComment=1310928149621 - c6917844665418677680

2 Diskussion auf der Dating-Webseite: http://forums.plentyoffish.com/datingPosts3087240.aspx

3 Hugh Ristiks Analyse: http://clarissethorn.com/blog/2011/04/18/guest-post-detrimental-attitudes-of-the-pickup-artist-community/ (siehe Kommentar 49381)

4 Das Modell von Sex als Handelsware: »Toward a Performance Model of Sex« von Thomas MacAulay Millar. Veröffentlicht in *Yes Means Yes!*, herausgegeben von Jessica Valenti und Jaclyn Friedman, Seal Press, 2009.

5 Mark Manson über sein Leben als PUA: http://www.practicalpickup.com/pickup-artist

Glossar

In diesem Glossar werden die meisten Fachausdrücke in diesem Buch definiert. In den Klammern hinter jedem Begriff steht der Bereich, aus dem er stammt: PUA, Feminismus, Polyamorie, Queer Theory, BDSM oder ein von Clarisse erfundener Begriff.

- **Aftercare – Nachsorge (BDSM):** Die Phase nach einer sadomasochistischen Begegnung, in der die Partner das Erlebte besprechen und sich gegenseitig beruhigen.
- **Alpha (PUA):** Eine Bezeichnung für einen sozial dominanten Mann, der theoretisch »alle Frauen kriegt«.
- **Alpha Male on Guard; kurz AMOG – Alphamännchen auf der Hut (PUA):** Ein Mann, der sich zwischen einen PUA und sein **Target** drängt. PUAs haben verschiedene Strategien, mit einem AMOG umzugehen.
- **Anti-Relationship-Defense – Anti-Beziehungs-Abwehr (Clarisse):** Siehe **Anti-Slut-Defense.**
- **Anti-Slut-Defense; kurz ASD – Anti-Schlampen-Abwehr (PUA):** Da Frauen mit Beschimpfungen wie »Schlampe« dazu gebracht werden, sich für ihr sexuelles Verlangen zu schämen, beruht ihr möglicher Widerstand gegen Sex laut einiger PUAs ausschließlich auf dieser Scham. Clarisse weist ironisch darauf hin, dass Männer eine ähnliche Scham bezüglich ihrer Männlichkeit vermittelt wird, wenn sie eine Beziehung eingehen wollen, und sie deswegen eine **Anti-Relationship-Defense** aufbauen können.
- **Approach Anxiety – Annäherungsangst (PUA):** Die Angst davor, eine unbekannte Person anzusprechen.
- **Attraktionsphase (PUA):** Eine Phase im Prozess der Verführung, in der ein PUA das **Target** dazu bringt, sich zu ihm hingezogen zu fühlen oder ihn zumindest zu respektieren.

- **Average Frustrated Chump; kurz AFC – Frustrierter Durchschnittstrottel/below-Average Frustrated Chump; kurz bAFC – Unterdurchschnittstrottel/reformed Average Frustrated Chump; kurz rAFC – reformierter Durchschnittstrottel (PUA):** Ein AFC ist ein Typ, der über kein **Natural Game** verfügt und noch keinen Kontakt zu der PUA-Community hatte. Ein bAFC ist noch ungeschickter als der AFC. Ein rAFC war mal ein Durchschnittstrottel, ist aber darüber hinausgewachsen. Clarisse beschreibt sich manchmal selbst als frustrierte Durchschnittstussi.
- **Beta (PUA):** Ein nicht-dominanter Mann, der theoretisch andauernd von Frauen übersehen wird.
- **Bitch Shield – Zickenschild (PUA):** Der instinktive Abwehrmechanismus eines **Targets**, auf Annäherungsversuche von unbekannten Männern kalt und unfreundlich zu reagieren.
- **Blaming the Victim – Das Opfer beschuldigen (Feminismus):** Die Annahme, dass ein Vergewaltigungsopfer die Vergewaltigung selbst herbeigeführt oder unterstützt hat.
- **Buyer's Remorse – Käuferreue (PUA):** Eine Situation, in der sich ein **Target** nach dem Sex mit dem PUA schlecht fühlt.
- **Calibration – Eineichung (PUA):** Die Fähigkeit, nonverbale gesellschaftliche Signale zu erkennen und darauf einzugehen.
- **Cisgendered (Queer Studies):** Nicht transsexuell.
- **Compliance Test – Nachgiebigkeitstest (PUA):** Eine Taktik, mit der das Interesse eines **Targets** ermittelt oder die Macht innerhalb einer Beziehung verschoben werden soll. Manchmal auch als **Hoop Theory (Pfeifentheorie)** beschrieben.
- **Demonstration of Higher Value; kurz DHV – Demonstration höheren Werts (PUA):** Alle Taktiken, die zeigen sollen, wie toll man ist.
- **Direct Game – Direktes Game (PUA):** Verführungstaktiken, bei denen man die eigenen sexuellen oder romantischen Absichten offen zeigt.
- **Emotional Indicator of Interest – Emotionales Anzeichen für Interesse (Clarisse):** Siehe **Indicator of Interest.**

- **Emotionale Eskalation (Clarisse):** Der Prozess, eine emotionale Verbindung entstehen zu lassen. Während Männern normalerweise die Verantwortung für die **sexuelle Eskalation** zukommt, tragen Frauen in der Regel die Verantwortung für emotionale Eskalation.
- **Emotionaler Hookpoint (Clarisse):** Siehe **Hookpoint.**
- **Enthusiastische Zustimmung (Feminismus):** Das Konzept, nur dann Sex zu haben, wenn man nicht nur einen zustimmenden, sondern einen enthusiastischen und begeisterten Partner hat.
- **Fake Indicator of Interest – Vorgetäuschtes Anzeichen für Interesse (PUA):** Siehe **Indicator of Interest.**
- **Field – Feld/Field Report; kurz FR – Erlebnisbericht (PUA):** Jeder Ort, an dem PUAs ihre Fähigkeiten üben, ist das Feld. Hinterher schreiben PUAs Erlebnisberichte über ihre Erfahrungen – wenn sie erfolgreich Sex hatten, schreiben sie Lay Reports (Sexberichte).
- **Frame – Rahmen/Frame Control – Rahmenkontrolle/Reframe – In einen neuen Rahmen einbetten (PUA):** Ein Frame ist ein Paradigma oder eine Weltanschauung. PUAs haben die Theorie, dass dominante Personen die Bedingungen für soziale Interaktionen durch Framekontrolle stellen. Eine Person kann die Kontrolle übernehmen, indem sie Gesagtes zu ihrem Vorteil in einen neuen Rahmen einbettet.
- **Freeze-Out – Kalte Schulter (PUA):** Eine Strategie, die **Last Minute Resistance** eines **Targets** zu durchbrechen, indem alle Anzeichen von Romantik oder Intimität entfernt werden.
- **Friend Zone – Nur-Freunde-Zone (Popkultur):** Siehe **Indicator of Interest.**
- **Fuckbuddy Zone – Fickfreundeszone (Popkultur):** Siehe **Indicator of Interest.**
- **Gender Policing – Geschlechterkontrolle (Feminismus):** Geschlechterrollen werden durch die Kultur festgelegt. Bewegt sich eine Person außerhalb ihrer Geschlechterrolle, wird sie häufig von anderen Mitgliedern der Gesellschaft zur Ordnung gerufen oder angegriffen.

- **Go Fuck Ten Other Women; kurz GFTOW – Zieh Los Und Fick Zehn Andere Frauen (PUA):** Eine Selbstheilungsstrategie bei **One-Itis.**
- **Hookpoint (PUA):** Der Punkt, an dem ein **Target** nicht mehr einfach nur höflich oder amüsiert ist, sondern echtes Interesse hat.
- **Indicator of Interest; kurz IOI – Anzeichen für Interesse (PUA):** Flirtsignale vom **Target,** an denen der PUA sich orientieren kann. Clarisse überträgt das Konzept auf **emotionale IOIs,** die auf Offenheit für eine emotionale Beziehung hinweisen. Manche Menschen bringen auch andere mit **vorgetäuschten IOIs** dazu, in ihrer **Friend Zone** oder ihrer **Fuckbuddy Zone** gefangen zu bleiben.
- **Indirect Game – Indirektes Game (PUA):** Taktik der Verführung, bei der **plausible Bestreitbarkeit** eine große Rolle spielt.
- **Inner Game – Inneres Game (PUA):** Echtes Selbstvertrauen und Zielstrebigkeit; steht im Kontrast zum **Outer Game,** bei dem es um körperliche Attraktivität und Verhaltensweisen geht.
- **Keyboard Jockey – Reiter der Tastatur (PUA):** Jemand, der die Theorie online liest und nie anwendet.
- **Kino Escalation; kurz kino – Körperliche Eskalation (PUA):** Körpersprache, die während der Verführung und des Flirtens verwendet wird.
- **Kongruent (PUA):** Eine Handlung oder Aussage ist kongruent, wenn sie damit übereinstimmt, wie die Person wirklich fühlt oder denkt. Wenn sie das nicht tut, ist sie inkongruent.
- **Handbremsentest (Clarisse):** Ein Test, mit dem man Dummheiten vermeiden kann: Wenn du dir später wie ein Idiot vorkommst, weil du keine Vorsichtsmaßnahmen getroffen hast, dann solltest du *jetzt* diese Vorsichtsmaßnahmen treffen.
- **Heteronormativ (Queer Studies):** Ein Begriff, der die kulturellen Vorstellungen von »normalen« heterosexuellen Beziehungen beschreibt.
- **Hoop Theory – Pfeifentheorie (PUA):** Siehe **Compliance Test.**
- **Hot Bitch/Hot Babe; kurz HB – Heiße Schlampe/Heiße Maus (PUA):** Eine konventionell attraktive Frau. Wird häufig von einer numerischen Skala begleitet, die den Grad ihrer Attraktivität bewertet.

- **Lair – Höhle (PUA):** Das örtliche Hauptquartier der PUAs in größeren Städten.
- **Last Minute Resistance; kurz LMR – Widerstand in letzter Minute/ LMR-Techniken (PUA):** Dieser Begriff beschreibt den Widerstand eines **Targets** gegen Sex. LMR-Techniken zielen darauf ab, trotzdem Sex mit dem Target haben zu können.
- **Managing Expectations – Erwartungen einschränken (PUA):** Der Versuch, jemandem keine falschen Hoffnungen zu machen.
- **Miscalibrated – Fehlgeleitet (PUA):** Siehe **Calibration.**
- **Modell von Sex als Handelsware (Feminismus):** Die Vorstellung, dass Frauen Sex für Verbindlichkeit oder Unterstützung eintauschen.
- **Natural Game – Natürliches Game (PUA):** Soziale Taktiken, zu denen das Verständnis von grundlegenden Prinzipien sozialer Interaktion gehört. Steht im Kontrast zum **Synthetic Game (künstlichen Game).**
- **Neg (PUA):** Eine mitunter humorvolle Bemerkung, die benutzt wird, um auf die Fehler eines **Targets** aufmerksam zu machen.
- **Neuro-Linguistic Programming; kurz NLP – Neurolinguistisches Programmieren (PUA):** Ein Forschungsgebiet, das behandelt, wie man durch bestimmte Gesten oder Wortwahl spezifische Reaktionen von einer anderen Person erzielt.
- **New Relationship Energy – Energie einer neuen Beziehung (Polyamorie):** Die übermäßige, irrationale Freude, die man fühlt, wenn man eine Beziehung mit einem neuen Partner angefangen hat.
- **One-Itis – Ein-itis (PUA):** Besessenheit von einer Person, die ausschließlich daraus resultiert, dass man sich unwürdig fühlt und befürchtet, »nie wieder jemanden zu finden, der so toll ist«.
- **Open Loop – Offener Kreislauf (PUA):** Eine Taktik, mit der man eine interessante Unterhaltung anfängt, zu der man später wieder zurückkehren kann.
- **Opener – Eröffner (PUA):** Eine Satz, mit dem man eine Unterhaltung mit dem **Target** anfängt.

- **Outcome Independence – Ergebnisunabhängigkeit (PUA):** Fehlende Fixierung auf ein bestimmtes Ziel, Unabhängigkeit.
- **Outer Game – Äußeres Game:** Siehe **Inner Game.**
- **Peacocking (PUA):** Absichtlich unpassende auffällige Kleidung tragen, mit der Aufmerksamkeit erregt werden soll.
- **Phlogiston (Philosophie):** Eine antike wissenschaftliche Theorie, die nicht zutreffend war, aber viele Phänomene zu erklären schien, die zu diesem Zeitpunkt unklar waren.
- **Plausible Bestreitbarkeit (PUA):** Das Vorgeben, dass es bei einem Flirt gar nicht um Romantik oder Sex geht.
- **Primäre Beziehung (Polyamorie):** Eine Beziehung mit größeren Verbindlichkeiten und Erwartungen als andere Beziehungen. In einer primären Beziehung wohnt das Paar mitunter zusammen und/oder ist verheiratet.
- **Qualifikationsphase (PUA):** Eine Phase im Prozess der Verführung, in der ein PUA versucht, das **Target** dazu zu bringen, sich um seine Bestätigung zu bemühen.
- **Rape Culture – Vergewaltigungskultur (Feminismus):** Eine Kultur, in der Vergewaltigung durch fundamentale Einstellungen und Glaubenssätze bezüglich Geschlechteridentität, Sexualität und Gewalt unterstützt und aufrechterhalten wird.
- **Reframe – In einen neuen Rahmen einbetten (PUA):** Siehe **Frame.**
- **Routine (PUA):** Auswendig gelernte Abfolge, die ein bestimmtes Ergebnis herbeiführen soll.
- **Safeword (BDSM):** Ein Wort, das ein Partner während einer SM-Begegnung jederzeit sagen kann, um sie zu unterbrechen.
- **Sarging (PUA):** Ausgehen, um Leute anzusprechen.
- **Sekundäre Beziehung (Polyamorie):** Eine Beziehung, die mit weniger Verbindlichkeiten und Erwartungen verbunden ist als eine primäre.
- **Sexuelle Eskalation (PUA):** Der Prozess, eine sexuelle Verbindung herzustellen. Während Männer normalerweise dafür verantwortlich gemacht

werden, die sexuelle Eskalation voranzutreiben, gelten Frauen in der Regel als verantwortlich für die **emotionale Eskalation.**

- **Shit Test (PUA):** Tests, mit denen Frauen angeblich die Dominanz ihres Gegenübers erproben wollen.
- **Social Circle Game – Soziales-Umfeld-Game (PUA):** Die Methode, (Sex-)Partner über Freunde oder in einer Gemeinschaft zu finden.
- **Social Proof – Sozialer Beweis (PUA):** Der Einsatz anderer Leute, um zu demonstrieren, dass man ungefährlich, lustig und/oder sexy ist.
- **Statement of Intent; kurz SOI – Absichtsbekundung (PUA):** Eine ausdrückliche Bekanntgabe des eigenen Interesses, die dem **Target** gegenüber geäußert wird.
- **Switch (BDSM):** Eine Person, die sich sowohl in der dominanten als auch in der unterwürfigen Rolle wohlfühlt.
- **Synthetic Game – Künstliches Game (PUA):** Taktik, bei der viel auswendig gelerntes oder »künstliches« Material, wie beispielsweise **Routines,** verwendet wird.
- **Target – Ziel (PUA):** Die Person, die der PUA aufreißen möchte.
- **Time Dilation – Zeitausdehnung (PUA):** Eine Taktik, die mithilfe von Ortswechseln den Eindruck erwecken soll, dass mehr Zeit miteinander verbracht wurde, als das tatsächlich der Fall war.
- **Vergewaltigungsmythen (Feminismus):** Kulturell geprägte Vorstellungen, die es erschweren, Vergewaltigung zu erkennen, strafrechtlich zu verfolgen und zu verarbeiten.
- **Vertrauensphase (PUA):** Eine Phase im Prozess der Verführung, in der der PUA das **Target** dazu bringt, sich mit ihm wohlzufühlen.
- **Vorgetäuschte zeitliche Beschränkung (PUA):** Die Behauptung, dass jemand weniger Zeit zur Verfügung hat, als tatsächlich der Fall ist.
- **Warzenschwein (PUA):** Eine grausame Bezeichnung für eine Frau, die nicht den gängigen Schönheitsidealen entspricht.
- **Weiterschicken (PUA):** Ein Begriff, der beschreibt, dass man jede Beziehung beenden kann.

Weitere Titel von Eden Books

Al Bornstein durchlebt eine behütete Kindheit. Doch schon früh hat er das Gefühl, im falschen Körper zu stecken.

Mit Anfang zwanzig überzeugen ihn Scientologen, dass Körper lediglich die Hüllen geschlechtsloser Seelen sind. Er tritt der Sekte bei und bleibt zwölf Jahre lang ein ranghohes Mitglied.

Als er erfährt, dass die von ihm akquirierten Spendengelder veruntreut werden, fällt er vom Glauben ab. Al verlässt die Sekte und macht sich mutig auf den Weg, sein eigenes Schicksal zu ergründen. Er wird zu Kate Bornstein, die heute in New York lebt und eine glückliche Beziehung mit einer Frau führt.

Kate Bornstein
EIN SCHÄDLICHER EINFLUSS
Die wahre Geschichte eines netten jüdischen Knaben, der bei Scientology landete und zwölf Jahre später zu der hinreißenden Lady wurde, die sie heute ist.

352 Seiten | Klappenbroschur | 13,5 × 21 cm
14,95 € (D) / 15,40 € (A)
Als eBook für Kindle und iPad erhältlich
ISBN: 978-3-944296-08-1

Weitere Titel von Eden Books

Bettina Vibhuti Uzler wird mit 23 Jahren als Drogenkurierin erwischt und landet im französischen Frauenknast. Nach ihrer Freilassung taucht sie in die Freetekno-Szene ein, nimmt Drogen, organisiert illegale Partys und reist durch Europa.

Doch auf die Ekstase folgt der Absturz: Bettina lebt ohne Dach über dem Kopf und verliert sich im Drogenrausch. Ein spiritueller Meister hilft ihr schließlich, aus der Szene auszusteigen. In ihrem Buch erzählt sie fesselnd von ihren waghalsigen Höhenflügen, ihrem Absturz und ihrem Weg in ein neues Leben.

Ein gewagtes Porträt der Drogen- und Technokultur aus der Perspektive einer Aussteigerin.

Bettina Vibhuti Uzler
PARTY AM ABGRUND
Meine Nomadenjahre im Drogen- und Technorausch.
Eine Aussteigerin erzählt.

288 Seiten | Klappenbroschur | 13,5 × 21 cm
12,95 € (D) / 13,40 € (A)
Als eBook für Kindle und iPad erhältlich
ISBN: 978-3-944296-01-2

Impressum

Originaltitel: *Confessions of a Pickup Artist Chaser: Long Interviews with Hideous Men*

Eden Books ist ein Verlag der Edel Germany GmbH

1. Auflage
www.edenbooks.de
www.facebook.de/EdenBooksBerlin
www.edel.com

Einige der Personen im Text sind aus Gründen des Persönlichkeitsschutzes anonymisiert.

Projektkoordination: Nina Schumacher
Übersetzung: Tara Christopeit
Lektorat: Lilith Pastzor
Umschlagabbildung: © Annette Hauschild/OSTKREUZ
Umschlaggestaltung, Layout, Herstellung und Satz:
Bon Bon Büro, Berlin | www.bonbonbuero.de
Druck und Bindung: optimal media GmbH,
Glienholzweg 7, 17207 Röbel/Müritz

Printed in Germany

ISBN 978-3-944296-04-3